SOPHIE EDENBERG

DAS PERFEKTE LEBEN MEINER SCHWESTER

Roman

Copyright © der deutschsprachigen Ausgabe 2024
By Sophie Edenberg
2. überarbeitete Auflage.

Umschlaggestaltung: ©Cover Up Buchcoverdesign,
Hamburg
Lektorat und Korrektorat: Birgit van Troyen, Bottrop

Verlag: BoD · Books on Demand GmbH, In de Tarpen 42,
22848 Norderstedt
Druck: Libri Plureos GmbH, Friedensallee 273,
22763 Hamburg

ISBN: 978-3-7597-9229-7

MIX
Papier aus verantwortungsvollen Quellen
Paper from responsible sources
FSC® C105338
FSC
www.fsc.org

Für die Schwester,
die ich nie hatte

EMMA

Emma starrte auf das vergilbte Blatt vor sich. In der staubigen Scheibe des Schranks erhaschte sie ihr Spiegelbild: lange, dunkle Haare, die zu einem lockeren Zopf geflochten waren, die Brauen über den schokoladenbraunen Augen nachdenklich zusammenzogen.

Sie beugte sich näher heran, um sicherzugehen, dass sie richtig gelesen hatte. Doch es stand schwarz auf weiß auf dem Dokument, das als »Abstammungsurkunde« betitelt war.

Mutter: Ekaterina Moldova.

Der Name sagte ihr nichts.

Mit klopfendem Herzen blätterte sie weiter und fand schließlich, was sie gesucht hatte – ihre Geburtsurkunde.

Eltern: Lukas und Silvia Schneider.

Merkwürdig. Vorsichtig ließ sie den zerschlissenen Aktenordner aufschnappen und hielt beide Dokumente nebeneinander. Das konnte doch nicht sein. Die Unstimmigkeiten ließen ihr keine Ruhe.

Plötzlich flog die Tür hinter ihr auf, und ein dumpfer Schmerz durchzuckte ihren Rücken, als die Kante der Tür sie traf. Emma, die am Boden kniete, fuhr herum und sah ihren Vater im Türrahmen stehen. Die Arme vor seinem eindrucksvollen Bierbauch verschränkt, funkelte er sie an.

»Was zum Teufel hast du in meinem Arbeitszimmer verloren?«

Emma hielt die beiden Blätter schützend vor ihre Brust. »Ich habe nur meine Geburtsurkunde gesucht.«

»Und wofür brauchst du die, wenn ich fragen darf?«

»Für die Anmeldung zur Führerscheinprüfung«, gestand sie kleinlaut.

Der Wutausbruch ihres Vaters kam, wie sie es erwartet hatte, wie das Amen in der Kirche. »Wie oft soll ich dir noch erklären, dass du keinen Führerschein brauchst? Deine Mutter und ich werden keinen Cent für diesen unnötigen Schwachsinn ausgeben!«

Emma senkte den Blick. Bevor sie etwas erwidern konnte, riss er ihr den Aktenordner aus den Händen und zerrte sie unsanft auf die Füße. »Raus hier! Du hast in meinem Arbeitszimmer nichts zu suchen!«

Mit hängendem Kopf trat sie den Rückzug an und verschwand in ihrem winzigen Zimmer. Es maß kaum sechs Quadratmeter, und das schmale Bett sowie der alte IKEA-Schrank, der nur noch von ein paar vereinzelten Schrauben zusammengehalten wurde, nahmen fast den gesamten Raum ein. Die Dachschrägen verstärkten das Gefühl der Enge zusätzlich.

Emma zog die Tür hinter sich zu und ließ sich schwer atmend auf die Matratze fallen. In ihrem Kopf wirbelten die Gedanken durcheinander.

Wer zum Teufel ist diese Ekaterina Moldova? Was hat ihr Name auf meiner Abstammungsurkunde zu suchen? Und was ist überhaupt eine Abstammungsurkunde?

Entschlossen griff sie unters Bett und zog ihren Laptop hervor. Dr. Google würde es ihr schon sagen. Während sie ihn aufklappte, achtete sie darauf, das gesprungene Display nicht zu berühren. Der Bildschirm des alten Lenovos war von einem tiefen Riss durchzogen – ein Andenken an die Unachtsamkeit ihres jüngeren Bruders Julian. Zum Geburtstag hatte er daraufhin einen neuen Laptop bekommen, und Emma hatte das alte Gerät übernehmen dürfen. Trotz der sichtbaren Gebrauchsspuren funktionierte es immer noch halbwegs.

Emma tippte die Begriffe »Abstammungsurkunde« und »Geburtsurkunde« in die Suchmaschine ein und öffnete den ersten Link zu Wikipedia.

Die Abstammungsurkunde ist eine Personenstandsurkunde nach deutschem Recht zum Nachweis der Geburt eines Kindes.

So weit, so gut. Sie scrollte weiter und fand die entscheidende Information:

Bedeutsam ist der Unterschied zwischen Geburts- und Abstammungsurkunde, wenn jemand adoptiert worden ist und heiraten will: In der Geburtsurkunde stehen nur die Adoptiveltern, in der Abstammungsurkunde hingegen sind die biologischen Eltern angeführt. Mit dem Personenstandsrechtsreformgesetz zum 1.1.2009 wurde die Abstammungsurkunde abgeschafft.

Während sie las, zitterten ihre Hände so stark, dass sie den Cursor kaum ruhig halten konnte. Ihr Verstand kämpfte, die Bedeutung der Worte zu erfassen. Adoptiveltern? Sie, Emma, sollte adoptiert worden sein?

Sie schüttelte den Kopf. Das ergab keinen Sinn. Ihr ganzes Leben lang hatte sie geglaubt, das Resultat einer ungewollten Schwangerschaft zu sein. Ihre Eltern hatten nie eine Gelegenheit ausgelassen, ihr zu sagen, wie sehr sie zur Last fiel. Warum sollte jemand ein Kind adoptieren, das er nicht wollte?

Emma zwang sich, tief durchzuatmen und Ruhe zu bewahren. *Alles der Reihe nach*, ermahnte sie sich. Sie musste ihre Mutter darauf ansprechen. Bestimmt konnte sie die Sache aufklären.

Entschlossen klappte sie den Laptop zu und eilte in die Küche, wo Silvia Schneider mit dem Rücken zur Tür am Herd stand und in einem Topf rührte. Sie trug eine altmodische Schürze mit Blümchenmuster, die sich über ihren fülligen Körper spannte. Ihre ergrauten Haare waren von einer Spange zusammengehalten, aus der sich einzelne Strähnen gelöst hatten. Der schwere Geruch von Linseneintopf erfüllte den Raum. Emma verzog das Gesicht – sie hasste Linseneintopf.

Sie räusperte sich. »Mama, hast du einen Moment? Ich muss dich etwas fragen.«

Ihre Mutter stöhnte. »Siehst du nicht, dass ich koche? Und was machst du überhaupt noch hier? Solltest du nicht längst bei der Arbeit sein?«

»Meine Schicht beginnt heute später, ich habe noch eine Stunde.« Als ihre Mutter sie immer noch ignorierte, fügte Emma hinzu: »Bitte, es ist wirklich wichtig.«

Der Ton in ihrer Stimme ließ Silvia widerwillig innehalten. Sie drehte sich um und strich sich die Haare aus der Stirn, wobei sich Linsenklümpchen darin verfingen.

»Na gut, was ist denn so dringend, dass es nicht warten kann?«

Emma wählte ihre Worte mit Bedacht. »Das kommt jetzt vielleicht überraschend, aber … sag mal, kann es sein, dass ich adoptiert bin? Ich meine, sind du und Papa wirklich meine leiblichen Eltern?«

Der Kochlöffel rutschte Silvia aus der Hand, und klebriger Eintopf spritzte auf den Boden und die Wände. Fluchend bückte sie sich nach dem Löffel. »Wie kommst du denn auf so eine Idee?« Sie drehte sich zur Tür und rief: »Lukas, komm mal bitte!«

Schwere Schritte polterten durch den Flur, dann betrat Emmas Vater die Küche. Als er Emma neben seiner Frau stehen sah, verfinsterte sich sein Gesicht.

»Geht das schon wieder um den verfluchten Führerschein? Ich will davon nichts mehr hören!«

»Darum geht es nicht«, sagte Silvia schnell, wobei sie Emmas Blick mied. »Emma hat mich gefragt, ob sie adoptiert ist.«

»Wie bitte? Was soll der Unsinn?«

Emma sagte nichts. Mit zitternden Händen zog sie die Abstammungsurkunde hinter ihrem Rücken hervor und legte sie auf den Esstisch. Ihr Vater warf einen kurzen Blick darauf, und sein Gesicht wurde aschfahl.

»Setz dich«, knurrte er.

Emma tat, wie ihr geheißen und sah ihre Eltern erwartungsvoll an. Ihre Nerven waren zum Zerreißen gespannt.

»Es ist wahr«, brachte ihr Vater schließlich hervor. »Du bist nicht unsere leibliche Tochter.«

»Wir wollten es dir eigentlich nach deinem Abitur sagen«, fügte ihre Mutter leise hinzu. »Aber irgendwie war nie der richtige Moment dafür.«

Emma nickte langsam. »Ihr habt mich also mein ganzes Leben lang belogen.« Es war keine Frage, nur eine Feststellung.

Silvia wirkte angespannt und schwieg. Sie trat nervös von einem Bein aufs andere, wagte es jedoch immer noch nicht, Emma direkt anzusehen.

Emma fixierte die Linsenspuren in Silvias Haar und versuchte, ihre Gedanken zu sortieren. Sie wartete darauf, dass der Schmerz einsetzte – der Schmerz, den man spürt, wenn sich die eigene Welt von Grund auf verändert. Aber zu ihrer Überraschung blieb er aus. Stattdessen hatte sie das Gefühl, als wäre etwas in ihrem Inneren an den richtigen Platz gerückt. Als hätte sie es tief in ihrem Herzen immer schon gewusst.

»Wer sind meine leiblichen Eltern?«, fragte Emma mit belegter Stimme. »Was wisst ihr über eine Frau namens Ekaterina Moldova? Ihr Name steht auf meiner Abstammungsurkunde.«

Silvia und Lukas tauschten verwirrte Blicke. Sie schienen eine andere Reaktion von ihr erwartet zu haben – vielleicht Schreien, Weinen oder einen Tobsuchtsanfall. Irgendetwas Dramatisches.

»Nicht viel«, begann ihre Mutter, setzte sich neben Emma an den Küchentisch und seufzte tief. »Wir haben sie nur einmal gesehen. Sie wollte die Eltern ihres ungeborenen Kindes kennenlernen, obwohl es offiziell eine geschlossene Adoption war. Danach haben wir nie wieder etwas von ihr gehört.«

»Und mein Vater? Wisst ihr, wer er ist?«

»Nein«, antwortete ihr Vater. »Wir haben nach ihm gefragt, aber Frau Moldova hat sich bedeckt gehalten. Sie meinte nur, sie sei ungewollt von ihrem Vorgesetzten schwanger geworden und dass seine Frau nie davon erfahren dürfte. Deshalb die Adoption.«

Gedankenverloren fegte ihre Mutter ein paar Krümel von der Tischplatte. »Sie war noch so jung, fast selbst noch ein Kind. Es schien, als würde ihr die Entscheidung sehr schwerfallen.«

»Und Julian? Ist er auch adoptiert?«

Ihre Eltern schüttelten den Kopf.

»Nein«, sagte Silvia. »Du erinnerst dich doch noch an die Zeit, als ich mit ihm schwanger war? Du warst damals ganz aus dem Häuschen, und wir natürlich auch.« Sie lächelte schwach. »Wir hatten die Hoffnung auf ein leibliches Kind schon aufgegeben. Aber als du vier warst, passierte es plötzlich. Julian ist unser kleines Wunder. Ein Geschenk des Himmels.«

Emma nickte langsam. Das ergab Sinn. Ihr unfehlbarer Bruder, das Wunderkind, war nicht adoptiert. Natürlich nicht.

EMMA

Emma zupfte am Saum ihres Tanktops, sodass die Spitze ihres BHs sichtbar wurde. Sie hatte schnell gelernt, dass sich das Trinkgeld im *Nexos*, wo sie als Barkeeperin arbeitete, direkt proportional zur Tiefe ihres Dekolletés verhielt. Und Geld konnte sie dringend gebrauchen – das lächerlich niedrige Grundgehalt lohnte die Mühe kaum. Sie trug einen Hauch Lipgloss auf und warf einen letzten prüfenden Blick in den Spiegel. Der tiefe Sprung in der staubigen Oberfläche teilte ihr Gesicht in zwei Hälften. Mit einem leichten Seufzen betrat sie den engen Bereich hinter der Theke, wo Fiona bereits fleißig Cocktails mixte. Der heruntergekommene Laden hätte eine Renovierung dringend nötig – die Farbe blätterte von den Wänden und in den Ecken über dem Gläserregal hatten sich Spinnweben angesammelt. Trotzdem hatte der düstere Raum, der nur von Kerzenlicht an den Sitzgruppen beleuchtet wurde, eine einladende Atmosphäre.

»Hi, Em.«

»Hi, Fi. Viel los heute?« Emma stellte sich neben Fiona und griff nach einem sauberen Glas.

»Langsam wird's«, rief Fiona über das Dröhnen der Eismaschine hinweg. »Da hinten ist eine Gruppe Jungs, die gerade gekommen sind. Magst du die übernehmen?«

Emma schnappte sich einen Stapel Cocktailkarten und machte sich auf den Weg. Eine Ablenkung von den verwirrenden Erkenntnissen des Tages war genau das, was sie jetzt brauchte.

Emma strich sich müde die feuchten Haare aus der Stirn. Die letzten Stunden waren wie im Flug vergangen, und die

Bar war zum Bersten voll gewesen. Gut für ihre Brieftasche, schlecht für ihre schmerzenden Füße, die vom ständigen Hin- und Herlaufen pochten. Fiona ließ sich stöhnend auf einen Barhocker neben ihr fallen. »Keine üble Ausbeute heute«, bemerkte sie und inspizierte den Inhalt ihrer Börse.

Emma zuckte nur mit den Schultern. Sie war völlig erschöpft, sowohl körperlich als auch emotional. Das Gespräch mit ihren Eltern hatte sich nicht so leicht aus ihrem Kopf verbannen lassen, wie sie gehofft hatte.

»So, jetzt reicht's aber«, fuhr Fiona sie plötzlich an. »Du hast den ganzen Abend kaum ein Wort mit mir gesprochen. Jetzt sag schon, was ist los mit dir?«

Emma schwieg, was ihr prompt einen Stoß in die Seite einbrachte.

»Ist ja gut!« Emma hob beschwichtigend die Hände. »Ich weiß nur nicht, wo ich anfangen soll.«

»Geht es wieder um deinen Onkel? Ich schwöre, wenn mir dieses Schwein je unter die Augen kommt, mach ich ihn fertig!«

Emma seufzte. Erst vor ein paar Wochen hatte sie Fiona in einem schwachen Moment von den Übergriffen ihres Onkels erzählt.

»Nein, es geht nicht um Onkel Phil. Zum Glück habe ich ihn schon eine Weile nicht mehr gesehen. Es ist … ich hatte heute ein ziemlich aufschlussreiches Gespräch mit meinen Eltern.«

»Und?«

»Ich habe herausgefunden, dass ich adoptiert wurde.«

»Wie bitte?« Fiona riss die Augen auf und wäre beinahe vom Hocker gefallen. Im letzten Moment konnte sie sich mit den Händen an der Theke festhalten. »Heilige Scheiße, im Ernst?«

Emma nickte düster.

»Oh mein Gott. Wow. Das kam jetzt wirklich unerwartet. Bist du sicher? Wie hast du das rausgefunden? Weißt du, wer deine leiblichen Eltern sind? Willst du sie kennenlernen? Weiß Julian schon davon? Und vor allem – wie fühlst du dich dabei?«

Emma wartete geduldig, bis Fionas Redeschwall versiegt war. Sie wusste, dass es sinnlos war, ihre Freundin zu unterbrechen, wenn sie einmal losgelegt hatte. Dann erzählte sie ihr in kurzen Sätzen von der Abstammungsurkunde und dem Gespräch mit ihren Eltern.

»Das alles fühlt sich so verdammt unwirklich an«, schloss sie. »Total surreal.«

Fiona sah sie mitfühlend an. »Aber du hast immer noch nicht gesagt, wie es dir damit geht.«

Emma zuckte die Schultern. »Ehrlich gesagt, ich weiß es nicht. Ich dachte, dass mir diese Erkenntnis den Boden unter den Füßen wegziehen würde, aber irgendwie ist es nicht so. Ich wusste immer, dass meine Eltern Julian mehr lieben als mich. Ich hab mich so oft gefragt, warum das so ist – ob ich etwas falsch gemacht habe. Jetzt verstehe ich wenigstens, warum. Es macht irgendwie Sinn. Und ich weiß, dass ich mir das alles nicht nur eingebildet habe.«

»Das ergibt wirklich Sinn«, stimmte Fiona zu. »Und was willst du jetzt machen? Willst du versuchen, deine leiblichen Eltern zu finden?«

»Das habe ich mir noch nicht überlegt«, erwiderte Emma zögernd. »Vielleicht ist es besser, die Sache einfach ruhen zu lassen. Meine leibliche Mutter hat sich für eine geschlossene Adoption entschieden. Wenn sie Kontakt zu mir gewollt hätte, hätten wir welchen. Ich sollte ihre Entscheidung respektieren.«

Fiona sah sie skeptisch an. »Mag sein, aber bist du wirklich nicht neugierig? Also ich an deiner Stelle würde unbedingt wissen wollen, wer meine leiblichen Eltern sind.

Und mal ehrlich, jeder hat doch das Recht, seine Wurzeln zu kennen. Geschlossene Adoption hin oder her.«

Emma schwieg und kaute unschlüssig auf ihrer Unterlippe.

»Ich mach dir einen Vorschlag«, sagte Fiona. »Ich rede mit Paul. Vielleicht kann er ja etwas über deine leibliche Mutter in Erfahrung bringen.«

Emma blickte überrascht auf. »Dein Bruder?«

»Ja! Er arbeitet doch bei der Polizei und hatte schon immer eine Schwäche für dich«, fügte Fiona mit einem Augenzwinkern hinzu. »Er kann bestimmt ein paar Nachforschungen anstellen. Und wenn er etwas findet, kannst du immer noch entscheiden, was du damit machst. Und mal ehrlich – schlimmer als deine Adoptiveltern können sie ja kaum sein.«

Emma fuhr sich nachdenklich durchs Haar. Fionas Bruder Paul war tatsächlich schon öfter eine Hilfe gewesen. Einen Versuch war es wert.

»In Ordnung«, sagte sie schließlich. »Aber sag ihm, er soll nicht zu viel Zeit investieren. Keine groß angelegte Suchaktion, okay? Wenn er etwas herausfindet – gut. Wenn nicht, ist es auch in Ordnung, und ich belasse es dabei.«

Fiona strahlte. »Abgemacht!«

***

Das Ergebnis von Pauls Recherche ließ nicht lange auf sich warten. Schon in der nächsten Woche überreichte Fiona Emma feierlich ein braunes Kuvert.

»Los, mach schon auf«, drängte sie.

Emma nahm den Umschlag entgegen und wiegte ihn beinahe ehrfürchtig in den Händen. »Das ging aber schnell. Wie hat Paul das so schnell hinbekommen?«

»Du weißt doch, dass mein Bruder dir nichts abschlagen kann. Wenn du ihn bitten würdest, auf einem Bein im Kreis zu hüpfen und dabei die Europahymne zu pfeifen, würde er bloß fragen: Auf welchem Bein?«

Emma lachte. »Paul ist echt ein Schatz.«

Vorsichtig öffnete sie den Umschlag und zog mehrere lose Blätter heraus.

»Ich habe schon reingeschaut«, gestand Fiona kleinlaut. »Meine Neugier war einfach zu groß. Offenbar ist deine leibliche Mutter ein Jahr nach deiner Geburt nach Wien gezogen.«

»Nach Wien?«

»Ja, Wien. Und …«, Fiona ließ eine dramatische Pause entstehen, »… es sieht so aus, als würde sie immer noch für deinen Vater arbeiten. Ein gewisser Ferdinand Lauderthal. Das ist ihre Adresse.« Sie tippte auf eines der Blätter, auf dem eine österreichische Anschrift abgedruckt war.

»Wie hat Paul das bitte herausgefunden? Und warum ist er sich so sicher, dass dieser Ferdinand Lauderthal mein Vater ist?«

»Oh, das war angeblich ziemlich einfach«, begann Fiona eifrig. »Die Adresse, an der Ekaterina zur Zeit deiner Geburt gewohnt hat, stand im Melderegister. Bei der Sozialversicherung war sie als Angestellte von Ferdinand Lauderthal gemeldet. Sie war deren Nanny, Köchin oder so ähnlich, und lebte in deren Haus. Als die Lauderthals 2001 nach Österreich gezogen sind, lag der Schluss nahe, dass sie sie mitgenommen haben. Die Lauderthals sind ein alte österreichische Adelsfamilie. Und Paul hat durch eine Anfrage beim österreichischen Melderegister herausgefunden, dass die Familie mitsamt Ekaterina jetzt in Wien lebt. Es ist also ziemlich wahrscheinlich, dass Ferdinand Lauderthal dieser Vorgesetzte ist, von dem deine Mutter schwanger wurde.«

Emma sah ihre Freundin beeindruckt an. »Wow. Danke. Bitte sag Paul, dass er was bei mir gut hat.«

»Das Beste kommt aber erst noch.«

»Und das wäre?«

Fionas Augen leuchteten auf. »Die Lauderthals müssen stinkreich sein. Ich habe ein bisschen gegoogelt. Sie wohnen in einem der teuersten Viertel Wiens und betreiben eine ziemlich große Immobilienfirma.«

Emma nickte langsam, ein wenig überwältigt von den Informationen. Sie brauchte Zeit, um das alles zu verarbeiten und ihre Gedanken zu sortieren.

»Wir sollten uns an die Arbeit machen. Auf Tisch neun sind ein paar neue Gäste.«

»Hey, warte mal«, rief Fiona ihr nach. »Wie gehen wir denn jetzt weiter vor?«

Emma blieb stehen und drehte sich zu Fiona um. Sie fühlte sich von Fionas Enthusiasmus überfordert. »Wieso wir? Was hast du eigentlich davon?«

Fiona zog gekränkt den Kopf ein. »Mensch, Em, du musst endlich dein Vertrauensproblem in den Griff kriegen. Ich will dir doch nur helfen. Dafür hat man doch Freunde, oder etwa nicht?«

Emma seufzte. »Du hast ja recht. Entschuldige. Ich weiß nur nicht, was das alles bringen soll. Mein Vater und seine Familie führen offenbar ein ziemlich perfektes Leben. Und anscheinend wollen sie keinen Kontakt zu mir. Wenn ich sie aufsuche, zeigt mir das doch nur, wie beschissen mein eigenes Leben ist. Ich sitze dann immer noch in diesem Kaff, arbeite als Barkeeperin und versuche, meinem pädophilen Onkel aus dem Weg zu gehen. Ich glaube nicht, dass ich eine weitere Zurückweisung verkrafte.«

Fiona verdrehte die Augen. »Jetzt sei doch nicht so negativ. Bestimmt würden sie sich freuen, dich kennenzulernen. Du wirst nie wissen, wie sie zu dir stehen, wenn du es nicht versuchst. Und würdest du dich nicht dein Leben lang fragen, ob nicht doch alles anders hätte werden können?«

»Ich weiß nicht, Fi. Ich glaube, du bist da zu naiv. Die sind die letzten neunzehn Jahre gut ohne mich ausgekommen.«

Aber Fiona ließ nicht locker. »Mag sein. Aber selbst wenn sich herausstellt, dass deine leiblichen Eltern schreckliche Menschen sind, weißt du wenigstens, woran du bist. Und wir haben ja noch Berlin. Sobald wir genug Geld haben, ziehen wir dorthin und machen unsere eigene Bar auf.«

Ein Lächeln huschte über Emmas Gesicht. Der Gedanke an Berlin hatte sie immer getröstet, und Fiona wusste das genau.

»Und am allerwichtigsten«, fügte Fiona mit einem Augenzwinkern hinzu, »ich war noch nie in Wien. Das ist die perfekte Gelegenheit für einen kleinen Ausflug, findest du nicht?«

Emmas Widerstand begann zu schwinden. Fionas Begeisterung war fast ansteckend. *Warum eigentlich nicht?*

»Okay. Wir fahren nach Wien«, sagte Emma schließlich. Bevor Fiona vor Freude losjubeln konnte, fügte sie schnell hinzu: »Aber alles läuft nach meinen Regeln. Ich habe das Sagen. Und wenn ich genug habe, brechen wir sofort ab. Verstanden?«

EMMA

Fiona pfiff durch die Zähne.»Wahnsinn. Ich habe ja schon vermutet, dass die Lauderthals Geld haben müssen, aber das ist ja ein richtiger Palast!«

»Bist du sicher, dass wir an der richtigen Adresse sind?«, fragte Emma nervös.

»Ja, ganz sicher. Oberer Schreiberweg 112a, 1190 Wien. Das ist hier.« Fiona stellte sich auf die Zehenspitzen und streckte sich, um über die imposante grüne Tür neben der Autoeinfahrt zu spähen.»Mist, ich bin einfach zu klein, ich kann gar nichts erkennen. Komm, lass uns klingeln!«

»Nein, lieber nicht.« Emma trat unruhig von einem Bein aufs andere.»Was mache ich denn, wenn Frau Lauderthal aufmacht? Was soll ich ihr sagen?«

»Du sagst, du willst Ekaterina sprechen, ganz einfach«, erwiderte Fiona mit einem Achselzucken.

Emma schüttelte vehement den Kopf.»Das geht nicht. Was, wenn sie die Ähnlichkeit zwischen ihrem Mann und mir bemerkt? Ich will doch nicht ihre Familie zerstören. Mit etwas Pech kostet das Ekaterina am Ende noch ihren Job.«

»Meinst du nicht, dass du etwas paranoid bist?«

»Ist mir egal. Sicher ist sicher. Hör zu, du läutest und lässt Ekaterina holen. Ich warte solange dort drüben, außer Sichtweite.«

Fiona verdrehte die Augen.»Das ist umständlich, aber meinetwegen.«

Entschlossen drückte sie auf den Klingelknopf, während Emma sich hastig ein paar Schritte zur Seite bewegte.

Einige Sekunden vergingen, dann ertönte ein Knacken an der Gegensprechanlage.

»Ja bitte, wer ist da?«, meldete sich eine Frauenstimme.
»Ich möchte gerne mit Ekaterina Moldova sprechen«,
sagte Fiona fest.

Die Stimme am anderen Ende zögerte. »Frau Moldova
ist nicht da, tut mir leid. Kann ich Ihnen vielleicht weiterhelfen? Worum geht es?«

»Es ist eine private Angelegenheit«, erwiderte Fiona.
»Wissen Sie, wann Frau Moldova zurückkommt? Ich
kann warten.«

»Frau Moldova ist verreist und kommt erst in ein paar
Wochen zurück. Aber ich könnte sie anrufen, wenn Sie
möchten. Mit wem spreche ich?«

Fiona schluckte. »Das ist nicht nötig, vielen Dank.«
Sie warf Emma einen schnellen Blick zu, bevor sich die
Gegensprechanlage wieder abschaltete. »Nicht da«, sagte
sie leise.

»Ja, ich hab's gehört. Mist«, murmelte Emma
enttäuscht.

Gerade als sie überlegen wollte, was sie als Nächstes
tun sollten, bemerkte sie einen schwarzen BMW, der mit
hoher Geschwindigkeit die Straße entlangfuhr. Geistes-
gegenwärtig zog sie Fiona hinter die nächste Straßenecke
und beobachtete, wie der Wagen mit quietschenden Reifen vor dem Einfahrtstor der Lauderthals hielt.

Ein dunkelhaariges Mädchen mit einer riesigen Sonnenbrille stieg aus und tippte eine Kombination in das
Nummernfeld neben der Gegensprechanlage. Kurz darauf
öffnete sich das Tor, und der BMW brauste die Zufahrt
hinauf.

Bevor Emma protestieren konnte, packte Fiona sie am
Arm und zerrte sie hastig hinter dem BMW in die Einfahrt.
Geräuschlos schloss sich das Tor hinter ihnen.

»Was soll das?« flüsterte Emma angespannt. »Wir können hier doch nicht einfach einbrechen!«

Doch Fiona grinste nur breit. »Klar können wir. Bist du nicht auch neugierig, das Anwesen aus der Nähe zu sehen? Von da draußen konnten wir doch kaum was erkennen!« Emma verschränkte die Arme vor der Brust und warf ihrer Freundin einen missbilligenden Blick zu. »So war das aber nicht abgesprochen!«

Fiona ignorierte sie völlig und drehte sich staunend um. Der Anblick, der sich ihnen bot, war tatsächlich beeindruckend. Die mit Zypressen gesäumte Einfahrt führte eine Anhöhe hinauf und mündete in einen asphaltierten Platz, auf dem mehrere teure Autos parkten. Der BMW, dem sie gefolgt waren, stand mittlerweile vor dem Haus, und das Mädchen mit der Sonnenbrille stieg aus. Sie trug Sandalen zu einem trägerlosen Sommerkleid, unter dem ein knallroter Bikini hervorblitzte. Emma schätzte, dass sie etwa im gleichen Alter sein mussten.

»Komm, versteck dich«, zischte Fiona und zog Emma hinter eine der Zypressen. Sie beobachteten, wie das Mädchen die Treppe zur Eingangstür hinauflief, die sich in diesem Moment öffnete. Eine zierliche Gestalt trat hervor, von knappen Shorts abgesehen, trug sie nichts als ein knappes Bikinioberteil. In der Hand hielt sie eine Sektflöte.

Ein lautes Quieken war zu hören, als die beiden Luftküsse austauschten.

»Sarah, na endlich! Wieso hat das so lange gedauert? Marc und Tobias haben schon den Grill angeworfen. Wir wollten gerade eine neue Flasche aufmachen. Komm jetzt!«

Das blonde Mädchen lachte, warf ihre Mähne über die Schulter und verschwand, gefolgt von ihrer Freundin, im Haus.

Kaum war die Tür hinter ihnen ins Schloss gefallen, konnte Fiona nicht mehr an sich halten. Sie prustete los. »Meine Güte, was für affektierte Zicken!«

Emma nickte nur abwesend, ihre Gedanken hingen bei dem blonden Mädchen. *Das muss die Tochter der Lauderthals sein*, dachte sie. *Meine Halbschwester.* Die Erkenntnis traf sie hart. Am liebsten hätte sie sofort kehrtgemacht. »Komm, lass uns gehen«, murmelte sie und zog leicht an Fionas Arm.

»Nichts da!«, widersprach Fiona entschlossen. »Jetzt, wo wir schon mal hier sind, können wir genauso gut noch die Rückseite des Hauses erkunden. Da muss auch der Pool sein, von dem die beiden gesprochen haben. Sei keine Spielverderberin!«

Ohne eine Antwort abzuwarten, schlich Fiona geduckt weiter. Emma folgte ihr widerwillig.

Hinter den schützenden Mauern wirkte die Villa noch größer als von außen. Die gelben Wände und dunkelgrünen Fensterläden waren mit üppigem Efeu überwachsen. Auf der Rückseite befand sich eine weitläufige Terrasse, von der aus man bestimmt einen herrlichen Blick auf die umliegenden Weinberge hatte. Ein riesiger Swimmingpool funkelte in der Sonne, umgeben von Liegestühlen, auf denen flauschige Badetücher lagen. Ein paar Laubbäume spendeten Schatten vor der Hitze. Die Rasenfläche dahinter war so weitläufig, dass locker ein Fußballfeld darauf Platz gehabt hätte. Links vom Haus führte ein schmaler Kiesweg in einen anderen Bereich des Gartens.

»Das hier ist wirklich unglaublich«, flüsterte Fiona ehrfürchtig. »Ich wusste ja, dass sie reich sind, aber das ist wie in einem Film!«

Emma nickte stumm. Auch sie hatte noch nie ein so prachtvolles Anwesen aus der Nähe gesehen. *Wie schön es sein muss, hier aufzuwachsen*, dachte sie mit einem Anflug von Neid.

Von der Terrasse wehte der Duft von gebratenen Würstchen und Steaks herüber, wo sich mehrere junge Männer und Frauen eingefunden hatten. Ein Ploppen war zu hören, gefolgt von ausgelassenem Johlen und Gelächter. Emma beobachtete, wie eine Sektflasche in der Hand eines blonden Jungen übersprudelte und sich über die Fliesen ergoss. Die Gastgeberin, das blonde Mädchen, machte sich an der Musikanlage zu schaffen. Kurz darauf dröhnten die ersten Takte eines bekannten Popsongs aus den Lautsprechern. Emma und Fiona ließen sich im Schatten der Bäume ins Gras sinken und beobachteten das Treiben. Emma war zugleich fasziniert und abgestoßen. Die Szenerie erinnerte sie an eine Szene aus *OC California*, mit dem entscheidenden Unterschied, dass dies hier Realität war. Das Mädchen dort oben auf der Terrasse war nicht irgendein Hollywoodstar, sondern ihre Halbschwester.

Das könnte ich sein, dachte Emma plötzlich. *Das alles könnte mein Leben sein.* Ein überwältigendes Gefühl der Beklemmung erfasste sie. Es war, als würde die Luft um sie herum dünn werden, und sie musste sich zwingen, ruhig zu bleiben.

Abrupt stand sie auf. »Ich habe genug gesehen. Ich will jetzt gehen.«

Ihr Tonfall ließ keinen Zweifel daran, dass es ihr ernst war, und Fiona erhob sich widerstrebend. Gemeinsam schlichen sie die Einfahrt zurück und passierten die Tür neben der Autoeinfahrt, die sich von innen glücklicherweise problemlos öffnen ließ. Als sie auf der Straße standen, schnappte Emma gierig nach Luft. Nach und nach füllten sich ihre Lungen wieder mit Sauerstoff.

»Bist du okay?« Fiona warf ihr einen besorgten Blick zu. »Du bist ja auf einmal ganz blass.«

»Ja, ja, alles bestens.« Doch ihre Worte klangen selbst in ihren eigenen Ohren nicht besonders überzeugend.

»Bis zu dem Termin bei deinem Vater sind es noch zwei Stunden. Sein Büro ist zwar ein ganzes Stück entfernt,

22

aber wir haben mehr als genug Zeit. Willst du dir in der Zwischenzeit vielleicht den Stephansdom anschauen?«

Emma antwortete nicht. Stattdessen ging sie einfach weiter. Fiona folgte ihr langsam, offenbar hatte sie verstanden, dass Emma einen Moment für sich brauchte.

Nachdenklich ließ Emma die Umgebung auf sich wirken, die – wie konnte es anders sein – wunderschön war. Die Straßen waren gesäumt von eleganten Villen wie die der Lauderthals, und in den Einfahrten standen teure Autos. Alles wirkte so perfekt, so ordentlich und gepflegt.

Emma beschleunigte ihr Tempo, die Idylle machte ihr zu schaffen. Sie fühlte sich hier fehl am Platz. Sie gehörte nicht an einen Ort wie diesen, das wurde ihr auf einen Schlag klar.

EMMA

Emma und Fiona erreichten das Bürogebäude, in dem Ferdinand Lauderthal arbeitete, fünfzehn Minuten vor dem vereinbarten Termin. Vorher waren sie noch in einem Kaffeehaus gewesen, wo Emma ihre Jeans und das T-Shirt gegen einen engen, knielangen Rock und eine weiße Bluse getauscht hatte. Ihre Füße steckten in schwarzen Pumps, die sie sich von Fiona geliehen hatte.

Die beiden hatten lange überlegt, wie Emma am besten Kontakt zu ihrem Vater aufnehmen sollte, ohne direkt mit der Tür ins Haus zu fallen. Fiona hatte schließlich herausgefunden, dass *Lauderthal Immobilien* nach einer persönlichen Assistentin suchte. Und genau für diese Position hatte Emma nun ein Vorstellungsgespräch.

Nervös zupfte Emma am Saum ihres Rocks. »Wie heiße ich nochmal?«

»Emma Hofmann, geboren am 5. Juli 2001, wohnhaft in der Schönbrunner Straße, 1120 Wien«, ratterte Fiona geduldig die gefälschten Personalien herunter.

Abgesehen von ihrem Vornamen stimmte keine der Angaben. Sie hatten beschlossen, Emmas wahre Daten besser nicht zu verwenden, um zu vermeiden, dass ihr Vater vielleicht Verdacht schöpfte. Emma wollte selbst sehen, wie er auf sie reagierte – ob er sie vielleicht sogar erkannte, bevor sie die Wahrheit aussprach.

»Oh Mann, warum kann ich mir das nicht merken?«, murmelte Emma und wiederholte den Namen und die Adresse. Die Nervosität wuchs mit jedem Schritt. Bald würde sie ihrem leiblichen Vater zum ersten Mal gegenüberstehen.

Schließlich holte sie tief Luft und drückte den Klingelknopf mit der Aufschrift »Lauderthal Immobilien GmbH«.

Ein Summen ertönte, und die Tür schwang lautlos auf. Das Treppenhaus war kühl, frisch renoviert, und die hohen Decken waren mit Stuck verziert. Ein Wegweiser führte sie ins Dachgeschoss.

Klimatisierte Luft empfing sie, als sie in den Empfangsbereich traten. Eine blonde Frau mittleren Alters begrüßte sie mit einem freundlichen Lächeln.

»Wie kann ich Ihnen helfen?«

»Ich habe um sechzehn Uhr ein Vorstellungsgespräch bei Herrn Lauderthal«, antwortete Emma mit zitternder Stimme.

»Und ich bin als moralische Unterstützung mitgekommen«, fügte Fiona lässig hinzu.

Die Empfangsdame tippte kurz in ihren Computer und nickte dann. »Ah, hier habe ich Sie ja. Emma Hofmann, richtig?«

»Ja, genau.« Emma versuchte, ein Lächeln aufzusetzen, aber es fühlte sich gezwungen an.

»In Ordnung«, sagte die Frau und erhob sich. »Folgen Sie mir bitte. Ihre Freundin kann dort auf dem Sofa Platz nehmen.«

Sie deutete auf eine Sitzgruppe in der Ecke. Fiona zwinkerte Emma aufmunternd zu, als diese der Empfangsdame folgte. Sie führte Emma durch einen Flur und blieb schließlich vor einem Büro mit Glaswänden stehen. Durch die Scheibe konnte Emma eine schlichte, aber elegante Sitzgruppe aus schwarzem Leder erkennen. Auf der gegenüberliegenden Seite befand sich eine massive Flügeltür.

»Bitte nehmen Sie dort Platz. Herr Lauderthal wird gleich bei Ihnen sein«, sagte die Empfangsdame freundlich. »Möchten Sie etwas trinken? Kaffee, Tee, Wasser?«

Emma, die normalerweise nie eine Tasse Kaffee ausschlagen würde, schüttelte den Kopf. »Nein, danke. Obwohl … vielleicht doch ein Glas Wasser?«

Die Frau lächelte. »Natürlich. Und keine Sorge, Herr Lauderthal beißt nicht. Nun ja – zumindest nicht oft.« Sie kicherte über ihren eigenen Scherz. »Danke«, murmelte Emma leicht genervt. *Sehr witzig.* Mit einem mulmigen Gefühl im Bauch trat sie in den Raum und setzte sich. Das Sofa war schrecklich unbequem und die Glaswände um sie herum vermittelten ihr das Gefühl, in einem Schaukasten zu sitzen. Sie rutschte auf dem Leder hin und her, unfähig, eine bequeme Position zu finden.

Plötzlich bemerkte sie auf der anderen Seite der Glasfront einen Mann. Sein Gang war geschmeidig, und die dunklen Haare, die an den Schläfen von grauen Strähnen durchzogen waren, wippten leicht bei jedem Schritt. Ihre Blicke trafen sich, und ein Schauer lief Emma über den Rücken. Noch nie hatte sie so intensiv blaue Augen gesehen. Verlegen wandte sie sich ab.

In diesem Moment kehrte die Sekretärin mit einem Tablett zurück. »Herr Lauderthal ist jetzt bereit, Sie zu empfangen«, sagte sie und öffnete die Flügeltür.

Emma wischte sich die feuchten Hände hastig an ihrem Rock ab und folgte der Frau. Der Mann hinter dem Schreibtisch war groß, sonnengebräunt, und trotz seines fortgeschrittenen Alters immer noch attraktiv. Die vollen, ergrauten Haare erinnerten Emma flüchtig an Richard Gere.

Als er sie bemerkte, erhob er sich und streckte ihr die Hand entgegen. Sein Händedruck war kurz, aber fest. Erst jetzt fiel Emma der zweite Mann im Raum auf, der links von Lauderthal saß und ebenfalls aufgestanden war. Er war hager und hatte schütteres Haar. Im Vergleich zu Lauderthal wirkte er blass und unscheinbar. Emma gab auch ihm die Hand.

Die Sekretärin stellte das Wasserglas vor Emma ab und reichte den beiden Männern ihre Kaffees, bevor sie sich diskret zurückzog – nicht jedoch ohne Emma beim Hinausgehen ein aufmunterndes Lächeln zu schenken.

Neugierig ließ Emma ihren Blick durch das Büro schweifen. Der Raum war spärlich eingerichtet, den meisten Platz beanspruchte der pompöse Mahagonitisch, hinter dem ihr Vater thronte. Darauf stand ein einziger silberner Bilderrahmen, der Emmas Aufmerksamkeit auf sich zog. Das Foto zeigte Lauderthal neben einer eleganten, dunkelhaarigen Frau auf einer noblen Abendveranstaltung. Vor ihnen standen zwei junge Erwachsene: das blonde Mädchen, das Emma bereits im Haus der Lauderthals gesehen hatte, und ein junger Mann mit den gleichen blauen Augen wie Ferdinand. Alle vier strahlten glücklich in die Kamera.

Die perfekte kleine Familie, dachte Emma mit einem Anflug von Bitterkeit.

»Nun, Frau Hofmann«, begann Ferdinand Lauderthal und riss sie damit aus ihren Gedanken, »schön, Sie kennenzulernen. Ich bin Ferdinand Lauderthal, Geschäftsführer von *Lauderthal Immobilien*, und das hier ist Herr Winkler, der Leiter für Immobilienverwaltung und meine rechte Hand.«

Emma nickte höflich und ließ sich vorsichtig auf den Stuhl gegenüber seinem Schreibtisch sinken.

»Meine Zeit ist begrenzt«, fuhr Lauderthal fort, »also komme ich direkt zur Sache. Wie Sie wissen, suchen wir eine persönliche Assistentin. Die Aufgaben umfassen die Koordination und Vorbereitung von Terminen sowie Unterstützung in administrativen und organisatorischen Belangen.« Er lehnte sich in seinem Ledersessel zurück und schlug lässig ein Bein über das andere. »Wir haben viele Bewerberinnen. Also, Frau Hofmann, warum glauben Sie, dass gerade Sie die Richtige für diese Position sind?«

Emma straffte die Schultern und hob das Kinn. Die Nervosität, die sie eben noch gelähmt hatte, schien plötzlich wie weggeblasen. Als sie das Wort ergriff, staunte sie selbst, wie fest und selbstbewusst ihre Stimme klang. »Vielen Dank, dass Sie sich Zeit für mich nehmen, Herr Lauderthal. Ich weiß das sehr zu schätzen. Es gibt allerdings eine persönliche Angelegenheit, die ich lieber unter vier Augen mit Ihnen besprechen würde. Es dauert nur ein paar Minuten.«

Ferdinand Lauderthal runzelte die Stirn. Sein Blick glitt kurz über ihren strengen Haarknoten und verweilte einen Moment zu lange auf ihrem Blusenausschnitt, bevor er auf die Uhr sah und seufzte. »Mit Verlaub, Frau Hofmann, aber das kommt leider nicht infrage. Mein Terminkalender ist voll, und draußen wartet bereits die nächste Bewerberin. Aber keine Sorge – Herr Winkler ist absolut vertrauenswürdig. Was auch immer Sie mir sagen möchten, können Sie auch in seiner Anwesenheit besprechen. Also, lassen Sie uns fortfahren.«

Emma konnte sich nur mühsam ein Augenrollen verkneifen. Was für ein arroganter Wicht! Zwei Minuten seiner Zeit – war das wirklich zu viel verlangt? Und was sollte dieser Blick vorhin? Hat er sie etwa tatsächlich abgecheckt?

Sie warf einen schnellen Blick zu Herrn Winkler. Eigentlich hatte sie nicht vorgehabt, ihren Vater im Beisein eines Kollegen mit seiner unehelichen Tochter zu konfrontieren. Aber jetzt war es ohnehin zu spät, um zurückzurudern. Sie hatte diesen weiten Weg auf sich genommen und würde jetzt keinen Rückzieher machen.

Emma hob das Kinn und sah Ferdinand Lauderthal direkt in die Augen.

»In Ordnung. Wenn das so ist, komme ich eben gleich zum Punkt. Herr Lauderthal, verzeihen Sie, dass ich diesen ungewöhnlichen Weg gewählt habe, aber mir lag viel an einem persönlichen Gespräch.« Sie räusperte sich und sprach dann schnell weiter: »Ich habe kürzlich erfahren, dass ich adoptiert wurde.«

Sie beobachtete aufmerksam seine Reaktion. Doch Herr Lauderthal runzelte nur leicht die Stirn und schien nicht zu begreifen, worauf sie hinauswollte.

»Das tut mir leid, Frau Hofmann«, erwiderte er kühl. »Aber inwiefern ist das relevant für Ihre Bewerbung?«

Emma atmete tief durch und richtete sich auf ihrem Stuhl auf. War er wirklich so begriffsstutzig?

»Herr Lauderthal, ich habe Grund zu der Annahme, dass Sie mein leiblicher Vater sind.«

Während sie die Worte aussprach, musterte sie ihn genau. Sie sah, wie die Farbe aus seinem Gesicht wich und seine Miene erst Ungläubigkeit, dann Schock und schließlich Zorn zeigte. Doch als er antwortete, war von dem Gefühlssturm nichts mehr zu erkennen.

»Das ist unmöglich«, erwiderte er eiskalt. »Es tut mir leid, Sie enttäuschen zu müssen, aber Sie haben da sicher etwas missverstanden. Wie kommen Sie überhaupt zu dieser Annahme?«

»Laut meiner Abstammungsurkunde ist meine Mutter eine gewisse Ekaterina Moldova«, erklärte Emma und hielt seinem durchdringenden Blick stand. »Sie war vor zwanzig Jahren Ihre Angestellte und ist es, soweit ich weiß, immer noch.«

Sein Kiefer spannte sich an, und seine Augen funkelten vor Wut. »Das ist absurd! Ich hatte nie eine Affäre, schon gar nicht mit einer Angestellten«, presste er hervor. Aber Emma sah die Wahrheit in seinen Augen, auch wenn seine Lippen etwas anderes behaupteten. Auch Herrn Winkler entging die Spannung nicht, denn er räusperte sich und erhob sich hastig von seinem Stuhl.

»Ferdinand, ich habe noch einen Termin und muss mich leider entschuldigen. Wir reden später, ja? Es scheint sich hier um eine Familienangelegenheit zu handeln, da möchte ich nicht stören.«

»Das ist *keine* Familienangelegenheit!« Lauderthal warf Emma einen Blick zu, als wolle er sie zermalmen. »Karl – bleib hier! Frau Hofmann wollte ohnehin gerade gehen, nicht wahr?« Doch Winkler war bereits aus der Tür verschwunden, ohne auf die Worte seines Chefs zu achten.

Sobald die Bürotür hinter ihm ins Schloss gefallen war, verlor Ferdinand die Fassung. »Wie können Sie es wagen, mich hier so bloßzustellen? Wofür halten Sie sich eigentlich?« Seine Stimme bebte vor Zorn. »Ich bin verheiratet, ich habe Kinder, verdammt nochmal! Was auch immer Sie glauben, herausgefunden zu haben – ich bin definitiv nicht Ihr Vater!«

Emmas Herz raste. Entrüstung und kalte Wut wallten in ihr auf. Was für ein Mistkerl! So hatte sie sich die erste Begegnung mit ihrem biologischen Vater jedenfalls nicht vorgestellt.

»Es war nicht meine Absicht, Sie vor Herrn Winkler bloßzustellen«, sagte sie ruhig. »Deshalb habe ich um ein Vier-Augen-Gespräch gebeten. Aber fest steht: Ekaterina Moldova ist meine Mutter. Sie hatten damals eine Affäre mit ihr, deswegen müssen Sie mein Vater sein.« Ihre Stimme zitterte leicht, als sie weitersprach. »Können Sie denn wirklich nicht verstehen, dass ich mehr über meine Wurzeln wissen möchte?«

Er schwieg, und Emma presste die Hände fest aufeinander, um ihr Zittern zu verbergen. Sie würde vor diesem Drecksterl auf keinen Fall Schwäche zeigen.

»Ich möchte doch nur Gewissheit«, sagte sie schließlich. »Wären Sie bereit, einen Vaterschaftstest zu machen?

Wenn Sie nicht mein Vater sind, werden Sie nie wieder etwas von mir hören. Das verspreche ich.«

Ferdinand Lauderthal knirschte so laut mit den Zähnen, dass Emma unwillkürlich zusammenzuckte. »Erwarten Sie etwa ernsthaft, dass ich meine Familie da mit hineinziehe? Auf gar keinen Fall.« Er schüttelte heftig den Kopf. In seinen Gedanken rumorte es sichtlich. Dann, nach einer kurzen Pause, trat ein stählerner Ausdruck auf sein Gesicht. »Also gut. Wie viel?«

»Wie bitte?« Emma blinzelte verwirrt. »Was meinen Sie?«

Sein Mund verzog sich zu einem verächtlichen Lächeln. »Jetzt tun Sie nicht so unschuldig. Was kostet mich Ihr Schweigen? Wie viel wollen Sie, damit Sie mich und meine Familie in Ruhe lassen?«

Emma schnappte nach Luft. Mit vielem hatte sie gerechnet – aber damit nicht.

»Ich … ich will Ihr Geld nicht«, stotterte sie nach einigen Sekunden des Schocks. »Darum geht es mir nicht.«

»Natürlich nicht.«

Ferdinand lehnte sich zurück und musterte sie mit eiskaltem Blick. »Frau Hofmann – ich bin sicher, Sie sind eine nette junge Frau. Ich habe keine Ahnung, was Sie hierhergeführt hat – und um ehrlich zu sein, es interessiert mich auch nicht. Aber selbst wenn ich Ihr biologischer Vater sein sollte – was ich für äußerst unwahrscheinlich halte – ich habe keine Absicht, in irgendeiner Form eine Vaterrolle in Ihrem Leben zu übernehmen. Ich habe Kinder, die ich über alles liebe und die ich großgezogen habe. Also sage ich es noch einmal: Was ist Ihr Preis?«

Emma fühlte sich, als würde sie aus großer Höhe fallen. Ihr Blick wanderte über seine markanten Züge, das zusammengekniffene Lächeln und die scharfen Linien seines Gesichts. Nichts davon erkannte sie an sich selbst wieder. Schnell wog sie ihre Optionen ab. Das Geld konnte sie weiß Gott gebrauchen. Sie könnte es als Startkapital verwenden, um endlich aus Affing wegzukommen. Aber ihr Stolz verbat es ihr, Geld von diesem Ekelpaket anzunehmen.

Emma lehnte sich vor, ihre Stimme war flach und ruhig, als sie ihm in die kalten Augen sah. »Ich will Ihr Geld nicht.«

»Sind Sie sich da ganz sicher?« Seine Stimme triefte vor Spott. »Schauen Sie sich doch an! Ein paar anständige Kleider, ein neuer Haarschnitt – das wäre doch was, oder? Ihr Stolz ist ja ganz nett, aber der zahlt Ihnen nicht die Miete. Nehmen Sie meinen Rat an und nutzen Sie die Chance. Nehmen Sie das Geld.«

»Ich bin nicht bestechlich«, entgegnete Emma scharf. »Tut mir leid, aber das ist mein letztes Wort.«

»Wie Sie wollen.« Seine Stimme klang nun so eisig wie seine Augen. »Aber ich warne Sie: Halten Sie sich von mir und meiner Familie fern. Vertrauen Sie mir, jemanden wie mich wollen Sie nicht zum Feind haben.«

EMMA

Wie war's?«, wollte Fiona wissen, kaum dass sie *Lauderthal Immobilien* hinter sich gelassen hatten. Emma marschierte mit schnellen Schritten in Richtung der nächsten Straßenbahnstation, die Wut trieb sie voran. Sie lief so eilig, dass Fiona mit ihren kurzen Beinen kaum Schritt halten konnte.

»Emma, warte doch mal!«, rief Fiona und bemühte sich, ihre Freundin einzuholen. »Sag schon: Was ist passiert?«

Abrupt blieb Emma stehen und drehte sich um. »Was passiert ist?«, fauchte sie. »Ferdinand Lauderthal ist ein verfluchtes Arschloch – das ist passiert! Ein überhebliches, selbstgefälliges Arschloch. Ein chauvinistischer Mistkerl.«

»Dann hat er sich also nicht gefreut, dich zu sehen?«, fragte Fiona vorsichtig.

»So sehr, dass er versucht hat, mich zu bestechen, damit ich ihn und seine heile Familie in Ruhe lasse.« Emma schüttelte den Kopf und lachte bitter.

»Autsch«, murmelte Fiona und biss sich nervös auf die Unterlippe. »Aber … ist er es? Ist Ferdinand Lauderthal wirklich dein leiblicher Vater?«

Emma stieß ein humorloses Lachen aus. »Natürlich hat er alles abgestritten. Aber ich bin mir sicher. Ich konnte es in seinen Augen sehen.«

»Oh Gott, Em, das tut mir so leid. Das ist alles meine Schuld! Ich habe dich gedrängt hierherzukommen. Bitte verzeih mir, ich hätte mich nicht einmischen sollen.«

»Blödsinn«, entgegnete Emma scharf. »Du kannst ja nichts dafür. Der Mann ist einfach ein erbärmlicher Feigling, der seine schwangere Angestellte im Stich gelassen

33

hat und sich jetzt weigert, zu seinen Taten zu stehen.« Sie stampfte mit dem Fuß auf, und der Absatz ihres geliehenen High Heels knackte gefährlich.

Zögernd streckte Fiona die Hand aus und legte sie tröstend auf Emmas Arm.»Was machst du denn jetzt wegen Ekaterina? Versuchst du es in ein paar Wochen noch einmal?«

»Nein, ich denke nicht.« Emma seufzte. Mit einem Mal wich die Wut einer tiefen Enttäuschung.»Das hat doch alles keinen Sinn. Ich werde die Sache hinter mir lassen, wie ich das von Anfang an hätte tun sollen. Wie konnte ich auch nur für einen Moment glauben, dass er sich freuen würde, mich zu sehen? Pff, das wäre nicht mein Leben.«

Eine bedrückende Stille legte sich über die beiden, die auch anhielt, als sie schließlich den Wiener Hauptbahnhof erreichten. Sie stiegen in den Zug nach München und fanden ein leeres Abteil, das sie ganz für sich hatten. Erschöpft ließ Emma ihre Stirn gegen die kühle Fensterscheibe sinken.

Fiona setzte sich neben sie und legte vorsichtig den Kopf auf Emmas Schulter.»Alles wird gut«, murmelte sie sanft.

»Ja, wir haben ja immer noch unseren Plan«, erwiderte Emma leise.»Noch ein paar Monate sparen, dann haben wir genug Geld beisammen, um Affing für immer hinter uns zu lassen. Wir suchen uns eine Wohnung in Berlin und machen unsere eigene Bar auf. Ein echter Neustart – nur wir beide. Das wird großartig.«

Bei diesen Worten schlich sich ein Schatten auf Fionas Gesicht. Einen Moment lang schien sie zu zögern, dann hob sie langsam den Kopf und sagte zögerlich:»Nun ja … was das betrifft – ich muss dir da etwas sagen.«

FERDINAND

Diese verfluchte Hure!
Wütend donnerte Ferdinand seine Faust auf die Tischplatte. Wie hatte das nur passieren können? Ekaterina hatte ihm damals hoch und heilig versprochen, die Sache diskret zu regeln. Genau deshalb hatte er ja auf der geschlossenen Adoption bestanden, als sie partout nicht abtreiben wollte. Aber jetzt? Jetzt hatte er dieses Chaos am Hals. Sie konnte sich auf etwas gefasst machen, wenn sie aus Frankreich zurückkam, so viel stand fest.

Ferdinand atmete schwer. Was war da bloß schiefgelaufen? Nichts funktionierte, wenn man es nicht selbst in die Hand nahm. Und diese dumme Kleine? Wofür hielt sie sich eigentlich, einfach hier aufzukreuzen?

Sein Magen krampfte sich zusammen bei dem Gedanken, dass sie vielleicht auch zu Hause aufgetaucht war. Nicht auszudenken, was passiert wäre, hätte sie Inés oder die Kinder getroffen. Seine Frau durfte auf keinen Fall von seinem Fehltritt erfahren. Ferdinand war sich ziemlich sicher, dass das das Ende ihrer Ehe bedeuten würde. Eine harmlose Affäre würde sie ihm womöglich noch verzeihen – aber ein uneheliches Kind? Niemals.

Wenn Inés ihn wirklich verließe, wäre es vorbei mit seinem bequemen Lebensstil. Mit Sicherheit würde sie ihn als Geschäftsführer absetzen und dann wäre seine Karriere vorbei. Alles, wofür er die letzten fünfundzwanzig Jahre gearbeitet hatte, wäre verloren.

Dann müsste er sich bei seinem älteren Bruder Konstantin durchbetteln und das war keine Option. Konstantin hatte als Erstgeborener die Ländereien, den Hof, die Wälder – einfach alles geerbt. Ferdinand hingegen hatte selbst zusehen müssen, wo er blieb. Die Ehe mit Inés war ein Segen gewesen. Dank ihres schier unerschöpflichen Familienvermögens konnte er das Leben führen, das er sich immer erträumt hatte. Das würde er sich nicht nehmen lassen – schon gar nicht wegen eines Bastards aus einer belanglosen Affäre vor zwanzig Jahren.

Unwillkürlich schob sich das Bild von Emmas verletzter Miene in seine Gedanken. Ferdinand schüttelte fassungslos den Kopf.

Was hatte sie denn erwartet? Dass er ihr um den Hals fallen und sie mit offenen Armen in der Familie willkommen heißen würde? In welcher Welt lebte dieses Mädchen?

Er hoffte inständig, dass es ihm gelungen war, sie für immer zu verscheuchen. Er würde sicherheitshalber einen Privatdetektiv engagieren, um sie im Auge zu behalten. Aber zuerst musste er mit Karl sprechen und Schadensbegrenzung betreiben.

Er griff zum Telefonhörer und drückte eine Taste.

»Karl, kannst du bitte kurz zu mir kommen?«

»Natürlich, bin gleich da«, ertönte es aus dem Lautsprecher.

Wenige Augenblicke später öffnete sich die Bürotür und Karl trat ein.

Beim Anblick seines alten Freundes entspannte sich Ferdinand ein wenig. Sie kannten sich bereits seit über fünfundzwanzig Jahren. Inés hatte die beiden einander vorgestellt, und anfangs war Ferdinand skeptisch gewesen, weil Karl ihr so nahestand. Insgeheim hatte er vermutet, dass Karl selbst in Inés verliebt gewesen war. Aber nach der Verlobung hatte sich sein Unbehagen allmählich gelegt. Inés hatte sich für ihn entschieden, und er hatte Karl in der Folge besser kennengelernt. Sie hatten schnell herausgefunden, dass sie weitaus mehr gemeinsam hatten als ihre Zuneigung zu Inés. Als Inés schließlich

Lauderthal Immobilien gegründet hatte, hatte Ferdinand ohne Zögern zugestimmt, Karl ins Unternehmen zu holen. Über die Jahre war er zu einem seiner engsten Vertrauten geworden.

»Wegen vorhin«, begann Ferdinand zögerlich. »Nur, um das klarzustellen: Das war alles ein großes Missverständnis. Du hättest bleiben sollen. Diese Emma Hofmann ist selbstverständlich nicht meine Tochter. Ich würde Inés nie betrügen, das weißt du doch, oder?«

»Natürlich, Ferdinand. Mach dir keine Gedanken.«

»Das Mädchen war nur auf Geld aus. Ich glaube, ich habe die Angelegenheit geklärt, aber ich möchte dich trotzdem bitten, gegenüber Inés nichts davon zu erwähnen. Sie ist in letzter Zeit gesundheitlich angeschlagen, und ich will sie nicht unnötig beunruhigen.«

»Versteh ich, das bleibt unter uns«, antwortete Karl leise.

Ferdinand atmete erleichtert auf. »Danke, du bist wirklich der Beste. Übrigens, möchtest du heute Abend zu uns zum Essen kommen? Céline hat eine kleine Gartenparty veranstaltet – das ganze Grillfleisch können die gar nicht verputzt haben! Ein paar Steaks vom Grill, was meinst du? Inés bringt mich um, wenn ich dich nicht zumindest frage.«

Karl lächelte. »Wie könnte ich da Nein sagen? Ich schicke nur noch ein paar E-Mails raus, dann können wir los.«

Als die Bürotür hinter Karl ins Schloss fiel, schickte Ferdinand ein stummes Dankesgebet zum Himmel. Karl hatte ihm die Geschichte abgekauft. Er war ein loyaler Freund, auf den er sich verlassen konnte. Zumindest in dieser Hinsicht war alles in Ordnung – für den Moment.

EMMA

Du ziehst nach Portugal?«
»Naja, sicher ist es noch nicht«, murmelte Fiona und
wich Emmas Blick aus. »Es ist nur ein Angebot. Ich habe
mich noch nicht entschieden.«

»Ein Angebot, das man kaum ablehnen kann, oder?
Habe ich das eben richtig verstanden? Deine Tante be-
treibt ein Hotel in Lissabon, bietet dir einen Job an – und
dazu auch noch eine Gratis-Unterkunft?« Emma konnte
den ungläubigen Tonfall nicht verbergen.

»Sie hat vorgeschlagen, dass ich als ihre Assistentin
anfange, um das Unternehmen erst mal kennenzulernen.
Reich werde ich dabei nicht.«

Emma schüttelte fassungslos den Kopf. »Ich wusste ja
nicht mal, dass du eine Tante in Portugal hast.«

»Genau genommen ist sie die Schwester meines Groß-
vaters«, erklärte Fiona. »Sie ist schon vor vielen Jahren
nach Lissabon ausgewandert. Meine Eltern haben kaum
Kontakt zu ihr. Aber letzte Woche, beim Begräbnis meines Großonkels, habe ich sie zum ersten Mal richtig kennengelernt. Wir sind ins Gespräch gekommen, und es hat
sich herausgestellt, dass sie jemanden sucht, der ihr Hotel
weiterführt. Sie hat keine Kinder und plant, in den nächsten Jahren in den Ruhestand zu gehen. Es wäre eine tolle
Gelegenheit, langsam in die Rolle hineinzuwachsen.«

»Fi, das klingt ja großartig!« Emmas Augen leuchteten
auf.

»Ja, schon«, flüsterte Fiona, dann brachen die Tränen
aus ihr hervor. »Aber was ist mit unserem Berlin-Plan?
Ich kann dich doch nicht einfach im Stich lassen!« Ihre
Stimme bebte. »Ich werde ihr sagen, dass ich das Angebot

nicht annehme. Entweder sie bekommt uns beide oder gar keine!«

»Nein, das wirst du nicht tun«, unterbrach Emma sanft. »Du gehst nach Portugal und rockst das Ganze. Du wirst dir eine großartige Zukunft aufbauen. Mach dir keine Sorgen um mich, ich komme schon klar.«

»Meinst du das wirklich?« Fionas Augen glänzten feucht, ihre Unterlippe zitterte leicht.

»Natürlich.«

»Sobald ich dort Fuß gefasst und irgendein Mitspracherecht habe, hole ich dich zu mir. Du bist meine beste Freundin, und ich brauche dich!«

Emma lächelte liebevoll und strich ihrer Freundin zärtlich über den Arm. »Ja, sicher. Aber jetzt hör auf zu weinen, okay? Du weißt doch, zu viel Drama ertrage ich nicht. Wir kriegen das hin. Ganz bestimmt.«

Fionas Schultern sanken herab. »Mein Gott, ich bin fast wahnsinnig geworden, weil ich dir nicht sofort davon erzählt habe! Aber nach all dem, was du gerade durchmachst, wollte ich dich nicht auch noch enttäuschen.«

»Fi, du kannst mich gar nicht enttäuschen. Und ich weiß es zu schätzen, dass du dir Sorgen um mich machst. Aber du musst auch an dich denken, an deine Zukunft. Ich bin zäh, mich kriegt so schnell nichts klein. Unkraut vergeht nicht, oder? Ich packe das schon.«

Fiona schniefte und lächelte zaghaft. »Du bist der stärkste Mensch, den ich kenne.«

»Und du die gefühlsduseligste Kuh, die ich kenne.« Emma zwinkerte ihr zu.

Fiona prustete los. »Hey, das nehme ich persönlich!«

»Na bitte, das ist doch schon besser!« Emma grinste. »Wann soll es denn losgehen?«

»Meine Tante möchte, dass ich schon im September anfange. Aber ich habe ihr noch nicht zugesagt.«

»Dann nimm jetzt dein Telefon und ruf sie an. Und sobald du zu Hause bist, buchst du den ersten Flug, den du finden kannst.«

»Danke, Em.« Fionas Stimme war kaum mehr als ein Flüstern.

Emma schluckte den Kloß in ihrem Hals hinunter. »Es gibt nichts zu danken. Du hättest mir dasselbe geraten, wenn du an meiner Stelle wärst.«

EMMA

Emma rannte durch unbekanntes Gelände. Die regelmäßigen Geräusche ihrer Sportschuhe auf dem Schotterweg waren das Einzige, was die Stille durchbrach. Ihr Pferdeschwanz wippte bei jedem Schritt mit. Sie blickte über die Schulter. In einiger Entfernung sah sie eine Gestalt, die ihr folgte. Sie wusste nicht, wer die Person war oder was sie von ihr wollte, spürte aber instinktiv, dass sie nichts Gutes im Schilde führte.

Hastig beschleunigte sie ihr Tempo, doch ihr Verfolger tat es ihr gleich und ließ sich nicht abschütteln. Der Schotterweg mündete bald in einen schmalen Waldweg. Hohe Fichten und Kiefern umgaben sie, der erdige Duft von Nadelbäumen erfüllte die feuchte Luft. Irgendwo in der Ferne hörte sie das Rauschen von Wasser. Sie wagte einen weiteren Blick über die Schulter – und erstarrte. Neben der ersten Silhouette war eine zweite Gestalt aufgetaucht. Die Angst schnürte ihr die Kehle zu.

Emma rannte, so schnell sie konnte. Das Unterholz zerkratzte ihre Beine, doch sie ignorierte den Schmerz. Egal, wie sehr sie sich anstrengte, die beiden Verfolger rückten unaufhaltsam näher.

Plötzlich lichtete sich der Wald. Vor ihr erstreckte sich eine Lichtung, doch je näher sie kam, desto langsamer schien sie voranzukommen. Ihre Schritte wurden schwerer, als würde der Boden unter ihr versuchen, sie festzuhalten. Ein schmatzendes Geräusch begleitete jeden ihrer Schritte.

Panisch sah sie nach unten – ihre Füße versanken immer tiefer in der Erde. Der Morast hatte sie gefangen und reichte ihr bereits bis zu den Knien.

Verzweifelt kämpfte sie gegen den zähen Untergrund an, doch der Schlamm hielt sie erbarmungslos fest. Hinter ihr hörte sie das hämische Gelächter ihrer Verfolger. Der eine hatte am Rand des Moors angehalten, die Arme vor der Brust verschränkt, während sein Partner ungehindert auf Emma zuschritt. Im Gegensatz zu ihr schien er keine Probleme mit dem Morast zu haben.

Als er näherkam, rutschte ihm die Kapuze vom Kopf. Emma stockte der Atem. Es war Onkel Phil, der sie mit einem sadistischen Grinsen anstarrte, die Hände gierig nach ihr ausgestreckt.

Emma schrie um Hilfe, doch ihre Stimme verhallte wirkungslos im Wald. Der Mann am Rand der Lichtung lachte nur kalt. Obwohl sein Gesicht im Schatten der Bäume verborgen lag, erkannte sie die Stimme, die zu ihr herüberschallte – drohend und vor Zorn vibrierend.

»Habe ich dir nicht gesagt, du sollst das Geld nehmen? Jetzt siehst du, was du davon hast, Mädchen.«

Es war Ferdinand Lauderthal.

Mit einem Ruck schreckte Emma aus dem Schlaf hoch. Ihr Herz hämmerte wie wild, als wollte es ihr aus der Brust springen. Keuchend blickte sie sich um, brauchte einen Moment, um zu begreifen, dass sie in ihrem Bett saß und nicht mehr im klebrigen Morast feststeckte.

Instinktiv strampelte sie mit den Füßen, um sich zu vergewissern, dass sie wirklich frei war. Die Decke, die sich zwischen ihren Beinen verfangen hatte, glitt vom Bett auf den Boden. Emma atmete erleichtert auf. Es war nur ein Traum gewesen. Doch wie lebendig er sich angefühlt hatte!

Die Sonne stand bereits hoch am Himmel und durch das Fenster drang eine unerträgliche Hitze. Seit Tagen schon hielt die Hitzewelle Affing fest im Griff und ließ die

Pflanzen verdorren, während die Bewohner sich verzweifelt nach Abkühlung sehnten.

Emma rollte sich auf den Bauch und zog das Kissen über ihren Kopf, um das grelle Licht fernzuhalten. Am liebsten wäre sie einfach liegengeblieben – vielleicht würde sie dann endlich von den quälenden Albträumen verschont bleiben. *Kein Wunder, dass ich schlecht schlafe*, dachte sie bitter. Erst die Nachricht über ihre Adoption, dann die erniedrigende Begegnung mit ihrem leiblichen Vater und jetzt auch noch die Hiobsbotschaft, dass Fiona sie verlassen würde. Von all diesen Rückschlägen traf sie Fionas Weggang am härtesten. Der Traum von einer Familie war für Emma schon lange zerbrochen, die Begegnung mit Ferdinand Lauderthal hatte sie nur endgültig von der Realität überzeugt. Aber dass Fiona ihre Pläne über den Haufen warf und nach Portugal ging, traf sie völlig unvorbereitet. Wenn Emma Affing verlassen wollte, musste sie es jetzt allein schaffen. Sie war völlig auf sich gestellt.

Sie presste die Hände gegen ihre Ohren, als ob sie dadurch die aufdringliche Stimme in ihrem Kopf zum Schweigen bringen könnte.

Schlaf weiter, Emma! Es ist schließlich Sonntag!

Doch die Gedanken ließen sich nicht vertreiben. Frustriert setzte sie sich auf und rieb sich die Augen. Es war ohnehin viel zu heiß zum Schlafen. Seufzend griff sie nach dem Laptop, den sie wie immer unter dem Bett aufbewahrte, und rief Céline Lauderthals Instagram-Profil auf. Seit ihrer Rückkehr nach Affing war es zur täglichen Routine geworden. Mit einem gefälschten Account hatte sie ihre Halbschwester ausfindig gemacht und war überrascht gewesen, dass Célines Profil öffentlich war. Offenbar hatte sie kein Problem damit, Fremde an ihrem Leben teilhaben zu lassen.

Das neueste Foto zeigte Céline und den blonden Jungen von der Gartenparty. Die beiden strahlten in die Kamera, während sie einander zuprosteten. Der leuchtende Orange-Ton ihrer Cocktails harmonierte perfekt mit dem weißen Strandkleid, das Céline trug. Emma konnte nicht anders, als sich zu fragen, ob das alles tatsächlich so zufällig war – oder ob Céline vielleicht sogar Werbegeld für solche Aufnahmen kassierte.

Was machst du da eigentlich?, fragte Emma sich zum x-ten Mal. *Warum hörst du nicht einfach damit auf?*

Sie wusste, dass es nicht gesund war, ihre Halbschwester zu stalken. Aber irgendwie war es wie eine Sucht. Céline war ihr eigenes kleines Stückchen *OC California*. Emma konnte nicht aufhören, ihr Leben zu beobachten, selbst wenn es jedes Mal ein Stich ins Herz war, die strahlend glückliche Familie zu sehen, die sie niemals haben würde.

Wenn Fiona wüsste, was du treibst, würde sie dir gehörig den Kopf waschen, dachte sie. Sie konnte sich lebhaft vorstellen, was sie sagen würde: *Hast du den Verstand verloren, Em? Hör auf mit dem Mist, bevor du noch daran kaputtgehst!*

Emma unterdrückte ein bitteres Lächeln. Fiona wusste nichts von ihrem heimlichen Online-Stalking. Seit ihrer Rückkehr hatten sie nur wenige Male telefoniert. Emma nahm es ihrer Freundin nicht übel – schließlich steckte sie mitten in den Vorbereitungen für ihren Umzug. Trotzdem fühlte sie sich so verlassen und einsam wie nie zuvor.

Mit einem resignierten Stöhnen klickte sie auf die Schaltfläche, um das Browserfenster zu schließen. Nichts passierte. Emma schnaubte. Dieser alte Schrott von Laptop würde sie noch in den Wahnsinn treiben. Schließlich klappte sie das Gerät einfach zu und schob es zurück unter das Bett, wo es hingehörte.

Sie schwang die Beine aus dem Bett und lief ins Bad. Nachdem sie kalt geduscht und sich frische Sachen angezogen hatte, knotete sie ihr feuchtes Haar zu einem lockeren Flechtzopf und machte sich auf den Weg in die Küche. Ihr Adoptivvater saß am Tisch, die Stirn tief in seine Zeitung versenkt.

»Morgen«, murmelte Emma, obwohl es eigentlich schon viel zu spät dafür war.

Lukas Schneider grunzte nur hinter seiner Zeitung hervor.

Emma seufzte innerlich. So lief es jetzt schon seit Wochen. Seit dem Tag, an dem das Geheimnis ihrer Adoption gelüftet worden war, behandelten Lukas und Silvia sie mit spürbarer Kälte und Distanz. Fast schien es, als wären sie erleichtert, den mühsam aufrecht erhaltenen Schein einer funktionierenden Familie nicht länger wahren zu müssen. Und im Grunde fühlte auch Emma so.

Nur Julian begriff nicht, was los war. Seine Eltern waren der Meinung, er sei mit seinen vierzehn Jahren noch zu jung für die Wahrheit und hatten Emma klargemacht, dass sie das respektieren müsse. Seine hilflosen Versuche, Emma bei den seltenen Familienessen einzubinden, brachen ihr jedes Mal fast das Herz.

»Ah, Emma, gut, dass du da bist.« Ihre Mutter trat hinter ihr in die Küche und setzte ein gezwungenes Lächeln auf. »Es gibt da etwas, das wir mit dir besprechen wollten.«

»Ja? Worum geht's?«, fragte Emma, während sie sich eine Tasse Kaffee einschenkte.

Zu ihrer Überraschung legte auch Lukas die Zeitung beiseite. Erwartungsvoll sah er seine Frau an, doch die schien auf einmal keinen Mut mehr zu haben und senkte den Blick.

»Silvia hat recht. Es wird Zeit, dass wir mal über deine Zukunft reden«, begann Lukas vorsichtig.

»Meine Zukunft?«, wiederholte Emma spöttisch.

»Um genau zu sein, geht es um unsere Wohnsituation.«

»Okay«, sagte Emma gedehnt. »Und was bedeutet das?«

Lukas tauschte einen schnellen Blick mit seiner Frau, dann drehte er sich wieder zu Emma.

»Du hast ja nun dein Abitur in der Tasche. Wir dachten, dass du nach deinem Abschluss ohnehin ausziehen würdest – nach München, oder?«

»Berlin«, korrigierte Emma ihn steif. »Ich wollte mit Fiona nach Berlin gehen. Aber das hat sich erledigt. Sie hat ein Jobangebot bekommen, das sie nicht ablehnen konnte. Warum fragt ihr?«

Im Augenwinkel sah Emma, wie ihre Mutter nervös von einem Bein aufs andere trat.

»Wir fragen, weil …«, Silvia zögerte, »weil wir umziehen werden. Nicht weit weg, aber in eine günstigere Wohnung. Und … na ja, sie ist auch kleiner.«

Emma hielt mitten in der Bewegung inne. Die Cocktailtomate, die sie eben vom Tisch genommen hatte, glitt ihr aus der Hand und plumpste auf den Boden. »Und was bedeutet das jetzt für mich?«

Lukas schlug mit der Faust auf den Tisch, dass die Tassen klirrten. »Muss ich das wirklich laut aussprechen?« Seine Stimme war gereizt. »Wir haben dich bis nach dem Abitur durchgefüttert. Aber in der neuen Wohnung haben wir einfach keinen Platz mehr für dich. So, jetzt ist es raus.«

Emma starrte ihn fassungslos an, während Wut und Verzweiflung sich in ihrem Bauch zusammenballten. *Durchgefüttert?* Seit Jahren schon erhielt sie kein Taschengeld mehr von den Schneiders und bestritt ihren Lebensunterhalt großteils selbst.

»Heißt das, ihr werft mich raus?«

»Nein, nein, natürlich nicht!«, rief Silvia eilig und trat einen Schritt auf sie zu. »Aber … wir dachten einfach, dass du ohnehin vorhast auszuziehen. Du bist ja schon neunzehn, also ...«

»Also dachtet ihr, ihr braucht mich nicht mehr in eure Pläne einzubeziehen«, ergänzte Emma. Ihre Stimme klang merkwürdig emotionslos.

»Wir haben die neue Wohnung ab November gemietet«, sagte Silvia schuldbewusst. »Es bleiben also noch ein paar Wochen.«

Doch Emma hörte nur mit halbem Ohr hin. In ihrem Kopf tobten die Gedanken. Fiona – weg. Ihr gemeinsamer Plan, in Berlin neu anzufangen – geplatzt. Andere Zukunftspläne hatte sie nie geschmiedet. Und jetzt wollten die Schneiders sie auch noch loswerden? Sie fühlte sich, als würde ihr der Boden unter den Füßen weggezogen. Was sollte sie jetzt nur tun? Wo sollte sie hin? Und wie sollte sie sich eine eigene Wohnung leisten? Natürlich hatte sie sich nie wirklich zuhause gefühlt, aber insgeheim war sie davon ausgegangen, dass sie genug Zeit hätte, um ihren nächsten Schritt in Ruhe zu planen.

Emma zwang sich, tief durchzuatmen. Sie durfte jetzt nicht die Nerven verlieren. Irgendwie musste sie die Fassade der Gelassenheit aufrechterhalten.

»Verstanden«, sagte sie schließlich knapp, stellte die Kaffeetasse mit einem lauten Klirren auf den Tisch und drehte sich zur Tür. Der Hunger war ihr längst vergangen.

»Da wäre noch etwas«, rief Lukas ihr hinterher. »Silvia und ich fahren übermorgen für eine Woche an die Ostsee. Anlässlich unseres Hochzeitstags. Julian bleibt hier. Sei so gut und kümmere dich untertags um ihn, okay? Am Abend wird mein Bruder kommen und ihn übernehmen. Er hat ohnehin geschäftlich in der Gegend zu tun.«

Emma erstarrte. Ihr Herz setzte für einen Moment aus. »Onkel Phil kommt?« Ihre Stimme klang gepresst. Panik schoss durch ihren Körper.

»Mach kein Theater, Emma«, knurrte Lukas. »Ich erwarte, dass du dich von deiner besten Seite zeigst und das Abendessen vorbereitest. Das ist das Mindeste, was du tun kannst.«

Emma brachte nur ein stummes Nicken zustande und flüchtete aus der Küche. Die Angst schnürte ihr die Kehle zu. *Wäre ich doch bloß im Bett geblieben.*

EMMA

In Gedanken versunken wendete Emma das Hühnerstückchen in der Pfanne. Sie hatte sich für ein einfaches Gericht entschieden – Geschnetzeltes mit Reis, eines von Julians Lieblingsessen. Der Duft von angebratenen Zwiebeln erfüllte die kleine Küche und trieb ihr Tränen in die Augen. Bei den tropischen Temperaturen, die in der stickigen Wohnung herrschten, war es, als würde sie in einer finnischen Sauna stehen. Doch Emma spürte weder die Hitze noch die Tränen. Seit dem Gespräch mit ihren Adoptiveltern war sie wie betäubt. Ihre Gedanken wirbelten unentwegt und ließen sich nur durch ihre täglichen, schweißtreibenden Joggingrunden in Schach halten. Manchmal lief sie stundenlang, bis ihr Körper so erschöpft war, dass sie nichts anderes mehr empfinden konnte.

Gestern war Fiona vor ihrem Abflug noch einmal kurz in der Bar vorbeigekommen. Sie hatte Emma in den Arm genommen und sie mit ihren üblichen Scherzen aufzumuntern versucht. Doch so sehr Fiona sich auch bemühte, die Stimmung blieb gedrückt. Abschiede fielen Emma ohnehin schwer, und diesmal hinterließen sie ein Gefühl von endgültigem Verlust.

Die letzten Tage hatte sie sich mit der Suche nach potenziellen Jobs abgelenkt. Alles, was sie wollte, war, so schnell wie möglich aus Affing wegzukommen. Aber wohin? Und mit welchem Geld? Ihre Chancen sahen alles andere als rosig aus. Wahrscheinlich würde sie sich wieder als Barkeeperin bewerben und hoffen, in einer WG unterzukommen. Irgendwo, wo sie niemanden kannte. Dort konnte sie dann in Ruhe überlegen, wie es weitergehen sollte.

Zumindest war es ihr gelungen, Onkel Phil bisher aus dem Weg zu gehen. Er war erst gestern angekommen, und als Emma spätabends aus dem *Nexos* zurückgekommen war, hatte er schon geschlafen. Seit Fionas Kündigung hatte Emma mehr Schichten als üblich, und das war ihr nur recht. Je weniger Zeit sie zu Hause verbrachte, desto besser. Doch sie bezweifelte, dass sie das die ganze Woche durchhalten konnte.

Gerade, als dieser Gedanke in ihr aufstieg, öffnete sich die Küchentür hinter ihr. Emmas Körper erstarrte, als ihr der widerliche Geruch von Phils Aftershave in die Nase stieg. Es roch nach fauliger Minze und süßlichem Moschus. *Wenn man vom Teufel spricht ...*

Fröhlich pfeifend trat ihr Onkel näher und beugte sich über ihre Schulter.»Na, was kocht meine Lieblingsnichte denn Schönes?«, säuselte er mit seiner schmierigen Stimme.

Emma biss die Zähne zusammen und atmete flach durch den Mund, um Phils Mundgeruch nicht einatmen zu müssen. Mit verbissener Miene stocherte sie weiter in der Pfanne. *Bloß keine Schwäche zeigen*, ermahnte sie sich.

»Hey, was ist los? Freust du dich nicht, deinen Onkel zu sehen?« Phils Stimme klang gespielt enttäuscht, während seine Hand sich langsam in Richtung ihres Hinterns bewegte.

»Lass mich in Ruhe, Onkel Phil!«, fauchte Emma und schlug seine Hand weg, die gefährlich nah an ihre Pobacke tastete.»Ich mache nur das Abendessen fertig und dann bin ich weg. Ich muss zur Arbeit.«

Phil lachte krächzend, als hätte sie gerade einen besonders lustigen Witz gemacht.»Ein Jammer, aber keine Sorge, wir werden schon noch genug Zeit miteinander verbringen. Nicht wahr, Süße?« Seine Augen funkelten dabei unheilvoll.

Emma hielt den Blick starr auf die Pfanne gerichtet und sagte nichts. Der bloße Gedanke, mit diesem Mann allein zu sein, drehte ihr den Magen um. *Nur noch ein paar Minuten*, dachte sie, *dann bist du weg.* Nach einer gefühlten Ewigkeit wandte sich Phil endlich ab. Pfeifend schlenderte er zur Tür, drehte sich jedoch im Gehen noch einmal um und verpasste ihr einen anzüglichen Klaps auf den Hintern.

Emma zuckte zusammen, biss die Zähne fest aufeinander und zwang sich, ruhig weiterzuatmen. Erst als er endgültig die Küche verlassen hatte, schüttelte sie benommen den Kopf. Das war ja noch einmal glimpflich verlaufen.

Rasch schüttete sie den Inhalt der Pfanne in eine Schüssel, stellte sie auf den Esstisch und verließ eilig die Küche. Sie musste hier raus, raus aus dieser Wohnung. Ohne nachzudenken, lief sie in ihr Zimmer und schloss die Tür hinter sich.

Nachdem sie sich vergewissert hatte, dass Onkel Phil nicht in der Nähe war, öffnete Emma ihren Kleiderschrank und zog den alten Baseballschläger hervor, den sie vor ein paar Tagen im Keller gefunden hatte. Grimmig strich sie über das rissige Holz. *So weit ist es also gekommen*, dachte sie bitter.

Ihre frühen Kindheitserinnerungen waren lückenhaft. Aber an die Zeit nach Julians Geburt erinnerte Emma sich noch genau: Die Aufregung, endlich ein Geschwisterchen zu haben, mit dem sie spielen konnte. Julians zahnloses Lächeln, als er sie zum ersten Mal in seinem Gitterbett anstrahlte. Seine winzigen Finger, die sich um ihren Hals klammerten, wenn sie ihn hielt. Doch die Euphorie wich schnell Enttäuschung und Ratlosigkeit. Auf einmal war da dieses kleine Wesen, das alle Liebe und Zeit ihrer Eltern für sich beanspruchte. Egal wie sehr Emma sich anstrengte, nie war etwas, das sie tat, gut oder interessant genug.

Später wurde sie in den Hort gesteckt. Morgens war sie die Erste, die zur Schule gebracht wurde, abends die Letzte, die aus der Nachmittagsbetreuung abgeholt wurde. Im Hort blieb sie eine Außenseiterin, als Einzige ohne Designerklamotten und teure Spielzeuge. Sie bemühte sich so sehr, dazuzugehören, aber mit ihren billigen Turnschuhen und den Hosen, aus denen sie längst herausgewachsen war, erntete sie nur Spott. Wie sehr hatte sie diesen Ort und die Kinder dort gehasst!

Julian hingegen war der Kronprinz der Familie. Trotz knapper Finanzen wurde er von Silvia und Lukas mit Geschenken überhäuft. Jeder Wunsch wurde ihm von den Augen abgelesen.

Es wäre nur verständlich gewesen, hätte Emma ihren Bruder dafür gehasst. Doch trotz allem liebte sie ihn abgöttisch. Sie brachte ihm das Fahrradfahren bei, tröstete ihn, wenn er stürzte. Als er größer wurde und seine Liebe zum Baseball entdeckte, verbrachte sie Stunden damit, ihm Bälle zuzuwerfen. Sie lächelte bei der Erinnerung an den kleinen Jungen mit dem übergroßen Schläger in der Hand.

Emmas Kindheit endete abrupt an einem Abend im Mai, als sie vierzehn Jahre alt war. Ihre Eltern waren mit Julian übers Wochenende verreist und hatten sie in der Obhut von Onkel Phil zurückgelassen. Phil, der Bruder ihres Vaters, war ein häufiger Gast im Hause Schneiders. Er betrieb eine Softwarefirma und wenn er Kundentermine in der Nähe hatte, kehrte er meist bei ihnen ein. Meist bedachte er Emma dann mit kleinen Geschenken und sie sehnte seine Besuche herbei, wie andere Kinder das Christkind. Wenn Onkel Phil da war, fühlte sie sich endlich wieder wie ein vollwertiges Familienmitglied. Von ihm fühlte sie sich geliebt.

An jenem Abend hatten Onkel Phil und Emma es sich bei einem Film im Wohnzimmer gemütlich gemacht. Das

Sofa bot genug Platz für zwei und so lagen sie aneinander gekuschelt vor der Flimmerkiste. Vor ihnen auf dem Tisch stand eine riesige Schüssel Popcorn.

»Meine kleine Prinzessin«, hörte sie Onkel Phils tiefe Stimme an ihrem Haar.

Emma schmiegte sich eng an seine Brust, während seine Hände langsam abwärts wanderten. Über ihren den Hals, die Wölbung ihrer Schlüsselbeine. Emma ließ es geschehen. In Onkel Phils Nähe fühlte sie sich geborgen und sicher.

Plötzlich streiften seine Fingerkuppen den Saum ihres T-Shirts, den Ansatz ihres Busens. Emma versteifte sich. In der Regel mochte sie seine Zärtlichkeiten, das spielerische Piksen in die Seiten, das sie kitzelte, oder die neckischen Klapse auf den Po, wenn sie etwas Freches sagte. Doch die Berührung ihrer Brüste, die im letzten Jahr größer und empfindlicher geworden waren, erschien ihr dann doch zu intim. Verlegen rückte Emma ein paar Zentimeter von ihrem Onkel ab.

»Was machst du denn da?«, murmelte sie.

»Ich streichle dich doch nur ein bisschen, entspann dich.«

Emma schüttelte das ungute Gefühl in ihrer Magengegend ab und versuchte, sich wieder auf den Film zu konzentrieren. Onkel Phil war immer so nett zu ihr gewesen, und sie wollte ihn nicht vor den Kopf stoßen.

Eine Weile lagen sie einfach da. Phil hatte seinen Arm um ihre Schultern gelegt und fuhr fort, sie zu streicheln.

Dann verschwand seine Hand auf einmal unter ihrem Oberteil. Emma schnappte erschrocken nach Luft, als seine Finger ihre Brustwarze berührten.

»Bitte hör auf, das ist mir unangenehm«, flüsterte sie.

Doch der Onkel lächelte nur und drückte sie mit sanfter Gewalt wieder zurück auf die Couch. Seine Barthaare kratzten an ihrer Schläfe. Er nahm die Hand von ihrer Brust und legte sie stattdessen auf ihren Bauch.

»Alles gut, meine Kleine«, raunte er ihr ins Ohr. »Alles gut. Sieh doch mal, wie erwachsen du geworden bist. Weißt du denn gar nicht, wie schön du bist?«

Erneut versuchte Emma, von ihm wegzurobben, doch Onkel Phils Arm ließ ihr kaum Bewegungsspielraum. Und bevor Emma Gelegenheit hatte zu reagieren, hatte er seine Hand auch schon in ihren Slip geschoben.

Emma begann wie verrückt zu strampeln. Sie zappelte wie ein Fisch auf dem Trockenen in dem vergeblichen Versuch, sich unter dem massigen Körper herauszuwinden. Auf einen Schlag war das Gefühl der Geborgenheit verflogen und wich jäher Panik.

»Lass mich los«, flehte sie. »Bitte, ich will das nicht! Du machst mir Angst!«

Doch das tat er nicht.

Eine Gänsehaut überlief Emma, als sie an ihr erstes Mal zurückdachte. An jenem Abend hatte sich alles verändert. Nichts war jemals wieder so gewesen wie zuvor. Von da an schlich Onkel Phil sich nachts in ihr Zimmer, wenn er bei den Schneiders wohnte. Früher hatte sie sich immer auf seine Besuche gefreut, doch nun begann sie, sie zu fürchten.

Lange hatte Emma sich nicht getraut, ihren Eltern von seinen Übergriffen zu erzählen. Onkel Phil war immer so nett zu ihr gewesen, und sie fürchtete, dass Silvia und Lukas ihr nicht glauben würden. Ihr Vater verehrte seinen Bruder, er war sein Vorbild und ließ kein schlechtes Wort über ihn kommen.

Und Emma sollte Recht behalten. Ein einziges Mal, nach einer besonders schlimmen Nacht, hatte sie all ihren Mut zusammengenommen und ihren Adoptiveltern

54

erzählt, was Onkel Phil ihr antat, während sie schliefen. Doch statt sie zu beschützen, beschuldigten sie Emma, zu lügen, und verhängten ihr Hausarrest. Ob sie ahnten, was wirklich vor sich ging? Sie wusste es nicht. Aber am Ende war es auch egal.

Mit grimmigem Blick positionierte Emma den Baseballschläger unter ihrem Bett. Von der Bettkante aus war er nicht zu sehen, aber jederzeit griffbereit. Sie lächelte bitter.

Dieses Mal war sie vorbereitet. Dieses Mal würde sie sich wehren – das schwor sie sich.

FERDINAND

Was soll das heißen, Sie können sie nicht finden?«, brüllte Ferdinand in den Hörer.

»Es tut mir leid, Herr Lauderthal. Aber das Mädchen, das Sie suchen, existiert nicht. Jedenfalls nicht unter dem Namen Emma Hofmann. An der angegebenen Adresse befindet sich nur eine leerstehende Fabrikhalle. Wenn Sie mir also keine weiteren Anhaltspunkte geben können außer einem gefälschten Lebenslauf, bezweifle ich, dass wir sie aufspüren werden.«

Ferdinand schnaubte. »Ich bezahle Sie dafür, meine Probleme zu lösen, Herr Rohrfeld. Ein Nein akzeptiere ich nicht als Antwort!«

Der Detektiv blieb ruhig. »Sie bezahlen mich dafür, alles Menschenmögliche zu tun, um Ihre Aufträge auszuführen. Und genau das tue ich. Ich bin gut in meinem Job. Aber in diesem Fall ist nichts zu machen.«

Ferdinand knallte den Hörer auf die Gabel, ohne sich zu verabschieden. Seine Kiefer mahlten. Er hatte Rohrfeld schon mehrfach beauftragt, wenn es Probleme mit Mietern oder Geschäftspartnern zu lösen galt, und bisher war er immer zuverlässig gewesen. Was war bloß los mit ihm?

Zugegeben, Ferdinand hatte es nicht gewagt, dem Detektiv Emmas richtiges Geburtsdatum zu verraten – das Risiko, dass jemand zu viel erfuhr, war einfach zu groß. Trotzdem hatte er erwartet, dass Rohrfeld zumindest eine Spur finden würde. Denn in einem Punkt hatte Herr Rohrfeld recht gehabt: Er war gut in seinem Job.

Was Ferdinand jedoch am meisten ärgerte, war, dass es diesem Mädchen gelungen war, ihn hinters Licht zu führen. Einen falschen Namen, eine falsche Adresse – clever.

Natürlich ist sie intelligent, dachte er zähneknirschend. *Sie ist ja schließlich deine Tochter!*

Er stand auf und trat an die große Fensterfront. Während er den Blick über die südfranzösische Küste schweifen ließ, spürte er, wie sich seine Nerven ein wenig entspannten.

In den Tagen nach Emmas Auftauchen hatte er jeden Moment damit gerechnet, dass sie ihm auch zu Hause auflauern würde. Aber das war nicht passiert. Weder hatte Inés ihn mit seiner Untreue konfrontiert noch hatten die Kinder ihn als Betrüger entlarvt. Selbst Karl hatte das Thema fallen lassen.

Stattdessen war er mit Inés und einem Geschäftspartner samt dessen unmöglicher Frau golfen gegangen. Zehn über Par – ein Ergebnis, mit dem er zufrieden war. Anschließend war er mit seiner Familie zu ihrem Haus an der Côte d'Azur gefahren, um ein paar Tage Abstand zu gewinnen, bevor der Trubel im Herbst wieder losging.

Entspann dich, ermahnte er sich. *Alles wird gut. Deine Drohung hat die gewünschte Wirkung erzielt. Diese Emma kommt nicht zurück.*

Er hatte die Gefahr abgewendet, da war er sich sicher. Zudem gab es jetzt wichtigere Dinge, um die er sich kümmern musste.

KARL

Karl trat auf die Dachterrasse seines Innenstadtapartments. Der Lärm der Rotenturmstraße drang an seine Ohren. Wie jedes Jahr im August war die Stadt von Touristen überflutet, und selbst zu später Stunde herrschte noch reges Treiben auf den Straßen.

Mit einem Glas Bier in der Hand lehnte er sich ans Geländer, während seine Gedanken, wie so oft, zu Inés abschweiften. Seit seinem Besuch bei den Lauderthals letzte Woche machte er sich Sorgen um sie. Inés hatte erschöpft und abgespannt gewirkt, als würde etwas sie schwer belasten. Obwohl sie versucht hatte, sich nichts anmerken zu lassen, hatte Karl sofort gespürt, dass etwas nicht stimmte. Er kannte Inés schon fast sein ganzes Leben lang, lange bevor sie Ferdinands Frau geworden war. Es war unmöglich, ihn zu täuschen – er wusste, wann es ihr schlecht ging. Und dieses Mal ging es ihr definitiv nicht gut.

Inés war die großartigste Frau, die er je getroffen hatte. Warmherzig, treu und loyal. Dazu klug und bildschön. Karl war stolz, jemanden wie sie zu seinen engsten Freunden zählen zu dürfen.

Er nahm einen weiteren Schluck Bier. Manchmal, in schwachen Momenten, fragte er sich, was gewesen wäre, wenn nicht Ferdinand, sondern er selbst Inés geheiratet hätte. Wenn er damals den Mut gehabt hätte, sie zu einem Rendezvous einzuladen. Ob sein Leben dann glücklicher verlaufen wäre? Bestimmt. Jedenfalls wäre er dann wohl kaum Junggeselle geblieben. Eine Frau wie Inés ließ man nicht ziehen.

Er mochte Ferdinand, aber von Zeit zu Zeit beschlich ihn der Gedanke, dass sein Freund Inés nicht genug wertschätzte. Ferdinands Leben drehte sich nur um *Lauderthal Immobilien*. Abseits der Arbeit verbrachte er seine Zeit lieber mit Jagen, Golfen oder bei seinen Kollegen im Herrenclub, anstatt mit seiner Frau. Für Ferdinand war Inés mehr Trophäe als ebenbürtige Partnerin. Dabei hatte diese Frau so viel mehr zu bieten! Ferdinand wusste eindeutig nicht, was er an ihr hatte.

Karl seufzte.

Dann war da noch dieses Mädchen, das ihm nicht mehr aus dem Kopf ging. Ob sie wirklich Ferdinands Tochter war? Nachdenklich fuhr sich Karl über das stoppelige Kinn. Ferdinand hatte ihm zwar versichert, dass die Kleine nur auf sein Geld aus gewesen sei, aber Karl zweifelte daran. Warum sollte sie das tun? Eine Vaterschaft wäre doch mit einem einfachen DNA-Test widerlegbar gewesen.

Was, wenn also doch mehr dahintersteckte? Hatte Ferdinand Inés wirklich mit Ekaterina betrogen? Hatte er womöglich noch weitere Affären gehabt?

Karl schüttelte den Kopf. Das konnte und wollte er sich nicht vorstellen. Aber irgendetwas an der Geschichte mit dieser Emma Hofmann war faul. Wahrscheinlich hatte Ferdinand deshalb auch so eindringlich darauf bestanden, dass Karl sie gegenüber Inés nicht erwähnte. Und Karl beabsichtigte, sich an dieses Versprechen zu halten.

Was hätte er Inés auch sagen sollen? Dass er glaubte, ihr Ehemann hätte vor zwanzig Jahren eine Affäre gehabt? Er wusste doch selbst nichts Genaues, hatte keine Beweise. Und selbst wenn Emma tatsächlich Ferdinands uneheliche Tochter war – die Sache lag so lange zurück. Inés wäre zu Tode gekränkt, und am Ende wäre er vielleicht sogar schuld am Scheitern ihrer Ehe. Das hatte sie nicht verdient.

Nein, er würde nichts sagen. Aber er würde Ferdinand im Auge behalten. Wenn er Inés wirklich betrogen hatte – dann Gnade ihm Gott.

EMMA

Vorsichtig drehte Emma den Schlüssel im Schloss, bemüht, keine unnötigen Geräusche zu machen. Mit einem leisen Klicken schwang die Wohnungstür nach innen auf. Mit ihren Sneakers in der Hand schlich sie auf Zehenspitzen in ihr Zimmer, wobei sie den knarrenden Dielen geschickt auswich.

Alles schien still, nur das gelegentliche Schnarchen ihres Onkels durchbrach die Stille. Als sie die Zimmertür hinter sich zuzog, atmete sie erleichtert auf. Gott sei Dank. Ein weiterer Tag mit Onkel Phil unter demselben Dach war geschafft.

Emma war völlig erschöpft. Der Abend im *Nexos* war anstrengend gewesen, ihre Füße schmerzten wie nach einem Marathon. Schnell zog sie ihren Pyjama über, griff nach dem Laptop und ließ sich damit aufs Bett fallen. Ihrer neuen Abendroutine folgend, rief sie Célines Instagram-Profil auf, um nachzusehen, was es Neues im Leben der Reichen und Schönen gab.

Eine Reihe neuer Fotos erschien auf dem Bildschirm. Emma klickte sie eines nach dem anderen durch. *Merkwürdig, dass wir uns überhaupt nicht ähnlichsehen*, dachte sie. Céline war kleiner und zierlicher als sie, mit blondem, glattem Haar, während ihr eigenes dunkel und wellig war. Auch sonst schien es, als hätten sie nichts gemeinsam.

Das letzte Bild zeigte Céline an Bord einer beeindruckenden Yacht. Die blau-weiß-rote Flagge am Mast ließ darauf schließen, dass sie sich in Frankreich befand. Ihre Halbschwester stand an der Reling, die Arme weit ausgebreitet, den Kopf in den Nacken gelegt. Ein breites Lächeln lag auf ihrem Gesicht. Sie sah aus wie Kate Winslet in Titanic, nur war sie viel hübscher als die Schauspielerin. Im Hintergrund erkannte Emma verschwommen ein paar andere Personen, darunter Célines Mutter und den jungen Mann, den sie als ihren Bruder identifiziert hatte. Emma spürte den vertrauten Stich in der Brust. Mit einem leisen Seufzer schob sie den Laptop beiseite und kroch unter die Bettdecke.

Gerade überlegte sie, ob sie sich zum Einschlafen einen Film ansehen wollte, als die Tür plötzlich aufgerissen wurde und Onkel Phil ins Zimmer huschte. Grobe Finger schlossen sich schraubstockartig um ihre Handgelenke.

Emma keuchte vor Schreck auf.

»Leise, Süße. Wir wollen deinen Bruder doch nicht aufwecken?« Er lallte und sein Atem stank nach abgestandenem Bier.

Hastig robbte Emma von ihm weg, näher an die Bettkante, von wo aus sie den Baseballschläger erreichen konnte. Doch Onkel Phil schien zu ahnen, was sie vorhatte, denn er drückte sie auf die Matratze, sodass ihr pfeifend die Luft aus der Lunge wich.

»Ich habe meine Lieblingsnichte vermisst«, flüsterte er in ihr Ohr, während er an ihrer Pyjamahose zerrte.

»Lass das, Onkel Phil, Finger weg«, zischte Emma.

Doch instinktiv fühlte sie, dass es bereits zu spät war. Sie hatte ihre Chance vertan. Und sie wusste, was jetzt folgen würde.

Nachdem er fertig war, rollte Onkel Phil von ihr herunter, griff unters Bett und zog den Baseballschläger hervor. »Den behalte ich lieber. Was würden denn deine Eltern dazu sagen? Nicht, dass sich noch jemand verletzt.«

Dann verließ er leise lachend das Zimmer.

Emma brauchte eine Weile, bis sie die Kraft fand, sich aufzurichten.

Ohne sich anzuziehen, tappte sie ins Bad. Sie drehte den Duschhahn auf und trat unter den heißen Strahl. Minutenlang stand sie regungslos da. Wassertropfen prasselten auf ihren Kopf und Emma reckte das Gesicht in den Wasserstrahl. Obwohl sie ihre Lider geschlossen hatte, rann ihr Wasser in die Augen, aber Emma empfand es als angenehm. Als würde es ihr all die Tränen wegspülen, die sie schon so lange nicht mehr geweint hatte, weil es ja doch nichts brachte. Sie wusch sich die Haare, dann wandte sie sich ihrem restlichen Körper zu. Fast schon zwanghaft rieb sie jeden Zentimeter ihrer Haut mit Seife ein. Diesen Vorgang wiederholte sie dreimal, bis sie das Gefühl hatte, zumindest äußerlich einigermaßen sauber zu sein und bis das Wasser eiskalt geworden war.

Das war das letzte Mal, schwor sie sich. Nie wieder würde sie zulassen, dass Onkel Phil oder irgendein anderer Mann sie gegen ihren Willen anfasste.

Emma wusste nicht, was genau der Auslöser war – Onkel Phils Besuche waren schließlich nicht neu für sie – aber sie spürte, dass sich in ihrem Inneren etwas verändert hatte. Es fühlte sich an, als wäre ein Stück ihrer Seele zerbrochen. Und sie glaubte nicht, dass irgendetwas oder irgendjemand auf der Welt sie jemals wieder zusammensetzen konnte.

Emma war am absoluten Tiefpunkt angekommen. Ihre Adoptiveltern hatten sie nie geliebt, das war ihr immer klar gewesen. Und jetzt, gerade volljährig, setzten sie sie einfach vor die Tür. Was für ein Mensch musste sie sein, dass selbst die Leute, die sich ihre Eltern nannten, keine Zuneigung für sie empfanden? War es nicht die Aufgabe von Eltern, ihre Kinder zu lieben? Egal ob biologisch oder adoptiert? Auch ihr leiblicher Vater interessierte sich einen Dreck für sie. Sie war für ihn nur ein Ärgernis, das er loswerden wollte, wie ein lästiges Insekt, das man einfängt und aus dem Haus bringt. Dann war da noch ihre beste Freundin, die lieber ans andere Ende des Kontinents zog, als an ihrem gemeinsamen Fluchtplan festzuhalten. Und schließlich Onkel Phil, der auf ihr herumtrampelte, als läge sie nicht ohnehin schon am Boden.

Wann hörte das endlich auf? Wann wurde es besser? Wann war sie endlich an der Reihe?

Wut kochte in ihr hoch. Wut über die Ungerechtigkeit. Wut auf die Schneiders, die Lauderthals, auf Fiona und auf Onkel Phil. Doch die größte Wut verspürte sie auf sich selbst. Weil sie es all die Jahre zugelassen hatte.

Ihr Leben lang hatte sie um die Anerkennung und Zuneigung anderer gekämpft. Hilfsbereit, rücksichtsvoll und angepasst war sie gewesen. Und was hatte es ihr gebracht? Nichts. Aber das sollte sich ändern. Von jetzt an würde sie sich nehmen, was ihr zustand.

Emma drehte den Duschhahn ab. Ihr Körper war taub von dem langen, eiskalten Wasserstrahl, doch sie spürte die Kälte kaum. Sie stieg aus der Dusche und trat vor den Spiegel. Wassertropfen liefen von ihren Armen und Beinen, sammelten sich auf dem Boden. Sie beachtete es nicht. Es war ihr egal, ob sie das Badezimmer flutete.

Sie sah die dunklen Ringe unter ihren Augen, das Haar, das ihr wie ein Vorhang über den Rücken fiel, und ihren Körper, der in den letzten Wochen deutlich abgemagert war. An ihren Handgelenken zeichnete sich noch der Abdruck von Onkel Phils Griff ab, auf den Oberschenkeln bildeten sich erste blaue Flecken.

Während sie ihr Spiegelbild musterte, wich die Wut einem neuen Gefühl. Einem Gefühl, das sie noch nie in diesem Ausmaß gespürt hatte: Hass.

Ein entschlossener Ausdruck trat in ihre Augen.

Das würden sie alle noch bereuen.

Sechs Wochen später

CÉLINE

Gemächlich stieg Céline die breite Marmortreppe der Wiener Hauptuniversität hinauf. Obwohl es erst acht Uhr morgens war, herrschte in der Säulenhalle bereits geschäftiges Treiben. Die Anzeigetafeln wiesen ihr die Richtung ins Tiefparterre und Céline ließ sich von der Menge mitziehen. Ihre Vorlesung begann erst in einer halben Stunde, genug Zeit also, um den Hörsaal in Ruhe zu finden und sich einen guten Platz zu sichern.

Vor einer Flügeltür mit der Aufschrift »Audimax« hielt Céline an. Der Raum dahinter war riesig, mit ansteigenden Sitzreihen, die sich bis zur Decke erstreckten.

Ihre Augen glitten über die Stuhlreihen. Zu ihrer Überraschung waren die meisten Plätze schon besetzt. Hinter ihr drängten noch weitere Studenten in den Saal.

Schläft denn hier keiner mehr?, fragte sie sich schmunzelnd. *Und da heißt es immer, Studenten seien Langschläfer. Von wegen.*

Ein stechender Schmerz durchzuckte ihren großen Zeh, als sich jemand an ihr vorbeischob und ihr auf den Fuß trat. Der Übeltäter, ein großer Junge mit einem Rucksack, der fast so breit war wie er selbst, murmelte ein kaum hörbares »Sorry«, während Céline leise fluchte und zur Seite sprang. Sie musste sich beeilen, bevor sie im Gedränge am Eingang noch niedergetrampelt wurde.

Während sie nach einem freien Platz Ausschau hielt, traf sie den Blick eines dunkelhaarigen Mädchens, das nur wenige Meter entfernt saß.

»Hier ist noch frei, wenn du möchtest«, sagte das Mädchen und deutete auf den leeren Stuhl neben sich. »Meine Freundin kommt doch nicht.«

»Echt? Das wäre super, danke!« Céline lächelte erleichtert und zwängte sich durch die Reihen zu ihr. Das Mädchen hatte lange, dunkle Haare, die ihr in weichen Wellen über den Rücken fielen, und ein hübsches Gesicht. »Verrückt, wie viel hier um die Uhrzeit schon los ist, oder?« Céline verdrehte die Augen. »Ich bin übrigens Céline.«

»Freut mich. Emma.«

»Das ist eine tolle Lederjacke«, sagte Céline und deutete auf das Kleidungsstück, das über Emmas Stuhllehne hing. »Dolce&Gabbana, oder?«

Emma nickte.

»Das hab ich sofort erkannt«, plapperte Céline weiter. »Vor zwei Jahren wollte ich unbedingt auch so eine haben, aber die war in meiner Größe schon ausverkauft. Ich war richtig sauer deswegen. Jedenfalls echt cool.«

Emma erwiderte das Kompliment mit einem Lächeln, das ihre perfekt geraden weißen Zähne zeigte.

Ob sie früher wohl auch eine Zahnspange getragen hat?, überlegte Céline und strich mit der Zungenspitze über ihren eigenen Retainer-Draht, der sich immer noch ungewohnt anfühlte. Hastig zog sie einen kleinen Klappspiegel aus der Tasche, um sicherzustellen, dass keine Überreste ihres Frühstückscroissants zwischen den Zähnen hingen. Zum Glück war alles in Ordnung, nur unter den Augen hatte sich etwas Wimperntusche abgesetzt.

Plötzlich ertönte eine Männerstimme von der Bühne. Eilig steckte Céline den Spiegel zurück in ihre Tasche und richtete ihre Aufmerksamkeit auf das Podium.

Es geht los!

Der Mann stellte sich als Professor Wornik vor und hieß die Erstsemester im Jurastudium willkommen. Er sprach von den Prüfungen, die in den verschiedenen Studienabschnitten auf sie warteten, und bei welchen Kursen

Anwesenheitspflicht herrschte und bei welchen nicht. Dann schlug er das Lehrbuch auf und begann mit dem eigentlichen Stoff.

Céline unterdrückte ein Gähnen. Die Stimme des Professors war kaum zu verstehen, und immer wieder knackte das Mikrofon. Auf den Treppen und im Eingangsbereich tuschelten die Studenten, die keinen Sitzplatz gefunden hatten, und schienen längst abgeschaltet zu haben. Doch Professor Wornik ließ sich nicht aus der Ruhe bringen und redete unbeeindruckt weiter, als wäre ihm die schwindende Aufmerksamkeit im Saal völlig egal.

Sehnsüchtig dachte Céline an ihre Freundinnen Stephanie und Caro, deren Kurse erst nächste Woche anfingen. Sie würden heute Vormittag auf der Mariahilfer Straße shoppen gehen. *Wie viel lieber würde ich jetzt mit den beiden durch die Geschäfte bummeln, als hier in diesem überfüllten Hörsaal zu sitzen!*

Céline wandte sich abrupt zu Emma. »Sag mal, hab ich das vorhin richtig verstanden? Herrscht bei solchen Vorlesungen wie dieser hier wirklich keine Anwesenheitspflicht?«

Emma sah überrascht auf. »Ja, das stimmt. Aber warum fragst du?«

»Was machen wir dann überhaupt hier?« Céline rutschte unruhig auf ihrem Sitzplatz hin und her. »Das ist doch totale Zeitverschwendung. Die Skripten können wir genauso gut selbst lesen.«

»Ja, aber ...«

»Worauf warten wir dann noch?« Céline grinste verschwörerisch. »Lass uns die Bücher holen, die er genannt hat, und danach lade ich dich auf einen Kaffee ein. Als Dankeschön dafür, dass du mir einen Platz freigehalten hast. Was sagst du?«

Emma zögerte einen Moment, dann zuckte sie mit den Schultern. »Von mir aus. Wir verstehen hier sowieso kaum was. Aber du musst mich nicht einladen, den Kaffee zahle ich selbst.«

Céline lachte. »Abgemacht.« Erleichtert packte sie ihre Sachen zusammen.

Das war vielleicht nicht der beste Start ins Studium, aber zumindest wird der Tag jetzt noch spannend.

Frische Luft empfing Céline, als sie die Universität verließen. Für Anfang Oktober war es ungewöhnlich warm, und nur die bunten Blätter an den Bäumen erinnerten daran, dass der Herbst Einzug gehalten hatte.

Céline hakte sich bei ihrer neuen Bekannten unter und lotste sie Richtung Juridicum, der juristischen Fakultät, wo die meisten Kurse stattfinden würden. »Wir müssen zum Buchgeschäft im Erdgeschoss«, erklärte sie. »Der Verkäufer dort kennt sich besser aus als alle zusammen. Die Studenten nennen ihn sogar das Orakel. Den Tipp hab ich von einem Freund meines Bruders bekommen.«

Und sie sollte recht behalten. Eine halbe Stunde später verließen die beiden das Geschäft mit mehreren blau-weißen Papiertüten in der Hand.

Die Starbucks-Filiale, in die Céline Emma danach führte, war fast genauso überfüllt wie der Hörsaal zuvor. Trotzdem bestand sie darauf, dort Halt zu machen.

»Wie kann man zu Starbucks gehen, wenn man in einer Stadt wie Wien lebt, die für ihre Kaffeetradition berühmt ist?«, fragte Emma skeptisch. »Das ergibt für mich keinen Sinn.«

Céline lachte. »Ich weiß. Aber ich bin süchtig nach dem Karamell-Macchiato hier. Von dem könnte ich mich tatsächlich ernähren.«

»Der hat ja auch genug Kalorien für eine ganze Mahlzeit«, scherzte Emma, entschied sich dann aber trotzdem für dasselbe Getränk.

Mit den Pappbechern in der Hand schlenderten sie durch das sonnige Universitätsviertel. Céline erfuhr, dass Emma aus Bayern stammte und erst vor Kurzem nach Wien gezogen war. Sie tauschten sich über die Vorzüge der Stadt aus, und Céline sprudelte nur so vor Tipps zu den angesagtesten Bars, Kaffeehäusern und Treffpunkten. Emma hörte ihr aufmerksam zu und schien jedes Wort aufzusaugen.

»Warum hast du dich eigentlich für Jura entschieden?«, wollte Emma schließlich wissen.

»Eigentlich wollte ich lieber Psychologie studieren«, antwortete Céline und zuckte mit den Schultern. »Aber mein Vater ist der Meinung, damit verdient man heutzutage kein Geld mehr. Er hat mir drei Optionen zur Auswahl gestellt: Jura, Wirtschaft oder Medizin.«

»Und du hast dich einfach gefügt?«

Céline lächelte schief. »Manchmal ist es einfacher, den Weg des geringsten Widerstands zu gehen. Und wie ist es bei dir? Warum ausgerechnet österreichisches Recht, wenn du aus Deutschland kommst? Warum Wien?«

»Ich wollte einfach weg von dort. Ich brauchte einen Neuanfang. Und Wien ist doch wunderschön, oder nicht?«

»Ja, klar! Aber vermisst du deine Familie nicht?«

Emma blickte verlegen zu Boden. »Eigentlich nicht. Wir standen uns nie besonders nahe, weißt du.«

Céline musterte ihre neue Bekanntschaft nachdenklich. Obwohl Emma anfangs etwas verschlossen und schüchtern gewirkt hatte, hatte sie eine geradezu anmutige Ausstrahlung und ein aufrechtes Auftreten, das von innerer Stärke zeugte. Etwas an ihr war faszinierend, auch wenn Céline nicht genau sagen konnte, was es war. Und mutig war sie obendrein. Alle Zelte abzubrechen und alleine in eine fremde Stadt zu ziehen – das hätte Céline sich nie getraut.

»Wo wohnst du eigentlich in Wien? Irgendwo in der Nähe?«

»Was? Oh, nein. Ich bin in einer WG untergekommen. Meine Mitbewohnerin Elisabeth ist ein bisschen speziell, aber die Wohnung ist günstig und liegt nicht weit von der U-Bahn entfernt.«

Célines Blick wanderte über Emmas abgewetzte Jeans und die abgetragenen Sneakers. Das einzige hochwertige Kleidungsstück, das sie trug, war die Dolce&Gabbana-Jacke, die Céline sofort aufgefallen war. Doch Emma trug ihre einfachen Sachen mit einer Selbstsicherheit, die sie bewundernswert fand.

Vielleicht konnte sie von Emma sogar noch etwas lernen. Sie brauchte sowieso neue Freundinnen. Ihre alten Freundinnen hatten sich in alle Himmelsrichtungen zerstreut: Sarah und Teresa studierten Medizin, Teresa war dafür sogar nach Salzburg gezogen, und Stephanie und Caro hatten sich für Pharmazie eingeschrieben. Emma wirkte wie eine erfrischende Abwechslung.

Plötzlich blieb Célines Blick an einem Plakat an einer Straßenecke hängen.

»Schau mal, dieses Wochenende ist die Semester Opening Party«, rief sie und deutete auf das Plakat. »Da müssen wir unbedingt hin!«

»Ach ja?« Emma zog fragend die Augenbrauen hoch.

»Auf jeden Fall!« Céline packte sie am Arm und strahlte sie an. »Wir machen einen Mädelsabend! Das ist die perfekte Gelegenheit, dich ein paar meiner Freundinnen vorzustellen. Du kennst hier doch fast niemanden. Was hältst du davon? Ein Nein gibt's nicht!«

Emma schmunzelte. »In Ordnung.«

Anschließend machten sie sich auf den Rückweg zur Universität, wo Céline ihr Auto geparkt hatte. Bevor sie sich verabschiedeten, reichte Céline Emma ihr Handy.

»Gib mal deine Nummer ein. Ich schreib dir dann die Details für Freitag.«

»Klar.« Emma tippte ihre Nummer ein und gab ihr das Telefon zurück.

»Bis bald, Süße! Ich zähle auf dich am Freitag.« Mit diesen Worten stieg Céline in ihren Audi, winkte noch einmal und brauste in Richtung Mariahilfer Straße davon.

EMMA

Emma rüttelte an ihrer Wohnungstür, die sich einfach nicht öffnen ließ. Genervt trat sie gegen das Holz, was keine Wirkung erzielte – außer einem schmerzenden großen Zeh. *Immer dasselbe Theater mit diesem Schloss,* dachte sie verärgert. Sie atmete tief durch und versuchte es erneut. Diesmal zog sie die Klinke fest zu sich, drehte den Schlüssel nach rechts und lehnte sich mit ihrem ganzen Gewicht gegen die Tür. Endlich hörte sie das erlösende Klicken und die Tür ging knarrend auf.

Ein unangenehmer Geruch schlug ihr entgegen – eine Mischung aus altem Rauch, abgestandenem Bier und zu viel Haarspray. Der typische Duft ihrer Mitbewohnerin. Emma warf den Schlüssel auf den Küchentisch, stieg über leere Pizzakartons und Bierflaschen hinweg und ging direkt in ihr Zimmer. Erschöpft ließ sie sich aufs Bett fallen, das bedenklich knarrte.

Ihr erstes Treffen mit Céline war besser gelaufen als gedacht. Céline einen Platz anzubieten hatte genügt, dann hatte sich alles wie von selbst ergeben. Céline schien sie sogar wirklich zu mögen. Emma grinste in sich hinein. Der erste Schritt war getan.

Aber um als Célines Freundin akzeptiert zu werden, lag noch viel Arbeit vor ihr. Vor allem musste sie dringend ihre Garderobe aufpeppen. Célines abfälliger Blick war ihr nicht entgangen. Nur mit der Designerlederjacke, die sie als Schnäppchen in einem Secondhandladen erstanden hatte, würde sie bei Céline und ihren Freundinnen nicht weit kommen. Emma schüttelte sich bei dem Gedanken an die oberflächlichen Mädchen von der Poolparty. Sie selbst und die verwöhnten Wiener Prinzessinnen – das konnte ja noch spannend werden.

Emma griff unter den Lattenrost und zog den Umschlag hervor, in dem sie ihr Erspartes aufbewahrte. Die Kaution für die Wohnung und die Lederjacke hatten ein großes Loch in ihr Budget gerissen. Sie brauchte dringend einen Job. Am Abend stand eine Probeschicht als Barkeeperin in einer Cocktailbar an, und Emma hoffte inständig, dass sie den Job bekommen würde. Die kleine Bar im siebten Bezirk lag weit genug entfernt, sodass Céline und ihre Freundinnen dort wohl kaum auftauchen würden. Und für den Notfall hatte sie noch etwas von Onkel Phils Geld übrig.

Onkel Phil … Ein Schauer lief ihr über den Rücken, als sie an ihr letztes Zusammentreffen mit ihm dachte. Sie konnte es immer noch nicht fassen, dass sie ihm wirklich endgültig entkommen war.

FERDINAND

Ferdinands Finger strichen sanft über Nataschas Rücken. Ihr schlanker, gebräunter Körper hob sich deutlich von den weißen Laken des Stundenhotels ab. »Du bist wunderschön. Ich liebe dich so sehr«, murmelte er und vergrub das Gesicht in ihrem Haar. Ihre Körper waren so eng miteinander verwoben, dass man kaum sagen konnte, welcher Arm zu wem gehörte.

»Ich liebe dich auch«, flüsterte sie und drückte ihm einen zärtlichen Kuss auf die Brust. Mit einem Hauch von Unsicherheit fragte sie: »Wirst du bald mit Inés reden?«

Ferdinand seufzte, löste sich von ihr und ging ins angrenzende Badezimmer.

»Ja. Bald. Ich verspreche es dir!«, rief er durch die Tür. »Ich will aber erst abwarten, was bei Inés' Arztbefund herauskommt. Wenn ich ihr sage, dass ich sie wegen einer anderen verlasse, und sie dann hört, dass sie ernsthafte gesundheitliche Probleme hat, bin ich das Arschloch der Nation.«

Abgesehen davon, dass er dann auch sein luxuriöses Leben und seine Stellung in der Firma verlieren würde, aber das behielt er für sich. Er wusste, er konnte Inés nicht verlassen. Nicht weil er sie so sehr liebte – die Liebe war längst verflogen und einer schlichten Zweckgemeinschaft gewichen. Aber er hatte zu hart für dieses Leben gearbeitet, um es einfach aufzugeben.

Zurück im Zimmer zog er sich an. In seinem dunkelblauen Maßanzug fand er, dass er für fast sechzig Jahre immer noch unverschämt gut aussah. Darauf war er stolz.

»Lange halte ich das aber nicht mehr aus, Ferdinand. Du weißt, dass ich seit Ewigkeiten mit Inés befreundet bin. Es ist so anstrengend, die Fassade der Freundschaft zu wahren.« Ihre Unzufriedenheit war ihr deutlich anzusehen.

»Nur noch ein wenig Geduld, Baby«, murmelte Ferdinand beruhigend und gab ihr einen Kuss auf die Stirn.

Natascha seufzte tief und sah zu Boden.

Ferdinand setzte sich neben sie und nahm ihre Hände in seine. »Ich meine es ernst. Ich liebe dich und wir werden zusammen sein. Aber der Zeitpunkt ist mehr als ungünstig. Ich muss erst ein paar Dinge in Ordnung bringen. Und in der Firma ist auch so einiges los.« Er sah sie eindringlich an. »Ich weiß, wie schwer das für dich ist. Für mich ist es auch nicht einfach, das kannst du mir glauben. Aber bitte, halte noch ein wenig durch.«

Natascha legte die Arme um seinen Hals. Seine Worte schienen sie beruhigt zu haben. Ferdinand warf einen Blick auf seine Armbanduhr – eine Rolex Daytona, Sonderedition. Ein Geschenk von Inés zum 20. Hochzeitstag. Es war fast zwei Uhr. In einer halben Stunde hatte er sein nächstes Meeting.

»Ich muss jetzt los. Aber wir schaffen das, vertrau mir.«

Mit diesen Worten löste er sich aus ihrer Umarmung, schnappte sich seinen Mantel und verließ eilig das Hotelzimmer.

EMMA

Emma blickte verstohlen über die Schulter. Die Straße war menschenleer, nur in der Ferne konnte sie ein paar Passanten ausmachen, die geschäftig vorbeieilten. Hastig lief sie die Rampe der Tiefgarage hinunter und passierte den Ticketschalter.

Die feuchte Luft der Garage ließ sie frösteln, und sie zog ihre Lederjacke enger um sich. Ihr Blick wanderte über die geparkten Autos. Die Firmengarage war fast leer, wie sie es an einem späten Freitagnachmittag erwartet hatte.

Am anderen Ende der Etage entdeckte sie, wonach sie gesucht hatte: einen schwarzen Porsche Cayenne auf einem Parkplatz, der der Geschäftsführung von *Laudert-hal Immobilien* vorbehalten war. Das Kennzeichen lautete »IMMO 1«.

Typisch, dachte sie. *Was für ein Angeber.*

Sie stellte ihre Tasche auf dem Boden ab und zog einen Hammer und mehrere Reißnägel heraus. Noch einmal sah sie sich um. Niemand in Sicht, sie war vollkommen allein.

Bevor sie es sich anders überlegen konnte, kniete sie sich hin, platzierte den ersten Nagel auf dem Reifen des Porsches und schlug mit dem Hammer darauf.

Nichts passierte.

Emma fluchte leise. Noch ein Versuch.

Diesmal holte sie weiter aus. Ein Zischen war zu hören, als die Metallspitze den Gummi durchbohrte. Sie wiederholte den Vorgang noch drei Mal, bis in allen vier Reifen Nägel steckten. Zufrieden packte sie den Hammer wieder weg und erhob sich.

Mein Vater wird noch sein blaues Wunder erleben, dachte sie grimmig. *Und jetzt nichts wie raus hier.*

Plötzlich hörte sie Schritte. Emma erstarrte, ihr Herz begann wie wild zu klopfen. Irgendjemand war hier. Sie war doch nicht etwa erwischt worden?

Rasch ging sie hinter dem Fahrzeug in Deckung. Zum Glück fuhr Ferdinand Lauderthal keinen tiefliegenden Sportwagen. Vorsichtig spähte sie hinter dem Porsche hervor. Ein Mann, im schwachen Licht der Garagenbeleuchtung kaum zu erkennen, hielt zielstrebig auf einen Audi zu. Es schien, als hätte er sie noch nicht bemerkt. Emmas Blick wanderte zum Notausgang, der zum Glück nicht weit entfernt war. Sie holte noch einmal tief Luft, dann schlich sie so leise wie möglich die paar Meter dorthin und schlüpfte durch die Tür.

Atemlos stieg sie die Treppe hinauf und stand plötzlich wieder auf der Straße vor der Garagenausfahrt. Emma stieß einen erleichterten Seufzer aus. Das war knapp gewesen. Zu knapp.

Lautes Hupen und aufblitzende Scheinwerfer ließen sie herumwirbeln.

»Hey, du da!«

Der Fahrer des Audis stand mit heruntergelassenem Fenster in der Auffahrt. Ein Paar stechend blaue Augen fixierte sie. Mit weit aufgerissenen Augen starrte Emma zurück.

»Du blockierst die Ausfahrt«, rief er. »Kannst du nicht aufpassen? Ich hätte dich fast überfahren!«

Hastig sprang Emma zur Seite. »Entschuldigung«, murmelte sie, während ihr Gesicht vor Scham glühte.

»Moment mal … bist du nicht das Mädchen, das neulich ein Vorstellungsgespräch bei uns hatte?«

Emmas Gedanken rasten. »Ja, das stimmt«, brachte sie mühsam hervor. »Ich hab den Job aber nicht bekommen.«

Der Mann zeigte keine Regung. »Mach dir nichts draus. Ist vielleicht besser so«, sagte er kryptisch, dann ließ er den Motor an, hob die Hand zum Gruß und fuhr davon. Emma starrte ihm mit offenem Mund hinterher.

∗∗∗

Prüfend betrachtete Emma ihr Outfit im großen Spiegel des Fahrstuhls. Sie trug ihre Lieblingsjeans und ein weißes Spitzentop, das ihr Dekolleté betonte. Lange Ohrringe baumelten an ihren Ohren. Ihr ganzer Stolz aber waren die dunkelbraunen Wildlederpumps, die sie passend zu ihrer neuen Lederjacke erstanden hatte. Obwohl sie nur einen Bruchteil des Originalpreises gekostet hatten, waren sie eigentlich immer noch zu teuer gewesen, aber mit dem Job im *Kinkys* in der Tasche hatte sie einfach nicht widerstehen können. Emma zwinkerte ihrem Spiegelbild zu. So konnte sie sich den kritischen Blicken von Céline und ihren Freundinnen stellen. Sie straffte die Schultern und hob das Kinn. *Showtime.*

Die Aufzugtüren glitten auf und vor Emma erstreckte sich ein weitläufiger Raum voller junger Leute. Ihr Blick schweifte von der Bar zu ihrer Linken, über ein paar gemütliche Sitzgruppen, bis hin zu der großen Fensterfront auf der rechten Seite, die einen atemberaubenden Blick auf die Dachterrasse und die Skyline von Wien bot. Nicht weit von der Bar entdeckte sie Céline, umringt von mehreren Mädchen, darunter auch Sarah, die sie von der Poolparty wiedererkannte. Ihr dunkles Haar war in kunstvolle Locken gelegt, und sie trug ein teures Designerkleid. Die anderen beiden mussten Zwillinge sein, beide mit rundlichen Gesichtern, die von Sommersprossen übersät waren.

»Emma«, rief Céline strahlend, als sie sich der Gruppe näherte. »Schön, dass du es geschafft hast. Das sind Sarah, Stephanie und Caro. Mädels, das ist meine Studienkollegin Emma.«

Die Zwillinge musterten Emma von Kopf bis Fuß, bevor sie ihr nacheinander höflich die Wange zum Gruß hinhielten. Nur Sarah hob halbherzig die Hand und bedachte Emma mit einem abfälligen Blick. Plötzlich wurde Emma der Unterschied zwischen den eleganten Kleidern von Céline und ihren Freundinnen und ihrem eigenen Outfit bewusst. Scham stieg in ihr auf. Doch sie verzog keine Miene und hob stattdessen das Kinn noch ein wenig höher. Mit ihren 1,75 Metern und den Pumps überragte sie Sarah um mehr als eine Kopflänge. Sie zwang sich, ein freundliches Lächeln aufzusetzen und sah Sarah direkt in die Augen.

»Freut mich, dich kennenzulernen, Sarah.«

»Schaut euch mal Emmas Lederjacke an«, plapperte Céline, die das stumme Blickduell der beiden nicht mitbekommen zu haben schien. »Dolce&Gabbana, vorletzte Saison! Ich bin ja so *neidisch*!«

»Sehr schön«, sagte Sarah mit herablassendem Ton, senkte jedoch als Erste den Blick. Der Bann war gebrochen, und Emma atmete innerlich erleichtert auf. Diese Sarah mochte ja ein harter Brocken sein, aber Emma hatte schon ganz andere Kämpfe ausgefochten. Eine verwöhnte Göre wie sie konnte ihr nichts anhaben.

Die Getränke kamen und das Gespräch plätscherte locker dahin. Caro und Stephanie überschütteten Emma mit Fragen.

»Hast du einen Freund?«, wollte Caro wissen.

»Niemand Speziellen«, antwortete Emma ausweichend. *Warum reden Frauen nur immer über Männer*, dachte sie. *Als gäbe es keine anderen Gesprächsthemen.*

»Aber Emma hat doch bestimmt viele Verehrer«, warf Céline ein.

»Bei den Beinen würde mich das nicht wundern. Vielleicht wäre einer von Marcs Kollegen was für dich?«, überlegte Stephanie laut.

»Marc ist Célines fester Freund«, erklärte Caro. »Er studiert an der WU und ist wirklich heiß. Und seine Kumpels sind auch nicht zu verachten. Wir stellen dir die Gruppe mal vor.«

Emma hob abwehrend die Hände. »Das ist nett von euch, aber ich bin im Moment nicht auf der Suche.«

»Schlimme Trennung gehabt?« Drei mitfühlende Augenpaare richteten sich auf sie.

»Nein, nein. Nichts dergleichen. Ich will mich nur erst einmal hier einleben und auf die Uni konzentrieren.«

Sarah zuckte mit den Schultern und grinste spöttisch. »Wie schade. Aber ich glaube sowieso nicht, dass Marcs Freunde zu jemandem wie Emma passen würden.«

Ihre Worte ließen keinen Raum für Missverständnisse, und Emma biss die Zähne zusammen, um sich einen scharfen Kommentar zu verkneifen. Stattdessen zwang sie sich zu einem Lächeln.

Der Abend schritt voran und der Alkohol floss in rauen Mengen. Céline und Caro wirkten inzwischen mehr als nur ein bisschen beduselt. Emma war froh, dass sie durch ihre Arbeit im *Nexos* recht trinkfest war. Sie musste einen klaren Kopf behalten. Die Gespräche mit den *Prinzessinnen*, wie sie die Mädchen insgeheim nannte, forderten all ihre Energie, und da konnte sie auf einen Schwips gut verzichten. Die Unterhaltung drehte sich um Jungs, anstehende Partys und die neuesten Modetrends – Themen, mit denen Emma nicht viel anfangen konnte.

Céline prahlte vor ihren Freundinnen mit ihrem neuen Wagen, den sie zu ihrem neunzehnten Geburtstag bekommen hatte.

»Wann hast du eigentlich Geburtstag, Emma?«, fragte Céline plötzlich, nachdem sie ihren Vortrag über die Vorzüge des Allradantriebs ihres Audis gegenüber dem Frontantrieb beendet hatte.

»Am 19. Juli.«

»Dann hast du ja nur einen Tag vor mir Geburtstag!«, sagte Céline begeistert. »Nächstes Jahr müssen wir unbedingt gemeinsam feiern. Ist schließlich ein runder!«

Emma nickte nur abwesend. *Nur über meine Leiche.*

»Noch eine Runde Tequila, bitte!«, rief Céline dem Barmann zu. Ihre Stimme war inzwischen nur noch ein undeutliches Lallen.

Sarah und Stephanie machten sich zusammen auf den Weg zur Toilette, und Céline war tief in ein Gespräch mit Caro vertieft. Emma sah ihre Chance und nutzte sie. Unauffällig ließ sie Célines iPhone, das unbeachtet auf dem Tisch lag, in ihre Jackentasche gleiten und entschuldigte sich ebenfalls in Richtung Waschräume.

Im Waschraum angekommen, vergewisserte sie sich, dass niemand sie beobachtete. Dann ließ sie Wasser ins Handwaschbecken laufen und tauchte das Handy mit einem leisen Plopp hinein.

Einundzwanzig, zweiundzwanzig, dreiundzwanzig.

Das sollte reichen. Schnell fischte sie das iPhone wieder heraus und trocknete es gründlich ab. Eine diebische Genugtuung breitete sich in ihr aus.

Zurück bei den anderen schob sie das Handy unauffällig zurück auf den Tisch und beteiligte sich an der Unterhaltung, die sich – wie konnte es anders sein – um die neueste MacBook-Generation drehte.

FERDINAND

Ferdinands Schritte hallten laut auf dem Parkettboden wider.

»Frau Wagner, einen doppelten Espresso und in mein Büro bitte«, blaffte er in Richtung Empfangstresen, ohne seine neue Assistentin eines Blickes zu würdigen. Die junge Frau zuckte zusammen, nickte und sprang auf. Ferdinand eilte weiter und ließ die Tür zu seinem Büro krachend ins Schloss fallen.

Wenige Minuten später trat Frau Wagner mit der bestellten Tasse Kaffee und einem Notizblock in der Hand ein. Nervös trat sie von einem Bein aufs andere.

»Wir brauchen erhöhte Sicherheitsvorkehrungen für die Garage. Stellen Sie eine Liste der passenden Unternehmen zusammen, sortiert nach Verfügbarkeit und Preisen«, wies er sie knapp an.

Frau Wagner zwirbelte eine Strähne ihres langen blonden Haars um den Finger und notierte eifrig alles auf ihrem Notizblock. »Natürlich, Herr Lauderthal, wird gemacht. Ist … ist etwas vorgefallen?«, fragte sie vorsichtig.

»Es gab einen Anschlag auf meinen Firmenwagen. Jemand ist in die Garage eingedrungen und hat Reißnägel in meine nagelneuen Winterreifen geschlagen. Die sind ruiniert!«, polterte er. »Das ist unerhört! Sachbeschädigung! Und rufen Sie einen Mechaniker, der den Wagen abholt.«

Er biss so fest die Zähne zusammen, dass es knirschte. Für seine Angestellten war das ein klares Warnsignal, sich zurückzuziehen. Aber Frau Wagner war neu und kannte die Spielregeln noch nicht. Stattdessen riss sie ihre grünen Augen auf und keuchte: »Das ist unglaublich! Wer macht denn so etwas? Natürlich, Herr Lauderthal. Ich kümmere mich sofort darum. Kann ich Ihnen sonst noch etwas bringen?«

»Das wäre alles«, entgegnete er herablassend. »Und sagen Sie den Bereichsleitern, dass unser Meeting heute eine halbe Stunde früher beginnt. Ich habe einen Mittagstermin und muss pünktlich weg.«

Frau Wagner nickte eilig und verließ den Raum. Ferdinand schenkte ihr keine weitere Beachtung. Nicht einmal der Anblick ihrer langen Beine, der ihn sonst oft erfreute, konnte ihn diesmal besänftigen. Er war wütend. So etwas hatte er noch nie erlebt. Das Firmengebäude lag in einer sicheren Gegend. *Das hat man eben davon, wenn man Gesindel ins Land lässt*, dachte er. Solchen Vandalismus hätte es in Wien früher nicht gegeben.

Das ganze Wochenende über hatte er gegrübelt, wem er derart auf den Schlips getreten war, dass sein armer Porsche darunter hatte leiden müssen. Aber das würde er noch herausfinden. Wer auch immer für den Anschlag auf seinen Wagen verantwortlich war, konnte etwas erleben!

Dreißig Minuten später betraten seine beiden Bereichsleiter den Sitzungssaal. *Lauderthal Immobilien* besaß zahlreiche Zinshäuser in Wien, die hauptsächlich als Wohnraum vermietet wurden – Karls Zuständigkeitsbereich. Daneben verfolgte die Firma verschiedene Immobilienentwicklungsprojekte. Diese Sparte wurde von Alex Kembrand geleitet.

Die wöchentlichen Meetings dienten dazu, Ferdinand einen Überblick über die aktuelle Lage des Unternehmens und anstehende Entscheidungen zu verschaffen. Besonders der Immobilienentwicklungsbereich war in den letzten Jahren zu einem schwierigen Geschäftsfeld geworden. Der Markt war überhitzt, die Quadratmeterpreise explodierten, und das einst so lukrative Geschäft brachte nicht mehr die erhofften Renditen. Erst im vergangenen Jahr hatten sie einen schweren Rückschlag erlitten, als die geplante Umwidmung teuer erworbener Grundstücke überraschend nicht genehmigt worden war, obwohl sie bereits als sicher galt. Der Wert des Grundstücks war auf einen Schlag in den Keller gerasselt, und der daraus resultierende Verlust hatte die finanzielle Lage der Firma stark belastet.

Nachdem Ferdinand die Sitzung eröffnet hatte, übergab er das Wort an Herrn Kembrand. Dieser kam direkt zur Sache.

»Wir haben ein ernsthaftes Problem mit dem Projekt Reinprechtsdorfer Straße.«

»Und zwar?«, fragte Ferdinand.

»Die Baufirma, die *Watzlaw Baugesellschaft mbH*, hat unsere Anzahlung in Millionenhöhe für den Dachbodenausbau zwar erhalten, aber seitdem ist nichts passiert. Wir hinken im Zeitplan hinterher. Und trotz mehrfacher Versuche meinerseits ist die Geschäftsleitung nicht erreichbar.«

»Dann setzen Sie sie unter Druck. Wir geben ihnen eine Nachfrist von drei Wochen, andernfalls fordern wir die Anzahlung zurück und suchen jemand anderen. Bauunternehmer gibt es wie Sand am Meer«, entschied Ferdinand und wollte schon zum nächsten Punkt übergehen.

»Das dürfte schwierig werden«, wandte Herr Kembrand ein. »Wir haben am Freitag einen Auszug aus der Ediktsdatei erhalten. Die Baufirma hat Konkurs angemeldet.«

Atemlose Stille senkte sich über den Raum.

»Das bedeutet, wir kriegen die Anzahlung nicht zurück«, erläuterte Kembrand. »Wir haben gegenüber Firma *Watzlaw* allenfalls eine Konkursforderung. Sie wissen ja, wie das läuft.«

Auf Ferdinands Stirn begann eine Ader gefährlich zu pochen. »Wie konnte das passieren?«, fuhr er seinen Mitarbeiter an.

Beruhige dich. Denk an deinen Blutdruck, mahnte er sich selbst.

Er griff nach der Karaffe in der Mitte des Tisches, goss sich ein Glas Wasser ein und stürzte es hinunter. Obwohl der Raum kühl war, wallte Hitze durch seinen Körper. Er öffnete den obersten Knopf seines Hemdes und lockerte die Krawatte.

»Wir haben schon oft erfolgreich mit der Firma *Watzlaw* zusammengearbeitet. Das konnte niemand vorhersehen«, rechtfertigte sich Herr Kembrand.

»Ihre Erklärungen interessieren mich nicht. Es ist Ihre Aufgabe, dafür zu sorgen, dass so etwas nicht passiert!«

Herr Kembrand senkte den Blick und schwieg.

»Und was schlagen Sie vor, wie wir weiter vorgehen?«, fragte Ferdinand schließlich.

»Nun, zunächst müssen wir dringend ein neues Bauunternehmen finden«, begann Herr Kembrand. »Eines, das sofort verfügbar ist und den Zeitverlust auf ein Minimum reduzieren kann. Trotzdem wird es kaum möglich sein, das Objekt zum vereinbarten Zeitpunkt zu übergeben.«

»Wie stellen Sie sich das vor?«, rief Ferdinand erzürnt. »Der Käufer hat uns gewarnt, dass der Zeitplan eng ist. Soweit ich weiß, hat er bereits Vorverträge mit potenziellen Mietern abgeschlossen.«

»Genau das führt mich zu meinem nächsten Punkt«, fuhr Herr Kembrand unbeirrt fort. »Wir müssen mit dem Käufer sprechen. Vielleicht lässt sich die Übergabe noch verschieben.«

»Herr Krall wird uns in Grund und Boden klagen!«, donnerte Ferdinand.

»Wir sollten es dennoch versuchen. Notfalls können wir immer noch einen Vergleich anstreben.«

Ferdinands Gedanken rasten. »Abgesehen davon müssen wir das Projektbudget neu kalkulieren. Im Budget ist kein Sicherheitspolster für einen Verlust in Millionenhöhe vorgesehen!«

»Das Projekt ist tatsächlich knapp kalkuliert«, stimmte Herr Kembrand zu. »Wir brauchen mehr Kapital. Vielleicht einen weiteren Investor.«

Ferdinand lehnte sich schwer atmend zurück. Mit fahrigen Fingern strich er sich durchs Haar. Das war eine Katastrophe, ein Super-GAU!

»In Ordnung. Ich werde mich selbst um den Käufer kümmern«, entschied er. »Finden Sie ein neues Bauunternehmen. Und achten Sie diesmal darauf, dass es auch liquide ist. Bevor Sie den Zuschlag erteilen, sprechen wir nochmal. Und konsultieren Sie die Rechtsabteilung. Sie soll die Konkursforderung gegenüber *Watzlaw* anmelden.«

»Wenn du willst, kann ich mit der Bank Kontakt aufnehmen«, bot Karl an. »Vielleicht gewähren sie uns einen höheren Kreditrahmen.«

Ferdinand nickte. »Ja bitte, tu das. Aber ich bezweifle, dass wir damit Erfolg haben. Das Projekt ist bereits zu fünfundsiebzig Prozent fremdfinanziert.«

»Ich kann es zumindest versuchen«, sagte Karl beschwichtigend. »Wir schaffen das schon.«

»Trotzdem möchte ich, dass wir alle über mögliche Investoren nachdenken – für den Fall, dass die Bank uns keine Aufstockung gewährt. Ich muss euch nicht daran erinnern, dass die finanzielle Lage des Unternehmens durch das Umwidmungsfiasko noch immer angespannt ist. Weitere Rückschläge können wir uns nicht leisten.«

Die Anwesenden nickten ernst. Jeder wusste um die prekäre Lage.

Der Rest des Meetings zog wie aus weiter Ferne an Ferdinand vorbei. Zumindest gab es keine weiteren Katastrophenmeldungen. Seine Gedanken kreisten um das Projekt Reinprechtsdorfer Straße und die Frage, ob das einst gewinnträchtige Geschäft noch zu retten war. Er hatte damit gerechnet, dass es den Verlust der Fehlinvestition aus dem letzten Jahr ausgleichen würde. So weit hätte es niemals kommen dürfen.

Nachdem Herr Kembrand und Karl in ihre Büros zurückgekehrt waren, griff Ferdinand widerwillig zum Telefon und wählte Nataschas Nummer. Es blieb ihm nichts anderes übrig, als ihr Mittagsdate abzusagen – was ihm gar nicht gefiel. Er genoss ihre heimlichen Tête-à-Têtes, und das war bereits das zweite Mal in drei Tagen, dass er sie vertrösten musste. Aber diese Angelegenheit duldete keinen Aufschub. Die Firma hatte Vorrang.

CÉLINE

Es tut mir so leid, aber wir können uns heute nicht treffen«, entschuldigte sich Céline.

»Das ist jetzt nicht dein Ernst! Der Abend war doch schon seit Ewigkeiten geplant. Und eine Stunde vorher absagen? Ich bin bereits fix und fertig angezogen«, beklagte Sarah sich am anderen Ende der Leitung.

»Ich habe mich auch darauf gefreut, das kannst du mir glauben! Aber du weißt ja, wie mein alter Herr ist. Kurzfristig angesetztes Familiendinner. Dagegen komme ich nicht an. Ich mache es wieder gut, versprochen. Der nächste Abend geht auf mich!«

Ein entnervtes Stöhnen war zu hören. »Du ersetzt mich aber jetzt nicht durch dein neues Sozialprojekt, oder?«

Céline schnappte nach Luft. »Du meinst doch nicht etwa Emma?«

»Ich sage dir, mit der stimmt etwas nicht«, entgegnete Sarah gereizt.

»Emma ist nicht mein Sozialprojekt, wie du es nennst. Wir studieren gemeinsam. Ich finde sie nett, außerdem bringt sie frischen Wind in unsere Runde. Wenn du ihr nur eine Chance gibst, wirst du sie sicher auch mögen.«

Sarah schnaubte verächtlich. »Hast du ihre Jeans gesehen? Und diese Ohrringe?«

Céline grinste. »Jetzt sei doch nicht so oberflächlich. Und hör auf, eifersüchtig zu sein, das passt überhaupt nicht zu dir.«

»Ich bin nicht oberflächlich, ich spreche nur das Offensichtliche aus. Und eifersüchtig? Auf die? Das ist ja fast schon eine Beleidigung! Ich passe nur auf dich auf, Süße. Und ich sage dir – an der ist etwas faul.«

»Ich weiß, dass du es nur gut meinst. Aber lass Emma in Ruhe, die ist in Ordnung. Ich muss jetzt Schluss machen. Hab dich lieb!«

»Wann kriegst du denn dein neues Handy?«, fragte Sarah grummelnd und ignorierte sowohl Célines Einwände als auch ihren Versuch, das Gespräch zu beenden.

»Ich muss erst mit meinem Vater reden«, antwortete Céline missmutig. »Er wird mir schon ein neues kaufen. Ich weiß nur nicht, wie ich ihm erklären soll, dass es kaputt ist. Es war ja noch nagelneu. Ich hab keine Ahnung, wie ich das wieder geschafft habe.«

»Tja, vielleicht solltest du weniger trinken.«

Céline lachte.

»Da spricht die Richtige. Ich lege jetzt wirklich auf, meine Mutter ruft schon. Bye, Süße. Du hast was gut bei mir!«

Dann unterbrach sie die Verbindung und reichte ihrem Bruder sein Telefon zurück.

»Du solltest wirklich weniger trinken. Das gehört sich nicht für eine Dame – schon gar nicht, wenn es meine Schwester ist«, kommentierte er.

Céline verdrehte die Augen. Camillo – der ewige Beschützer. Dabei war er der Letzte, der sich über ihre ausschweifenden Partys beschweren sollte. Er war keinen Deut besser als sie.

»Jaja, schon gut.«

Sie machten sich auf den Weg ins Esszimmer, wo ihr Vater mit vor der Brust verschränkten Armen bereits auf sie wartete.

FERDINAND

Camillo, Céline, setzt euch. Ihr seid spät dran. Haben wir nicht 20 Uhr gesagt?«, wies Ferdinand seine Kinder zurecht. Inés saß bereits am Kopfende des großen Esstischs und nippte gedankenverloren an einer Tasse Tee.

»Nicht *wir* haben gesagt um acht, sondern *du*«, korrigierte ihn Céline genervt. »Was ist eigentlich so wichtig, dass ich kurzfristig meine Verabredung mit Sarah absagen musste?«, maulte sie, während sie sich rechts von ihm hinsetzte.

Ferdinand runzelte die Stirn. »Sprich nicht in diesem Ton mit mir. Außerdem hat sich eure Mutter die Mühe gemacht, für euch zu kochen. Ein bisschen mehr Respekt wäre angebracht.«

»Wird Zeit, dass Ekaterina wieder zurückkommt«, murmelte Céline und betrachtete skeptisch den Reisauflauf mit undefinierbarem Inhalt, der auf dem Tisch stand.

»Jetzt reicht es aber. Hör auf, dich wie ein verwöhntes Gör zu benehmen. Deine Mutter kocht hervorragend. Sei nicht so undankbar!«

Céline bemühte sich, ein schuldbewusstes Gesicht zu machen. Insgeheim musste er ihr aber zustimmen. Inés war eine Katastrophe in der Küche, und auch er konnte es kaum erwarten, dass Ekaterina mit ihren exquisiten Kochkünsten zurückkehrte.

»Wir haben dieses Familienessen angesetzt, weil wir mit euch ein ernstes Thema besprechen müssen. Inés?«

Nun hob auch seine Frau den Blick und wandte sich an ihre Familie. »Eigentlich wollte ich euch damit nicht belasten, aber so wie die Dinge jetzt stehen, habe ich wohl keine Wahl«, begann sie mit leiser Stimme. »Seit einiger

Zeit fühle ich mich schwach, habe Übelkeit und Appetit-
losigkeit. Außerdem ist meine Menstruation ausgeblieben.
Zuerst habe ich mir nichts dabei gedacht – ich dachte, es
seien die Wechseljahre – aber letztlich bin ich doch zum
Arzt gegangen, um ein Blutbild machen zu lassen. Wie
sich herausstellte, sind meine Leberwerte stark erhöht. Daraufhin habe ich einen Spezialisten aufgesucht.« Sie verzog das Gesicht. »Er hat eine fortgeschrittene krankhafte
Veränderung meines Lebergewebes festgestellt.«

»Und was bedeutet das?«, fragte Camillo besorgt.

»Ein Teil meiner Leber hat sich in Bindegewebe um-
gewandelt. Ich leide an Leberzirrhose.«

»Leberzirrhose? Ich dachte, das bekommen nur
Alkoholiker.«

Inés nickte. »Du hast Recht, Camillo, Alkoholmiss-
brauch ist eine der häufigsten Ursachen für Leberzirrhose.
Aber es ist bei Weitem nicht die Einzige. Ich leide an einer
sogenannten Autoimmunhepatitis, kurz AIH. Das ist selten, tritt aber bei Frauen ab vierzig gelegentlich auf.«

»Und was bewirkt diese Autoimmunhepatitis?«, fragte
Céline mit zitternder Stimme. »Die Krankheit ist doch
heilbar, oder?«

»AIH ist eine chronische Autoimmunerkrankung. Ver-
einfacht gesagt, greift das Immunsystem die eigene Leber
an. Es bilden sich Antikörper, die die Leberzellen zerstören. Und nein, die Krankheit ist leider nicht heilbar«, erklärte Ferdinand mit ernster Stimme.

Betretenes Schweigen legte sich über die Familie.

»Aber es gibt doch sicher Medikamente dagegen, oder?
Hast du eine zweite Meinung eingeholt?«, krächzte Céline
verzweifelt.

»Doktor Mortem, mein behandelnder Arzt, hat sich bereits mit zwei seiner Kollegen beraten. An der Diagnose
gibt es nichts zu rütteln. Das Problem bei AIH ist, dass

es aufgrund der unspezifischen Symptome oft erst spät erkannt wird. Unbehandelt führt es zur Leberzirrhose. So wie in meinem Fall.«

»Aber es wird doch alles gut werden, oder?«, drängte Céline.

»Natürlich wird es das«, versicherte Inés, wich dem Blick ihrer Tochter dabei jedoch aus. »Es gibt Medikamente, die mir hoffentlich helfen. Ich habe ein Kortisonpräparat in Kombination mit Immunsuppressiva verschrieben bekommen, die die Reaktion meines Immunsystems unterdrücken sollen. Aber da die Leberzirrhose bereits weit fortgeschritten ist, werde ich über kurz oder lang auf eine Lebertransplantation angewiesen sein. Ich stehe auf der Organspendeliste.«

Céline schlug entsetzt die Hände vors Gesicht.

»Ich werde bestimmt bald eine neue Leber bekommen. Macht euch keine Sorgen. Aber ich wollte, dass ihr Bescheid wisst.«

Célines Schluchzen ging in ein lautes Schnauben über. Tränen glänzen in ihren Augen. »Wie konntest du uns das verheimlichen? Wie lange weißt du es schon? Du musst doch unzählige Male beim Arzt gewesen sein!«

»Ich wollte euch nicht unnötig beunruhigen und erst die endgültige Diagnose abwarten.«

»Ich möchte, dass ihr eure Mutter unterstützt, wo ihr könnt«, fügte Ferdinand mit ernster Miene hinzu. »Sie muss regelmäßig ins Krankenhaus zu Untersuchungen. Einer von uns wird sie dabei begleiten.«

»Natürlich, Mama! Sag uns einfach, wann du Termine hast, und Camillo und ich fahren dich. Wir werden nicht mehr von deiner Seite weichen!«

Inés lächelte ihre Tochter liebevoll an. Sie sah erschöpft und müde aus, und Ferdinand bemerkte zum ersten Mal, wie dünn sie geworden war. »Danke, mein Schatz. Ich

93

weiß das zu schätzen. Macht euch aber nicht zu viele Gedanken. Die Ärzte tun alles, was sie können.«

»Können wir nicht spenden?«, fragte Céline hoffnungsvoll. »Ich habe mal gehört, dass die Leber ohnehin wieder nachwächst.«

»Nein, das will ich nicht«, widersprach Inés entschieden. »Auf keinen Fall. Außerdem kommt nicht jeder Verwandte als Organspender infrage. Es gibt viele Kriterien, die erfüllt sein müssen.«

Céline ließ enttäuscht den Kopf hängen.

»Kümmert euch um euer Studium – eure Ausbildung ist das Wichtigste. Natürlich freue ich mich, wenn ihr mich ab und zu ins Krankenhaus begleitet. Aber mehr erwarte ich nicht von euch. Ich bin eure Mutter – ich bin für euch verantwortlich, nicht umgekehrt. Und jetzt lasst uns essen. Der Auflauf ist sowieso schon kalt.« Ihr Ton ließ keinen Widerspruch zu, und die Kinder gehorchten.

Das Essen wurde schweigend eingenommen. Niemand wagte es, sich über den ungenießbaren Reisauflauf zu beschweren.

Deine Probleme ließen sich ganz einfach lösen, meldete sich eine Stimme in Ferdinands Hinterkopf. *Wenn Inés nicht mehr wäre, müsstest du Natascha nicht länger heimlich treffen. Und mit deinem Anteil vom Erbe wären auch die finanziellen Probleme der Firma gelöst. Eine einmalige Gelegenheit!*

Unsinn, wies Ferdinand die Stimme scharf zurück. Selbst er, der stets lösungsorientiert und berechnend war und diese Eigenschaft an sich schätzte, war entsetzt, dass ihm dieser Gedanke überhaupt gekommen war. Er würde – nein, musste – eine andere Lösung finden. Alles, was er brauchte, war ein wenig mehr Zeit.

EMMA

Schweißgebadet und wild um sich blickend fuhr Emma in ihrem Bett hoch. Für einen Moment war sie völlig desorientiert und wusste nicht, wo sie sich befand. Langsam gewöhnten sich ihre Augen an die Dunkelheit, und sie konnte im schwachen Mondlicht die Konturen des billigen Schreibtisches und des Kleiderschranks erkennen. Nach einigen quälenden Sekunden wurde ihr klar, wo sie war: in ihrem WG-Zimmer. In Wien. In Sicherheit. Sie atmete erleichtert auf. Es war nur ein Albtraum gewesen. *Wieder einmal.*

Ächzend stand sie auf. Im Dunkeln tappte Emma in die Küche und füllte ein Glas mit Wasser. Mit geschlossenen Augen drückte sie ihre Stirn gegen das kühle Glas. Der Albtraum hielt sie immer noch im Griff. Onkel Phil, der sie bedrängte, während er höhnisch in ihrem Ohr lachte. Der Traum hatte sich so real angefühlt. Ein Schauer lief ihr über den Rücken. Unwillkürlich strich sie mit den Fingern über die Innenseite ihrer Oberschenkel, als wollte sie sich vergewissern, dass sie unversehrt war, dass die blauen Flecken wirklich verschwunden waren.

Die Erinnerungen an ihre letzte Nacht bei den Schneiders blitzten vor ihrem inneren Auge auf. Merkwürdig – obwohl es erst wenige Wochen her war, fühlte es sich an, als wäre sie damals eine andere gewesen. Eine andere Emma, aus einem anderen Leben.

Wie ein außenstehender Beobachter sah sie sich in Trance durchs Haus schleichen, ihre wenigen Habseligkeiten zusammenraffen und in ihre zerschlissene Reisetasche stopfen. Sie beobachtete, wie sie eine kurze Abschiednotiz für ihren Bruder hinterließ. Sie war bereit zum Aufbruch. Der Mond schien hell und wies ihr den Weg zur Wohnungstür. Onkel Phil war zu Bett gegangen, sein lautes Schnarchen erfüllte die Wohnung und ließ Emma erzittern.

Als sie sich zum Gehen wandte, fiel ihr Blick auf die Brieftasche, die Phil auf der Ablage im Flur liegengelassen hatte. Er trug oft große Summen Bargeld bei sich, da er einen Großteil seiner Honorare schwarz einnahm. Kurzerhand öffnete sie das Portemonnaie und durchsuchte es. Fast zweitausend Euro in druckfrischen Scheinen. Ohne weiter nachzudenken, nahm sie das Geld an sich. Eine kleine Entschädigung für die Qualen, die er ihr angetan hatte, sagte sie sich. Dann verließ sie das Haus, ohne noch einmal zurückzublicken. Mit den Schneiders war sie fertig.

Entschlossen leerte Emma das Wasserglas und schob die unangenehmen Erinnerungen beiseite. Das Wasser rann ihre Kehle hinab und spülte die letzten Schleier des Albtraums fort. Ihr Martyrium war vorbei. Sie war endlich frei.

CÉLINE

Céline erwachte, als die Sonne bereits hoch am Himmel stand. Gähnend drehte sie sich in ihrem Himmelbett zur anderen Seite und vergrub ihr Gesicht unter dem Kopfpolster.

Sie hatte sich einen Tag Auszeit vom Unistress gegönnt und beschlossen, ausnahmsweise einmal auszuschlafen. Doch die ersehnte Entspannung wollte sich nicht mehr einstellen. Stattdessen drängte sich die Erinnerung an das Gespräch mit ihren Eltern in ihre Gedanken. Das Abendessen. Die Nachricht von der Krankheit ihrer Mutter. Eine bleierne Schwere legte sich auf ihre Brust. Sie musste unbedingt selbst recherchieren, wie schlimm die Diagnose tatsächlich war.

Céline presste die Augen fest zusammen, entschlossen, der Realität noch ein wenig zu entkommen. Doch die Sorgen ließen ihr keine Ruhe. An Schlaf war nicht mehr zu denken. Widerwillig warf sie einen Blick auf den Wecker am Nachttisch. Schon nach elf. *Also gut.*

Seufzend erhob sie sich. Ihr Magen, der dringend nach Koffein verlangte, führte sie in die Küche, wo ihr Bruder bereits beim Frühstücken saß.

»Morgen, Schwesterherz«, begrüßte er sie, ohne den Blick vom Display seines Handys zu nehmen.

»Guten Morgen«, murmelte sie und schaltete die Nespresso-Maschine ein.

»Kann ich noch mal kurz dein Handy benutzen?«

Widerwillig reichte er es ihr.

Gestern war nicht der richtige Moment gewesen, um ihren Vater nach einem neuen Smartphone zu fragen. Das würde sie jetzt nachholen. Sie wusste, dass er immer ein paar iPhones im Büro aufbewahrte, die er neuen Mitarbeitern als Firmenhandy gab. Es waren zwar nicht die neuesten Modelle, aber bis Weihnachten würde sie damit schon durchkommen.

***

Nachdem Céline ihr neues Telefon eingerichtet hatte, versuchte sie zuerst, Marc zu erreichen. Sie hatten sich seit mehreren Tagen nicht gesehen, und Céline vermisste ihn schrecklich. Außerdem gab es keine bessere Ablenkung als Sex. Ein bisschen Matratzenakrobatik würde ihr hoffentlich helfen, auf andere Gedanken zu kommen. Marc und sie hatten sich in der Tanzschule kennengelernt und waren seitdem ein Paar. Marc war ein Jahr älter als sie und unglaublich attraktiv. Selbst nach zwei Jahren Beziehung wurden ihr noch die Knie weich, wenn er sie anlächelte. Céline war stolz, dass er sich damals unter seinen vielen Verehrerinnen ausgerechnet für sie entschieden hatte.

Doch Marc ging nicht ans Telefon. Stattdessen erhielt sie eine WhatsApp-Nachricht, in der er ihr mitteilte, dass er in der Bibliothek sei und für seine Prüfung nächste Woche lerne.

Also wohl kein Sex, dachte sie enttäuscht.

Gelangweilt scrollte sie durch ihre Kontakte auf der Suche nach anderen potenziellen Ablenkungen. Als sie bei Emmas Namen ankam, hielt sie inne. *Sarah wäre bestimmt eifersüchtig, wenn sie erfährt, dass ich mich mit Emma treffe anstatt mit ihr*, überlegte sie. Andererseits war Emma erfrischend unkompliziert, während Sarah extrem anstrengend sein konnte – und momentan auch wütend auf sie. Weitere Konflikte konnte sie im Augenblick wirklich nicht gebrauchen.

Kurz entschlossen tippte sie eine Nachricht an Emma.

Lust auf Drinks heute Abend?

Es dauerte nicht lange, bis die gewünschte Antwort kam.

Klar. Ich kann aber erst ab 22 Uhr. Wo?

Das ist kein Problem. 1010-Bar, Plankengasse 2, 1010 Wien.

Ein Emoticon mit hochgestrecktem Daumen später war ihr Abendprogramm festgelegt. Zufrieden packte Céline das Handy weg. Wenn sie ehrlich zu sich selbst war, musste sie zugeben, dass sie sich noch aus einem anderen Grund gerne mit Emma umgab. Es war nicht so, dass Emma sie offensichtlich bewundern oder beneiden würde. Aber im Vergleich zu Emmas Leben, das so anders war als ihres, schien ihr eigenes in viel kräftigeren Farben zu leuchten. Es war, als würde sie sich durch Emmas Augen sehen – und dieses Bild gefiel ihr. Es erinnerte sie daran, was für ein Glück sie doch hatte.

Bin ich ein schlechter Mensch, weil ich mich gerne mit Leuten umgebe, neben denen ich mich privilegiert fühle?, fragte sich Céline.

Sie schob die selbstkritischen Gedanken schnell beiseite. Sie verbrachte eben gerne Zeit mit ihrer Studienkollegin – und damit basta.

EMMA

Emma betrat das Lokal im Zentrum, das Céline ihr genannt hatte. Ihre Schicht im *Kinkys* hatte länger gedauert, und so hatte sie keine Zeit mehr gehabt zu duschen. Sie war nur schnell in frische Klamotten geschlüpft und direkt hierhergekommen. Diesmal fühlte sie sich aber wenigstens nicht underdressed – viele Leute hier trugen Jeans und schlichte Oberteile wie sie selbst. Die Bar war nicht sehr groß, aber gemütlich. Ein schwacher Zigarettengeruch hing in der Luft. Emma fühlte sich sofort wohl. Sie entdeckte Céline an einem Tisch in der Nähe der Bar, wo sie gedankenverloren an einem Cocktail nippte. Wie immer war die Prinzessin aufwendig gestylt. Sie trug ein schlichtes Kleid und teure Stiefel, deren Marke Emma kannte, ihr aber gerade nicht einfiel. Als Céline aufsah und sie bemerkte, hellte sich ihre Miene schlagartig auf.

»Emma! Schön, dich zu sehen. Hast du gut hergefunden?«

»Ja danke. War leicht zu finden.«

Céline winkte dem Barkeeper. »Einen zweiten Espresso Martini für meine Freundin, bitte!« Sie zwinkerte Emma zu. »Der heutige Abend geht auf mich.«

Emma ließ sich auf die Bank gegenüber von Céline sinken. Sie hatte zwar keine große Lust, Alkohol zu trinken, hoffte aber, dass er Céline dazu bringen würde, etwas mehr über sich und ihre Familie preiszugeben. Irgendetwas Brauchbares, womit sie arbeiten konnte. Ihre verwöhnte Halbschwester und ihr widerlicher Vater sollten einmal erleben, wie es war, nicht immer auf der Sonnenseite des Lebens zu stehen.

Die Getränke wurden gebracht, und Emma stellte überrascht fest, dass der Cocktail, den Céline ausgewählt hatte, tatsächlich ausgezeichnet schmeckte. Eher wie eine Mischung aus Eiskaffee und Baileys als nach hartem Alkohol. Céline grinste zufrieden – offensichtlich stand Emma der Genuss ins Gesicht geschrieben.

»Lecker, oder?«

»Ich glaube, ich hab noch nie etwas so Köstliches getrunken«, gab Emma ehrlich zu.

»Ja, es ist himmlisch. Aber pass auf, das ist Teufelszeug«, warnte Céline und nahm selbst einen großen Schluck aus ihrem Glas. »Wieso konnten wir uns eigentlich erst so spät treffen? Wo warst du vorher?«

»Ich musste arbeiten«, erklärte Emma schlicht. Sie wollte ihrer Halbschwester schließlich nicht sofort verraten, dass sie ihren Lebensunterhalt mit Kellnern verdiente.

»Ah, das verstehe ich gut. Ich arbeite jetzt auch einmal pro Woche in einer Anwaltskanzlei. Sind zwar nur langweilige Sekretariatstätigkeiten, aber *Wolf Theiss* macht sich nun mal gut im Lebenslauf. Außerdem hat mein Vater darauf bestanden.« Sie verdrehte die Augen.

Emma nickte nur und wechselte schnell das Thema. Sie hatte keine Lust, Céline darüber aufzuklären, dass sie arbeitete, um ihre Miete zu bezahlen, und nicht, weil sie sich Gedanken darüber machte, welcher Job sich gut im Lebenslauf machte. Ganz zu schweigen davon, dass sie niemanden hatte, der ihr den karrieretechnisch richtigen Job verschaffen konnte.

»Woher stammt eigentlich der Name Céline? Ist das nicht französisch?«

»Ja. Meine Mutter ist Französin. Meine Großeltern mütterlicherseits leben noch in Paris.«

»Wie kommt es dann, dass es deine Eltern nach Österreich verschlagen hat?«

»Mama hat in Wien studiert«, erklärte Céline. »Hier hat sie auch meinen Vater kennengelernt. Später haben sie aus beruflichen Gründen eine Weile in München gelebt, aber Papa wollte zurück nach Österreich. Seit ich klein bin, leben wir in Wien. Ich glaube allerdings, dass meiner Mutter Frankreich fehlt. Zumindest verbringen wir im Sommer meistens ein paar Wochen in unserem Haus an der Côte d'Azur oder besuchen die Großeltern.«

Daher die Yacht, dachte Emma. Natürlich hatte Céline neben der perfekten Familie, dem perfekten Freund und dem rundum perfekten Leben auch noch ein Ferienhaus in Südfrankreich.

»Klingt ja toll!«

»Ja es ist wunderschön dort. Du musst uns nächsten Sommer unbedingt besuchen kommen.«

»Ja, das wäre schön«, sagte Emma, ohne es wirklich zu meinen. »Verstehst du dich gut mit deiner Mutter?«

Ein Schatten huschte über Célines Gesicht, den Emma nicht recht deuten konnte. »Ja natürlich.«, antwortete sie etwas zögernd.

Céline sah aus, als würde sie mit sich hadern, ob sie mehr sagen sollte. Emma blickte sie erwartungsvoll an. »Aber …?«

»Wenn ich ehrlich sein soll, hat unser Kindermädchen eigentlich immer mehr die Rolle unserer Mutter übernommen. Weißt du, meine Mutter ist meine Mutter, und natürlich liebe ich sie über alles, aber sie war ständig unterwegs, auf irgendwelchen Society-Events, Bridgeeinladungen oder Wohltätigkeitsveranstaltungen. Ekaterina, der gute Geist der Familie, war diejenige, die wirklich für meinen Bruder und mich da war. Sie hat uns zur Schule gebracht, mit uns Hausaufgaben gemacht und uns Gute-Nacht-Geschichten vorgelesen. Ekaterina erzählt immer gerne die Anekdote, wie entsetzt meine Eltern waren, als mein erstes Wort nicht Mama oder Papa war, sondern *Kati*.«

Emma biss bei ihren Worten die Zähne zusammen. Die Art, wie Céline über Ekaterina sprach, versetzte ihr einen Stich. Ekaterina hatte also ihr eigenes Kind – sie – weggegeben, um lieber Mutter für ein anderes zu sein.

»Und dein Vater?«

Céline zuckte mit den Schultern. »Wie die meisten Väter, schätze ich. Er arbeitet ununterbrochen. Und wenn er nicht gerade im Büro ist, ist er auf dem Golfplatz oder mit Mama bei irgendwelchen Einladungen.«

Damit schien das Thema für sie erledigt zu sein, denn sie nahm ihr Cocktailglas und leerte es in einem Zug. »Los, austrinken!«, forderte sie Emma auf und bestellte beim Barkeeper schon zwei neue Drinks.

Den restlichen Abend unterhielten sie sich über die anstehenden Klausuren und streiften das Thema Familie – zu Emmas Bedauern – nicht mehr.

Als es ans Zahlen ging, streckte Céline dem Kellner wortlos eine schwarze, metallene Kreditkarte entgegen und gab ein großzügiges Trinkgeld. Emma wollte zuerst protestieren, doch als sie den horrenden Betrag auf der Rechnung sah, verschlug es ihr die Sprache.

»Danke. Das nächste Mal geht auf mich«, murmelte sie beschämt.

Céline winkte ab. »Ich habe doch gesagt, der Abend geht auf mich. Die Karte läuft sowieso über das Konto meines Vaters. Eigentlich ist sie nur für Notfälle gedacht. Aber ich finde, Unterzuckerung und Dehydrierung sind ernst zu nehmende Notfälle.« Grinsend steckte sie die Kreditkarte zurück in ihr Portemonnaie und hakte sich bei Emma unter.

Während Céline leicht schwankend ins nächste Taxi stieg, entschied Emma, den Weg nach Hause zu laufen. Die U-Bahnen fuhren nicht mehr, und fürs Taxi wollte sie ihr hart verdientes Geld nicht verschwenden. Also stapfte sie los. Die große Turmuhr verriet ihr, dass es bereits nach ein Uhr morgens war, und je weiter sie sich von der Innenstadt entfernte, desto weniger Passanten begegneten ihr auf der Straße. Fröstelnd schlug Emma den Kragen ihres Mantels hoch.

Plötzlich spürte Emma etwas in ihrer Hosentasche vibrieren. Wer sollte ihr denn so spät noch schreiben? Hatte Céline vielleicht ihren Schal in der Bar vergessen und wollte sie bitten, nachzusehen? Sie zog das Handy hervor. Eine neue E-Mail war eingegangen. Ihre Augen weiteten sich vor Entsetzen, als sie den Absender sah. Den Namen kannte sie nur allzu gut.

Sie konnte erst nicht glauben, was sie da las:

Emma, du Miststück! Ich weiß genau, dass du es warst, die mein Geld gestohlen hat. Überweis es mir umgehend, sonst wird es dir noch verdammt leidtun!

Darunter die Kontodaten.

Mit zitternden Fingern ließ Emma das Handy in ihre Tasche gleiten und beschleunigte ihre Schritte. Panik stieg in ihr auf, kroch ihr den Rücken hinauf und fraß sich in ihre Eingeweide.

Ob Onkel Phil wusste, wo sie war? Außer Fiona hatte sie niemandem erzählt, dass sie nach Wien gezogen war. Ihre Adoptiveltern glaubten bestimmt, dass sie in Berlin war. Ihr altes Handy hatte sie vorsorglich am Münchener Bahnhof entsorgt, für den Fall, dass es jemand orten konnte – und dabei war ihr das damals übertrieben paranoid vorgekommen. Ihren Instagram-Account, den sie im letzten Sommer eingerichtet hatte, hatte sie gelöscht. Andere soziale Medien benutzte sie nicht.

Er kann nicht wissen, wo du bist, versuchte sie sich selbst zu beruhigen. Doch der Zweifel und die Angst saßen ihr im Nacken. Sie zwang sich, sich auf ihre Atmung zu konzentrieren und die Ruhe zu bewahren.

104

Die Wiener Straßen, die eben noch so friedlich im Mondlicht dagelegen hatten, wirkten plötzlich unheimlich und bedrohlich. Sie warf einen Blick über die Schulter. Da war niemand. Oder etwa doch? Dunkle Ecken überall, wohin das Auge reichte. Und war es nicht kälter geworden? Emma begann zu laufen. Ihre Schritte hallten von den engstehenden Häusern wider. Keine Menschenseele begegnete ihr, die Stadt war wie ausgestorben. Sie befand sich schon weitab vom Zentrum, und die Gegend, in der ihre Wohnung lag, war ihr selbst bei Tageslicht oft nicht ganz geheuer.

Ihr Laufen ging in einen Sprint über, und sie hielt erst an, als sie ihr Wohnhaus erreicht hatte. Mit pochendem Herzen und bebenden Händen sperrte sie die Tür auf und lehnte sich von innen dagegen.

Paranoid oder nicht, wenn Onkel Phil sein Geld nicht bekam, würde er versuchen, sie aufzuspüren. Und sie hatte nicht einmal mehr einen Bruchteil davon.

FERDINAND

Ferdinand warf einen Blick auf die Uhr. Mürrisch stellte er fest, dass sich Herr Krall verspätete. Wenn er überhaupt noch auftauchte.

Er gab der Kellnerin ein Zeichen, ihm noch einen Espresso zu bringen, und ging im Kopf erneut durch, wie er das Gespräch angehen wollte. Er musste seinem Geschäftspartner schonend beibringen, dass sich die Übergabe des Objekts etwas verzögern würde. Und *etwas verzögern* war dabei noch untertrieben. Herr Kembrand arbeitete zwar mit Hochdruck daran, ein neues Bauunternehmen zu finden, aber nach aktuellem Stand lagen sie mindestens fünf Monate hinter dem vereinbarten Termin.

Ferdinand wischte sich nervös die feuchten Hände an seiner Anzughose ab. Er ärgerte sich über sich selbst. Darüber, dass er nicht vorausgesehen hatte, dass die Firma *Watzlaw* kurz vor dem Konkurs stand, dass er nicht rechtzeitig eingegriffen hatte, und vor allem über das Gefühl der Unterlegenheit, das ihm vor dem kommenden Meeting zu schaffen machte. Unsicherheit und Schwäche konnte er nicht ausstehen – vor allem nicht bei sich selbst.

Er leerte seine Tasse in einem Zug und wollte gerade die Kellnerin um die Rechnung bitten, als die Tür des Kaffeehauses aufging und Herr Krall eintrat. Er war ein Hüne von einem Mann, mit groben Gesichtszügen und fast kahlrasierten Haaren, was ihm ein bedrohliches Aussehen verlieh. Zielstrebig schritt er auf Ferdinand zu und ließ sich ihm gegenüber nieder.

»Lauderthal, was verschafft mir die Ehre? Ich habe nur kurz Zeit, also sagen Sie mir: Was ist so wichtig, dass Sie auf ein persönliches Treffen bestanden haben?«

Kein Wort der Entschuldigung für die fast zwanzigminütige Verspätung, und er sprach mit der Haltung eines Mannes, der genau wusste, was er wollte und wie er seine Mitmenschen dazu brachte, es ihm zu geben.

»Herr Krall, danke, dass Sie sich so kurzfristig Zeit genommen haben. Wie Sie sich sicher denken können, geht es um das Projekt Reinprechtsdorfer Straße«, begann Ferdinand.

Krall musterte ihn mit unbewegter Miene. Ferdinand gab sich einen innerlichen Ruck. Herumzudrucksen würde die Situation auch nicht verbessern. Er straffte die Schultern und lehnte sich zurück, in der Hoffnung, einen selbstbewussten Eindruck zu vermitteln.

»Es gab Probleme mit einem Subunternehmer. Natürlich haben wir alles im Griff, aber aufgrund unserer guten Zusammenarbeit wollten wir Sie frühzeitig darüber informieren, dass sich die Übergabe des Objekts möglicherweise etwas verzögern könnte.«

»Was bedeutet das genau? Reden wir von ein paar Tagen? Zwei Wochen?«

»Wir tun unser Bestes, um den Zeitplan einzuhalten. Aber es könnte sich um ein paar Wochen handeln. Drei Monate. Maximal.«

Kralls Miene verhärtete sich. Er stützte die Ellbogen auf den Tisch und lehnte sich vor, seine massige Gestalt kam Ferdinand unangenehm nahe. Ferdinand musste sich zwingen, nicht zurückzuweichen. Die kalte Wut, die von Krall ausging, war förmlich greifbar.

»Herr Lauderthal, verstehen Sie mich nicht falsch – ich mag Sie. Aber Ihre Probleme interessieren mich nicht. Das Einzige, das für mich von Belang ist, ist dieses Projekt so schnell wie möglich abzuschließen. Sie haben mir zugesichert, dass Ihr Unternehmen pünktlich liefert. Also tun Sie das auch. Ich habe einen straffen Zeitplan. Wie Sie wissen, habe ich bereits Verträge mit einigen großen Firmen abgeschlossen, die erwarten, die Räumlichkeiten wie geplant beziehen zu können. Eine dreimonatige Verspätung ist keine Option.«

Ferdinand wischte sich erneut den Schweiß von den Händen.

»Herr Krall, mit Verlaub ...«

Der Hüne lehnte sich noch weiter vor, so nah, dass Ferdinand die unreinen Poren auf seiner Haut zählen konnte. »Ich will nichts mehr hören. Kommen Sie Ihren vertraglichen Pflichten nach. Oder tragen Sie die Konsequenzen. Und ich gebe Ihnen einen gut gemeinten Rat: Enttäuschen Sie mich besser nicht.«

Mit dieser unverhohlenen Drohung erhob sich Krall vom Stuhl und verließ wortlos das Lokal.

Ferdinand sackte in sich zusammen. Zu sagen, dass das Gespräch suboptimal verlaufen war, wäre die Untertreibung des Jahrhunderts. Herr Krall war ein einflussreicher Mann in der Immobilienbranche. Er würde nicht zögern, Ferdinands Firma bis zum Ruin auf Schadenersatz zu verklagen. Das hatte er eben mehr als deutlich gemacht.

Der Klingelton seines Handys ließ Ferdinand zusammenzucken. Ein Blick auf die Push-Benachrichtigung auf dem Display holte ihn ins Hier und Jetzt zurück und erinnerte ihn daran, dass er in dreißig Minuten den nächsten Termin hatte. Und der war fast ebenso wichtig.

***

Unter Missachtung sämtlicher Verkehrsregeln traf Ferdinand gerade noch rechtzeitig in der Notariatskanzlei ein. Er drückte Inés zur Begrüßung einen flüchtigen Kuss auf die Wange.

»Tut mir leid, ich wurde aufgehalten.«

Seine Frau lächelte ihm beruhigend zu. »Kein Problem, jetzt bist du ja da.«

Die Sekretärin führte das Ehepaar in den Besprechungsraum, wo Dr. Berger, der langjährige Notar der Familie, bereits auf sie wartete.

»Inés, Ferdinand, setzt euch doch«, begrüßte er sie wie alte Freunde. »Wie kann ich euch diesmal weiterhelfen?«

»Christian, schön dich zu sehen. Wir geht es dir?«, sagte Inés lächelnd.

»Danke, bestens.«

»Freut mich, das zu hören. Lass Becky von mir grüßen. Und da ich weiß, dass du ein viel beschäftigter Mann bist, komme ich gleich zur Sache. Es geht um mein Testament. Ich bin schwer krank und möchte meine Angelegenheiten regeln – nur für den Fall, dass ...« Sie brach ab.

Dr. Berger blickte überrascht und besorgt auf. »Um Gottes willen, Inés! Was ist denn los?«

»Ein Leberleiden«, erwiderte sie in einem Tonfall, der deutlich machte, dass sie nicht weiter darauf eingehen würde. »Es gibt Therapiemöglichkeiten, aber ich möchte auf alle Eventualitäten vorbereitet sein.«

Dr. Berger war taktvoll genug, das Thema nicht weiter zu vertiefen. »Da finden wir bestimmt eine passende Lösung für euch. Ihr habt zwei Kinder, beide sind bereits volljährig?«

Inés nickte. »Ja, das ist richtig. Mir ist vor allem wichtig, dass es nicht zu Erbstreitigkeiten zwischen Céline und Camillo kommen kann.«

Dr. Berger notierte etwas auf seinem Block. »Darf ich fragen, um welche Vermögenswerte es konkret geht?«

»Wir haben das Haus am Schreiberweg, das du kennst. Dann das Ferienhaus in Frankreich und die Yacht, die im Hafen an der Côte d'Azur liegt. Außerdem besitze ich einige Eigentumswohnungen in Wien und Paris sowie ein umfangreiches Aktienportfolio. Ach ja, und nicht zu vergessen die Firmenanteile. Ich bin Alleineigentümerin von *Lauderthal Immobilien*.«

Dr. Berger nickte. »In Ordnung. Inwieweit seid ihr denn mit dem österreichischen Erbrecht vertraut?«

Inés wiegte den Kopf.

»Nun ja, nach dem gesetzlichen Erbrecht würde dein Vermögen zwischen deinen beiden Kindern und Ferdinand aufgeteilt werden. Gibt es ein Testament, geht dieses grundsätzlich vor, wobei den gesetzlichen Erben – also den genannten – zumindest der Pflichtteil zusteht.«

Inés nickte erneut. »Ich verstehe. Nun – was hältst du von der Idee einer Stiftung?«

Ferdinand horchte auf. Eine Privatstiftung? Von dieser Idee hörte er zum ersten Mal.

»Die Gründung einer Stiftung hat viele Vorteile, aber auch ein paar Nachteile«, erklärte der Notar. »Ein großer Vorteil ist, dass du damit sicherstellen kannst, dass das Vermögen langfristig erhalten bleibt und es zu keiner Aufsplitterung kommen kann. Andererseits verlierst du mit der Errichtung der Privatstiftung den direkten Zugriff auf das eingebrachte Vermögen. Dieses wird dann von einem Stiftungsvorstand im Sinne des Stiftungszwecks verwaltet. Der Zweck könnte zum Beispiel darin bestehen, ausgewählte Begünstigte finanziell abzusichern.«

»Das klingt doch interessant«, erwiderte Inés erfreut. »Kann ich Ferdinand als Stiftungsvorstand einsetzen?«

Der Notar schüttelte bedauernd den Kopf. »Begünstigte und deren nahe Angehörige sind von der Funktion ausgeschlossen. Der Vorstand muss familienfremd sein. Es müssen Menschen sein, denen du genug vertraust, um ihnen die Verwaltung deines Vermögens zu überlassen. Das sollte gut durchdacht sein.«

Inés zupfte gedankenverloren an ihren Haarspitzen. »Darüber muss ich nachdenken. Aber uns wird bestimmt jemand einfallen. Alles in allem klingt das vernünftig. Kann man den Kreis der Begünstigten so festlegen, dass nur direkte Familienmitglieder und deren Nachkommen umfasst sind?«

Ferdinand hörte gebannt zu, wie der Notar die Vor- und Nachteile einer Stiftung erläuterte. Gleichzeitig überschlugen sich seine Gedanken. Nur die unmittelbare Familie als Begünstigte? Was würde passieren, wenn er Inés zugunsten von Natascha verließ? Dann würde er leer ausgehen. Und das nach fünfundzwanzig Jahren Ehe! Er war immer davon ausgegangen, dass Inés ihn direkt in ihrem Testament bedenken würde. Diese neue Entwicklung gefiel ihm gar nicht. Aber das konnte er ihr ja schlecht sagen.

Und wie willst du die Firma retten, wenn du den Deal mit Herrn Krall nicht einhalten kannst?, meldete sich eine Stimme in seinem Hinterkopf. *Das Unternehmen – und damit du – wäre ruiniert! Willst du wirklich vom Gutdünken eines Stiftungsvorstands abhängig sein?*

Das war nicht ganz unrichtig. Für den Fall der Fälle hatte Ferdinand immer darauf gesetzt, dass Inés die Firma schon aus ihren finanziellen Schwierigkeiten heraushelfen würde. Ein Stiftungsvorstand war jedoch ein großer Unsicherheitsfaktor – einer, dem er sich ungern aussetzen wollte.

»Willst du dir das nicht nochmal durch den Kopf gehen lassen?«, raunte er seiner Frau zu. »Das hört sich nach einer weitreichenden Entscheidung an. Und es ist ja auch nicht so, dass du morgen stirbst. Gott bewahre.«

Dr. Berger nickte zustimmend. »Ja, es wäre sinnvoll, das in Ruhe zu durchdenken. Meiner Einschätzung nach wäre eine Privatstiftung in eurem Fall aber eine gute Lösung.«

»Wie lange dauert es, bis so eine Stiftung errichtet ist und alles geregelt ist?« fragte Inés. »Ich würde das gerne möglichst bald geklärt haben.«

»Die Stiftung entsteht mit der Eintragung ins Firmenbuch. Zunächst würden wir einen Entwurf der Stiftungserklärung nach deinen Wünschen aufsetzen. Die Erklärung selbst bedarf eines Notariatsakts, was relativ schnell geht. Vorab solltest du dir überlegen, wen du als Stiftungsvorstand einsetzen möchtest und mit der betroffenen Person sprechen. Außerdem gibt es viele weitere Details, die geklärt werden müssen. In einigen Fällen kann auch eine Gründungsprüfung notwendig sein.«

Inés nickte langsam.

»Ich mache dir einen Vorschlag: Lass dir das alles in Ruhe durch den Kopf gehen. Wenn du dich entscheidest, das Thema weiterzuverfolgen, setze ich einen Entwurf auf, den wir anschließend gemeinsam durchgehen. Mehr als ein paar Monate sollte der gesamte Prozess aber nicht dauern.«

KARL

Komm rein, mon Chéri. Möchtest du eine Tasse Tee?«
Karl küsste Inés liebevoll auf beide Wangen.»Gerne.
Aber du setzt dich ins Wohnzimmer. Ich mache den Tee.«
Er schob sich an ihr vorbei und ging in die Küche. Kurz
darauf stellte er zwei dampfende Becher Earl Grey auf
dem Couchtisch vor ihr ab.

»Wird Zeit, dass Ekaterina endlich wiederkommt, um
dir unter die Arme zu greifen«, brummte er.»Wo bleibt sie
überhaupt so lange?«

»Ekaterina? Sie hilft meiner Schwester bei der Pflege
unserer Mutter. Die Arme ist gestürzt und hat sich die
Hüfte gebrochen. Sie ist schließlich nicht mehr die Jüngste.
Spätestens im Januar sollte sie zurück sein. Glaub mir, ich
kann es kaum erwarten, dass sie wieder bei uns ist. Das
Haus ist nicht dasselbe ohne sie.«

»Das kann ich verstehen. Aber nun zu dir: Wie geht es
dir, meine Liebe?«

»Ganz gut, danke.«

»Du siehst erschöpft aus. Außerdem bist du zu dünn.«
Inés lachte leise.»Danke auch.«

»So meinte ich das nicht. Du bist natürlich schön wie
immer. Aber ich mache mir Sorgen um dich. Ferdinand
hat mir schon vor über einer Woche erzählt, dass du gesundheitliche Probleme hast. Seither warte ich darauf,
dass du mich endlich ins Vertrauen ziehst. Also, jetzt mal
ganz ehrlich: Wie geht es dir wirklich?«

Inés seufzte.»Tut mir leid, dass ich nicht früher etwas
gesagt habe. Du weißt, du bist mein bester und ältester
Freund. Aber es laut auszusprechen, macht es irgendwie
so – real.« Sie streckte die Hand aus und drückte seine.

»Mir ist ständig übel, ich habe keinen Appetit und fühle mich benommen. Am liebsten würde ich den ganzen Tag schlafen. War das ehrlich genug für dich?«

Karl schüttelte ungläubig den Kopf. Auf seiner Stirn bildete sich eine tiefe Sorgenfalte.

»Und was sagt dein Arzt?«

»Er meint, die Zirrhose sei schon recht weit fortgeschritten. Ich bekomme einen Medikamentencocktail, der die Immunreaktion meines Körpers in Schach halten soll. Aber früher oder später brauche ich eine Spenderleber. Besser früher als später.«

»Scheiße«, entfuhr es Karl. Dass es so schlimm um sie stand, hatte er nicht erwartet. »Wissen die Kinder Bescheid?«

»Seit ein paar Tagen. Sie haben es nicht besonders gut aufgenommen.«

»Wen wundert's«, erwiderte Karl düster. Was er da hörte, erschütterte ihn zutiefst. Inés neigte dazu, die Dinge zu verharmlosen. Wenn das die harmlose Version der Wahrheit war, wollte er gar nicht wissen, wie die Realität tatsächlich aussah.

»Ich habe Ferdinand schon lange gesagt, er soll etwas kürzertreten und sich mehr um dich kümmern«, stieß er schließlich hervor.

»Das ist doch nicht seine Schuld. Keiner hat Schuld. Und er kann ja auch nichts dagegen tun. Außerdem scheint er momentan extrem unter Druck zu stehen. Ich will niemandem zur Last fallen.«

»Du fällst uns doch nicht zur Last!«, widersprach Karl vehement. »Immer dasselbe mit dir. Immer stellst du die Probleme der anderen über deine eigenen. Du musst auch mal an dich denken!«

»Ich habe Glück, dass ich so gute Freunde wie dich habe. Dafür bin ich dankbar.«

»Wenn du irgendetwas brauchst, zögere nicht zu fragen. Und wenn es nur jemand ist, der dich ins Krankenhaus fährt, Besorgungen macht, deinem Arzt in den Arsch tritt oder den du anschreien kannst, weil alles Scheiße und ungerecht ist – ich bin jederzeit für dich da.«

Inés lachte leise. »Immer der treue Beschützer, was?«

Karl zuckte mit den Schultern. »Dafür hat man Freunde.«

»Da gäbe schon etwas, das ich dich gerne fragen würde«, begann Inés nach einer kurzen Pause zögernd.

»Alles, was du willst.«

»Ferdinand und ich waren heute beim Notar. Ich wollte meine Angelegenheiten regeln.«

»Inés!« Karl sprang auf. »Steht es wirklich so schlecht um dich?«

Beschwichtigend zog sie ihn wieder auf die Couch. »Karl, mon Chéri, beruhige dich. Nein, so schlimm ist es nicht. Aber ich habe meine Krankheit zum Anlass genommen, mich dieser lästigen Thematik anzunehmen. Ich denke darüber nach, eine Stiftung zu gründen.«

»Eine Stiftung? Und was sagt Christian dazu? Ihr wart doch bei ihm?«

»Ja. Er hält es für eine gute Idee. Ich lasse es mir noch ein paar Tage durch den Kopf gehen. Aber vorab wollte ich dich fragen, ob du dir vorstellen könntest, einer der Stiftungsvorstände zu werden. Natürlich würden wir dich dafür entlohnen. Aber mir fällt niemand ein, dem ich das Vermögen meiner Kinder lieber anvertrauen würde als dir.«

»Natürlich! Ich fühle mich geehrt. Aber warum nicht Ferdinand?«

»Würde ich ja. Aber Begünstigte und nahe Angehörige dürfen nicht im Vorstand sein.«

»Ich verstehe. Wie gesagt, gerne – wenn du das möchtest. Aber hoffen wir mal, dass es nicht so weit kommt,

115

ja? Ich kann mir ein Leben ohne dich nicht vorstellen und gedenke, vor dir ins Gras zu beißen. Also pass bitte auf dich auf!«

Inés lächelte dankbar. »Versprochen. Und danke.«

»Aber jetzt zu dir«, wechselte sie das Thema. »Was macht die Frauenwelt? Ist endlich eine Frau Winkler in Sicht?«

»Du kennst mich ja.« Karl grinste. »Ich bin ein ewiger Junggeselle.«

»Aber auch du brauchst jemanden, zu dem du nach Hause kommen kannst, der auf dich wartet und dir den Rücken stärkt. Du wirst schließlich auch nicht jünger.«

»Hey!«, verteidigte sich Karl lachend. »Jetzt kriege ich es aber ab.«

»Nicht nur du darfst dich um andere sorgen.«

»Tja, nachdem du ja unbedingt Ferdinand heiraten musstest, gibt es keine guten Frauen mehr am Markt«, scherzte er.

»Du elender Schleimer«, konterte Inés, aber er konnte sehen, dass sie sich über das Kompliment freute.

»Stets zu Diensten.« Er zwinkerte ihr zu.

Nach einer weiteren halben Stunde belanglosen Geplänkels gähnte Inés. Die Erschöpfung stand ihr ins Gesicht geschrieben.

Karl verabschiedete sich. In Gedanken war er bereits wieder bei Ferdinand. Er würde seinem Freund ins Gewissen reden müssen. Er musste sich dringend mehr Zeit für seine Frau nehmen. Das war er ihr verdammt nochmal schuldig.

FERDINAND

Ferdinand steuerte seinen Porsche die Zufahrtsstraße entlang, die zu seinem Heimatgolfclub führte. Die Allee aus Kastanienbäumen erstrahlte in leuchtenden Rot- und Gelbtönen in der Herbstsonne. Das Wetter war mit seinen fünfzehn Grad für Anfang November ungewöhnlich mild.

Pünktlich um dreizehn Uhr erreichte Ferdinand den ersten Abschlag, wo Thomas und Gernot bereits auf ihn warteten. Thomas, um die sechzig, war ein Löwe von einem Mann, der die Karriereleiter einer prominenten Anwaltskanzlei in Windeseile erklommen hatte und dort mittlerweile zum Seniorpartner aufgestiegen war. Er und Ferdinand trafen sich regelmäßig zum Golfen oder bei gesellschaftlichen Anlässen, und Thomas war es auch gewesen, der Céline den Praktikumsplatz verschafft hatte. Ferdinand plante, sich im Anschluss an die Golfrunde mit einer Essenseinladung dafür zu bedanken. Gernot, ein eher blasser Typ, den Ferdinand vor Jahren im Herrenclub kennengelernt hatte, führte eine kleine Steuerberatungskanzlei. Karl, der gerade den Kiesweg entlangkam, komplettierte das Vierergespann.

Die Männer begrüßten sich mit kräftigem Händedruck, und dann ging es auch schon los. Thomas, der das beste Handicap im Flight hatte, machte den Anfang. Sein Ball flog in einem perfekten Bogen und landete mitten auf dem Fairway. Auch die anderen zogen ihre Driver, um nachzulegen.

»Wie läuft's bei dir, Thomas? Viel los in der Kanzlei?«, begann Ferdinand das Gespräch, als sie den Abschlag hinter sich ließen.

»Kann nicht klagen. Wir haben einige große Fälle am Laufen, Arbeit gibt es genug. Aber die Konzipienten von heute sind nicht mehr das, was sie mal waren.« Er schnaubte. »Die wollen so etwas wie Work-Life-Balance! Hören um 19 Uhr auf und machen Feierabend. Das hätte es bei uns nicht gegeben.« Ferdinand brummte verständnisvoll. »Ja, der Fluch der Generationen Y und Z. Zu unserer Zeit waren wir froh, wenn wir den Sonntag frei hatten.«

»Ganz genau«, warf Gernot ein. »Als ich in der Beratung angefangen habe, haben wir manchmal sogar im Büro übernachtet! Die jungen Leute heute meckern schon, wenn es mal neun wird. Und dann dürfen die anderen die Arbeit machen.«

»Danke übrigens nochmal, dass ihr Céline bei euch aufgenommen habt«, sagte Ferdinand zu Thomas.

Thomas machte eine wegwerfende Handbewegung. »Versteht sich doch von selbst. Die Elite muss zusammenhalten, nicht wahr?«

»Ich weiß das wirklich zu schätzen. Wie macht sie sich eigentlich? Nimm sie ruhig hart ran, sie soll schließlich etwas lernen.«

»Um ehrlich zu sein, habe ich selbst nicht viel mit ihr zu tun. Aber ich habe sie einem meiner vielversprechendsten Junganwälten zugeteilt, und der hat Céline bisher in höchsten Tönen gelobt. Deine Tochter macht einen engagierten und interessierten Eindruck.«

Ferdinands Brust füllte sich mit Stolz »Musik in meinen Ohren! Wenn sie sich anstrengt, wird sicher mal eine herausragende Anwältin aus ihr. Das Studium nimmt sie jedenfalls sehr ernst. Sie wird das Uni in Mindestzeit und mit Bestnoten abschließen, davon bin ich überzeugt.«

Sie hatten das erste Loch hinter sich gelassen und hielten auf die zweite Spielbahn zu.

»Und was ist mit Camillo? Er studiert Wirtschaft, wenn ich mich recht erinnere? Weiß er schon, was er nach dem Bachelor machen will?«
»Mein Sohn wird eines Tages ins Immobiliengeschäft einsteigen. Er hat sich schon für alle passenden Wahlfächer angemeldet. Irgendjemand muss schließlich das Familienunternehmen weiterführen.«
»Du hast wirklich großes Glück mit deinen Kindern«, sagte Gernot bewundernd. »Ich wünschte, meine wären so zielstrebig. Alles, was meine Jungs interessiert, sind Fußball und Frauen. Für die Schule lernen? Keine Chance! Ich kann nur hoffen, dass sie rechtzeitig die Kurve kriegen.«
»Kinder brauchen eine starke Hand. Hast du schon mal darüber nachgedacht, ihn in ein Internat zu schicken? Die Frauen verhätscheln die Kinder zu Hause doch nur. Bei Inés und Ekaterina ist es nicht anders. Würde ich nicht für Disziplin und Ordnung sorgen, wären die beiden längst nicht so weit gekommen«, entgegnete Ferdinand selbstgefällig.
»Apropos Frauen: Wie sieht es eigentlich bei dir aus, Karl? Triffst du dich gerade mit jemandem?«, wechselte Gernot das Thema.
Karl grinste. »Das hat mich Inés kürzlich auch gefragt. Ich warte auf die zweite Runde. Die Frauen im richtigen Alter denken heutzutage nur noch an ihre Karriere. Du und Ferdinand hattet wirklich Glück.«
Thomas, der zwei Mal geschieden war, nickte zustimmend.
»Aber Single zu sein hat doch auch seine Vorteile«, warf Ferdinand ein. »Ein wenig Abwechslung ist doch auch nicht schlecht, oder?«
Die Männer nickten zustimmend und lachten. Nur Karl runzelte die Stirn und wandte den Blick ab.

Die nächsten Stunden vergingen wie im Flug, und bald hatten sie vierzehn Bahnen gespielt. Ferdinand war in Hochstimmung. Er genoss die Zeit mit seinen Freunden, sein Golfspiel lief bestens, und die Sonne schien mit seiner guten Laune um die Wette.

»Wie läuft es eigentlich bei euch in der Firma?«, fragte Gernot. »Das Letzte, was ich gehört habe, war diese Sache mit der missglückten Umwidmung letztes Jahr. Das war wirklich Pech. Hat sich das inzwischen eingerenkt?«

»Ach das.« Ferdinand machte eine wegwerfende Handbewegung. »Ja, das war unglücklich, aber wir haben den Verlust schnell ausgeglichen. Wir haben mehrere vielversprechende Projekte an Land gezogen und wissen gar nicht, wie wir all die Aufträge abwickeln sollen. Wenn das so weitergeht, müssen wir sogar mehr Mitarbeiter einstellen.«

Das war zwar glatt gelogen, aber Gernot war ein enger Freund seines Bruders. Gut möglich, dass jedes Wort, das er erzählte, direkt zu Konstantin durchdringen würde. Und vor dem wollte er nicht zugeben, dass seine Firma in Schwierigkeiten war. Sollten sie ruhig glauben, dass alles in bester Ordnung war.

Nach der Golfrunde aßen sie noch gemütlich im Klubhaus zu Abend. Ferdinand übernahm die Rechnung. Als sie sich schließlich auf dem Parkplatz voneinander verabschiedeten und alle in ihre Autos stiegen, hielt Karl ihn am Arm zurück.

»Hast du noch einen Moment? Ich würde gerne was mit dir besprechen.«

»Natürlich. Was ist los, Karl? War doch ein schöner Tag, oder nicht? Ich denke, den beiden hat es gefallen.«

»Ja, sicher. Es geht nicht um die heutige Runde. Ich wollte mit dir über Inés sprechen.«

Ferdinand runzelte die Stirn. »Was ist denn mit ihr?«

Karl fuhr sich unsicher durch das schüttere Haar. »Ich weiß, es steht mir nicht zu, und ich will mich auch nicht in deine Angelegenheiten mischen. Aber Inés hat mir von ihrem Gesundheitszustand erzählt, und ich mache mir wirklich große Sorgen um sie. Wenn du mich fragst, solltest du ihr mehr Aufmerksamkeit schenken. Ich weiß, in der Firma läuft es gerade nicht rund, aber meinst du nicht, du könntest es einrichten, etwas früher nach Hause zu kommen? Oder ihr wenigstens am Wochenende mehr helfen? Ekaterina ist nicht da, und in ihrem Zustand sollte Inés nicht alles alleine schaffen müssen. Wenn du mehr Unterstützung in der Arbeit brauchst, sag es mir. Ich übernehme gern ein paar deiner Aufgaben. Deine Familie braucht dich jetzt. Deine Frau braucht dich.«

Ferdinand zog überrascht die Augenbrauen hoch. »Hat sie dir das etwa gesagt?«

»Nein, natürlich nicht. Du kennst doch Inés. Sie würde sich nie beschweren. Aber ich kenne sie, Ferdinand. Tief im Inneren wünscht sie sich mehr Zeit mit dir. Und sie hat es verdient.«

Eine Mischung aus Verärgerung und schlechtem Gewissen stieg in Ferdinand auf. Karls Worte hatten zwar ihre Berechtigung, aber es stand ihm nicht zu, sich in seine Ehe einzumischen. Wofür hielt er sich eigentlich?

»Karl, ich schätze deine Sorge, aber glaub mir, ich habe alles im Griff. Es ist meine Ehe, nicht deine.«

Mit diesen Worten stieg er in seinen Porsche und brauste davon.

EMMA

Emma sprintete die Treppe hinauf. Es war bereits zwei Minuten nach vierzehn Uhr – und damit genau zwei Minuten nach dem offiziellen Beginn ihrer ersten Uni-Klausur. Außer Atem erreichte sie den Seminarraum und sah sich hastig um. In der vorletzten Reihe entdeckte sie Céline, auf dem Platz neben ihr stand ihre brandneue Louis-Vuitton-Tasche. Emma drängte sich zwischen den Kommilitonen durch, schob die Tasche zur Seite und ließ sich erschöpft auf den Stuhl fallen.

»Danke, dass du mir einen Platz freigehalten hast«, japste Emma.

»Klar. Wo warst du? Es geht gleich los.«

»Hab noch gelernt. Zeit übersehen«, keuchte Emma. Was nur zur Hälfte stimmte. Tatsächlich hatte sie den Vormittag damit verbracht, sämtliche Penny-Filialen der Stadt abzuklappern, um dort Zettel aufzuhängen. Wie sich herausgestellt hatte, gab es verdammt viele Penny-Filialen in Wien.

Bevor Céline etwas erwidern konnte, wurden die Klausurbogen vor ihnen auf den Tisch geknallt. Emma begann zu schreiben. Obwohl sie vor ihrem Umzug nach Wien nie geplant hatte, Jura zu studieren, fand sie die Inhalte überraschend interessant. Das Lösen fiktiver Fälle machte ihr Spaß – selbst wenn es, wie hier, um römisches Recht ging. Die Zeit verging wie im Flug. Kurz vor Ende der Klausur tauschten Céline und Emma einen kurzen Blick. Céline nickte ihr zu. Also war es auch ihr gut ergangen. Sehr gut. Der Professor forderte die Studenten auf, ihre Arbeiten nach vorne zu bringen.

»Soll ich deine mitnehmen?«, bot Emma an.

»Gern.« Céline streckte ihr den Lösungsbogen entgegen und verließ grinsend den Seminarraum.

Als sie außer Sichtweite war, zog Emma unbemerkt einen computergeschriebenen Zettel aus dem Ärmel ihres Pullovers. Vorsichtig schob sie ihn zwischen Célines Klausurbogen. Dann reichte sie der Aufsicht beide Arbeiten. Verstohlen sah sie sich um. Niemand hatte etwas bemerkt. Alles lief nach Plan.

Céline wartete vor dem Saal auf sie. »War ganz okay, oder? Jedenfalls machbar.«

Emma nickte zustimmend. »Ja, ich hätte es mir schwerer vorgestellt. Gehen wir noch in die Mensa?«

»Ich kann leider nicht«, sagte Céline bedauernd. »Ich habe meinen Arbeitstag in der Kanzlei wegen der Klausur auf heute verschoben und muss gleich los.«

»Na gut, dann morgen.«

Die beiden tauschten Küsschen aus, und Céline eilte davon. Emma folgte ihr gemächlich. Sie musste erst in ein paar Stunden im *Kinkys* sein, also hatte sie noch Zeit. Zur Feier des Tages beschloss sie, sich einen überteuerten Starbucks-Kaffee zu gönnen. Ohne Eile schlenderte sie in Richtung Schottentor. Nach den Anstrengungen des Vormittags und der Klausur war sie froh, ausnahmsweise mal keinen Stress zu haben.

Die Starbucks-Filiale war wie immer brechend voll. Der verlockende Duft von Karamell und Kaffee lag in der Luft und ließ Emma das Wasser im Mund zusammenlaufen. Gerade überlegte sie, ob sie einen Karamell-Macchiato oder einen Vanille-Latte nehmen sollte, als ihr Blick an einem Paar stahlblauer Augen hängenblieb.

»Du schon wieder.« Der Mann vor ihr in der Schlange zwinkerte ihr zu.

Emmas Herz machte einen Satz. Es war der Mitarbeiter ihres Vaters, der Mann aus dem Parkhaus! Wie schon bei ihrer letzten Begegnung fühlte sie sich von seiner Attraktivität regelrecht erschlagen. Emma hob den Kopf und versuchte, sich ihre Nervosität nicht anmerken zu lassen.

»Na wenigstens fährst du mich diesmal nicht über den Haufen«, konterte sie und streckte ihm die Hand entgegen. »Ich bin übrigens Emma.«

»Alex. Sehr erfreut.«

Emma ließ den Blick über die Getränketafel wanden, zog eine Braue hoch und grinste. »Ich hätte nicht gedacht, dass du der Typ für überteuertes Zuckerzeug bist, Alex.«

»Wie meinst du das?«

Sie zuckte die Achseln. »Nichts. Du wirkst nur nicht gerade wie ein Café-Latte-Trinker.«

»Du wirst es nicht glauben, aber die haben hier auch Espresso. Außerdem – woher willst du wissen, wie ich meinen Kaffee mag?«

»Der Nächste«, rief der Barista. Alex wandte sich um. »Einen großen Karamell-Macchiato bitte. Und für die Dame einen doppelten Espresso.«

»Nicht dein Ernst«, stöhnte Emma, der ausnahmsweise kein schlagfertiger Kommentar einfiel.

Alex bezahlte und reichte ihr grinsend den winzigen Becher. Dann ging er zu einem der Stehtische, und Emma folgte ihm.

»Was verschlägt dich in diese Gegend?«, fragte Emma und nippte vorsichtig an ihrem Espresso. Nicht genau das, was sie sich von einem Starbucks-Besuch erhofft hatte. Sie zwang sich, trotz des bitteren Geschmacks, keine Miene zu verziehen und warf sehnsüchtige Blicke auf den Karamell-Macchiato vor Alex.

»Du meinst außer meiner Liebe zu überteuertem Zuckerzeug?« Er lachte, dann wurde er ernst. »Ich hatte ein Meeting in der Nähe.«

»Was ich dich letztes Mal schon fragen wollte: Wie ist es, für Herrn Lauderthal zu arbeiten? Und was sollte die ominöse Ansage: *Ist vielleicht besser so?*«

Alex zuckte die Schultern. »Herr Lauderthal ist clever und geschäftstüchtig, aber er ist eben auch ein arroganter Chauvinist. Seine weiblichen Angestellten sind wirklich nicht zu beneiden.« Er nippte an seinem Kaffee. »Und was führt dich hierher? Wohnst du in der Gegend?«

»Nein, nein. Ich studiere am Juridicum und hatte noch Zeit für einen Zwischenstopp.«

»Eine Studentin also. So so. Und was bringt eine angehende Juristin dazu, sich in der Immobilienbranche zu bewerben? Nicht gerade naheliegend, oder?«

»Die Suche nach einem Job, der die Miete für mein überteuertes kleines Loch zahlt«, erwiderte Emma und verdrehte die Augen.

»Ja, die Mietpreise in Wien sind in den letzten Jahren ziemlich angestiegen. Und an die Mietzinsbeschränkungen hält sich leider kaum jemand. Altbau?«

»Was meinst du?«

»Nun ja, nach dem österreichischen Mietrechtsgesetz gibt es festgelegte Höchstmieten, zumindest für Gebäude, die vor 1953 gebaut wurden. Aber solange die Mieter nichts sagen, verlangen die Vermieter oft, was sie wollen. Es gibt im Internet ein Berechnungstool, um herauszufinden, ob deine Miete zu hoch ist. Möglicherweise kannst du dich an die Schlichtungsstelle wenden und sie senken lassen.«

»Gut zu wissen, danke. Und das ist wirklich üblich, sagst du? Vermietet *Lauderthal Immobilien* etwa auch zu überhöhten Preisen?«

Alex schmunzelte. »Nicht schlecht, Frau Anwältin! Aber ich verweigere die Aussage. Außerdem ist das nicht mein Zuständigkeitsbereich.« Er warf einen Blick auf seine Armbanduhr und seufzte.»Ich muss jetzt leider zum nächsten Termin.«

Emma überlegte fieberhaft, wie sie das Gespräch noch etwas in die Länge ziehen konnte. Oder zumindest, wie sie ihn dazu brachte, nach ihrer Handynummer zu fragen.»Würdest du mir vielleicht den Link zu der Seite mit der Schlichtungsstelle schicken, von der du gesprochen hast?«, improvisierte sie. Sie kramte in ihrer Tasche nach einem Block und Stift, riss eine Ecke ab und kritzelte ihre E-Mail-Adresse darauf.

Alex nahm den Zettel entgegen und steckte ihn in die Sakkotasche.»Kein Problem. Mache ich gerne.«

Dann hielt er ihr zur Verabschiedung die Hand hin und warf ihr einen dieser Blicke zu, bei denen ihr die Knie weich wurden.»Pass auf, dass du nicht überfahren wirst. Wäre schade um dich!« Er zwinkerte ihr zu und machte sich auf den Weg zum Ausgang.

FERDINAND

Ferdinand starrte geistesabwesend aus dem Fenster seines Büros. Die Eiche im Hof hatte dem kommenden Winter bereits Tribut gezollt und die meisten ihrer Blätter verloren. Trüber Nebel lag über der Stadt und umhüllte die Äste des Baumes, die wie hilflose Arme in den grauen Himmel ragten. Die Einsamkeit und Trostlosigkeit dieses Anblicks spiegelten sich in seiner eigenen Stimmung wider. Er war seit sechs Uhr morgens hier. Vor ihm stand die dritte Tasse Kaffee. Seine Gedanken kreisten unaufhörlich um die Drohung von Herrn Krall. Er zermarterte sich das Hirn, um einen Ausweg zu finden – um sein Projekt und damit die Firma zu retten. Doch zu seinem Ärger fiel ihm nichts ein. Selbst wenn sie rechtzeitig ein neues Bauunternehmen fänden – woher sollte er das Kapital für die Anzahlung nehmen? Das Fiasko im letzten Jahr hatte die Rücklagen der Firma fast vollständig aufgefressen. Seine persönlichen Ersparnisse reichten nicht aus, um den Verlust zu decken. Inés konnte er nicht um Geld bitten und wollte es auch nicht. Und dann war da noch Natascha.

Ferdinand seufzte.

Er hatte im Laufe der Jahre viele Affären gehabt. Meist auf Geschäftsreisen oder mit einer seiner Angestellten. Kurze, leidenschaftliche Liebeleien ohne Verpflichtungen. Stets hatte er rechtzeitig den Absprung geschafft. Nie hätte er gedacht, dass er einmal echte Gefühle für eine der Frauen entwickeln würde. Aber mit Natascha war es anders.

Alles hatte auf einer Benefizveranstaltung im letzten Jahr begonnen. Inés war krank und konnte nicht mitkommen, also war er allein hingegangen. Ferdinand musste lächeln, als er an den Abend zurückdachte.

Er kannte Natascha bereits flüchtig– sie war eine alte Freundin von Inés aus dem Golfclub – doch vor diesem Abend war ihm nie aufgefallen, wie schön sie war. Sie trug ein umwerfendes schwarzes Abendkleid, das ihre Rundungen an den richtigen Stellen betonte. Zu seinem Entzücken war sie ebenfalls alleine gekommen – und sie war seine Tischdame. Sie unterhielten sich angeregt, und Ferdinand war überrascht, wie klug und witzig Natascha war. Das eine führte zum anderen. Seitdem war nichts mehr wie zuvor. Zu Natascha spürte er eine Verbindung, wie er sie in über zwanzig Jahren Ehe mit Inés nie gehabt hatte.

Inés hingegen war eine Heilige. Die perfekte Ehefrau. Schön, gebildet, manierlich, sanftmütig. Sie wurde nie laut, verlor nie die Beherrschung oder sagte etwas Unüberlegtes. Sie war immer verständnisvoll. Und dann war da noch das schier unerschöpfliche Familienvermögen. An Inés Seite führte er das Leben, das er sich immer erträumt hatte. Sie war sein Lottogewinn. Aber alles im Leben hatte seinen Preis. Wer wollte schon auf Dauer mit einem Engel zusammenleben? Sie waren ein gutes Team, keine Frage. Aber gleichberechtigte Partner? Nein, das waren sie nicht. Im Grunde seines Herzens wusste Ferdinand, dass er ihr alles verdankte. Dafür liebte und hasste er sie zugleich. Sie war es, die *Lauderthal Immobilien* gegründet und ihn als Geschäftsführer eingesetzt hatte. Und so schwer er auch schuftete, wusste er doch, dass es letztlich ihr Verdienst war. Er lebte in einem goldenen Käfig, und das war ihm immer bewusst gewesen. Doch es hatte ihn nie gestört – bis er Natascha getroffen hatte.

Er liebte Natascha. Mehr als er je eine andere Frau geliebt hatte. Aber hatte er den Mut, alles für sie aufzugeben? Sich von Inés zu trennen bedeutete seinen finanziellen Ruin. Das Ende des Lebens, das er kannte und schätzte.

Ferdinand gestand es sich ungern ein, aber mit der Nachricht von Inés' Leberzirrhose war für ihn ein Licht am Horizont erschienen. So sehr er sich für diese Gedanken schämte – ihr Tod würde all seine Probleme auf einen Schlag lösen. Mit seinem Anteil des Erbes könnte er die Firma retten und, nach einer angemessenen Trauerphase, mit Natascha ein neues Leben beginnen. Das Unmögliche schien plötzlich greifbar.

Allerdings machte die Sache mit der Stiftung alles komplizierter. Erst am Vorabend hatte Inés ihm eröffnet, dass sie sich endgültig für die Gründung der Privatstiftung entschieden hatte. Der Notartermin war bereits für Dezember angesetzt. So sehr er auch versucht hatte, sie umzustimmen, es war ihm nicht gelungen. Vom Willen eines Stiftungsvorstands abhängig zu sein, gefiel ihm gar nicht. Und mit einer anderen Frau an seiner Seite – würde er dann überhaupt noch zu den Begünstigten zählen? Er bezweifelte es.

Ein zaghaftes Klopfen an der Bürotür riss ihn aus seinen düsteren Gedanken.

»Ja?«

Frau Wagner trat zögerlich ein. »Herr Lauderthal, haben Sie kurz Zeit?«

Er nickte knapp. »Worum geht es denn?«

»Herr Lauderthal, im Empfangsbereich sitzen … Leute. Viele Leute. Sie meinen, sie wollen zu Ihnen. Sind Sie bereit, den Besuch zu empfangen?«

»Was für Leute?«, fragte er verständnislos. »Ich habe heute keine Termine.«

»Sie beziehen sich auf eine Supermarkt-Anzeige.«

»Was für eine Anzeige?«

»Ich habe keine Ahnung. Soll ich sie hereinschicken?«

Ferdinand nickte unwirsch. Der Tag wurde immer besser.

Frau Wagner verschwand und führte kurz darauf eine merkwürdige Ansammlung von Menschen in sein Büro.

»Was für ein schöner Schreibtisch, der passt wunderbar, nicht wahr, Eddie?«, kreischte eine der Frauen, kaum dass sie das Büro betreten hatte. Zielstrebig ging sie auf seinen Arbeitsplatz zu und strich besitzergreifend mit den Händen über das Holz. Ferdinand bemerkte angewidert die dunklen Ränder unter ihren Fingernägeln. Er rümpfte die Nase.

»Ich war zuerst hier! Der Tisch gehört mir!«, beschwerte sich ein kleinwüchsiger Mann mit Glatze hinter ihr.

Entsetzt beobachtete Ferdinand, wie sich die Truppe wie Ungeziefer im ganzen Raum verteilte und sein Inventar begutachtete, als wären sie auf einem Flohmarkt. Was zum Teufel wollten diese Leute von ihm?

»Darf ich fragen, was Sie hier zu suchen haben?«, rief er laut in die Menge.

»Na, die Anzeige!«, erwiderte ein anderer und sah ihn an, als sei er schwer von Begriff. »Wie viel kostet die Lampe?«

»Was für eine Anzeige?«, polterte Ferdinand. Eine sengende Hitze wallte in ihm auf, und er spürte, wie sein Gesicht rot anlief.

Ein junger Mann mit Brille reichte ihm ein Blatt Papier. Während Ferdinand den Text überflog, weiteten sich seine Augen vor Entsetzen.

Notverkauf, Büroausstattung zu Spottpreis zu vergeben. Abzuholen ab 4. November 2019, 9 Uhr, Florianigasse 40a, 1080 Wien. Ansprechperson: Ferdinand Lauderthal.

Fassungslos starrte Ferdinand auf den zerknitterten Zettel in seiner Hand. Das konnte doch nicht wahr sein.

»Woher haben Sie das?«, blaffte er den Mann an.

»Hing im Penny an der Pinnwand. Was wollen Sie für Lampe? Guter Preis?«

Ferdinand hatte das Gefühl, als würde sein Kopf gleich explodieren. Die Wut, die ihn durchströmte, übernahm die Kontrolle.

»Raus hier! Alle! Sofort! Es gibt keinen Notverkauf!«, brüllte er. »Verschwinden Sie aus meinem Büro!« Spuckefetzen flogen aus seinem Mund. »Und Sie da, nehmen Sie gefälligst Ihre dreckigen Finger von meinem Besprechungstisch!«

Die Meute wich unter wütendem Gemurmel zurück.

»Frau Wagner!«

Die junge Frau eilte herbei.

»Schmeißen Sie diesen Pöbel raus! Und passen Sie auf, dass niemand etwas anfasst!«, donnerte er.

Frau Wagner starrte ihn mit angstgeweiteten Augen an.

»Haben Sie mich nicht verstanden? Sofort!«

Die Angestellte löste sich aus ihrer Schockstarre und bemühte sich, die murrende Menge aus dem Büro zu bugsieren. Maulend und fluchend folgten sie ihr nach draußen.

Endlich fiel die Tür hinter der letzten Person ins Schloss. Er war wieder allein.

Immer noch rasend vor Wut griff Ferdinand nach der Kaffeetasse auf seinem Schreibtisch und schleuderte sie mit aller Kraft gegen die Tür. Die Tasse zersprang in tausend Scherben. Kaffeespritzer verteilten sich über die weiße Wand. Schnaufend tigerte er im Raum umher.

Was war hier los? Wer auch immer das zu verantworten hatte, wollte ihn sabotieren, das war ihm jetzt klar. Aber nicht mit ihm. Wer auch immer für dieses Spektakel verantwortlich war, würde noch sein blaues Wunder erleben!

EMMA

Ausstaffiert in einem enganliegenden schwarzen Kleid und gefährlich hohen Schuhen stand Emma vor dem Anwesen der Lauderthals. Man passte sich schließlich an. Das Kleid war zwar schon ziemlich alt, aber es saß perfekt. Sie drückte den Klingelknopf, und das große Eisentor glitt zur Seite. Unwillkürlich dachte sie an das letzte Mal, als sie vor diesem beeindruckenden Anwesen gestanden hatte. Damals war sie voller Hoffnung gewesen. Aufgeregt, endlich ihre leibliche Mutter kennenzulernen. Sie erinnerte sich an den Wunsch, dass Ekaterina sie in die Arme schließen und ihr ins Ohr flüstern würde, sie habe einen schrecklichen Fehler gemacht und sei überglücklich, sie wiedergefunden zu haben.

Wie sehr sich Traum und Wirklichkeit doch unterscheiden können, dachte sie bitter. Diese Erinnerungen fühlten sich an, als kämen sie aus einem anderen Leben.

Vorsichtig, um auf den hohen Hacken nicht ins Stolpern zu geraten, stöckelte Emma die lange Einfahrt hinauf. Als sie die Treppen erreichte, wurde die Eingangstür aufgerissen, und Céline warf sich ihr in die Arme.

»Da bist du ja endlich! Komm rein, wir starten gleich die erste Tequila-Runde!«, quiekte sie. So ähnlich hatte sie damals auch Sarah begrüßt, erinnerte sich Emma mit einem leisen Schaudern. Mit dem seltsamen Gefühl, im falschen Film gelandet zu sein, folgte sie Céline ins Haus. Oder besser gesagt – in den Palast?

Der riesige Eingangsbereich war mit hellem Marmor gefliest und führte zu einer geräumigen Garderobe. Vom Flur zweigten einige Türen in angrenzende Zimmer ab. Emma war neugierig, was sich wohl dahinter verbergen mochte, aber Céline gab ein zügiges Tempo vor – offenbar stand eine Hausführung nicht auf dem Plan.

Der Gang wurde breiter und mündete in einen quadratischen, zweistöckigen Raum, von dem verschiedene Türen in andere Bereiche des Hauses führten. Eine elegante Treppe zog sich ins obere Stockwerk. Der Boden war mit dunklem Fischgrätparkett ausgelegt. Céline steuerte direkt auf eine große Doppelflügeltür zu. Dahinter hörte Emma fröhliches Gelächter und das Klirren von Gläsern. Sie traten durch die Tür und Emma riss beeindruckt die Augen auf. Das musste das Wohnzimmer sein. Es war so groß, dass die gesamte Wohnung der Schneiders mühelos hineingepasst hätte. Der rechte Teil des Raums wurde von einer gemütlichen Sitzgruppe eingenommen, auf der bequem zehn Leute Platz fanden. Diverse Stehlampen verbreiteten warmes Licht und schufen, zusammen mit dem beeindruckenden Perserteppich, eine heimelige Atmosphäre.

Emma spürte den altbekannten Stich in ihrer Brust. Nicht, dass sie sich jemals besonders für diesen Reichtum interessiert hätte, aber der Gedanke, dass all das ihr Leben hätte sein können, ließ sie nicht los. Die vertraute Wut über die Ungerechtigkeit regte sich in ihr.

Im Wohnzimmer tummelten sich bereits etwa fünfzehn Mädchen und Jungs in ihrem Alter. Einige davon erkannte sie wieder, darunter Sarah, Stephanie und Caro. Andere Gesichter sah sie zum ersten Mal.

Ein gutaussehender junger Mann gesellte sich zu ihnen und legte besitzergreifend einen Arm um Célines Taille. Er war großgewachsen, breitschultrig und trug seine blonden, halblangen Haare nach hinten gegelt.

»Das ist Marc. Marc, das ist Emma«, stellte Céline die beiden einander vor. Also das war ihr Freund. Emma erkannte ihn von Célines Instagram-Fotos.

Marc begrüßte sie höflich, doch seine Augen blieben für Emmas Geschmack etwas zu lange an ihrem Dekolleté hängen. Céline schien das nicht zu bemerken, denn sie war schon wieder in Bewegung und drückte den beiden kurz darauf ein Glas mit einer bernsteinfarbenen Flüssigkeit und einer Zitronenscheibe in die Hand.

»Auf uns!«, prostete Céline ihnen zu und kippte das Getränk in einem Zug herunter. Die anderen taten es ihr gleich. Emma verzog das Gesicht – Tequila war noch nie ihr Fall gewesen.

Die Musik wurde lauter, die Stimmung ausgelassener. Emma unterhielt sich eine Weile mit Caro, die ihr eine geschlagene Stunde lang von ihrem aktuellen Schwarm erzählte, was Emmas Nerven ziemlich strapazierte.

»Dir liegen doch immer alle Männer zu Füßen. Wie machst du das bloß?«, wollte sie wissen.

»Ist das so?«, antwortete Emma gelangweilt.

Caro zog die Augenbrauen hoch.» Das musst du doch bemerkt haben! Schau doch, wie sie dich ansehen. Selbst Marc kann die Augen nicht von dir lassen.«

Emma zuckte nur mit den Schultern. Sie hatte sich nie viele Gedanken über ihre Wirkung auf Männer gemacht und war immer wieder erstaunt, wie viel Aufhebens andere Frauen darum machten, die Aufmerksamkeit von Jungs zu erregen. Während sie nach einer höflichen Antwort suchte, kam ein Mädchen in einem roten Jumpsuit dazu. Emma nutzte die Gelegenheit und entschuldigte sich höflich in Richtung Toilette. Die Oberflächlichkeit der Gespräche hier war wirklich ermüdend.

Emma kehrte in den quadratischen Vorraum zurück und überlegte, welche der vielen Türen wohl zum Badezimmer führte. Planlos öffnete sie eine davon und spähte hinein. Ein Staubsauger, eine Bügelmaschine und diverse Haushaltsgeräte kamen zum Vorschein. Definitiv nicht das Bad. Sie schloss die Tür leise wieder und probierte die nächste.

Diesmal blieb sie stehen und ließ ihren Blick neugierig durch den Raum schweifen. Am Fenster thronte ein pompöser Schreibtisch, darauf ein Computer mit zwei Bildschirmen. Die Wände waren mit Regalen voll grauer Aktenordner gesäumt. Das musste das Arbeitszimmer ihres Vaters sein.

Rasch sah sie über die Schulter. Niemand war zu sehen. Kurz entschlossen trat sie ein und zog die Tür lautlos hinter sich zu. Wenn sie schon mal hier war …

Vorsichtig ging Emma zum Schreibtisch und knipste die Schreibtischlampe an. Auf Zehenspitzen schlich sie an den Regalen entlang, ihre Finger strichen über die feinsäuberlich beschrifteten Aktenordner. Neugierig zog sie einen Ordner mit der Aufschrift *Lauderthal Immobilien, Objekte 1080* heraus und schlug ihn auf.

Die Trennblätter im Ordner waren mit den Adressen verschiedener Häuser beschriftet. Emma blätterte zu einem Abschnitt mit der Überschrift *Lerchenfelder Straße 48*. Eine Liste mit Namen tauchte auf, gefolgt von Mietverträgen und weiteren Dokumenten, mit denen sie wenig anfangen konnte. Es mussten die Unterlagen zu den Zinshäusern sein, die im Eigentum der *Lauderthal Immobilien* standen.

Alex' Bemerkung von letzter Woche, als sie ihn nach überhöhten Mieten gefragt hatte, kam ihr wieder in den Sinn. *Kein Kommentar.* Ein Plan formte sich in ihrem Kopf und ein Grinsen breitete sich auf Emmas Gesicht aus.

Schnell zog sie ihr Handy hervor und fotografierte das Inhaltsverzeichnis des Ordners. Fünf Objekte waren aufgeführt. Sie überprüfte, ob die Bilder gut lesbar waren, bevor sie den Ordner sorgfältig zurück an seinen Platz stellte.

In dem Regal standen noch acht weitere Ordner mit ähnlichen Beschriftungen. Emma zog jeden einzeln heraus, fotografierte die Inhalte und stellte sie ebenso sorgfältig zurück.

Ein Blick auf die Uhr ließ sie aufschrecken. Zwanzig Minuten war sie bereits weg von der Party. Hoffentlich suchte niemand nach ihr. Hastig erhob sie sich, vergewisserte sich, dass alles an seinem Platz war, und schlüpfte zurück in den Vorraum.

»Hey! Was machst du da?«, tönte plötzlich eine Stimme hinter ihr. Emma fuhr herum.

Es war Sarah, die mit einem Glas in der Hand lässig an die Wand gelehnt stand und sie misstrauisch musterte.

»Ich hab die Toilette gesucht«, antwortete Emma schnell. »Habe mich wohl verlaufen. Weißt du, wo sie ist?«

Sarah deutete ohne ein Wort auf eine Tür zu ihrer Linken. Emma murmelte ein knappes Dankeschön, drängte sich an ihr vorbei und verschwand im Badezimmer. *Das war knapp*, dachte sie, als sie die Tür hinter sich schloss. *Diese Sarah ist wirklich eine Plage.*

Anschließend mischte sie sich wieder unter die Partygesellschaft. Einige tanzten bereits ausgelassen zur Musik, während auf der Sofalandschaft ein Pärchen heftig knutschte.

»Emmmaaa«, rief Céline mit glasigen Augen und vom Alkohol geröteten Wangen. Widerwillig erwiderte sie die Umarmung und ließ sich zu einem weiteren Drink überreden.

Mit dem Glas Prosecco in der Hand ließ Emma ihren Blick über die feiernde Menge schweifen, erfüllt von einer seltsamen Mischung aus Abscheu und Faszination. War das Célines Leben? Eine endlose Reihe von Partys, oberflächlichem Gelächter und Luxus? Ein Anflug von Neid überkam sie. Wie schön musste es sein, wenn die größten Sorgen darin bestanden, wo die nächste Hausparty stattfand oder wer die neueste Louis-Vuitton-Tasche zur Schau trug!

Sie hingegen hatte nie auf solchen Partys gestanden, war nie zu solch exklusiven Treffen eingeladen worden.

Ihre Abende hatte sie in verrauchten Bars an Fionas Seite verbracht, war in der Schule immer die Außenseiterin gewesen, und bei den Schneiders hatte sie sich wie ein ungebetener Gast gefühlt.

Auf einmal wollte sie nur noch nach Hause. Was machte sie eigentlich hier?

Sie passte nicht zu diesen Leuten. Sie hatte in dieser Welt voller Oberflächlichkeiten und falscher Freundlichkeit nichts verloren.

CÉLINE

Céline spürte, wie ihre Anspannung stieg, als der Professor mit einer großen Aktentasche den Seminarraum betrat. Da mussten die Klausurlösungen drin sein. Nervös verschränkte sie ihre Finger immer wieder ineinander. Für diese Klausur hatte sie sich mehr Mühe gegeben als je zuvor. Der Stoff hatte ihr schlaflose Nächte bereitet, das Lösungsschema im altrömischen Recht wollte einfach nicht in ihren Kopf. Doch sie war sicher, dass sich all die harte Arbeit ausgezahlt hatte. Im Grunde wusste sie, dass sie bestanden hatte.

Der Professor verteilte die Arbeiten mit einer fast quälenden Langsamkeit. Als er Emma die Zettel vor die Nase knallte, konnte Céline nicht widerstehen, über ihre Schulter zu lugen. In roter Schrift prangte unleserlich das Wort *Gut* auf Emmas Klausur.

»Super gemacht«, raunte Céline ihr zu und streckte die Hand nach Emmas Klausur aus. »Zeig mal!«

Rasch überflog sie den Lösungsbogen. »Puh, die Fragen zum zweifachen Verkauf des Sklaven waren wirklich fies. Da habe ich sicher auch Punktabzüge bekommen. Aber abgesehen davon warst du echt gut.«

Céline verfolgte mit wachsender Nervosität, wie Professor Kerchner sich langsam durch die Reihen schlängelte. Er hatte jetzt fast alle Arbeiten ausgeteilt. Nachdem er schließlich einer Studentin in der vordersten Reihe mit einem anerkennenden Lächeln ihre Klausur überreicht hatte, kehrte er zur Tafel zurück und sah kurz auf seine Notizen.

»Lauderthal, nach der Stunde bitte zu mir«, verkündete er mit einer Stimme, die den ganzen Saal erfüllte.

Céline blinzelte verwirrt. Warum hatte sie ihre Arbeit nicht wie die anderen bekommen? Sie warf Emma einen fragenden Blick zu, die ratlos mit den Schultern zuckte.

»Vielleicht konnte er deine Schrift nicht lesen und will etwas klären?«

Céline nickte langsam. Ja, das musste es sein. Ungeduldig wartete sie ab, bis die Lehrveranstaltung zu Ende war und ihre Mitstudenten den Raum verließen.

»Geh doch schon einmal vor in die Mensa, ich komme gleich nach«, sagte sie zu Emma und machte sich auf den Weg nach vorne zum Professorenpult.

»Sie wollten mich sprechen?«, fragte sie Professor Kerchner, als sie ihn erreicht hatte. »Gibt es ein Problem mit meiner Klausur? War meine Schrift zu unleserlich?«

Sie trat unruhig von einem Bein aufs andere, während der Professor seine Sachen zusammenpackte. Erst als er fertig war, drehte er sich zu ihr um, seine Miene ernst und nachdenklich.

»Es tut mir leid, Frau Lauderthal, aber ich konnte Ihre Arbeit leider nicht werten.«

Céline glaubte, sich verhört zu haben. »Aber … aber warum denn nicht?«, fragte sie verständnislos.

Wortlos ließ der Professor einen kleinen, computergeschriebenen Zettel auf das Pult gleiten. »Kommt Ihnen der bekannt vor?«

Fassungslos starrte Céline auf das zerknitterte Papier. Ihr Magen zog sich schmerzhaft zusammen. »Sie glauben doch nicht etwa …« Ihre Stimme brach. »Der gehört mir nicht«, brachte sie schließlich mit zitternder Stimme hervor.

Professor Kerchner seufzte. »Er wurde aber in Ihrem Klausurbogen gefunden. Ihnen ist doch klar, wie das für mich aussieht. Wem soll er denn sonst gehören?«

»Ich weiß es nicht, aber mir jedenfalls nicht!«, beteuerte Céline verzweifelt. Ihre Wangen glühten vor Scham.

Sie hatte nicht geschummelt. Im Gegenteil – nie zuvor hatte sie sich so intensiv auf eine Prüfung vorbereitet wie auf diese.

Der Professor schenkte ihr ein bedauerndes Lächeln. »Ich kann keine Schummeleien in meinen Kursen tolerieren, besonders nicht, wenn jemand so offensichtlich erwischt wird. Es tut mir leid, aber ich muss den Vorfall der Studienleitung melden.«

Céline brachte nur ein gequältes Stöhnen hervor. Machtlosigkeit und das Gefühl der Ungerechtigkeit trieben ihr Tränen in die Augen. »Aber – ich schwöre Ihnen, Professor, das muss ein Missverständnis sein! Der Zettel muss irgendwie in meinen Klausurbogen geraten sein. Ich habe nicht geschummelt, wirklich nicht!«

Ihre Verzweiflung schien Wirkung zu zeigen, denn der Gesichtsausdruck des Professors wurde milder. Er trat einen Schritt näher, legte ihr tröstend eine Hand auf die Schulter. Céline sah mit tränenfeuchten Augen zu ihm hoch. »Bitte, ich flehe Sie an …«

»Es tut mir wirklich leid«, sagte er leise. »Aber mir sind die Hände gebunden. Wenn Sie Schwierigkeiten mit dem Stoff hatten, hätten Sie zu mir kommen können. Doch Schummeln ist keine Lösung.«

»Aber ich habe nichts gemacht!«, schluchzte Céline verzweifelt.

Der Professor lächelte und drückte ihr sanft den Arm. »Beruhigen Sie sich, Frau Lauderthal. Ich werde mich dafür einsetzen, dass Sie mit einer Verwarnung davonkommen und trotz dieses Vorfalls an der zweiten Klausur teilnehmen dürfen. Wenn Sie diese mit mindestens einem Befriedigend bestehen, können Sie meine Vorlesung noch positiv abschließen. Lernen Sie fleißig, dann schaffen Sie es bestimmt. Mehr kann ich für Sie nicht tun.« Er hob mahnend den Zeigefinger. »Aber kein Mogeln mehr!«

Céline schniefte. Das war sowas von ungerecht! Wie konnte so etwas ausgerechnet ihr passieren? Sie hatte niemals geschummelt, weder in der Schule noch an der Uni. Dafür war ihre Angst, erwischt zu werden, viel zu groß. Mit zitternden Händen wischte sie sich die Tränen ab und nickte, wenn auch widerwillig. Immerhin flog sie nicht von der Uni.

Mit hängenden Schultern verließ sie den Saal und machte sich auf den Weg in die Mensa, wo Emma bereits auf sie wartete. Dem Gesicht ihrer Freundin nach zu urteilen war ihr die Verzweiflung deutlich anzusehen. Bestimmt war ihr Makeup vom Weinen ruiniert.

»Was ist denn passiert? Ist alles in Ordnung? Was wollte Professor Kerchner denn von dir?«, bestürmte Emma sie, kaum dass sie in Hörweite war.

Céline ließ sich kraftlos auf einen freien Stuhl fallen. Schon wieder stiegen ihr Tränen in die Augen. *Warum muss ich auch immer so nah am Wasser gebaut sein?*, fluchte sie innerlich und wischte sich ärgerlich mit dem Ärmel über die Wangen.

»Meine Klausur wurde nicht bewertet!«, brachte sie schluchzend hervor.

Emmas sah sie entsetzt an. »Was soll das heißen, sie wurde nicht bewertet? War sie denn negativ?«

»Nein«, fuhr Céline aufgebracht fort. »Irgendwie muss ein Spickzettel in meine Klausur geraten sein. Professor Kerchner hat ihn gefunden und denkt, ich hätte geschummelt!«

Emma starrte sie entgeistert an. »Ich fasse es nicht. Hast du wirklich geschummelt?«

»Natürlich nicht!«

»Aber wie konnte das dann passieren?«

»Ich weiß es doch auch nicht! Vermutlich gehört der Zettel einem anderen Studenten. Aber da der Zettel nun mal in meinen Lösungen steckte …« Céline brach ab und verbarg verzweifelt ihr Gesicht in den Händen. Ihr Körper wurde von heftigen Schluchzern geschüttelt.

Zaghaft streckte Emma die Hand aus und strich ihr tröstend über den Rücken. Plötzlich warf Céline ihre Arme um Emmas Schultern und drückte sie so fest, dass Emma ein erschrockenes Keuchen entwich. Nach einer Weile entspannte sich Emma etwas und erwiderte die Umarmung.

»Und was passiert jetzt?«, flüsterte Emma an ihrem Haar. »Was hat Professor Kerchner denn noch gesagt?«

»Er muss den Vorfall der Studienleitung melden. Wenigstens will er für mich ein gutes Wort einlegen, damit ich an der zweiten Klausur teilnehmen kann. Wenn ich die bestehe, falle ich nicht durch. Aber es ist so verdammt ungerecht!«

Céline löste sich widerstrebend von Emma und schniefte. »Wie soll ich das nur meinem Vater erklären?«

»Warum musst du es ihm denn überhaupt erzählen?«, fragte Emma vorsichtig.

Céline schnaubte verächtlich. »Papa fragt ständig nach der Uni. Ich hab ihm gesagt, dass die Klausur gut gelaufen ist. Du hast keine Ahnung, wie er ist. Das Einzige, was für ihn zählt, sind Camillos und meine Leistungen. Wahrscheinlich prahlt er schon vor seinen Freunden damit, was für eine brillante Studentin seine Tochter ist.«

Emma senkte verlegen den Blick.

»Wie ist das eigentlich bei deinen Eltern? Interessieren die sich für deine Erfolge? Ich wette, sie sind stolz, dass du gleich beim ersten Anlauf eine Zwei bekommen hast.«

Emma stieß ein trockenes Lachen aus. »Zu meinen leiblichen Eltern habe ich keinen Kontakt, und meine Adoptiveltern … denen ist mein Leben scheißegal.«

Céline sah überrascht auf. »Du bist adoptiert? Das wusste ich gar nicht.«

Ihre Freundin zuckte nur die Achseln. »Du hast nie gefragt, und ich rede nicht gern darüber.«

Céline hielt einen Moment inne, bevor sie weitersprach. »Weißt du denn, wer deine leiblichen Eltern sind?«

»Sagen wir mal so – sie wollen keinen Kontakt.«

»Aber wer wäre denn nicht stolz, jemanden wie dich als Tochter zu haben?«, entfuhr es Céline ungläubig. Plötzlich fühlte sie sich schuldig, weil sie sich über ihren Vater beklagt hatte, während Emma es offensichtlich noch viel schwerer getroffen hatte.

»Lieb von dir, das zu sagen«, antwortete Emma, aber ihr Tonfall verriet, dass ihr das Thema unangenehm war. »Lass uns über was anderes reden, ja? Hast du Lust auf einen Kaffee bei Starbucks? Ich hab den restlichen Nachmittag frei.«

»Eigentlich gerne, aber ich muss gleich los«, stöhnte Céline und schaute auf die Uhr. »Ich treffe mich um vier mit Sarah im *Landtmann*.«

Emma warf einen Blick auf ihr Handy. »Dann solltest du dich beeilen, es ist schon fünf vor vier.«

Céline zuckte zusammen und sprang auf. »Mist, ich komme zu spät. Und mit Sarah ist es gerade eh schwierig. Ich glaube, sie ist eifersüchtig, weil wir uns so gut verstehen. Mach's gut, Süße! Wir telefonieren später, ja? Und danke fürs Trösten, ich hab dich lieb!«

***

Das *Landtmann*, ein traditionsreiches Kaffeehaus, bekannt für seine erstklassigen Mehlspeisen und die typisch grantige Wiener Bedienung, war wie immer bis auf den letzten Platz gefüllt. Céline schob sich an einer Gruppe Touristen vorbei und entdeckte Sarah im Wintergarten, wo sie mit finsterer Miene an einem halb vollen Café Latte nippte.

Schon auf den ersten Blick war klar, dass Sarah schlechte Laune hatte. Sie fixierte ihre sorgsam manikürten, magentafarbenen Fingernägel und warf einen demonstrativen Blick auf ihre Uhr.

»Du bist zu spät«, bemerkte sie kühl.

»Tut mir leid, wirklich«, entschuldigte sich Céline hastig. »Mein Professor hat mich aufgehalten.« Dass sie danach noch in der Mensa mit Emma gesessen hatte, ließ sie lieber unerwähnt.

»Alles in Ordnung?«, fragte Sarah, allerdings ohne große Anteilnahme.

»Ja, alles bestens. Aber genug von mir, wie war deine Woche bisher? Und die Party letzten Freitag – die war doch der Hammer, oder? Ich hab das ganze Wochenende gebraucht, um mich zu erholen. Alle haben sich super amüsiert!«

»Den Eindruck hatte ich auch«, antwortete Sarah säuerlich.

»Aber …?«

»Diese Emma«, begann Sarah, und Céline konnte förmlich das Gift in ihrer Stimme hören. »Mit der stimmt etwas nicht.«

»Ach komm, fängst du jetzt schon wieder damit an?« Céline rollte genervt mit den Augen. Sarahs ständige Eifersucht wurde allmählich unerträglich.

»Ich hab nur dein Bestes im Sinn, das weißt du. Aber ich sage dir, diese Emma ist ein faules Ei. Bei der Party habe ich sie dabei erwischt, wie sie aus dem Arbeitszimmer deines Vaters kam. Keine Ahnung, was sie dort zu suchen hatte.«

»Wahrscheinlich hat sie nur die Toilette gesucht«, entgegnete Céline mit einer abwinkenden Geste. »Du weißt doch, wie verwinkelt unser Haus ist. Da kann man sich leicht verlaufen.«

»Ja, das hat sie auch gesagt«, erwiderte Sarah widerwillig. »Aber ich glaube ihr kein Wort. Nenn es Instinkt, was weiß ich.«

»Ach, bitte! Seit ich Emma zum ersten Mal erwähnt habe, drehst du deswegen durch. Hör auf damit, okay? Ich hab gerade wirklich keine Energie für deine Dramen.«

»Ich mache Drama?«, schoss Sarah zurück. »Du scharwenzelst doch um dieses Mädchen, als wäre sie die Königin von England persönlich!«

»Ich scharwenzle um niemanden herum. Wir sind einfach befreundet. Kommst du etwa nicht damit klar, dass ich auch andere Freundinnen neben dir haben kann? Übrigens, sie findet dich nett.«

Sarah hob spöttisch eine Braue. »Na vielen Dank auch. Ich mache mir nur Sorgen um dich, das ist alles.« Ihre Stimme wurde kälter. »Bist du wirklich so selbstverliebt, dass du glaubst, ich wäre eifersüchtig auf deine anderen Freundinnen? Und dann auch noch auf diese dahergelaufene Schnepfe? Pff.«

Normalerweise hätte Céline jetzt nachgegeben, hätte ein paar beschwichtigende Worte gefunden, um die Situation zu entschärfen. Doch heute war nicht der Tag dafür. Mit ihrer Mutter, den Problemen in der Uni und dieser elenden Prüfung hatte sie mehr als genug Sorgen. Sie konnte sich nicht auch noch mit Sarahs ständigen Eifersuchtsdramen herumschlagen.

»Ich soll selbstverliebt sein? Du spinnst doch!«, platzte es aus ihr heraus.

Sarah schürzte die Lippen und erhob sich so schnell, dass ihre Kaffeetasse gefährlich ins Wanken geriet.

»Angesichts unserer langjährigen Freundschaft lasse ich das nochmal durchgehen«, sagte sie hochnäsig. »Aber so sprichst du nicht mit mir.« Sie wandte sich abrupt ab.

Das war zu viel für Céline.

»Wunderbar, dann geh doch«, rief sie wütend. »Spinn dich in Ruhe aus. Du lässt mir das durchgehen? Wer von uns beiden ist hier eigentlich selbstverliebt? Sarah, bitte, nimm dich doch nicht immer so wichtig. Du bist nicht der Mittelpunkt des Universums.«

Sarah schnaubte verächtlich, drehte sich auf dem Absatz um und warf Céline einen letzten wütenden Blick zu, bevor sie aus dem Lokal stürmte. Céline blieb alleine zurück. Verbittert starrte sie vor sich hin.

Erst die Sache mit der Klausur und jetzt auch noch der Streit mit Sarah. Was für ein Scheißtag! Der Konflikt hatte sich zwar schon seit Monaten angebahnt, aber die Heftigkeit ihres eigenen Ausbruchs überraschte Céline dennoch. Sarah war immer schon eine Dramaqueen gewesen. Sobald sie nicht im Mittelpunkt stand, wurde es ungemütlich. Céline und die anderen Freundinnen hatten es sich zur Gewohnheit gemacht, ihr stets die Bühne zu überlassen, die sie so dringend brauchte. Doch Sarahs Engstirnigkeit ging ihr zunehmend auf die Nerven, und diese verbalen Angriffe auf Emma konnte sie einfach nicht mehr hinnehmen.

Emma schien sich wenigstens wirklich für sie zu interessieren – ganz im Gegensatz zu Sarah. Wann hatte Sarah sie das letzte Mal gefragt, wie es ihr ging, und es auch tatsächlich wissen wollen?

Plötzlich musste Céline an Ekaterina denken. Die Sehnsucht nach ihrer Ziehmutter traf sie wie ein Stich ins Herz. Noch nie war sie so lange von ihr getrennt gewesen. Ekaterina hatte zwar mehrmals versucht, sie zu erreichen, aber ihr letztes richtiges Gespräch lag nun Wochen zurück. Kurzerhand holte Céline ihr Handy aus der Tasche und wählte Ekaterinas Nummer.

Es klingelte viermal, und Céline wollte gerade auflegen, als endlich die vertraute Stimme am anderen Ende erklang.

146

»Céline, was für eine Überraschung! Ich habe gerade noch von dir gesprochen. Wie geht es dir?«

Célines Herz zog sich schmerzlich zusammen. Sie hatte gar nicht bemerkt, wie sehr Ekaterina ihr gefehlt hatte.

»Nicht so gut, um ehrlich zu sein«, gab sie kleinlaut zu. Ein dicker Kloß bildete sich in ihrem Hals.

»Meine arme Kleine! Was ist denn passiert?«

»Alles Mögliche«, krächzte Céline. »Ich hatte gerade einen heftigen Streit mit Sarah. Aber das ist es nicht, was mich wirklich belastet. Es geht um meine Klausur ...« Sie stockte. »Du weißt schon, römisches Recht. In meiner Arbeit wurde ein Schummelzettel gefunden – und bevor du fragst: Nein, ich habe nicht geschummelt! Der Zettel muss von einem anderen Studenten sein. Aber er steckte in meinem Klausurbogen, also ...« Ihre versagte die Stimme.

»Ach Liebes, ich weiß doch, dass du nie schummeln würdest. Hast du mit dem Professor gesprochen und ihm erklärt, dass es ein Missverständnis sein muss?«

»Natürlich habe ich das«, klagte Céline. »Aber er glaubt mir nicht. Meine Klausur wird nicht gewertet, und das kann ich nicht ändern. Dabei habe ich wochenlang dafür gelernt!«

»Manchmal hat man einfach Pech, Céline. Kränk dich nicht, das nächste Mal wird es besser.«

»Ich hoffe es. Aber wie soll ich das Papa beibringen? Er wird furchtbar wütend sein. Er war so stolz, als ich zugestimmt habe, Jura zu studieren. Ich will ihn nicht enttäuschen. Er fragt ständig, wie es an der Uni läuft. Und ich gebe mir wirklich Mühe, seinen Erwartungen gerecht zu werden. Aber dieses trockene Juristenzeug will einfach nicht in meinen Kopf. Und jetzt auch noch dieser blöde Schummelzettel!«, schluchzte sie.

»Ach, mein Schatz. Dein Vater kann manchmal ein echter Idiot sein. Aber du bist seine Tochter, und ich weiß, dass er im Grunde seines Herzens unglaublich stolz auf dich ist. Auch wenn er es nicht immer zeigt. Aber wie ich dir schon im Sommer gesagt habe: Du solltest dein Leben nicht nur nach den Erwartungen deines Vaters ausrichten. Was für ihn das Beste ist, muss nicht unbedingt auch für dich richtig sein. Gib dem Studium noch eine Weile eine Chance. Und wenn du merkst, dass Jura nichts für dich ist, kannst du immer noch etwas anderes machen. Dein Vater wird stolz auf dich sein, egal was du tust. Und ich bin es auch. Also Kopf hoch, ja?«

Wie immer schaffte es Ekaterina, Céline zu beruhigen. Die Verkrampfung in ihrer Brust löste sich ein wenig.

»Wann kommst du denn endlich wieder nach Hause?«, flüsterte sie.»Du fehlst mir so. Du bist schon viel zu lange weg.«

»Ich vermisse dich auch. Ich wäre tausendmal lieber bei euch als hier in Paris. Noch ein paar Wochen, dann bin ich wieder da, versprochen!«

Céline brummte enttäuscht.

»Und wie geht es deiner Mutter?«, wechselte Ekaterina das Thema.

»Es scheint, als würde sie gut auf die Medikamente ansprechen. Aber genau wissen kann man es nicht. Du weißt ja, wie Mama ist. Sie würde nie zugeben, wenn es ihr schlecht geht. Ich mache mir wirklich Sorgen um sie.«

»Bestimmt wird alles gut. Ich bete jeden Tag für sie. Und wenn du jemals darüber reden willst, ich bin nur einen Anruf entfernt.«

»Okay«, schniefte Céline.

»Und jetzt zu einem erfreulicheren Thema: Wie läuft es mit Marc?«, fragte Ekaterina, um die Stimmung aufzuhellen.

Céline seufzte tief.»Ich weiß nicht. In letzter Zeit sehe ich ihn kaum. Er wirkt so distanziert. Vielleicht bilde ich mir das auch nur ein. Er sagt, er hat nur viel an der Uni zu tun.«

»Marc vergöttert dich, das weißt du doch. Du bist so eine wunderbare, starke Frau! Er wäre ein Dummkopf, wenn er das nicht zu schätzen weiß. Als ich euch das letzte Mal zusammen gesehen habe, konnte er die Augen nicht von dir lassen. Mach dir keine Sorgen, er hat bestimmt nur viel um die Ohren.«

Céline seufzte. »Ich hoffe es.«

»Ganz bestimmt. So, mein Schatz, so gerne ich weiter mit dir plaudern würde, ich muss jetzt leider aufhören – deine Tante ruft schon. Aber vergiss nicht, wie lieb ich dich habe. Ruf mich bald wieder an, ja?«

FERDINAND

Schon wieder Leute wegen der Anzeige?«, fuhr Ferdinand seine Sekretärin an, als er das Büro betrat und die Menschenmenge im Eingangsbereich erblickte.

Frau Schönhof nickte. »Ich habe versucht, sie wegzuschicken, aber sie wollen unbedingt persönlich mit Ihnen sprechen. Auf der Anzeige sind Sie als Ansprechperson genannt.«

»Dann rufen Sie den Sicherheitsdienst! Halten Sie mir diese Leute vom Hals, egal wie!«

Frau Schönhof nestelte nervös an ihrer Bluse. »Herr Lauderthal, darf ich eine Frage stellen? Ist die Firma in Schwierigkeiten? Ich frage nur, weil ... nun ja, ich brauche diesen Job.«

Ferdinand sog scharf die Luft ein und kämpfte gegen den Drang an, laut loszuschreien. »Die finanzielle Lage von *Lauderthal Immobilien* ist hervorragend«, knurrte er. »Das war ein schlechter Scherz, mehr nicht. Haben Sie verstanden? Alles ist in bester Ordnung!«

Dann kam ihm auf einmal eine Idee.

»Was sagen die Leute noch gleich, wo sie die Anzeige gefunden haben?«

»Im Penny-Supermarkt. Warum fragen Sie?«

»Gut. Morgen kommen Sie nicht ins Büro. Frau Wagner kann Sie am Empfang vertreten. Klappern Sie stattdessen sämtliche Penny-Filialen ab und sammeln diese verfluchten Anzeigen ein.«

Frau Schönhof nickte eilig. »Natürlich, Herr Lauderthal.«

Ein zufriedenes Lächeln legte sich auf Ferdinands Gesicht. Vielleicht hatte dieser Albtraum bald ein Ende.

Er wandte sich an die wartenden Menschen.»Ich bin Ferdinand Lauderthal, der Geschäftsführer. Leider muss ich Ihnen mitteilen, dass es keinen Notverkauf gibt. Sie wurden in die Irre geführt. Und jetzt verlassen Sie bitte umgehend meine Geschäftsräume, meine Leute hier versuchen zu arbeiten!«

Er drehte sich um und ging pfeifend in sein Büro. *Endlich etwas Ruhe*, dachte er, als er sich in seinen Ledersessel fallen ließ. Doch kaum hatte er den Computer hochgefahren, klopfte es an der Tür.

»Herr Lauderthal, haben Sie einen Moment?« Herr Kembrand war im Türrahmen aufgetaucht, gefolgt von Karl.

Ferdinand unterdrückte ein Stöhnen.»Kommen Sie rein.«

Die beiden traten ein und schlossen leise die Tür hinter sich. Ferdinand bedeutete ihnen, vor seinem Schreibtisch Platz zu nehmen.

»Wir wollten dich über den Stand des Projekts Reinprechtsdorfer Straße informieren«, begann Karl.»Willst du die gute oder die schlechte Nachricht zuerst?«

»Eigentlich will ich gar keine schlechten Nachrichten hören, aber fang mit der Guten an«, brummte Ferdinand.

Herr Kembrand setzte an:»Ich habe eine Baufirma gefunden, die den Auftrag übernehmen kann. Sie hat einen exzellenten Ruf und könnte den Rückstand weitgehend aufholen.«

Ferdinand nickte.»Und wo ist der Haken? Es gibt doch immer einen Haken.«

»Nun ja, der Geschäftsführer meinte, er müsse Personal von anderen Projekten abziehen, wenn er den Auftrag annimmt. Deswegen verlangt er zwanzig Prozent als Anzahlung. Knapp drei Millionen.«

Ferdinand fiel die Kinnlade herunter.»Das ist ein Viertel mehr als unser Budget hergibt! Abgesehen davon, dass die Anzahlung an die Firma *Watzlaw* wahrscheinlich verloren ist.«

Herr Kembrand verzog keine Miene. »Wir können natürlich weitersuchen, aber die Zeit läuft.«

Ferdinand fuhr sich nachdenklich mit den Fingern durchs Haar. »Okay. Und die zweite Nachricht?«

»Die Bank wird unseren Kreditrahmen nicht erhöhen«, berichtete Karl trocken.

»Verdammte Scheiße! Wie sollen wir die Anzahlung denn jetzt aufbringen?«

Karl nickte ernst. »Unsere Optionen sind begrenzt. Entweder wir beauftragen die teurere Firma und nehmen die Mehrkosten in Kauf oder wir suchen weiter und riskieren noch mehr Verzögerungen.«

Ferdinands Miene verfinsterte sich. »Wir haben also die Wahl zwischen Pest und Cholera.«

Er stand auf und trat ans Fenster. In Gedanken wog er seine Möglichkeiten ab. Wobei er im Grunde wusste, dass er nur eine Option hatte. Krall hatte ihm bereits gedroht. Jemanden wie ihn wollte man sich nicht zum Feind machen. Eine Verzögerung konnte er sich nicht leisten. Die Klagen und Rufschädigung wären verheerend. Dann konnte er gleich zusperren.

»Herr Lauderthal, kann ich Ihnen eine unangenehme Frage stellen?«, meldete sich Herr Kembrand zögernd zu Wort. »Befindet sich die Firma in einer existenzbedrohenden Lage?«

Ferdinand drehte sich abrupt um. »Wie kommen Sie darauf?«

»Das Umwidmungsfiasko ist an keinem von uns spurlos vorübergegangen. Dazu die Gerüchte über den Notverkauf … Die Angestellten fürchten um ihre Jobs.«

Der Ärger kochte erneut in ihm hoch, aber Ferdinand hielt sich zurück. »Es gibt keinen Grund zur Sorge, die

Firma steht finanziell stabil da«, sagte er betont sachlich. »Die Anzeige war ein Streich. Kein sehr lustiger, wie ich finde, aber die Belegschaft hat nichts zu befürchten. Ich werde eine Rundmail schreiben und das klarstellen.« Herr Kembrand entspannte sich sichtlich. »Danke für Ihre Ehrlichkeit. Ich werde das weitergeben.«

»Gut. Nun zurück zum eigentlichen Thema«, sagte Ferdinand. »Ich habe mich entschieden: Wir beauftragen die neue Firma. Wir dürfen keine Zeit verlieren. Kembrand, ich zähle darauf, dass diesmal alles glattläuft.«

»Das können Sie«, versprach Kembrand.

»Alles schön und gut«, wandte Karl ein. » Aber wie finanzieren wir diese Anzahlung?«

Ferdinand seufzte. »Wir brauchen einen zusätzlichen Geldgeber. Ich werde die Bücher prüfen und sehen, ob wir Kapital umschichten können. Damit haben wir ein paar Wochen gewonnen, einen neuen Investor zu finden. Wenn Ihnen jemand einfällt, der in Frage kommt, lassen Sie es mich wissen.«

Nachdem die beiden das Büro verlassen hatten, ließ Ferdinand sich in seinen Sessel zurückfallen. Wieso lief auf einmal nur alles schief? Erst die gescheiterte Umwidmung und der Konkurs von *Watzlaw*, und dann auch noch der Anschlag auf seinen Porsche und diese verdammte Penny-Anzeige. Die ersten beiden Rückschläge ließen sich ja noch als Pech verbuchen – aber der Rest? Irgendjemand versuchte, ihn zu sabotieren, davon war er überzeugt. Aber wer? Und warum?

Ferdinand wusste, dass er kein einfacher Chef war. Er setzte hohe Erwartungen an seine Angestellten. Der eine oder andere hatte bei ihm bereits auf die harte Tour lernen müssen, dass bei *Lauderthal Immobilien* Dummheit und Faulheit nicht toleriert wurden. Seine ehemalige Assistentin, Frau Wagners Vorgängerin, kam ihm in den Sinn.

Frau Ludwig. Und dann war da noch dieses Mädchen vor ihr. Wie hieß sie noch gleich? Ach ja, Frau Strunz. Beide hatte er fristlos entlassen. Völlig zu Recht natürlich. Ferdinand griff zum Telefon und wählte die Nummer seines Privatdetektivs.

»Rohrfeld hier.«

»Ferdinand Lauderthal. Ich habe einen neuen Auftrag für Sie. Können Sie gerade ungestört sprechen?«

»Schönen guten Tag, Herr Lauderthal. Selbstverständlich. Was kann ich für Sie tun?«

Ferdinand schilderte knapp die jüngsten Ereignisse: die Anschläge auf seinen Wagen und den schlechten Scherz mit dem Notverkauf. Der Detektiv hörte aufmerksam zu.

»Ich möchte, dass Sie herausfinden, wer dahintersteckt«, schloss Ferdinand.

Am anderen Ende der Leitung entstand eine nachdenkliche Pause. »Verstehe«, sagte Rohrfeld langsam. »Haben Sie jemanden im Verdacht?«

»Zwei ehemalige Mitarbeiterinnen, die ich im letzten Jahr entlassen habe. Im privaten Bereich fällt mir niemand ein, der mir oder der Firma schaden möchte.«

Kurz tauchte das Bild seiner unehelichen Tochter in Ferdinands Gedanken auf. War es möglich, dass sie hinter all dem steckte? Er verwarf den Gedanken rasch wieder. Das Mädchen hatte keinen rachsüchtigen Eindruck gemacht, sie hatte eher verletzt gewirkt. Selbst wenn sie auf Rache aus war, warum sollte sie sich auf sein Unternehmen konzentrieren und nicht auf ihn persönlich?

Schließlich entschied Ferdinand, den Detektiv auch über die Schwierigkeiten mit dem Projekt Reinprechtsdorfer Straße und die Drohung des Käufers zu informieren. Man konnte ja nie wissen.

»Ich kümmere mich darum«, versprach Rohrfeld. »Es wird aber Zeit brauchen, bis ich alle Verdächtigen

154

überprüft habe. Sollte Ihnen noch jemand einfallen oder es zu weiteren Vorfällen kommen, lassen Sie es mich wissen.«

»In Ordnung.« Ferdinand zögerte kurz. »Ach, Herr Rohrfeld? Haben Sie eigentlich bezüglich Frau Hofmann noch etwas in Erfahrung bringen können?«

»Leider nein. Steht sie auch auf der Liste der Verdächtigen? In welchem Verhältnis stehen Sie zu ihr?«

»Nein, nein«, sagte er schnell. »Aber danke für Ihre Mühe.«

EMMA

Elisabeth steckte ihren Kopf durch die Wohnzimmertür und eine süßliche Wolke aus Parfum strömte Emma entgegen. Ihre Mitbewohnerin trug einen winzigen Minirock, der gerade so über ihren üppigen Hintern reichte. Ihre Augen waren dunkelviolett geschminkt. »Ich bin dann mal weg. Die Pizza von gestern ist im Kühlschrank, kannst sie haben, wenn du magst«, rief sie. Kurz darauf fiel die Wohnungstür mit einem dumpfen Geräusch ins Schloss, und die Parfümwolke verflüchtigte sich.

Emma atmete erleichtert auf. Endlich Ruhe. Céline verbrachte das Wochenende bei ihren Großeltern in Paris und die nächste Klausur lag noch Wochen entfernt, also musste sie ausnahmsweise nicht lernen. Elisabeth würde erst in den frühen Morgenstunden zurück sein, und ihre Schicht im *Kinkys* hatte sie kurzfristig getauscht. Emma konnte sich kaum daran erinnern, wann sie das letzte Mal Zeit nur für sich gehabt hatte.

Sie fläzte sich auf das Sofa, in der Hoffnung, dass sich bald die ersehnte Entspannung einstellen würde. Doch der innere Frieden blieb aus. Die Stille der Wohnung fühlte sich eher bedrückend als erholsam an.

Unruhig trommelte sie mit den Fingern auf die Sofalehne. So sehr ihr Célines verwöhnte Art manchmal auf die Nerven ging, musste sie zugeben, dass sie gerne Zeit mit ihr verbrachte. Mit Céline war es zumindest nie langweilig. Von Fiona abgesehen hatte sie noch nie zuvor so viel Zeit mit jemandem verbracht.

Plötzlich wurde ihr klar, wie sehr sie Fiona vermisste. Ihr letztes Telefonat lag schon viel zu lange zurück. Seit ihrem Umzug hatte sie das Gefühl, keinen Platz mehr in Fionas Leben zu haben, und deshalb vermied sie es, sie anzurufen. Doch jetzt sehnte sie sich nach jemandem, dem sie vertrauen konnte, der sie wirklich verstand.

Kurz entschlossen griff sie nach ihrem Handy und wählte Fionas Nummer.

»Emma, bist du's?«, ertönte Fionas vertraute Stimme, überrascht, aber warm.

»Ja, ich bin's.« Nach einer kurzen Pause fuhr Emma fort:»Ich dachte, ich melde mich mal. Es ist ja schon eine ganze Weile her, seit wir das letzte Mal gesprochen haben.«

»Ich weiß.« Fiona stöhnte leicht.»Tut mir leid, dass ich mich so lange nicht gemeldet habe. Aber ich freue mich riesig, dass du anrufst.«

»Wie läuft's mit dem Hotel? Hast du den Laden schon übernommen?«, scherzte Emma. Mit Fiona zu sprechen, steigerte ihre Laune erheblich. Ihr war gar nicht klar gewesen, wie sehr sie ihr gefehlt hatte.

»Es läuft super! Die Arbeit ist anstrengend, aber auch total spannend. Ich lerne jeden Tag tausend neue Dinge.«

»Das freut mich so für dich.« Emma schluckte. Die Sehnsucht nach ihrer Freundin war auf einmal kaum zu ertragen.

»Ja, es ist echt toll. Nächsten Sommer musst du mich unbedingt besuchen kommen. Und was ist mit dir? Wie läuft es in Wien?«

»Eigentlich ganz gut. Die Uni macht mir sogar mehr Spaß als erwartet.«

»Wer hätte das gedacht? Du und Jura? Erzähl mir davon, ich will alles wissen!«

Emma ließ sich nicht zweimal bitten und erzählte detailliert von ihren Professoren, den Klausuren und dem Lernstoff, der sie beschäftigte.

»Das klingt ja fantastisch, Em! Aber sieh zu, dass du fleißig lernst – bei meiner ersten Scheidung musst du mich schließlich vertreten können«, sagte Fiona und kicherte leise. »Und was ist mit den Lauderthals? Hast du sie schon in den Wahnsinn getrieben?«

Grinsend erzählte Emma von der Szene in der Tiefgarage und ihrer Idee mit den Notverkaufsanzeigen.

Fiona lachte laut. »Das Gesicht von diesem arroganten Schnösel, als er gemerkt hat, dass seine Reifen hinüber sind, hätte ich wirklich gerne gesehen!«

»Ich auch«, sagte Emma und lachte mit. »Er muss vor Wut geplatzt sein. Und ich würde alles geben, um zu wissen, wie er reagiert hat, als plötzlich wildfremde Leute sein Büro leerkaufen wollten.«

»Geschieht ihm recht.«

»Ach ja, erinnerst du dich noch an den Typen, von dem ich dir erzählt habe? Diesen Angestellten meines Vaters mit den blauen Augen?«

»Mr. Sexy?«

»Genau. Ich bin ihm neulich im Starbucks über den Weg gelaufen. Er hat mir erzählt, dass mein Vater – wie war das noch gleich? – ein arroganter Chauvinist ist.«

»Klingt absolut glaubwürdig. Aber du hast ihm doch nicht etwa verraten, wer du wirklich bist, oder?«

»Natürlich nicht, ich bin doch nicht blöd. Aber ohne es zu merken, hat er mir ein paar interessante Dinge gesteckt. Zum Beispiel, dass die Firma meines Vaters wohl überhöhte Mieten verlangt.«

»Auch das überrascht mich nicht. Und weiter?«

»Alex hat mir erzählt, dass sich die Mieter in solchen Fällen an eine Schlichtungsstelle wenden können, um die Miete auf das gesetzliche Niveau zu senken. Ich hab nachgeforscht – und tatsächlich, der Vermieter kann da kaum was machen.«

»Du nennst ihn also schon Alex, aha«, feixte Fiona. »Und, was hast du vor? Willst du seine Mieter dazu bringen, zur Schlichtungsstelle zu gehen?«

»Ganz genau. Ich hab letzte Woche stundenlang Infozettel an die Türen aller betroffenen Mieter gehängt. War gar nicht so einfach, ohne Schlüssel in die Gebäude zu kommen, aber ich hab es geschafft. Der alte Mistkerl wird sein blaues Wunder erleben!«

»Du bist echt eine Bitch!« Fiona kicherte. »Wie hast du denn die Adressen rausbekommen?«

»Mein Vater bewahrt einige Firmendokumente zu Hause in seinem Arbeitszimmer auf. Bei einer Party bei Céline hab ich mich zufällig dorthin verirrt und die Unterlagen entdeckt.«

»Nicht schlecht. Apropos, wie läuft's mit der jungen Lauderthal?«

»Sie frisst mir bereits aus der Hand. Meine süße Halbschwester ist vor allem eines: naiv und oberflächlich.«

»Tja, kein Wunder bei dem Vater.«

»Hey, und was ist mit mir?«, protestierte Emma.

»Die Erziehung, Em. Die Erziehung macht den Unterschied.«

Emma lachte. »Übrigens habe ich dafür gesorgt, dass Céline bei einer Prüfung beim Schummeln erwischt wurde.«

»Sie hat geschummelt? Céline?«

»Natürlich nicht. Aber in ihrer Klausur ist *ganz zufällig* ein Schummelzettel aufgetaucht.«

Fiona kicherte erneut. »Du bist wirklich unmöglich!«

»Allerdings hatte das Ganze nicht die erhofften Konsequenzen. Sie darf an der nächsten Prüfung teilnehmen, und die wird sie sicher bestehen. Ich muss mir also etwas Besseres einfallen lassen. Etwas richtig Gutes.«

Ein Hauch von schlechtem Gewissen überkam Emma. Schließlich war Céline immer freundlich und liebenswürdig zu ihr gewesen, ohne auch nur im Entferntesten zu ahnen, was Emma tatsächlich im Schilde führte. Doch sie schob den Gedanken rasch beiseite. *Sie lebt das Leben, das eigentlich dir zusteht,* erinnerte sie sich.

»Na, dir wird bestimmt noch was einfallen. Aber übertreib es nicht, ja? Harmlose Streiche sind okay, aber bitte richte keinen ernsten Schaden an«, warnte Fiona mit sanfter Stimme.

»Natürlich nicht. Ich will nur, dass meine Halbschwester merkt, dass das Leben nicht immer ein Zuckerschlecken ist. Auch wenn man mit einem goldenen Löffel im Mund geboren wurde.«

»Und deine Mutter? Hast du sie inzwischen kennengelernt?«

»Nein, leider nicht. Céline meinte, sie sei gerade bei ihrer Tante in Frankreich. Mehr konnte ich bisher nicht herausfinden. Aber es klingt, als würde sie bald nach Wien zurückkommen.«

»Das wird sicher interessant! Halt mich unbedingt auf dem Laufenden.«

»Mach ich«, versprach Emma mit einem leisen Lächeln.

Eine Weile herrschte Stille zwischen den beiden.

»Du fehlst mir!«, platzte es plötzlich aus Emma heraus.

»Ich vermisse dich auch, und wie! Wir müssen in Zukunft unbedingt öfter telefonieren. Nur weil ich jetzt in Portugal lebe, heißt das nicht, dass ich aus der Welt bin. Wir sind schon viel zu lange befreundet, um den Kontakt abreißen zu lassen.«

»Da hast du vollkommen recht.«

»Also meldest du dich in Zukunft öfter? Versprochen?«

»Ehrenwort.«

»Musik in meinen Ohren. Aber ich muss jetzt leider auflegen. Ich hab noch eine Million Dinge zu erledigen. Meine Tante hält mich ganz schön auf Trab.«

»Na dann mal los! Mach mich stolz!«

Emma legte auf und starrte gedankenverloren an die Zimmerdecke, die vermutlich irgendwann einmal weiß gewesen war, jetzt aber einen unansehnlichen Gelbstich angenommen hatte. Jetzt, wo sie mit Fiona telefoniert hatte, bereitete ihr die Distanz zu ihrer Freundin fast körperlichen Schmerz.

Mit einem Ruck erhob sie sich. Sie hatte eine Entscheidung getroffen: Sie würde nicht den ganzen Abend allein zu Hause hocken und Trübsal blasen. Ebenso gut konnte sie ins Zentrum fahren und irgendwo etwas trinken.

Rasch schlüpfte sie in ihre Lieblingsjeans und ein schwarzes Top. Ein wenig Mascara auf die Wimpern, ein Hauch Rouge auf die Wangen – fertig. Sie griff nach ihrem Wohnungsschlüssel. Der Abend war noch jung, und man lebte schließlich nur einmal, oder?

***

Mit einem Ruck stieß Emma die Tür des Pubs auf. Sie hatte sich spontan für eine kleine, unscheinbare Bar in der Innenstadt entschieden. Das Klientel bestand überwiegend aus Studenten, und obwohl es noch nicht einmal neun Uhr war, war die Bar bereits gut gefüllt. An den Wänden flimmerten riesige Bildschirme, die ein Fußballspiel übertrugen, wie sie der handgeschriebenen Tafel über der Theke entnehmen konnte.

Der Geruch von Bier und Zigarettenrauch hing schwer in der Luft – offenbar war das allgemeine Rauchverbot in den Winkeln dieses Pubs noch nicht angekommen. Emma ließ sich auf einen der hohen Barhocker sinken und gab dem Barkeeper ein Zeichen, ihr ein Bier zu bringen. Trotz ihrer Abneigung gegen Rauch fühlte sie sich in dieser abgenutzten Bar wohler als in den schicken Cocktailbars, in die

Céline sie sonst immer schleppte. Die abgenutzte Einrichtung und die schummrige Beleuchtung erinnerten sie an Affing. Wer hätte gedacht, dass ich das *Nexos* einmal vermissen würde, dachte sie mit einem wehmütigen Lächeln.

In diesem Moment wurde die Tür aufgerissen, und eine Gruppe junger Männer strömte herein, alle etwa in ihrem Alter. Gedankenverloren ließ Emma ihren Blick über die Gruppe gleiten. Der letzte, der über die Schwelle trat, war ein hübscher blonder Junge – und etwas an ihm kam ihr merkwürdig bekannt vor. Auch er schien sie erkannt zu haben, denn er starrte sie neugierig an. Rasch wandte sie den Blick ab, während sie fieberhaft überlegte, wo sie ihn schon einmal gesehen hatte.

Plötzlich fiel es ihr wie Schuppen von den Augen: Das war Marc, Célines Freund! Aus dem Augenwinkel beobachtete sie, wie er und seine Freunde sich auf einer Sitzgruppe direkt vor einem der großen Monitore niederließen.

Emma bestellte ein weiteres Bier, und der glatzköpfige Barkeeper, ein Hüne von Mann, schob ihr kurz darauf das Getränk über den Tresen – begleitet von zwei kleinen Fläschchen Jägermeister.

»Geht aufs Haus«, sagte er mit einem Zwinkern.

Emma hob die Flasche, um mit ihm anzustoßen, und der Kräuterlikör glitt überraschend sanft die Kehle hinunter.

Während sie halbherzig das Fußballspiel verfolgte, kam sie nicht umhin, festzustellen, was für miserable Fußballspieler die Österreicher waren. Sie war zwar keine Fußballfanatikerin, aber selbst ein Laie musste erkennen, dass die Deutschen in einer völlig anderen Liga spielten.

Gerade als sie innerlich über einen besonders kläglichen Angriff schimpfte, spürte sie einen leichten Druck auf ihrer Schulter. Sie fuhr herum, bereit, den Fremden scharf zurechtzuweisen – doch als sie das Gesicht erkannte, blieben ihr die Worte im Hals stecken. Es war Marc.

»Na, erkennst du mich noch?«, fragte er mit einem charmanten Lächeln. »Emma, oder?« Ohne zu fragen, ließ er sich auf den Hocker zu ihrer Linken fallen. »Was machst du hier, so ganz alleine?«

»Bis eben habe ich die Ruhe genossen«, konterte sie trocken. Was wollte er bloß von ihr?

»Das sieht man«, sagte Marc grinsend. »Und dabei lässt du dich noch von Barkeepern anquatschen und auf Drinks einladen. Zum Glück bin ich da, um auf dich aufzupassen.«

»Vielen Dank, aber ich kann gut auf mich selbst aufpassen. Und bis jetzt hat mich eigentlich niemand blöd angequatscht«, entgegnete Emma spitz. Versuchte er etwa mit ihr zu flirten? Wusste er nicht, dass sie mit Céline befreundet war?

Marc schien ihre Abfuhr nicht im Geringsten zu stören. Stattdessen bestellte er sich ein Bier. »Interessierst du dich für Fußball?«

Emma schnaubte abfällig. »Für österreichischen Fußball? Eher weniger. Das sind doch alles Amateure.«

Marc fasste sich gespielt dramatisch an die Brust, als hätte ihre Bemerkung ihn schwer getroffen. »Vorsicht, Süße! Beleidige bloß nicht Rapid – die sind echt gut!«

Emma zuckte unschuldig mit den Schultern.

»Mit der deutschen Nationalmannschaft können wir natürlich nicht mithalten«, räumte Marc ein. »Aber wir haben ein paar brauchbare Spieler. Und das hier«, er deutete auf den Monitor, »ist auch nicht die Bundesliga. Aber glaub mir, Rapid holt sich den Sieg.«

Der Barkeeper stellte Marcs Bier auf den Tresen. Mit einem Grinsen hob er das Glas und stieß mit Emma an. Sie erwiderte den Toast, beobachtete ihn dabei nachdenklich. Marc war zweifellos attraktiv. Und inzwischen war sie sich sicher, dass er mit ihr flirtete. Sein Blick, der von ihrem Gesicht über ihr Haar wanderte und dann ein wenig zu lange auf ihrem Ausschnitt ruhte, verriet alles. *Typisch*, dachte Emma. *Die Männer sind wirklich alle gleich.* Trotzdem weckte er ihre Neugier. Wie weit würde er wohl gehen?

»Ich bin froh, dass ich heute doch noch rausgegangen bin«, sagte sie mit einem spielerischen Lächeln. »Wer sitzt schon gerne an einem Freitagabend allein zu Hause?«

Marc grinste breit. »Das wäre tatsächlich eine Verschwendung. Ein Glück für mich, dass du es dir anders überlegt hast.«

Emma lächelte kokett und senkte ihren Blick. »Macht es deinen Freunden denn gar nichts aus, dass du sie so lange allein lässt?«

Marc lachte. »Ach, die verstehen das. Glaub mir, jeder von denen würde gerade lieber mit mir tauschen und sich ein bisschen mit dir unterhalten.«

Emma sah ihn herausfordernd an. »Ich will dich ja nicht vertreiben, aber … bist du nicht eigentlich mit Céline zusammen? Hat sie nichts dagegen, dass du in Bars mit fremden Mädchen plauderst?«

Marc lachte leichthin. »Wieso fremd? Du bist doch eine Freundin. Sie wäre bestimmt froh, wenn sie wüsste, dass ich ein Auge auf dich habe.«

Emma nickte, auch wenn sie innerlich daran zweifelte. »Was studierst du eigentlich?«, fragte sie, um das Thema zu wechseln.

»Internationale Betriebswirtschaftslehre.«

»Klingt spannend«, entgegnete sie höflich.

Marc verzog das Gesicht. »Eigentlich nicht. Aber mit dem Bachelor habe ich gute Chancen, für den Master in der Schweiz angenommen zu werden. Das langweilige Zeug – da muss man halt durch. Aber das muss ich einer Jurastudentin ja wohl kaum erklären, oder?«

164

Das folgende Gespräch drehte sich um ihre Studien, Fußball und anstehende Partys im Freundeskreis. Je länger sie mit Marc sprach, desto klarer wurde es ihr: Er war wie eine männliche Version von Céline – ebenso privilegiert, oberflächlich und selbstgefällig. Doch während Céline eine beinahe kindliche Naivität besaß, um die Emma sie insgeheim manchmal beneidete, fehlte Marc diese Leichtigkeit völlig. Ob sie selbst wohl auch so geworden wäre, wenn sie bei den Lauderthals aufgewachsen wäre?

Das Fußballspiel näherte sich seinem Ende, und Rapid führte inzwischen mit eins zu null. Marc freute sich wie ein kleines Kind über den Erfolg seiner Mannschaft. Das Strahlen in seinen Augen, wenn er über seine Lieblingsspieler sprach, brachte Emma zum Schmunzeln.

Die beiden tranken noch ein paar weitere Biere, und Marc lud Emma auf mehrere Jägermeister-Shots ein. Der Alkohol lockerte ihre Stimmung; sie fühlte sich leicht und abenteuerlustig. In Célines Nähe war Emma immer darauf bedacht, sich zurückzuhalten und einen klaren Kopf zu bewahren. Doch heute ließ sie die Zügel der Selbstbeherrschung ein wenig lockerer. Der harmlose Flirt tat ihr gut, fast wie eine Flucht aus ihrem sonst so belasteten Alltag. *So fühlt es sich also an, wenn man keinen Rucksack voller Altlasten mit sich herumschleppt*, dachte sie. *Himmlisch.*

Emma war gespannt, wie weit Marc gehen würde. Vielleicht besaß er ja doch noch so etwas wie Anstand und erinnerte sich rechtzeitig daran, dass er eigentlich mit Céline zusammen war.

Plötzlich spürte sie ihr Handy in der Hosentasche vibrieren. Noch immer über einen von Marcs Sprüchen schmunzelnd, zog sie es heraus und warf einen flüchtigen Blick auf die eingegangene Nachricht.

Was sie las, ließ Emma das Blut in den Adern gefrieren. Ihr Lächeln erstarb, und schlagartig fühlte sie sich wieder vollkommen nüchtern. Es war eine E-Mail von Onkel Phil. Wie paralysiert starrte sie auf die Zeilen:

Schluss mit lustig, Emma. Ich will mein Geld. Ich war bisher sehr geduldig mit dir, aber du treibst es zu weit. Du hast dreißig Tage Zeit, mir die Kohle zu überweisen. Ansonsten komme ich dich holen. Glaub bloß nicht, du könntest dich vor mir verstecken. Ich warne dich!

Ein eisiger Schauer kroch ihr den Rücken hinunter. Seit Onkel Phils erster Nachricht waren Wochen vergangen, und Emma hatte insgeheim gehofft, dass er irgendwann einfach aufgeben würde. Aber tief in ihrem Inneren hatte sie immer gewusst, dass das nur Wunschdenken war. Phil war wie ein Pitbull, wenn es darum ging, sich zu holen, was ihm seiner Meinung nach zustand.

Mit zitternden Händen steckte Emma ihr Handy wieder weg. Ihr Puls raste. Sie konnte Onkel Phil das Geld nicht zurückzahlen, selbst wenn sie es wollte. Sie hatte es längst nicht mehr. Aber er konnte doch nicht wissen, wo sie war – oder etwa doch?

Bist du dir da so sicher?, flüsterte eine leise Stimme in ihrem Kopf. *Wenn er dich finden will, wird er das auch tun. Das weißt du genau.*

Entschlossen winkte Emma den Barmann heran und bestellte zwei weitere Jägermeister. Alles, was sie wollte, war der Realität und ihrer aufkeimenden Paranoia zu entkommen, wenn auch nur für kurze Zeit.

Der Barmann stellte die kleinen Fläschchen vor ihnen ab. Emma schob eines zu Marc rüber und kippte ihr eigenes, ohne auf ihn zu warten, in einem Zug hinunter.

»Da ist aber jemand motiviert«, kommentierte Marc grinsend und hob sein Fläschchen ebenfalls an die Lippen.

Plötzlich wurde die Bar von lautem Jubel erfüllt.
»Tor!«, brüllten die Leute um sie herum, einige sprangen
auf und klatschten begeistert in die Hände. Emmas und
Marcs Blicke wanderten zum Bildschirm. Rapid hatte in
der Nachspielzeit ein weiteres Tor geschossen.
»Großartig! Siehst du? Von wegen Amateure!«, rief
Marc triumphierend.
»Glückwunsch«, erwiderte Emma trocken. »Noch
einen Absacker oder hast du genug?«
Bevor Marc antworten konnte, traten seine Freunde an
die Bar. »Hi, wir hauen ab«, sagte einer von ihnen und
grinste breit. »Viel Spaß noch mit der Kleinen.«
Emma senkte peinlich berührt den Kopf, als Marcs
Freund mit seinem anzüglichen Kommentar abzog. Nachdem die Gruppe verschwunden war, rückte Marc näher an
sie heran.
»Meine Wohnung ist nur ein paar Straßen weiter«,
raunte er ihr leise zu. »Wie wär's mit einem echten Drink?
Ich mache den besten Gin Tonic der Welt – der wird dein
Leben verändern.«
Emma zögerte. Jetzt hatte sie ihre Antwort. Marc
schien nicht gerade der Inbegriff von Anstand und Treue
zu sein. Aber hatte sie das nicht provoziert? Immerhin
war sie neugierig gewesen, wie weit er gehen würde. Nun
wusste sie es.
Marc war zwar attraktiv, aber im Grunde nicht ihr Typ.
Doch der Gedanke, nach Onkel Phils bedrohlicher Nachricht allein durch die dunklen Straßen nach Hause zu gehen, jagte ihr eine Gänsehaut über den Rücken. Sie konnte
jetzt nicht allein sein. Aber konnte sie wirklich mit ihm
mitgehen? Marc wollte bestimmt mehr als nur einen harmlosen Drink. Sie spürte die alte Angst in sich aufsteigen
– die Angst vor Nähe. Sie hatte noch nie gut damit umgehen können, die Hände eines Mannes auf ihrem Körper

zu spüren. Kein Wunder, wenn der einzige, mit dem sie je zusammen gewesen war, Onkel Phil war. Und das war alles andere als einvernehmlich gewesen.

Und dann war da noch Céline. Es war eine Sache, ihrer Halbschwester die Klausur zu vermasseln, aber mit ihrem Freund etwas anzufangen – das war etwas völlig anderes. Emma kämpfte innerlich mit sich selbst. *Denk daran, weshalb du überhaupt nach Wien gekommen bist*, ermahnte sie sich. *Was hat dir dein Moralkodex bisher schon gebracht? Du willst es Céline heimzahlen – das ist deine Chance!*

»Na, was sagst du?«

Marcs hoffnungsvoller Blick ruhte auf ihr. Seine blauen Augen funkelten, doch sie übten nicht dieselbe Faszination auf sie aus wie die von Alex.

Warum denke ich jetzt ausgerechnet an Alex?, fragte sich Emma. Er hatte ihr zwar wie versprochen den Link der Schlichtungsstelle geschickt, aber das war's auch. Keine Einladung zu einem Date, keine weitere Nachricht.

Emma schüttelte den Gedanken an Alex und Onkel Phil entschieden ab und fasste einen Entschluss.

»Na gut«, sagte sie schließlich. »Aber wirklich nur ein Drink.«

Marc strahlte über das ganze Gesicht. »Dann mal los!«

Er beglich die Rechnung, und gemeinsam machten sie sich auf den Weg zu seiner Wohnung. Während sie durch die Straßen gingen, spähte Emma immer wieder nervös über die Schulter.

Er ist nicht hier, erinnerte sie sich. *Onkel Phil weiß nicht, wo du bist.* Trotzdem verspürte sie ein Gefühl der Erleichterung, als Marc einen Arm um ihre Schulter legte. Es war ein kleiner Trost, jemanden an ihrer Seite zu haben.

Nach nur fünf Minuten Fußweg erreichten sie Marcs Wohnhaus. Die Gegend kam Emma vertraut vor, da die

Universität nur ein paar Straßen entfernt lag. Die Wohnung selbst war größer, als sie erwartet hatte – stilvoll eingerichtet und ordentlich. Marc deutete ihr, es sich auf der Couch im Wohnzimmer bequem zu machen, und verschwand in der Küche. Wenige Augenblicke später kehrte er mit zwei bis zum Rand gefüllten Gläsern zurück, in denen eine glasklare Flüssigkeit mit Gurkenscheiben schwamm.

Dankbar nippte Emma an ihrem Glas. Der Drink war tatsächlich gut, aber so stark, dass sie das Gesicht verzog. Marc grinste sie an. »Zu viel Gin drin?«

»Nein, passt schon«, presste Emma hervor. Der Alkohol würde ihren Nerven guttun. Um sich selbst zu überzeugen, kippte sie das Glas zur Hälfte leer.

»Trinkst du dir etwa Mut an?«

Marc legte sanft seine Hand auf ihr Knie. Instinktiv zuckte Emma zurück. Sofort tauchte das Bild von Alex in ihrem Kopf auf – wie er im Starbucks an die Wand gelehnt stand, mit diesem intensiven Blick, der sie völlig in den Bann gezogen hatte. Plötzlich wünschte sie sich, er wäre es, der jetzt neben ihr saß. Doch Alex' Bild verblasste schnell, verdrängt von Célines anklagendem Gesicht. *Reiß dich zusammen!*

»Du wirkst nervös. Alles okay?«, flüsterte Marc.

»Ja, klar«, erwiderte Emma schnell und räusperte sich verlegen. »Naja, vielleicht bin ich ein bisschen nervös.«

»Du bist echt süß«, hauchte Marc und rückte noch näher. Jetzt konnte sie den Alkohol in seinem Atem riechen, während er behutsam seinen Arm um sie legte.

Ein unangenehmes Gefühl breitete sich in ihrem Magen aus und verwandelte sich rasch in Panik. Sie versuchte gegen ihren Fluchtinstinkt anzukämpfen. *Beruhige dich, dir passiert nichts*, sagte sie sich selbst.

Marc beugte sich vor und drückte seine Lippen sanft auf ihre. Emma zwang sich, den Kuss zu erwidern. Obwohl er sanft war, konnte sie sich nicht entspannen. Als er die Hand um ihre Hüfte legte und sie näher an sich zog, wurde die Panik übermächtig. Ihr Herz begann zu rasen, und sie bekam kaum noch Luft. *Verdammt, das geht nicht*, dachte sie. *Marc ist nicht der Richtige und außerdem Célines Freund, was machst du hier überhaupt?*

Am ganzen Körper zitternd, löste sie sich aus Marcs Armen und blickte ihn mit weit aufgerissenen Augen an. »Es tut mir leid«, stammelte sie. »Ich kann das nicht.«

Ohne auf eine Reaktion zu warten, schnappte sie sich ihre Handtasche und floh aus der Wohnung, ohne sich noch einmal umzudrehen.

FERDINAND

Der Strauß roter Rosen lag schwer in Ferdinands Hand, als er mit schnellen Schritten die Treppen zu Nataschas Wohnung erklomm. Natascha erwartete ihn bereits. Sie trug ein enganliegendes Kleid, in dem sie absolut hinreißend aussah, aus der Wohnung strömte ihm der verlockende Duft frisch zubereiteten Essens entgegen.

»Für die schönste Frau der Welt«, begrüßte er sie überschwänglich und hielt ihr die Rosen hin.

»Vielen Dank – das wäre doch nicht nötig gewesen«, murmelte Natascha und errötete leicht.

»Doch, war es«, entgegnete er mit Nachdruck. »Du hast in den letzten Wochen viel zu viel Zeit ohne mich verbringen müssen, und das tut mir aufrichtig leid.«

Natascha legte ihre Hände sanft an sein Gesicht und küsste ihn zärtlich. »Komm rein. Ich habe etwas Besonderes gekocht: Hirschrückensteaks mit selbstgemachten Kroketten und Rotkraut.«

Ferdinand lief das Wasser im Mund zusammen. Im Gegensatz zu seiner Frau war Natascha eine hervorragende Köchin – nur eines ihrer vielen Talente.

»Das klingt wunderbar! Zum Glück habe ich den hier mitgebracht«, sagte er und streckte ihr eine Flasche teuren Rotweins entgegen. Nataschas Augen weiteten sich vor Überraschung.

»Der ist doch viel zu teuer!«, entfuhr es ihr.

»Für dich ist nur das Beste gut genug«, erwiderte Ferdinand galant und trat in die Wohnung.

Der Esstisch war bereits festlich gedeckt, nur das warme Licht zweier silberner Kerzenständer erhellte den Raum, während leise klassische Musik aus den Boxen tönte. Natascha brachte einen Flaschenöffner aus der Küche, und Ferdinand entkorkte den edlen Tropfen mit routiniertem Handgriff. Sie setzten sich, und während Natascha den Wein lobte, konnte Ferdinand nicht aufhören, ihre Kochkünste zu bewundern – der Hirschrücken zerging buchstäblich auf der Zunge.

Die Unterhaltung plätscherte dahin, und wie immer genoss Ferdinand jede Sekunde mit Natascha. Sie war nicht nur atemberaubend schön, sondern auch klug, kultiviert – und vor allem hing sie förmlich an seinen Lippen. Der bewundernde Ausdruck in ihren Augen, wenn sie seinen Erzählungen lauschte, erfüllte ihn mit einem berauschenden Gefühl. Es ließ ihn spüren, wie weltgewandt, wie mächtig er war – ein Mann, der alles im Griff hatte. Bei Natascha fühlte er sich wirklich geschätzt, ganz anders als zu Hause. Nur sie schien ihn in seiner ganzen Größe zu erfassen. In ihrer Gegenwart verschwand der Alltagstrott, die Probleme rückten in weite Ferne. Hier, mit ihr, lebte er im Moment.

»Gibt es schon etwas Neues von Inés?«, fragte Natascha schließlich beiläufig und betrat damit gefährliches Terrain.

»Du meinst gesundheitlich?« Ferdinand verzog das Gesicht. »Es sieht nicht gut aus. Die letzten Untersuchungen haben gezeigt, dass ihr Zustand kritisch ist. Sie braucht dringend einen Spender, sonst ...« Er ließ den Satz unvollendet.

Ein Schatten huschte über Nataschas Gesicht, doch sie schwieg. Sie brauchte nichts zu sagen – Ferdinand wusste auch so, was sie dachte.

»Baby, hör mir zu«, begann Ferdinand mit weicher Stimme. »Ich liebe dich, mehr als alles andere auf der Welt. Aber ich kann Inés nicht verlassen, wenn nicht einmal klar ist, ob sie die nächsten Monate übersteht.«

»Ich weiß«, flüsterte sie leise.

»Inés und ich, wir schlafen schon lange nicht mehr im selben Bett. Das war schon so, bevor das mit uns anfing. Du musst mich verstehen. Es gibt nur dich für mich. Aber im Moment – in dieser Situation – kann ich sie nicht einfach verlassen. Das würden mir meine Kinder niemals verzeihen. Und ich mir auch nicht.« Das war nicht die ganze Wahrheit, das wusste er sehr wohl. Aber es war ein Teil davon, und der musste genügen.

»Ich verstehe dich ja«, sagte Natascha und senkte den Blick.

Ferdinand streckte die Hand aus, hob ihr Kinn und zwang sie, ihm in die Augen zu sehen. »Ich werde Inés verlassen. Das steht fest. Aber nicht jetzt. Nicht, solange sie so krank ist.«

Oder das Problem erledigt sich von selbst, dachte er. Ein unwillkommener Gedanke, den er schnell beiseiteschob.

»Ich glaube dir«, sagte Natascha schließlich leise. »Und ich werde dich unterstützen. Wann immer du mich brauchst, bin ich da.«

»Ich weiß gar nicht, womit ich dich verdient habe«, flüsterte Ferdinand und nahm ihre Hände in seine, bevor er sie sanft küsste.

Natascha antwortete nicht. Stattdessen lächelte sie zart und gab ihm mit einem leisen Nicken zu verstehen, ihr ins Schlafzimmer zu folgen. Ferdinand zögerte keine Sekunde. Diese Frau war ein Geschenk des Himmels – er durfte sie auf keinen Fall verlieren.

EMMA

Emma zündete nacheinander die Kerzen ihres Advent-kranzes an – zum ersten Mal alle vier auf einmal. Zufrieden lehnte sie sich auf der Couch zurück und ließ den Blick gedankenverloren auf den Flammen ruhen. Der Kerzenschein hüllte das heruntergekommene Wohnzimmer in ein sanftes, warmes Licht. Draußen war es bereits dunkel, und über der Stadt lag jene besinnliche, fast ehrfürchtige Stimmung, die nur der Weihnachtsabend den sonst so mürrischen Wienern zu entlocken schien. Zu ihrem Bedauern hatte es noch nicht geschneit, aber man konnte schließlich nicht alles haben. Im Hintergrund lief das alte Radio ihrer Mitbewohnerin, das unermüdlich die Weihnachtsmusik in Endlosschleife wiedergab, wie auf jedem anderen Sender in dieser Zeit.

Es war das erste Jahr, in dem Emma Weihnachten nicht mit ihrer Adoptivfamilie verbrachte. Einen Moment lang hatte sie überlegt, nach München zu fahren, diesen Plan aber schnell wieder verworfen. Auch wenn sie Julian gerne gesehen hätte – es gab kein Zurück. Mit Sicherheit würde Onkel Phil bei den Schneiders sein, und außerdem hatte sie seit dem Sommer keinen Kontakt mehr zu ihnen. Also beschränkte sie sich darauf, ihrem Adoptivbruder eine Weihnachtskarte zu schicken und fand sich damit ab, dass sie den Heiligabend dieses Jahr alleine verbringen würde.

Dieser Tage vermisste sie Fiona mehr denn je. Normalerweise hatten sie den 24. Dezember immer zusammen verbracht, bis sie zur Bescherung nach Hause mussten. Doch dieses Jahr war sie zum ersten Mal mutterseelenallein. Die Einsamkeit belastete sie, auch wenn sie sich einredete, dass es besser so war.

Geschieht dir recht. Das hast du davon, wenn du die Leute zu nah an dich heranlässt, spottete ihr hässliches inneres Alter Ego.

Um der tristen Stimmung zu entkommen, hatte sie sich für die kommenden Tage für jede verfügbare Schicht im *Kinkys* gemeldet. Ihre Kollegen waren dankbar – die meisten fuhren über die Feiertage zu ihren Familien – und Emma war froh, wenn sie beschäftigt war. Céline hingegen wurde derzeit von einer Familienfeier zur nächsten geschleift, bevor sie in ein paar Tagen nach Frankreich zu ihrer Tante und Großmutter aufbrechen würde. Der Gedanke daran versetzte Emma diesen vertrauten, schmerzhaften Stich. *Hör auf, dich zu bemitleiden*, ermahnte sie sich selbst streng.

Gelangweilt griff sie nach ihrem Handy und scrollte durch ihre Kontakte. War da wirklich niemand, der sich fragte, wie es ihr zu Weihnachten ging? Ihre Liste war spärlich: Célines Nummer, die ihrer Arbeitskolleginnen und ein paar von Célines Freundinnen. Sonst niemand. Sie seufzte.

Wie so oft in letzter Zeit musste sie an Alex denken. Sie wusste selbst nicht genau, warum. Nach ihrer Begegnung im Starbucks hatte sie erwartet, dass er sie um ein Date bitten würde. Es war offensichtlich gewesen, dass er Interesse hatte – sie kannte die Blicke der Männer gut genug, um das zu erkennen. Aber die Wochen verstrichen ohne ein Zeichen von ihm.

Kurzentschlossen öffnete sie ihr E-Mail-Programm und begann zu tippen:

Frohe Weihnachten. Bin lange nicht mehr beinahe überfahren worden. Fährst du neuerdings U-Bahn? ;)

Ohne groß nachzudenken, drückte sie auf Senden. Normalerweise ergriff sie nicht die Initiative, aber was sollte schon passieren? Um sich abzulenken, schaltete sie den

175

Fernseher ein. *Der Grinch* lief, und obwohl sie den Film bereits unzählige Male gesehen hatte, passte er perfekt zu ihrer Weihnachtsstimmung.

Zu ihrer Überraschung antwortete Alex schneller, als sie erwartet hatte. Schon nach einer halben Stunde blinkte ihre Mailbox auf.

Dir auch besinnliche Weihnachten. Ich kann doch Starbucks nicht seiner besten Kundin berauben, das wäre unverantwortlich! Bist du über die Feiertage nach Hause gefahren oder dürfen sich die Wiener deiner Anwesenheit erfreuen?

Ihr Herz machte einen Sprung. *Na bitte, geht doch!*

Sehr rücksichtsvoll von dir! Ich bin in Wien geblieben, muss für die erste große Prüfung lernen. Der Grinch und ich verbringen den Abend zu zweit. Und du? Familienmarathon?

Wieder kam seine Antwort fast sofort.

Ganz die brave Studentin! Ich bin bei meinen Eltern zum Weihnachtsessen in Niederösterreich. Nach dem Truthahn und der Jahresration Kekse, die mir heute aufgenötigt wurde, kehre ich morgen als Schwergewicht in die Stadt zurück.

Emma schmunzelte und tippte rasch zurück.

Na, dann solltest du dringend Sport machen. Ich hab gehört, ab dreißig geht's mit dem Stoffwechsel bergab! Kannst du Eislaufen? Ich teile gerne den Schützengraben mit dir im Kampf gegen die Kekskilos.

Charmant, junge Dame! Eislaufen klingt gut. Auch wenn ich seit gut fünfzehn Jahren nicht mehr auf dem

Eis gestanden bin. Du wirst also was zu lachen haben. Morgen, siebzehn Uhr am Rathausplatz?

Das klingt gut. Ich freue mich.

Ich auch. Der alte Mann geht jetzt ins Bett. Wir betagten Herren brauchen unseren Schönheitsschlaf. Genieß den Abend noch. Und grüß den Grinch von mir.

Zufrieden ließ sich Emma zurück in die Couch sinken. Manchmal musste man eben die Dinge selbst in die Hand nehmen.

***

Alex erschien am nächsten Tag pünktlich um siebzehn Uhr, mit einer Sporttasche über der Schulter. Er trug Jeans und einen dicken Winterpullover, auf dem ein großer Schneemann prangte – und in dem er, wie Emma fand, absolut zum Anbeißen aussah.

Der Wiener Rathausplatz erstrahlte in voller Weihnachtsbeleuchtung, die Dunkelheit hatte längst eingesetzt, und die funkelnden Lichter ließen den Platz wie eine Szene aus einem Wintermärchen wirken. Aus den Lautsprechern erklangen Weihnachtslieder, die die fröhliche Stimmung unter den Eisläufern noch verstärkten.

Es war klar, dass sie nicht die einzigen waren, die am Christtag die Eisbahn für sich entdeckt hatten. Erst nach einer halben Stunde hatten sie es geschafft, Emmas Leihschuhe zu ergattern, und konnten endlich aufs Eis. Emma glitt geschickt los – sie hatte in Affing unzählige Nachmittage mit Fiona auf dem örtlichen Eislaufplatz verbracht und bewegte sich mühelos auf der glatten Fläche.

Als sie sich zu Alex umdrehte, musste sie unwillkürlich grinsen. Er kämpfte sichtlich damit, die Balance zu halten, setzte einen Fuß vorsichtig vor den anderen und klammerte sich in regelmäßigen Abständen an die Absperrung. »Das mit den fünfzehn Jahren war wohl nicht gelogen«, rief Emma lachend. »Brauchst du Hilfe?«

»Danke der Nachfrage. Du hast gut lachen! Ich versuche nur, mir nicht direkt bei der ersten Runde alle Knochen zu brechen!«

»Keine Sorge. Ich besuche dich dann im Krankenhaus. Wenn du Glück hast, bringe ich dir sogar ein paar Kekse mit.«

Alex grinste breit. »Was bin ich doch für ein Glückspilz! Wo hast du überhaupt so gut Eislaufen gelernt?«

»Zu Hause in Bayern. Meine Freundin und ich waren im Winter mindestens einmal die Woche auf dem Eislaufplatz.«

»Vermisst du es?«

»Das Eislaufen?«

»Nein, ich meine Deutschland, deine Heimat.«

Emma zuckte mit den Schultern. »Eigentlich nicht.«

»Und deine Familie?«

Ihre Miene veränderte sich ein wenig. »Ich hatte kein besonders gutes Verhältnis zu meinen Adoptiveltern. Ich bin abgehauen, sobald ich die Chance hatte. Und ich habe nicht vor, dorthin zurückzukehren. Also – nein. Ich vermisse Deutschland im Grunde überhaupt nicht.«

Alex schwieg für einen Moment und konzentrierte sich auf seine Füße, während er langsam sicherer auf dem Eis wurde. Emma passte sich seinem Tempo an und glitt leichtfüßig neben ihm her.

»Bist du denn in Wien aufgewachsen?«, fragte Emma. »Hast du nie überlegt, woanders hinzugehen?«

Er zuckte mit den Schultern. »Ich war nach dem Studium zwei Jahre im Ausland. Aber Wien ist mein Zuhause. Mir gefällt es hier.«

»Es ist ja auch eine tolle Stadt.«

»Ja, absolut. Aber wie kommt es, dass du ausgerechnet nach Wien gezogen bist? Du hättest doch überall hingehen können, oder?«

Emma wich der Frage aus. »Hat sich einfach so ergeben. Ich wollte hier studieren.« Sie zuckte die Schultern.

Alex war höflich genug, nicht weiter nachzufragen. »War das dein erstes Weihnachten allein?«

»Naja, ich und der Grinch«, antwortete sie mit einem schiefen Lächeln. »Es war merkwürdig, ja. Ein bisschen einsam vielleicht auch. Aber letztlich: Man ist seines eigenen Glückes Schmied, oder? Ich bereue es keine Sekunde, dass ich nach Wien gekommen bin. Ich stehe auf eigenen Beinen, verdiene mein eigenes Geld, bin unabhängig. Das ist genau, was ich will. Ich habe das Gefühl, ich bin auf dem richtigen Weg.«

Alex nickte nachdenklich, warf ihr einen Seitenblick zu, den Emma nicht richtig deuten konnte. »Ich brauch eine Pause. Da drüben gibt es Punschstände. Lust auf was Warmes?«

»Gern«, erwiderte Emma, froh über die Ablenkung.

Sie verließen das Eisfeld und stapften über den Rathausplatz zum nächsten Punschstand. Der Geruch von Lebkuchen und süßem Heißgetränk lag in der Luft.

»Kinderpunsch?«, fragte Alex mit einem schelmischen Grinsen.

»Jetzt hör aber auf! Ich bin neunzehn!«

Lachend bestellte er zwei Becher Orangenpunsch und reichte ihr einen.

Emma ließ nicht locker. »Ist das also der Grund, warum du dich nicht eher bei mir gemeldet hast? Weil du findest, ich bin zu jung?«

Alex ließ sich mit der Antwort Zeit. »Nun ja, es liegen immerhin über zehn Jahre Unterschied zwischen uns.«

Emma funkelte ihn herausfordernd an. »Vielleicht bin ich anders als die Neunzehnjährigen, die du bisher kennengelernt hast.«

Alex hielt inne, sein Tonfall wurde ernster. »Daran habe ich auch schon gedacht«, murmelte er, seine blauen Augen fest auf ihre gerichtet. Ihr Herz begann schneller zu schlagen.

Na bitte, dachte sie. Sie hatte sich nicht getäuscht. Er hatte tatsächlich Interesse. Selbstbewusster als ihr eigentlich zumute war, machte Emma einen Schritt auf ihn zu, ohne den Blickkontakt zu unterbrechen. Die Spannung zwischen ihnen war jetzt deutlich spürbar.

»Wir sollten noch eine Runde laufen«, krächzte Emma schließlich, ihre Stimme kaum mehr als ein Flüstern.

»Ja, das sollten wir wohl«, bestätigte Alex. Doch keiner von ihnen rührte sich. Stattdessen schloss er die letzten Zentimeter zwischen ihnen.

Der Kuss war zart, fast schüchtern. Seine Lippen fühlten sich unglaublich weich an und jagten Emma einen Schauer über den Rücken. Seine Zunge tastete behutsam nach ihrer, und Emma konnte nicht verhindern, dass ihr ein leises Keuchen entfuhr. Noch nie war sie so geküsst worden. Zaghaft legte sie die Arme um seinen Nacken und verlor sich in seinem Duft und seiner Nähe.

Nach einer gefühlten Ewigkeit lösten sie sich voneinander, beide atemlos. Alex sah ihr tief in die Augen.

»Ich muss zugeben, ich habe dich unterschätzt«, raunte er mit heiserer Stimme. »Du bist definitiv kein Kind mehr. Ganz im Gegenteil. Du bist eine beeindruckende Frau, Emma.«

FERDINAND

Mit stolzgeschwellter Brust stieg Ferdinand die majestätische Treppe des Palais Auersperg empor. An seinem rechten Arm hatte sich Inés eingehakt. Ihr bodenlanges Abendkleid betonte ihren hellen Teint und ließ ihre feinen Gesichtszüge erstrahlen. Ein traumhaftes Diamantcollier schmückte ihren schlanken Hals.

Ferdinand staunte immer wieder, wie viel ein wenig Make-up verändern konnte. Er dachte an die tief in den Höhlen liegenden Augen seiner Frau heute Morgen. Ihre Haut hatte fahl gewirkt und sich über die Wangenknochen gespannt, die dünnen Arme waren wie Zweige aus ihrem Morgenmantel geragt. Ihr Körper schien ihn geradezu anzuschreien, keinen Zweifel an seiner Verfassung zu lassen und Mitleid einzufordern. Doch jetzt, in diesem Kleid, schritt sie anmutig neben ihm her. Auch wenn ihre ohnehin schon zierliche Gestalt einige Rundungen eingebüßt hatte, war sie attraktiv. Eine repräsentative Ehefrau, wie aus dem Bilderbuch.

Die Treppe mündete in eine prächtige Galerie, und Ferdinand ließ seinen Blick über die Gäste schweifen. Er entdeckte einige bekannte Gesichter und nickte ihnen höflich zu. Wie jedes Jahr war der Wiener Altschottenball ein fester Bestandteil ihres Kalenders. Für Ferdinand war die Veranstaltung eine willkommene Gelegenheit, alte Kontakte zu pflegen und der Tradition treu zu bleiben.

»Möchtest du etwas trinken? Ein Glas Champagner?«

»Ich darf keinen Alkohol trinken, das weißt du doch. Aber ein Mineralwasser wäre schön«, antwortete Inés.

»Ach, stimmt ja. Entschuldige.« Ferdinand winkte einen Kellner heran und gab die Bestellung auf. Ein befreundetes Pärchen, deren Namen ihm gerade nicht einfallen wollten, gesellte sich zu ihnen.

»Inés, Ferdinand! Was für eine Freude!«

»Schön, euch zu sehen, Franz! Isabella!«, erwiderte Inés strahlend. Auf ihre Frau und ihr Gedächtnis war stets Verlass.

Es entwickelte sich eine oberflächliche Unterhaltung, der Ferdinand jedoch nur mit halbem Ohr folgte. Gerade hatte er Natascha entdeckt, die sich den Gang entlang auf sie zubewegte. Immer wieder blitzte ihr rubinrotes Abendkleid in der Menge auf – sie sah absolut atemberaubend aus. Der Mann an ihrer Seite schien das ebenfalls zu finden, denn er redete unablässig auf sie ein und hielt den Blick fest auf seine Begleitung gerichtet.

Unvermittelt kochte Eifersucht in Ferdinand hoch. Wer war dieser Typ, mit dem seine Geliebte hier erschienen war? Kurz spielte er mit dem Gedanken, die Situation zu klären und den Mann in seine Schranken zu weisen, doch er besann sich im letzten Moment. Auch Inés hatte die beiden bemerkt.

»Natascha! Ich wusste gar nicht, dass du auch da bist. Kommt doch zu uns!«

Zähneknirschend beobachtete Ferdinand, wie der Mann Natascha den Arm anbot und sie sich bei ihm einhakte.

Sie tauschten Luftküsse aus. »Inés! Schön, dich zu sehen. Wladimir, das sind meine langjährige Freundin Inés und ihr Mann, Ferdinand Lauderthal.«

Ferdinand drückte Wladimirs Hand fester als nötig und sah ihm mit einem stechenden Blick in die Augen. Seine ganze Körperhaltung sollte dem Russen klarmachen: *Sie gehört mir, und zwar ganz allein mir!* Natascha schmunzelte, als hätte sie seine Gedanken gelesen.

»Wladimir ist erst vor Kurzem von Moskau nach Wien gezogen«, erklärte sie. »Ihm gehört *Iwanow Investments*.

Das Unternehmen hat in verschiedene Immobilienprojekte im osteuropäischen Raum investiert, möchte sein Portfolio nun aber auch auf Deutschland und Österreich erweitern. Habe ich das richtig zusammengefasst, Wladimir?«

»Völlig richtig, meine Liebe«, bestätigte der Russe lächelnd. Sein schwerer Akzent ließ Ferdinand unwillkürlich die Nackenhaare zu Berge stehen. »Und was machen Sie beruflich, Herr Lauderthal?«

»Die Lauderthals sind ebenfalls im Immobiliensektor, Lauderthal Immobilien, vielleicht hast du schon davon gehört«, erklärte Natascha.

Wladimir nickte und musterte Ferdinand interessiert. *Na großartig*, dachte Ferdinand missmutig. Nicht nur, dass dieser Kerl ihm die Frau streitig machen wollte, er war auch noch ein einflussreicher Investor. Er zwang sich, seinen Stolz hinunterzuschlucken. *Denk an die Firma*, ermahnte er sich. *Harte Zeiten erfordern harte Maßnahmen.*

»Ihr Tätigkeitsfeld klingt interessant. Vielleicht kann ich Sie ja für eines meiner Projekte begeistern? Wir sind immer auf der Suche nach Investoren. Und die Renditen sind mehr als vielversprechend!« Während er sprach, spürte er, wie die Galle in ihm hochstieg, doch er zwang sich zu einem, wie er hoffte, gewinnenden Lächeln.

»Das ist eine ganz wunderbare Idee!«, flötete Natascha.

»Geben Sie mir doch Ihre Karte, vielleicht kommen wir zusammen«, erwiderte Iwanow glatt.

Ferdinand griff in die Tasche seines Fracks und reichte dem Russen seine Visitenkarte, der ihm im Gegenzug seine zusteckte.

»Fein, ich werde mich Anfang der Woche bei Ihnen melden«, sagte Ferdinand. »Dürfen wir Sie auf etwas zu trinken einladen? Sie sitzen ja auf dem Trockenen!«

Sie bestellten eine Flasche Champagner. Das Gespräch wechselte bald zu privaten Themen, und Ferdinand verbarg sich hinter der Maske des charmanten Mannes von Welt.

Als Inés sich Richtung Toilette entschuldigte und Franz und seine Frau den Russen in eine Unterhaltung über die nobelsten Wiener Tennisclubs verwickelten, nutzte Ferdinand die Gelegenheit und beugte sich zu Natascha.

»Du siehst absolut hinreißend aus«, raunte er ihr zu.

Natascha errötete leicht. »Danke. Du siehst auch gut aus. Der Frack steht dir ausgezeichnet.«

»Was willst du mit diesem Kerl?«, wisperte Ferdinand beiläufig, doch der Tonfall verriet sein Missfallen.

Natascha hob eine perfekt gezupfte Braue. »Ist da etwa jemand eifersüchtig?«

»Sollte ich?«

Sie lachte leise, dann wurde sie wieder ernst. »Mach dir keine Gedanken wegen Wladimir. Aber wenn du mich schon nicht zu gesellschaftlichen Anlässen begleiten kannst, muss ich mir eben Ersatz suchen.«

Ferdinand knirschte mit den Zähnen. Natascha lächelte breit, ihre Grübchen traten hervor – die Grübchen, die er so liebte. Am liebsten hätte er sie in den Arm genommen.

»Wladimir schien recht angetan von dir zu sein«, sagte Natascha leichthin. »Wäre doch schön, wenn sich da was für *Lauderthal Immobilien* arrangieren ließe.«

»Danke. Das können wir im Moment gut gebrauchen. Du bist meine Heldin.« Er lehnte sich leicht zu ihr, seine Stimme wurde sanfter. »Und damit du es weißt: Das ist das letzte Mal, dass ich ohne dich auf einen Ball gehe.« Seine Fingerspitzen strichen sanft über ihre Schulter.

»Genau das will ich hören«, flüsterte Natascha und ihre Augen leuchteten auf.

Ferdinands Blick glitt an ihrem Rücken entlang – und blieb an einem Augenpaar hängen, das zielstrebig auf sie zukam. Inés. Hastig rückte er ein Stück von Natascha ab und zog seine Hand zurück.

»Willst du tanzen?«, fragte er, als Inés das Grüppchen erreicht hatte.

»Liebend gerne«, erwiderte seine Frau, sichtlich überrascht.

Ferdinand zwinkerte Natascha zu, verabschiedete sich höflich von Wladimir und den anderen und machte sich mit Inés an seiner Seite auf den Weg in den Ballsaal. Von dort drang bereits die Musik der Mitternachtsquadrille herüber.

Seine Laune hatte sich deutlich gebessert. Die Bekanntschaft mit Herrn Iwanow gab Anlass zur Hoffnung.

Vielleicht, dachte Ferdinand insgeheim, würden sich doch noch all seine Probleme in Wohlgefallen auflösen.

EMMA

Frustriert starrte Emma auf das aufgeschlagene Buch vor ihr. Seit ihre Kurse letzte Woche wieder begonnen hatten, fühlte sie sich von der schier endlosen Stoffmenge förmlich erdrückt. Die zweite Klausurrunde rückte näher, und zusätzlich steckte sie mitten in den Vorbereitungen für ihre erste große Modulprüfung, die Ende Januar anstand. Ihr Kopf schwirrte – sie wusste nicht, womit sie anfangen sollte. Trotzdem war sie glücklicher und ausgeglichener als je zuvor. Seit Weihnachten hatte sie jede freie Minute mit Alex verbracht, und die Tage waren wie im Flug vergangen, voller Schmetterlinge im Bauch und berauschender Gefühle.

Missmutig wandte Emma sich wieder dem Lernstoff zu. So schön die Zeit mit Alex auch gewesen war, sie hatte ihre Prüfungsvorbereitungen sträflich vernachlässigt.

Gerade hatte sie sich in eine besonders knifflige Aufgabe vertieft, als ihr Handy auf der Tischplatte vibrierte. Eigentlich konnte sie gerade keine Ablenkung gebrauchen, aber als sie Fionas Namen auf dem Screen erkannte, nahm sie doch ab.

»Hi, Fi! Schön, von dir zu hören. Wie läuft's?«

»Hervorragend!«, sprudelte die aufgeregte Stimme ihrer Freundin aus dem Hörer. »Stell dir vor, ich bin befördert worden! Ich bin jetzt ganz offiziell die rechte Hand meiner Tante. Irgendwas muss ich wohl richtig gemacht haben!« Fiona plapperte begeistert weiter. »Und rate mal, wem ich als Erstes davon erzählen wollte: Meiner allerbesten Freundin, die leider viel zu weit weg ist und mit der ich in diesem Moment am liebsten feiern gehen würde! Und was treibst du so? Gibt's was Neues?«

Emma seufzte.»Ich lerne wie verrückt. Erinnerst du dich, wie wir dachten, der Stoff fürs Abitur wäre kaum zu schaffen? Das war nichts im Vergleich zu dem, was ich hier vor mir habe. Hunderte Seiten! Ekelhaft.« Sie grinste und fügte hinzu:»Aber irgendwie auch spannend.«

»Ich hab mich immer noch nicht daran gewöhnt, dass du jetzt die brave Studentin spielst. Wenn du mir das vor einem Jahr gesagt hättest, hätte ich dich glatt ausgelacht.«

»Ja, stimmt. Aber es gibt da noch was, das ich dir erzählen wollte. Stell dir vor, ich habe was mit Alex angefangen.«

»Dem süßen Kerl mit den blauen Augen von *Laudert-hal Immobilien*?«

»Genau der!«

»Ich fasse es nicht. *Du* hast einen Freund?«

Emma wand sich.»Naja, wir sind noch nicht offiziell zusammen. Wir treffen uns erst seit Weihnachten. Aber ich glaube, es könnte was Ernstes werden.« Sie brach ab und spürte, wie ihr das Blut ins Gesicht schoss. Zum Glück konnte Fiona das durchs Telefon nicht sehen.

»Okay, wer bist du und was hast du mit meiner unnahbaren besten Freundin gemacht?«

Emma kicherte.»Ich weiß. Aber ich mag ihn wirklich.«

»Nochmal von vorne. Mein Letztstand war, dass er sich nach eurer zufälligen Begegnung nicht mehr gemeldet hat. Ich will alles hören, und lass bloß keine Details aus!«

Emma erzählte Fiona ausführlich von den letzten Wochen. Als sie fertig war, pfiff Fiona anerkennend durch die Zähne.»So hab ich dich ja noch nie erlebt, Em. Du hörst dich wirklich glücklich an. Ich freue mich so für dich.«

»Danke.«

»Habt ihr schon miteinander geschlafen?«

»Fi!«

»Na komm, ich bin deine beste Freundin. Jetzt sag schon – habt ihr oder habt ihr nicht?«

»Wir wollen es langsam angehen«, antwortete Emma zögerlich. »Aber ehrlich gesagt, bin ich ziemlich nervös deswegen.«

»Mach dir keinen Kopf, Süße. Du magst ihn und er mag dich. Aber wehe, du rufst mich hinterher nicht sofort an und erzählst mir alles!«

»Versprochen.«

»Das will ich dir auch raten. Und wie sieht's mit der Prinzessin aus? Treibst du sie schon in den Wahnsinn?«

»Ich arbeite daran. Ich habe den ultimativen, superfiesen Plan ausgeheckt.«

»Und der wäre?«

»Ich habe dir doch erzählt, dass Céline beim Schummeln erwischt wurde. Nach der Klausurrückgabe hat Herr Kerchner sie für ein Gespräch unter vier Augen dabehalten und ihr erklärt, dass ihre Klausur nicht gewertet wird. Eigentlich wollten wir uns danach in der Mensa treffen, aber ich habe noch kurz vor dem Seminarraum gewartet und ihr Gespräch belauscht. Céline war völlig fertig, sie hat geweint. Anscheinend tat sie dem Professor leid, denn er hat sie getröstet. Im Grunde völlig harmlos. Aber ich habe die Gelegenheit genutzt und ein Foto von ihnen gemacht. Aus meinem Blickwinkel sah es so aus, als würden sie sich küssen. Und dieses Bild steckt jetzt in einem Umschlag, adressiert an die Studienleitung. Das war's dann für sie – die werfen sie raus, wenn sie das sehen.«

Atemlos wartete Emma auf Fionas Reaktion.

»Sag schon, was denkst du?«, drängte Emma.

»Versteh mich nicht falsch, aber – findest du nicht, dass das ein bisschen zu weit geht?«

»Wieso das denn?«, fragte Emma ungehalten. Sie hatte erwartet, dass Fiona ihr zu ihrem Einfallsreichtum gratulieren würde.

»Denk mal über die Konsequenzen nach. Was du da vorhast, betrifft nicht nur deine Halbschwester, sondern auch euren Professor, oder? Er bekommt garantiert Ärger, obwohl er sich nichts hat zuschulden kommen lassen. Ich verstehe, dass du Céline eins auswischen willst, aber dieser Herr Kerchner hat dir nichts getan. Und ein Verweis von der Uni? Das ist mehr als nur ein Streich, damit zerstörst du ihre Zukunft. Willst du das wirklich? Du weißt, ich stehe hinter dir, egal was du tust. Aber du wolltest doch eigentlich keinen ernsthaften Schaden anrichten.«

Emma schwieg. Sie fingerte gedankenverloren an einer Ecke des Briefumschlags. Auch wenn sie es nicht zugeben wollte, Fionas Einwände hatten einen wahren Kern.

»Bitte, überleg dir das nochmal, okay?«

Widerwillig nickte Emma. »Na gut. Ich denke darüber nach.«

»Mehr will ich ja gar nicht. Du bist glücklich in Wien, du hast einen tollen neuen Freund, und das Studium macht dir Spaß. Meinst du nicht, es ist an der Zeit, deine Rachepläne ruhen zu lassen? Oder sie zumindest auf deinen ekelhaften Vater zu beschränken?«

Nachdem sie noch einige Belanglosigkeiten ausgetauscht hatten, beendeten sie das Gespräch. Emma wandte sich wieder ihrem Lernstoff zu, aber es fiel ihr schwer, sich zu konzentrieren. Ihre Gedanken schweiften immer wieder ab. Fionas Worte hatten sie zum Nachdenken gebracht. Hatte ihre Freundin recht? Hatte sie die Grenze des moralisch Vertretbaren überschritten? War sie so tief in ihren Rachepläne verstrickt, dass sie nicht mehr zwischen richtig und falsch unterscheiden konnte?

Entschlossen schob sie den Brief zur Seite. Für den Moment hatten die Prüfungen Vorrang. Alles andere konnte warten.

EMMA

Keuchend stapfte Emma den inzwischen vertrauten Weg von der Straßenbahnstation zum Haus der Lauderthals hinauf. In den letzten Tagen hatte es unaufhörlich geschneit, und die Straße war von Glatteis überzogen. Die Reisetasche, in der sie alles Nötige verstaut hatte, drückte schwer auf ihre Schulter, und sie musste aufpassen, nicht auf dem glatten Untergrund auszurutschen.

Nach einem fünfzehnminütigen Fußmarsch tauchte das Anwesen endlich aus der Dunkelheit vor ihr auf. Emma sah sich um. Wie erwartet, waren die Straßen um kurz nach Mitternacht menschenleer. Konzentriert tippte sie die Nummernkombination in das Feld neben dem Eingang, und das Eisentor glitt lautlos auf. Céline hatte ihr den Code verraten, als sie sich einmal bei ihr zum Lernen getroffen hatten.

Flink schlüpfte Emma durch das Tor und machte sich an den Aufstieg zur Villa. In der Einfahrt stand nur ein einziges Fahrzeug: Célines Wagen. Emma wusste, dass die restliche Familie bereits am Vorabend in den Skiurlaub aufgebrochen war.

Vorsichtig stellte sie die Tasche auf dem Boden ab und zog den Reißverschluss auf. Mehrere bis zum Rand gefüllte Wasserkanister lugten daraus hervor. Sie versicherte sich noch einmal, dass sie wirklich alleine war. Aber sie hätte sich keine Sorgen machen müssen – die Fenster starrten wie schwarze Augen auf sie herab, niemand war zu sehen.

Emma zog ihre Handschuhe über, schraubte den ersten Kanister auf und ließ das Wasser gleichmäßig über die Motorhaube von Célines Audi fließen. Behutsam arbeitete

190

sie sich durch die restlichen Behälter, bis das Auto von einer dünnen, glänzenden Wasserschicht überzogen war. Als letztes gönnte sie den Türrahmen eine extra Portion, sorgsam darauf bedacht, jede Stelle zu erwischen.

Zufrieden rieb sie sich die Hände. Ihre Arbeit war getan. So lautlos, wie sie gekommen war, verließ sie das Grundstück und machte sich auf den Weg nach Hause. Der frische Schnee dämpfte ihre Schritte, und die Villa blieb still und dunkel hinter ihr zurück.

CÉLINE

Céline erwachte am nächsten Morgen noch vor dem ersten Weckerklingeln. Obwohl sie früh ins Bett gegangen war, fühlte sie sich wie gerädert. Sie hatte schlecht geschlafen, zwei Mal war sie schweißgebadet aufgewacht, fest davon überzeugt, verschlafen zu haben. Ein Blick aus dem Fenster zeigte ihr, dass es schon wieder schneite. Dicke Flocken fielen vom Himmel, kaum zu unterscheiden von der dichten, weißen Wolkendecke. Sie stand rasch auf, zog sich an und tappte in die Küche.

Ein Kaffee brachte ihre Lebensgeister zurück, und während sie frühstückte, ging sie noch einmal ihre Notizen durch. Die Lernerei der letzten Wochen war die Hölle gewesen; der Stoff wollte einfach nicht in ihren Kopf. Was hätte sie jetzt für zwei zusätzliche Tage Vorbereitungszeit gegeben!

Sie vertiefte sich ins Skriptum, und als sie das nächste Mal auf die Uhr sah, stockte ihr der Atem: Viertel nach sieben, nur noch eine Stunde bis zur Prüfung! In Panik sprang sie auf, schlüpfte hastig in Stiefel und Jacke, schnappte sich die Autoschlüssel und trat hinaus ins Schneegestöber.

Eine Windböe erfasste sie, kaum dass sie das Haus verlassen hatte, beinahe hätte sie das Gleichgewicht verloren. Ihr Wagen war unter einer dicken Schneeschicht begraben. Fluchend rannte sie ins Haus zurück, holte einen Besen und begann, Windschutzscheibe und Türen von der weißen Pracht zu befreien. Anschließend drückte sie die Fernsteuerung des Audis, der ihr mit einem kurzen Aufleuchten der Warnlichter antwortete.

192

Céline stapfte zur Fahrerseite und zog am Türgriff. Nichts passierte. Stirnrunzelnd riss sie erneut daran, doch wieder nichts. So ein Mist. Ausgerechnet heute!

Nach mehreren erfolglosen Versuchen trat sie einen Schritt zurück und musterte den Wagen misstrauisch. Der Audi hatte sie noch nie im Stich gelassen – und jetzt, wo sie keine Zeit für Verzögerungen hatte, versagte er plötzlich? Ungläubig trat sie näher und beäugte das Auto. Da fiel es ihr auf: Eine dünne, fast unsichtbare Eisschicht überzog das gesamte Fahrzeug wie ein Film.

Panik stieg in ihr auf. Wie sollte sie ohne ihr Auto rechtzeitig zur Prüfung kommen? Sie hätte sich ohrfeigen können. Warum war sie nicht früher losgegangen? Konnte sie nicht einmal in ihrem Leben pünktlich irgendwo auftauchen? Die öffentlichen Verkehrsmittel würden über eine halbe Stunde brauchen – so viel Zeit hatte sie nicht mehr. Ein Taxi war ihre letzte Hoffnung.

Mit zitternden Fingern zog sie ihr Handy aus der Tasche und wählte die Nummer eines Taxiunternehmens.

»Ein Taxi in den Oberen Schreiberweg 112a, 1190 Wien, bitte.«

Die Dame an der Vermittlung bestätigte den Auftrag und erklärte ihr, das Fahrzeug würde in etwa zehn Minuten eintreffen.

»Zehn Minuten?«, keuchte Céline. »Geht das nicht schneller? Es ist wirklich dringend!«

»Tut mir leid. Der Fahrer ist unterwegs, aber bei dem Wetter kann es etwas dauern.«

Céline legte auf. Ihre Gedanken rasten. Je mehr Zeit verstrich, desto länger würde die Fahrt dauern. Der Frühverkehr in Wien war schon schlimm genug, und bei Schnee erst recht unberechenbar.

Zitternd schlang sie die Arme um ihren Körper. Ihr war bitterkalt.

Zwölf Minuten später rollte das Taxi endlich heran. Céline eilte darauf zu und rutschte auf die Rückbank. »Bitte, geben Sie Gas«, flehte sie den Fahrer an. Die Fahrt zur Uni dauerte endlos. Célines Augen waren starr auf die Uhr am Armaturenbrett gerichtet, als könnte sie den Lauf der Zeit dadurch verlangsamen. Doch die Minuten verstrichen unerbittlich. Als sie das Juridicum endlich erreicht hatte, war es bereits halb neun – die Prüfung hatte vor über fünfzehn Minuten begonnen.

So schnell ihre Beine sie trugen, rannte sie in den ersten Stock und stürzte atemlos in den Lesesaal, in dem das Examen stattfand. Einige Studenten sahen erschrocken auf, aber die meisten waren bereits tief in ihre Arbeiten vertieft.

Keuchend ließ sie sich auf den nächstbesten freien Stuhl fallen und winkte den Tutor herbei, der die Aufsicht führte.

»Sie sind zu spät«, stellte er überflüssigerweise fest.

»Was Sie nicht sagen«, brummte Céline genervt. »Ich darf doch trotzdem noch mitschreiben, oder?«

Ohne ein Wort reichte er ihr den Prüfungsbogen. »Ich kann Ihnen aber keine Extra-Zeit geben«, sagte er und warf einen mitleidigen Blick auf seine Armbanduhr. »Sie haben noch zwei Stunden und fünfzehn Minuten.«

Céline nickte nur und begann zu schreiben, als ginge es um ihr Leben. Doch egal, wie sehr sie sich anstrengte, die Zeit rann ihr durch die Finger. Als die Aufforderung kam, ihre Arbeiten abzugeben, fehlte ihr noch fast die Hälfte eines der drei Prüfungsgebiete. Die dreißigminütige Verspätung würde sie teuer zu stehen kommen.

Hektisch schrieb sie weiter, ihre Hände brannten von der ungewohnten Anstrengung. Schließlich trat der Aufseher neben sie und sagte streng. »Die Zeit ist um, Sie müssen jetzt wirklich abgeben.«

194

Mit einem letzten verzweifelten Kratzen ihres Stifts versuchte Céline, noch einen Satz zu Ende zu bringen, aber der Prüfungsbogen wurde ihr beinahe gewaltsam aus der Hand gerissen.

Unendlich erschöpft und deprimiert packte Céline ihre Sachen zusammen. Wie in Trance folgte sie ihren Kollegen in die vollbesetzte Mensa.

»Céline!«, rief Emma von einem der Tische und winkte sie heran. Immer noch völlig paralysiert ließ Céline sich auf den Stuhl neben ihr sinken.

»Wie ist es gelaufen? Den Rechtsphilosophieteil fand ich schwer, aber der Rest war ganz in Ordnung«, meinte Emma, während sie einen Bissen von ihrem Sandwich nahm. »Und bei dir?«

Langsam wich die Anspannung, doch an ihrer Stelle breitete sich tiefe Verzweiflung in ihr aus. *Nicht schon wieder*, dachte Céline und spürte, wie die Tränen in ihre Augen stiegen. Sie versuchte, sie zurückzuhalten, doch es war zu spät.

»Ich bin nicht fertig geworden«, brachte sie schluchzend hervor.

Emma legte ihr beruhigend eine Hand auf den Arm. »Mach dir keinen Kopf. Ich habe auch nicht alle Fälle vollständig lösen können. Aber es wird gereicht haben, du wirst sehen.«

Die Tränen flossen nun immer schneller, ihre Schultern bebten unter heftigen Weinkrämpfen. »Nein, du verstehst nicht«, stieß sie hervor. »Mir fehlt fast die Hälfte des Zivilrechtsteils. Ich war zu spät!«

Emma runzelte die Stirn. »Was soll das heißen, du warst zu spät?«

»Mein Auto«, schluchzte Céline. »Es ist über Nacht komplett zugefroren. Ich habe es einfach nicht aufbekommen. Und bis das Taxi da war, hatte ich schon zu viel Zeit

195

verloren. Ich dämliche Kuh, warum bin ich bloß nicht früher losgefahren?«

Die Tränen flossen in Strömen und sie konnte förmlich spüren, wie die Wimperntusche in gräulichen Schlieren über ihre Wangen lief. Aber ausnahmsweise war es ihr egal, wie sie aussah. Sie hatte es vermasselt. Die wichtigste Prüfung des Semesters – und sie hatte versagt.

Emma strich ihr tröstend über den Rücken. »Das wird schon. Jetzt warte doch erst mal ab.«

»Nein.« Céline schüttelte den Kopf. »Es kann nicht gereicht haben. Du weißt doch, dass wir in jedem Teilgebiet positiv sein müssen, um zu bestehen. Und Zivilrecht habe ich sicher nicht geschafft. Ich bin durchgefallen. Ich weiß es.«

Emma wich ihrem Blick aus. Es schien ihr unangenehm zu sein, dass Céline in der Öffentlichkeit so weinte. Entschlossen wischte sie sich die Tränen aus dem Gesicht.

»Tut mir leid, dass ich schon wieder heule«, krächzte sie.

»Das braucht dir nicht leidzutun. Du hattest wirklich immenses Pech!«

»Kann ich heute Abend bei dir vorbeikommen?«, brach es plötzlich aus ihr hervor.

Emma sah sie überrascht an. »Ja, natürlich, wenn du das willst.«

»Danke«, schniefte Céline. »Ich möchte heute einfach nicht alleine sein. Meine Familie ist verreist, und Marc hat morgen eine Prüfung. Ich könnte es nicht ertragen, allein zu Hause zu sitzen und Trübsal zu blasen.«

»Du bist natürlich immer willkommen bei mir«, sagte Emma sanft. »Wir bestellen Pizza und machen uns einen gemütlichen Abend. Meine Mitbewohnerin ist zu ihren Eltern gefahren, wir haben die Wohnung also für uns.« Sie kaute kurz nervös an ihren Fingernägeln. »Aber erwarte dir nicht zu viel, meine Wohnung ist nicht so ein Palast wie euer Haus.«

»Das ist doch völlig egal. Danke, Emma! Ich weiß nicht, was ich ohne dich tun würde«, murmelte Céline erleichtert und umarmte ihre Freundin fest.

Wenn ich schon zu blöd für die Uni bin, habe ich wenigstens gute Freundinnen, dachte sie mit einem Anflug von Erleichterung.

EMMA

Emma flitzte nach Hause. Wenn Céline sie tatsächlich besuchen wollte, musste sie dringend etwas Ordnung schaffen. Sie wollte nicht riskieren, dass ihre Freundin bei der Besichtigung ihrer Wohnung in Ohnmacht fiel. Die Wohnung sah aus wie ein Schlachtfeld. Überall lagen leere Flaschen und Pizzakartons, auf allen Ablagen stapelten sich Skripte, und im Badezimmer türmte sich die schmutzige Wäsche. Ein erschreckendes Zeugnis der lernintensiven letzten Wochen.

Gerade hatte Emma den letzten Pappkarton in einen Müllsack gestopft, da klingelte es auch schon an der Tür. Sie drückte hastig den Türöffner und warf noch einen gehetzten Blick durch den kleinen Raum. Diverse Lernutensilien waren immer noch verstreut, aber dafür war jetzt keine Zeit mehr.

»Hi, du«, begrüßte sie Céline mit sanfter Stimme. »Komm rein! Du kannst die Schuhe anbehalten, wenn du willst.«

Mit einer verlegenen Handbewegung deutete sie auf die Wohnküche. »Voilà, das ist mein kleines Reich. Immerhin sind wir allein, Elisabeth ist nicht da.«

»Schön hast du es hier«, meinte Céline höflich, aber ihre Augen verrieten etwas anderes. Emma konnte das Entsetzen deutlich darin lesen.

»Möchtest du ein Bier? Oder lieber Weißwein?«

»Hast du Gin?« Céline klang entschlossen.

Emma hob überrascht eine Augenbraue. »Du willst jetzt einen Gin Tonic? Es ist noch nicht mal sechs Uhr!«

Céline winkte ab. »Mir egal. Ich brauche etwas Hochprozentiges.« Mit einem kritischen Blick auf die fleckige

Couch setzte sie sich, das Gesicht zu einer leichten Grimasse verzogen.

Emma inspizierte den Kühlschrank. Abgesehen von ein paar Bierflaschen und einer halbvollen Weinflasche herrschte gähnende Leere. Schließlich zog sie eine Flasche Wodka aus dem Tiefkühlfach hervor. »Ist Wodka auch okay? Ich hab noch irgendwo Orangensaft. Ich mache uns einen Wodka-Orange.«

Ein paar Minuten später stellte sie zwei randvolle Gläser des Mischgetränks auf den Couchtisch und ließ sich neben Céline auf das Sofa sinken.

»Cheers«, prostete sie ihr zu.

Céline griff nach dem Glas, als wäre sie kurz vor dem Verdursten, und nahm mehrere große Schlucke. »Genau das, was ich jetzt brauche. Danke, Emma.« Sie stellte das Glas vorsichtig zwischen die verstreuten Unterlagen auf dem Tisch.

»Wie geht es dir?«, fragte Emma behutsam. »Hast du den Schock schon einigermaßen überwunden?«

»Wie es mir geht?«, wiederholte Céline und stieß ein trockenes Lachen aus. »Ich habe gerade die erste wirklich wichtige Prüfung meines Lebens versemmelt. Mein Vater wird mich umbringen.«

»Ach, warte doch ab. Vielleicht war es gar nicht so schlimm. Und selbst wenn – wie hat er eigentlich damals auf die verpatzte Klausur reagiert? Hast du überhaupt mit ihm darüber gesprochen?«

Céline schnaubte. »Das ließ sich leider nicht vermeiden. So wenig sich mein Vater sonst für uns interessiert, wenn es um unsere Studienergebnisse geht, fragt er immer nach. Braucht wahrscheinlich etwas, womit er vor seinen Freunden angeben kann.« Sie lachte bitter. »Für ihn sind wir doch nur Trophäen. Solange wir funktionieren, ist alles wunderbar. Mehr interessiert ihn nicht.«

»Was hat er denn gesagt?«

»Was wohl? Er war enttäuscht. Meinte nur, er hätte mehr von mir erwartet. Schließlich ermöglichen mir meine Eltern alles, und meine einzige Aufgabe sei das Studium, bla bla bla.« Sie schluckte schwer. »Und er hat recht – ich bin eine miese Tochter und eine noch miesere Studentin.«

»Das stimmt doch überhaupt nicht«, widersprach Emma.

Céline ging nicht darauf ein. »Weißt du, ich wünschte, mein Vater wäre nur einmal stolz auf mich. Gott weiß, wie sehr ich mich bemühe, seinen hohen Ansprüchen gerecht zu werden. Aber alles, was er sieht, sind meine Fehltritte. Was würde ich dafür geben, dass er sich einmal wie ein richtiger Vater verhält. Dass er mir sagt, dass er mich liebhat. So wie ich bin, ohne seine Liebe an irgendwelche Leistungen zu knüpfen.«

Emma schwieg. Célines Gefühlsausbruch erschütterte sie. Sie hatte immer gedacht, Ferdinand würde wenigstens seine ehelichen Kinder anständig und respektvoll behandeln. Offenbar hatte sie sich geirrt.

»Wenigstens hast du jemanden, den du enttäuschen kannst«, sagte Emma leise. »Jemanden, der sich überhaupt für deine Leistungen interessiert. Ich bin sicher, er will nur das Beste für dich.«

Céline blickte Emma traurig über den Rand ihres Glases an. »Tut mir leid. Ich vergesse immer, dass du es noch viel schwerer hast als ich.«

»Du brauchst dich nicht zu entschuldigen, es ist schon in Ordnung.«

»Nein, ist es nicht!«, rief Céline plötzlich lauter als nötig. »Ich egoistische Kuh denke immer nur an mich und meine Probleme. Bitte verzeih.«

»Alles gut, wirklich«, sagte Emma beschwichtigend und hob die Hände. Dann nahm sie einen großen Schluck aus ihrem Glas. Das schlechte Gewissen rumorte in ihr. *Was habe ich nur getan?*

Plötzlich griff Céline nach einem Briefkuvert, das auf dem chaotischen Stapel lag, und zog es hervor. »Was ist das? Was willst du denn von der Studienleitung?« Emma stockte der Atem. Panisch entriss sie ihr den Brief. »Ich bewerbe mich als Studienassistentin«, improvisierte sie schnell. »Am Institut für Römisches Recht ist eine Stelle frei.«

»Gute Idee.« Céline sah auf den Abdruck, den ihr Glas auf dem Umschlag hinterlassen hatte. »Aber jetzt brauchst du ein neues Kuvert. So sieht das schlampig aus.«

»Ich kümmere mich die nächsten Tage darum«, erwiderte Emma hastig. Sie stand auf, eilte mit dem Brief aus dem Zimmer und deponierte ihn außerhalb von Célines Sichtweite auf dem Beistelltisch im Flur. Mit klopfendem Herzen ließ sie sich wieder auf die Couch sinken und nahm zur Beruhigung einen großen Schluck aus ihrem Glas. »Damit ich ihn morgen nicht vergesse«, erklärte sie und versuchte, ihre Stimme ruhig zu halten.

Céline nickte, schien mit ihren Gedanken aber schon ganz woanders zu sein. Emma atmete erleichtert auf. Das war knapp gewesen. Nicht auszudenken, was passiert wäre, wenn Céline den Brief geöffnet und das Foto von ihr mit dem Professor entdeckt hätte! Eigentlich hatte Emma längst beschlossen, Fionas Rat zu folgen und den Brief wegzuwerfen, doch im Lernstress war es ihr völlig entfallen.

Als sie bemerkte, dass Célines Glas leer war, stand sie auf und ging in die Küche, um Nachschub zu holen. Der Alkohol zeigte bereits seine Wirkung – eine wohlige Wärme breitete sich in ihrem Körper aus, und die Anspannung der letzten Stunden fiel allmählich von ihr ab.

»Soll ich uns Pizza bestellen? Ich sterbe vor Hunger.«

Céline nickte. »Gute Idee. Wir sollten dringend etwas essen. Für mich bitte Salami mit Mais.«

Emma nahm ihr Handy, öffnete die App des Lieferservices und gab die Bestellung auf.

Schweigend saßen sie nebeneinander, jede in ihren eigenen Gedanken versunken. Widerwillig gestand sich Emma ein, wie angenehm sie Célines Gesellschaft fand. Alex hatte ein Geschäftsessen, und auch sie hätte den Abend ungern allein verbracht.

Keine zwanzig Minuten später klingelte es an der Tür.

»Das muss die Pizza sein«, sagte Emma und erhob sich. Auch Céline stand auf.

Emma deutete auf eine Tür am anderen Ende des Wohnzimmers. »Fühl dich wie zu Hause.«

Während Céline ins Bad verschwand, lief Emma zur Eingangstür. Mit der Geldbörse in der Hand riss sie die Tür auf – und erstarrte.

Denn der Mann, der vor ihr stand, war nicht der Pizzabote.

FERDINAND

Ferdinand hob beim ersten Klingeln ab. »Lauderthal?«, bellte er in den Hörer.

»Guten Tag, Herr Lauderthal, Rohrfeld hier. Ich rufe an, um Ihnen ein Update zu den Nachforschungen zu geben, die Sie beauftragt haben. Haben Sie kurz Zeit?«

»Was haben Sie herausgefunden?«, fragte Ferdinand ohne Umschweife.

»Meinen Recherchen zufolge steckt mit hoher Wahrscheinlichkeit keine Ihrer ehemaligen Angestellten hinter den Anschlägen auf Ihr Unternehmen.«

»Tatsächlich? Sind Sie sicher?«

»Die Überwachungsbänder der Tiefgarage zeigen, dass es sich bei der Person, die die Reifen Ihres Wagens aufgestochen hat, um eine Frau handelt. Leider war ihr Gesicht nicht zu erkennen, da sie mit dem Rücken zur Kamera stand. Wir wissen lediglich, dass sie mittelgroß und schlank ist. Fällt Ihnen dazu jemand ein?«

»Könnte es noch ungenauer sein?«, entgegnete Ferdinand ungeduldig. »Diese Beschreibung passt auf die Hälfte der Frauen in der Stadt. Und warum schließen Sie Frau Ludwig oder Frau Strunz aus?«

»Ich habe den Aufenthaltsort beider ermittelt. Frau Strunz ist seit drei Monaten auf Weltreise, wie ihre Vermieterin bestätigt hat. Ich denke, sie können wir von der Liste der Verdächtigen streichen. Es wäre sehr unwahrscheinlich, dass sie jemanden beauftragt hat, Ihren Wagen zu beschädigen. Frau Ludwig hat vor einigen Wochen eine Stelle als Sekretärin in einer Unternehmensberatung angenommen und war zur Tatzeit noch im Büro. Ihre Vorgesetzten bestätigen das.«

»Und wer könnte es dann gewesen sein?«, fauchte Ferdinand.

»Das ist die Frage«, sagte Rohrfeld ruhig. »Deshalb rufe ich an. Gibt es außer Ihren ehemaligen Mitarbeiterinnen noch jemanden, der Ihnen oder Ihrem Unternehmen schaden wollen könnte? Vielleicht ein Streit mit Ihrer Frau? Eine heimliche Geliebte? Eine verärgerte Geschäftspartnerin oder Konkurrentin?«

Ferdinand fuhr sich frustriert mit beiden Händen durchs Haar. »Nicht, dass ich wüsste. Was ist mit Herrn Krall? Haben Sie da etwas herausgefunden?«

»Bislang keine Verbindung, aber ich werde weiter graben. Mit Verlaub, Herr Lauderthal – es scheint unwahrscheinlich, dass er dahintersteckt. Die aufgestochenen Reifen wirken wie ein impulsiver Racheakt, typisch für eine verletzte Frau. Ein Klassiker. Die Notverkaufsanzeige dagegen ist eine viel raffiniertere Aktion. Eine klare Strategie, das Vertrauen Ihrer Mitarbeiter und Geschäftspartner zu erschüttern. Ich sehe keinen Vorteil für Herrn Krall. Möglicherweise gibt es auch gar keinen Zusammenhang zwischen den beiden Taten. Vielleicht ist es Zufall, dass sie zeitlich zusammenfallen.«

»Mag sein«, knurrte Ferdinand. »Aber Mutmaßungen bringen uns nicht weiter. Ich habe Ihnen alles gesagt, was ich weiß. Ihre Aufgabe ist es, den Verantwortlichen zu finden. Dafür werden Sie bezahlt. Also verschwenden Sie nicht meine Zeit.«

Ohne dem Ermittler die Gelegenheit zu geben, zu antworten, legte er auf.

EMMA

Mit einem Satz war der vermeintliche Pizzabote in der Wohnung. Vertraute Hände schlossen sich um Emmas Kehle und drückten zu. Sie rang verzweifelt nach Luft. Sie fühlte sich wie ein Ballon, aus dem alle Luft gepresst worden war.

»Mein Geld«, fauchte Onkel Phil. »Wo ist es?«

»Ich … hab es nicht mehr«, keuchte Emma, ihre Stimme kaum mehr als ein Flüstern.

»Was soll das heißen, du hast es nicht mehr?« Bei diesen Worten drückte Onkel Phil noch fester zu. Sein wutverzerrtes Gesicht begann vor Emmas Gesichtsfeld zu verschwimmen. »Was zum Teufel hast du damit gemacht?«

»Es … es ist für die Miete draufgegangen«, brachte sie hervor. Der Griff um ihren Hals war so fest, dass sie kaum noch atmen konnte. »Es tut mir leid. Ich kann es dir nicht mehr zurückgeben, selbst wenn ich wollte!«

Unvermittelt holte Onkel Phil aus und versetzte ihr eine schallende Ohrfeige. Ihr Kopf flog zur Seite, und ein stechender Schmerz durchfuhr ihre Wange. Sie spürte, wie ihre Lippe aufplatzte, der metallische Geschmack von Blut erfüllte ihren Mund.

»Wofür hältst du dich eigentlich, du dumme Schlampe? Hast du wirklich geglaubt, du könntest mich bestehlen und damit durchkommen?«

Er stieß ein finsteres Lachen aus. Spucke flog aus seinem Mund und sprenkelte ihre Wangen. Sein Gesicht war hochrot, und seine Augen funkelten vor Wut. »Hast wohl gedacht, ich finde dich nicht, hmm? Da hast du dich aber geirrt. Noch nie etwas von Laptop-Tracking gehört? Wer, glaubst du, hat Julians Laptop neu aufgesetzt, bevor du ihn bekommen hast? Ich wusste die ganze Zeit, wo du warst!« Wieder hob er die Faust. In panischer Angst wich Emma zur Seite aus, doch ihr Rücken prallte gegen die Türklinke. Panik wallte in ihr auf. Sie saß in der Falle. Onkel Phil stieß einen Wutschrei aus. In einer blitzschnellen Bewegung packte er Emma im Nacken und trat ihr mit dem Fuß die Beine weg. Sie taumelte nach vorne, krachte mit einem dumpfen Aufprall auf die Knie. Ein stechender Schmerz durchzuckte ihre Kniescheibe. Ohne zu zögern drückte er sie mit roher Gewalt auf die schmutzigen Bodendielen.

Übelkeit kroch in ihr hoch, die Angst schnürte ihr die Kehle zu. *Verdammt. Jetzt ist alles aus.*

»Bitte nicht«, wimmerte sie, während sie verzweifelt versuchte, ihn abzuwehren. »Ich beschaffe dir dein Geld, ich verspreche es, bitte, bitte ...«

Doch Onkel Phil lachte nur kalt und begann, wütend an ihrer Kleidung zu zerren. Staub stieg Emma in Mund und Nase, als er ihr Gesicht brutal auf den Laminatboden drückte.

Emma schloss die Augen. Das Versprechen, das sie sich selbst an ihrem letzten Abend bei den Schneiders gegeben hatte, kam ihr in den Sinn: *Niemals wieder.* Doch es schien, als hätte das Schicksal andere Pläne. Es war zu spät.

Denk an einen schöneren Ort, mahnte sie sich, während sie sich innerlich auf das Unvermeidliche vorbereitete. *Denk an Alex.*

In diesem Moment hörte sie einen dumpfen Schlag und einen Schmerzensschrei. Wie durch ein Wunder lockerte sich der Griff um ihren Nacken, und Onkel Phil ließ sie los.

»Was zum ...?«

Emma rollte sich auf den Rücken und blickte auf. Céline stand hinter Onkel Phil im Flur, eine Messinglampe vom Couchtisch in der Hand. Ihre Augen blitzten vor Wut. Onkel Phil wirkte ebenso überrascht. Fassungslos fuhr er sich über den Hinterkopf und starrte auf das Blut, das seine Handfläche bedeckte.

»Was ich hier zu suchen habe?« Onkel Phil rappelte sich hoch und machte einen unsicheren Schritt auf Céline zu. »Was fällt dir ein, du dumme Göre? Du hast mich angegriffen! Du hättest mich umbringen können, verdammt!«

Doch Céline wich keinen Millimeter zurück. Stattdessen hob sie erneut die Messinglampe, bereit zum Schlag. »Ich warne Sie«, knurrte sie mit eisiger Stimme. »Keinen Schritt näher.«

»Geh mir aus dem Weg, Mädchen«, zischte Phil. Er deutete auf Emma. »Emma ist meine Nichte – das hier ist eine Familienangelegenheit. Misch dich nicht in Dinge ein, von denen du nichts verstehst.«

»Eine Familienangelegenheit?«, höhnte Céline, ihre Stimme war voll unverhohlenem Zorn und Ekel.

Emma hielt den Atem an, während sie das stumme Duell zwischen den beiden beobachtete. Céline starrte Onkel Phil kalt an, und da war etwas in ihren Augen, das Emma noch nie zuvor gesehen hatte. Das naive, sanftmütige Mädchen, das sie kannte, war verschwunden. Stattdessen stand hier jemand, der vor Selbstbewusstsein und Autorität nur so strotzte. Die Ähnlichkeit zu ihrem Vater war plötzlich unübersehbar.

»Wagen Sie es nie wieder, Hand an meine Freundin zu legen, haben Sie verstanden?«

Onkel Phil grinste wölfisch. »Deine Freundin hier ist eine miese kleine Diebin. Sie hat mir zweitausend Euro gestohlen, wusstest du das? Nur deswegen bin ich hier.«

Céline zuckte nicht mit der Wimper. »Ich glaube Ihnen kein Wort. Und selbst wenn sie Ihnen eine Million gestohlen hätte, wäre mir das egal. Ich sage Ihnen eins: Ihre haltlosen Anschuldigungen werden Ihnen nichts nützen, wenn ich Sie wegen Körperverletzung und versuchter Vergewaltigung anzeige. Sie werden im Gefängnis landen – genau da, wo Sie hingehören.«

Onkel Phil öffnete den Mund, doch Céline ließ ihn nicht zu Wort kommen.

»Mein Vater hat einflussreiche Freunde. Einen Haufen Anwälte, die nur darauf warten, Ihr Leben zu zerstören. Anwälte, die Sie sich in Ihren kühnsten Träumen nicht leisten könnten. Wenn Sie Emma auch nur noch einmal auf einen Kilometer nahekommen, verklage ich Sie, bis Ihnen Hören und Sehen vergeht.« Sie machte einen Schritt auf ihn zu, die Lampe fest in der Hand. Obwohl er sie um mehr als einen Kopf überragte, wich er tatsächlich zurück.

»Na los, wird's bald?«

Emma konnte sehen, wie die Gedanken in Onkel Phils Kopf rasten. Dann ging ein Ruck durch seinen Körper und er schüttelte den Kopf. »Ach, fickt euch doch, beide!«

Mit einem letzten, verächtlichen Blick auf Céline drehte er sich um und verließ polternd die Wohnung.

Sobald die Tür hinter Onkel Phil ins Schloss gefallen war, ließ Céline die Lampe fallen und kniete sich neben Emma, die immer noch am ganzen Leib zitternd auf dem Boden kauerte. Céline schlang ihre Arme um sie und wiegte sie sanft wie ein Kind. Vor und zurück, immer wieder.

»Alles ist gut. Ich bin ja da«, flüsterte sie. »Alles wird gut.«

Emma brachte keinen Ton heraus. Tränen strömten ihr unaufhaltsam die Wangen hinab, sie fühlte sich, als würde sie nie wieder aufhören können zu weinen. Hemmungslos schluchzend klammerte sie sich an Céline. All die Gefühle, die Emma sonst so geschickt vor der Außenwelt verbarg, bahnten sich unaufhaltsam einen Weg durch ihre

Tränendrüsen: Schock und Verzweiflung, Erleichterung und Dankbarkeit.

Eine gefühlte Ewigkeit saßen sie so da, während Céline der schluchzenden Emma beruhigende Worte ins Ohr flüsterte. Erst das erneute Klingeln an der Wohnungstür riss Emma aus ihrer Schockstarre. Ein ängstliches Wimmern entfuhr ihr. »Onkel Phil?«

»Alles in Ordnung, Süße«, murmelte Céline sanft. »Das ist bestimmt nur die Pizza.«

Und natürlich hatte sie recht.

Kurz darauf hockte sie sich mit zwei Pizzakartons in den Händen wieder neben Emma, die immer noch wie betäubt auf dem Boden saß.

»Komm, lass uns ins Wohnzimmer gehen. Du musst etwas essen.«

Der verführerische Duft von Käse und Salami stieg Emma in die Nase, und plötzlich wurde ihr bewusst, wie hungrig sie war. Mühsam richtete sie sich auf und ließ sich von Céline zum Sofa führen.

»Danke, dass du mich gerettet hast«, brachte Emma schließlich hervor. »Wenn du nicht gewesen wärst …« Sie brach ab, unfähig, den Satz zu beenden.

»Das war doch selbstverständlich«, entgegnete Céline entschieden. Nach einer kurzen Pause fügte sie hinzu: »Möchtest du darüber reden? Über deine Familie, deinen Onkel?«

Emma senkte beschämt den Blick. Nein, das wollte sie nicht. Sie wollte nicht über ihre Vergangenheit sprechen, nicht über die Flucht aus Affing, nicht über ihre Adoptiveltern und ihren kleinen Bruder, den sie trotz allem vermisste. Und schon gar nicht über Onkel Phil. Nicht einmal Fiona kannte die ganze Geschichte.

Doch ihre Zunge gehorchte ihr nicht. Emma spürte, wie der Damm in ihrem Inneren brach.

Zuerst stockend, dann immer schneller sprudelten die Worte aus ihrem Mund. Sie erzählte Céline von ihrer Kindheit bei den Schneiders und von Julian, dessen Geburt alles verändert hatte. Von dem wachsenden Gefühl, nicht dazuzugehören, und der Kluft, die sich zwischen ihr und den Schneiders aufgetan hatte. Tränen überkamen sie, als sie von jenem schicksalhaften Maiabend vor fünf Jahren sprach und den immer häufigeren Übergriffen von Onkel Phil. Sie erzählte von dem Traum, den sie und Fiona geteilt hatten, nach dem Abitur nach Berlin zu ziehen, und von der herben Enttäuschung, als sich herausstellte, dass ihre Freundin andere Pläne hatte. Schließlich erzählte sie Céline sogar, wie sie von ihrer Adoption erfahren hatte. Nur den wahren Grund, warum sie sich für Wien entschieden hatte und wer ihre leiblichen Eltern waren, behielt sie für sich.

Je länger sie sprach, desto leichter fühlte sich Emma. Es war merkwürdig – all die Monate hatte sie sich dagegen gesträubt, sich Céline zu öffnen. Doch jetzt, da sie es endlich tat, spürte sie nur Erleichterung.

Céline hörte aufmerksam zu, ohne sie ein einziges Mal zu unterbrechen. Was Emma erzählte, stand vermutlich in krassem Gegensatz zu Célines eigener, heiler Welt, aber Céline ließ es sich nicht anmerken. Emma war ihr unendlich dankbar dafür.

Als sie schließlich geendet hatte, waren auch die Tränen versiegt. Erschöpft ließ Emma ihren Kopf gegen die Rückenlehne des Sofas sinken.

Eine Weile saßen sie schweigend da, ohne ein Wort zu sagen.

Meine Mutter ist krank«, sagte Céline plötzlich, ihre Stimme so leise, dass Emma zunächst dachte, sie hätte sich verhört. Irritiert hob sie den Kopf.

»Wie bitte? Wie meinst du das?«

Céline hielt den Blick gesenkt. Ihre Augen waren glasig, als würde sie jeden Moment in Tränen ausbrechen. »Es ist ihre Leber«, murmelte sie tonlos. »Mama leidet an einer Autoimmunhepatitis. Ihr Körper greift die eigenen Leberzellen an. Sie braucht dringend eine Organspende, sonst könnte sie ... sie könnte sterben.«

»Ich ... oh mein Gott«, stammelte Emma. Eine Welle des Mitgefühls und des schlechten Gewissens durchströmte sie. »Das tut mir so leid, Céline. Ich hatte ja keine Ahnung! Wie lange weißt du das schon?«

»Seit ein paar Monaten.«

»Und ... bist du sicher? Können die Ärzte denn wirklich gar nichts mehr tun?«

Céline zuckte mit den Schultern und schniefte leise. »Sie nimmt viele Medikamente. Aber sie erzählt uns nicht, wie es ihr wirklich geht. So ist meine Mutter eben. Aber allein die Tatsache, dass sie Camillo und mir überhaupt etwas gesagt hat, deutet darauf hin, dass es ernst ist. Und man muss sie nur ansehen, um zu wissen, wie schlimm es sein muss.«

Emma schluckte schwer. Das, was sie gerade gehört hatte, traf sie zutiefst. »Das tut mir so leid. Ich weiß gar nicht, was ich sagen soll.«

»Danke.« Célines Stimme war kaum mehr als ein Flüstern. »Ich mache mir wirklich Sorgen um sie. Ich weiß einfach nicht, wie ich ihr helfen kann.«

Ein bedrücktes Schweigen breitete sich zwischen ihnen aus.

»Das klingt vielleicht komisch, aber ich dachte immer, dein Leben wäre perfekt. Dass du alles hast und noch mehr«, brach es schließlich aus Emma hervor. »Manchmal war ich total eifersüchtig auf dich. Ich hatte ja keine Ahnung ...« Sie brach ab, ließ die Schultern sinken, als die Scham in ihr hochstieg. Wie hatte sie sich nur anmaßen können, über das Leben eines anderen zu urteilen?

»Tja, es ist nicht alles Gold, was glänzt, oder?« Céline lächelte bitter. »Und bis zu einem gewissen Grad hattest du ja auch recht. Im Vergleich zu deinem Leben wirkt meins vermutlich ziemlich unkompliziert. Aber seit ein paar Monaten ist alles anders. Alles, was ich für selbstverständlich gehalten habe, entgleitet mir. Und statt das zu erkennen, habe ich Partys gefeiert, so getan, als ob nichts wäre, anstatt mich um das Wesentliche zu kümmern.«

Emma sagte nichts, das Gefühl von Schuld und Reue drückte schwer auf ihr Herz.

»Camillo und ich lassen uns testen, um zu sehen, ob wir als Organspender für Mama in Frage kommen. Sie ist dagegen, aber ich kann einfach nicht länger zusehen, wie sie leidet.«

»Das ist sehr großzügig von dir.«

Céline schnaubte. »Es ist eigentlich nur logisch. Ich hätte das schon längst tun sollen, aber stattdessen habe ich meine Probleme verdrängt und gehofft, dass alles von alleine gut wird. Damit ist jetzt Schluss!«

Emma streckte die Hand aus und drückte sanft Célines Schulter. »Sei nicht so hart zu dir selbst. Du tust, was du kannst. Du kannst wirklich stolz auf dich sein.«

Céline hielt inne, bevor sie fortfuhr: »Und was dich betrifft – ich denke, es wäre das Beste, wenn du erst mal zu uns ziehst. Zumindest für ein paar Wochen, bis wir sicher sein können, dass dieser verfluchte Wichser nicht zurückkommt.«

Emma grinste leicht. »Ich wusste gar nicht, dass du so ein derbes Vokabular hast.«

»Manchmal muss man die Dinge eben beim Namen nennen.«

»Das ist wirklich lieb von dir, Céline. Ich weiß dein Angebot zu schätzen, mehr als du dir vorstellen kannst. Aber ich kann das nicht annehmen. Was sollen denn deine

Eltern sagen? Und außerdem kann ich gut auf mich selbst aufpassen.«

»Nein, im Ernst«, insistierte Céline. »Wir haben genug Platz. Und ich weiß, dass du stark bist. Niemand ist so stark wie du, und dafür bewundere ich dich. Aber Stärke bedeutet manchmal auch, sich einzugestehen, dass man Hilfe braucht. Und sie dann auch anzunehmen.«

»Von welchem Selbsthilferatgeber hast du das denn?«, feixte Emma, aber tief in ihr keimte eine leise Hoffnung auf. *Warum eigentlich nicht?*

»Herrgott, Emma! Ich weiß, wie stolz und stur du sein kannst, aber sieh dich doch mal um!« Célines Blick schweifte durch den Raum. »Ich wollte es nicht sagen, aber ehrlich – ist das dein Ernst? Nichts für ungut, aber diese Bude ist ein Drecksloch und liegt in einer elenden Gegend.« Sie schüttelte entschieden den Kopf. »Hier kannst du auf keinen Fall bleiben.«

In Emmas Kopf rumorte es. Die Vorstellung, in dem schönen Haus in Grinzing zu wohnen, selbst wenn nur für ein paar Wochen, klang verlockend. Und es wäre die perfekte Gelegenheit, Célines – und ihre – Familie besser kennenzulernen.

»Meinst du wirklich?«, fragte sie zögernd.

»Und ob ich das meine!« Célines Ton ließ keinen Widerspruch zu. »Morgen Nachmittag komme ich vorbei, um deine Sachen abzuholen. Ende der Diskussion!«

EMMA

Nacheinander verstaute Emma ihre Klamotten und Lernutensilien in ihrer abgewetzten Reisetasche. Es fühlte sich an, als wäre es eine Ewigkeit her, dass sie ihr Zimmer in der Wohngemeinschaft bezogen hatte. Wie viel war seither passiert!

»Verreist du?«

Elisabeth stand plötzlich im Türrahmen, die Hände in die Hüften gestemmt. Sie war früh am Morgen von ihren Eltern zurückgekehrt und hatte den ganzen Vormittag lautstark über das Chaos im Wohnzimmer geschimpft, das Emma und Céline am Vorabend hinterlassen hatten.

»Ich ziehe aus«, teilte Emma ihr knapp mit. Sie hatte sich nie wirklich mit Elisabeth angefreundet und konnte es kaum erwarten, diesen Lebensabschnitt hinter sich zu lassen.

»Was soll das heißen, du ziehst aus? Jetzt? Einfach so?«

»Du bekommst natürlich noch meinen Anteil der Miete für Februar. Aber ja, ich habe eine andere Wohnmöglichkeit gefunden. Es tut mir leid.«

»Du lässt mich einfach sitzen?« Elisabeth wirkte fassungslos.

»Wie gesagt, es tut mir leid. Aber wir wissen doch beide, dass es mit uns nicht funktioniert hat. Dich stören meine Lernunterlagen, mich stört dein permanentes Rauchen im Wohnzimmer. Ich bekomme davon Kopfschmerzen. Du hast mir bei meinem Einzug versichert, dass du nicht in der Wohnung rauchen würdest. Glaub mir, es ist besser so. Du findest bestimmt bald eine neue Mitbewohnerin.«

214

Elisabeth schnaubte. »Das hoffe ich für dich. Du zahlst gefälligst Miete, bis ich Ersatz gefunden habe!«

Emma seufzte. »Ich habe dir jetzt zwei Mal gesagt, dass es mir leidtut, und ich habe zugestimmt, die Miete noch für den nächsten Monat zu bezahlen. Ich muss dich nicht daran erinnern, dass wir nie einen offiziellen Mietvertrag aufgesetzt haben. Du wolltest die einzige Mieterin im Vertrag bleiben. Also sei froh, dass du fünf Wochen Zeit hast, eine neue Mitbewohnerin zu finden. Lass mich einfach gehen.«

»Ein Semester Jura und du spielst schon die knallharte Juristin? Pff. Aber bitte, dann geh doch!«

Emma unterdrückte ein genervtes Stöhnen. »Danke. Ich wünsche dir nur das Beste, wirklich. Und wenn du möchtest, helfe ich dir bei der Suche nach einer Nachfolgerin.«

Ohne ein weiteres Wort stapfte Elisabeth aus dem Zimmer und knallte die Tür hinter sich zu.

Emma atmete erleichtert auf. Das wäre geklärt. Prüfend blickte sie sich noch einmal in dem winzigen Raum um. Fast alles war gepackt, nur noch ein paar verstreute Unterlagen lagen herum. Sie sammelte die Papiere hastig ein, doch etwas fehlte – das spürte sie.

Dann fiel es ihr wieder ein: Wo war der Brief an die Studienleitung?

Sie musste ihn unbedingt vernichten. Die Ereignisse des vergangenen Abends hatten sie nur in ihrer Entscheidung bestärkt. Schlimm genug, was sie Céline bereits angetan hatte, aber damit war jetzt Schluss. Sie hatte sich lange gegen die Erkenntnis gewehrt, doch nun sah sie ein, dass sie sich in Céline getäuscht hatte. Hinter ihrer oberflächlichen Fassade hatte Céline ein gutes Herz. Für ihr Eingreifen bei Onkel Phils Auftauchen würde sie ihr ewig dankbar sein.

Emma glaubte sich zu erinnern, den Brief gestern im Flur abgelegt zu haben. Doch am Beistelltisch im

Eingangsbereich war er nicht mehr. Fieberhaft suchte sie die Wohnung nach ihm ab. Irgendwo musste der Umschlag doch sein! Vielleicht war er zwischen ihre Skripten gerutscht? Sie durchsuchte die Unterlagen sorgfältig, aber der Brief blieb verschwunden.

»Elisabeth?«, rief sie. »Hast du zufällig einen Brief von mir gesehen? Ich hatte ihn auf den Tisch im Flur gelegt!«

»So ein weißer Umschlag?«, tönte es missmutig aus dem Wohnzimmer.

»Ja, genau!«

»Den habe ich heute früh mit zur Post genommen. Dachte, ich tue dir einen Gefallen und nehme ihn mit. Da wusste ich noch nicht, was für ein undankbares Miststück du bist!«

»Du hast ihn mitgenommen?«, stotterte Emma fassungslos. Panik stieg in ihr auf.

»Du brauchst mir nicht zu danken. Verpiss dich einfach aus meiner Wohnung!«

Scheiße, scheiße, scheiße. Das durfte nicht wahr sein! Was war sie nur für eine Idiotin, dass sie den Brief nicht sofort zerrissen hatte!

»Welcher Briefkasten?«, keuchte sie.

»Die nächste Postfiliale ist ein paar Gassen weiter, in der Nussdorferstraße.«

Ohne ein weiteres Wort zu verlieren, schnappte Emma sich ihre Schlüssel und Winterjacke und rannte los. Vielleicht war der Postkasten ja noch nicht geleert worden. Sie musste den Brief unbedingt finden, bevor es zu spät war.

Außer Atem erreichte Emma die Postfiliale, von der Elisabeth gesprochen hatte. Auf der Eingangstür hing ein Schild: *Wegen Umbau geschlossen.*

Darunter war an der Hausmauer ein quadratischer, gelber Briefkasten angebracht. Hier muss Elisabeth das Kuvert eingeworfen haben.

Eine Weile befingerte sie den Schlitz des Postkastens, um den Inhalt herauszufischen. Natürlich ohne Erfolg.

»Hey, was machen Sie denn da?«, rief plötzlich eine ältere Dame, die stehengeblieben war und Emmas verzweifelte Versuche argwöhnisch beobachtete.

»Ich habe vor ein paar Stunden einen Brief eingeworfen. Ich brauche ihn dringend zurück. Es ist wirklich wichtig!«, japste Emma.

»Aber Sie können doch nicht einfach den Briefkasten demolieren! Soll ich die Polizei rufen?«, drohte die Frau.

»Nein, nein«, murmelte Emma hastig.

Da will man einmal alleine sein, und schon findet jemand seine Zivilcourage, dachte sie verzweifelt. Angst kroch in ihr hoch. Wie hatte ich nur so dumm sein können, den Brief nicht sofort zu vernichten?

Die alte Frau beäugte sie weiterhin misstrauisch und machte keine Anstalten, ihren Weg fortzusetzen.

Verflucht.

Mit einem letzten verzweifelten Blick auf den Briefkasten gab Emma auf und machte sich auf den Rückweg. In ihrem Kopf drehte sich alles. *Bitte, bitte lass die Studienleitung den Brief als harmlosen Streich abtun,* betete sie.

EMMA

Willkommen im Hause Lauderthal. Fühl dich wie zu Hause«, sagte Céline mit einer angedeuteten Verbeugung.

Emma trat ein. »Sind deine Eltern da? Ich sollte mich ihnen vorstellen.«

»Nein, die sind noch beim Skifahren und kommen erst in ein paar Tagen zurück. Aber mein Bruder müsste daheim sein.« Sie drehte sich zur Treppe und rief laut: »Camillo! Komm mal runter und sag Hallo!«

Es dauerte nicht lange, bis eine große, breitschultrige Gestalt polternd die Stufen hinunterkam.

»Hallo Schwesterherz. Wen haben wir denn hier?« Camillo ließ seinen Blick wohlwollend über Emma gleiten.

»Camillo, das ist meine Freundin Emma. Sie wird eine Weile bei uns im Gästezimmer wohnen. Emma, das ist mein Bruder Camillo.«

Camillo trat auf Emma zu und beugte sich zu einem formvollendeten Handkuss hinunter. »Freut mich sehr, dich kennenzulernen, Emma.«

Dann drehte er sich zu seiner Schwester. »Warum hast du mir dieses wunderschöne Wesen so lange vorenthalten?«

»Camillo! Meine Freundinnen sind tabu«, warnte Céline und hob mahnend den Zeigefinger. Camillo lachte nur, und die Grübchen in seinen Wangen traten hervor. Emma fand ihn sofort sympathisch.

»Lass mich deine Tasche tragen.« Ohne auf eine Antwort zu warten, schulterte er Emmas Reisetasche und trug sie ins Gästezimmer im Erdgeschoss.

»Danke. Du kannst uns jetzt wieder alleine lassen«, sagte Céline mit einem gespielt strengen Ton.

Camillo ließ einen theatralischen Seufzer hören. »Wir sehen uns, schöne Emma!«, zwinkerte er ihr zu und verschwand.

»Das ist also dein Bruder«, stellte Emma fest. »Sehr charmant.«

»Ja, das ist Camillo. Aber nimm dich vor ihm in Acht, er ist ein unverbesserlicher Frauenheld.«

Emma grinste. »Keine Sorge.«

»Lust auf eine Hausführung?« Céline wartete keine Antwort ab und ging voraus. Sie führte Emma in den quadratischen Raum, von dem aus die meisten Zimmer im Erdgeschoss zugänglich waren.

»Den Salon kennst du ja schon. Oben sind die Privaträume meiner Eltern und die Schlafzimmer. Komm, ich zeige dir mein Zimmer.«

Sie stiegen die Treppe hinauf in den oberen Stock. Hier war Emma noch nicht gewesen.

»Schlafzimmer meines Bruders, Fitnessraum, Fernsehzimmer, Bibliothek, Ekaterinas Zimmer, Bad. Da hinten sind noch ein zweites Gästezimmer und der Schlaftrakt meiner Eltern«, erklärte Céline und deutete auf die jeweiligen Türen. Am Ende des Flurs blieb sie stehen. »Nach dir.«

Emma trat ein und riss überrascht die Augen auf.

Das cremeweiß gestrichene Zimmer war schlichtweg zauberhaft. Ein herrliches Himmelbett beherrschte eine Seite des Raums, während auf der anderen Seite ein Schreibtisch und unzählige Bücherregale standen. Emmas Blick wanderte über die Regale – sie erkannte viele der Kodizes und Lernutensilien wieder, die auch sie selbst besaß. Ein flauschiger Teppich sorgte für eine gemütliche Atmosphäre, und eine Glastür führte hinaus auf einen kleinen Balkon, von dem man bestimmt einen atemberaubenden Blick auf den Garten hatte.

»Es ist wunderschön«, sagte Emma beeindruckt.

Céline zuckte verlegen mit den Schultern. »Ja, ganz okay.«

»Und was ist da hinten? Wo sind eigentlich deine ganzen Kleider?«

Grinsend steuerte Céline auf eine Tür am anderen Ende des Raumes zu, die Emma zunächst übersehen hatte, und öffnete sie.

Emma schnappte nach Luft, als sie den riesigen begehbaren Kleiderschrank entdeckte. Fasziniert ließ sie den Blick über die perfekt aufgereihten Schuhe gleiten, die in allen erdenklichen Farben und Ausführungen sortiert waren. Auf einer Ablage stapelten sich Sonnenbrillen, Hüte, Haarbänder und andere Accessoires. An der Stirnseite des Zimmers thronte eine elegante, weiße Frisierkommode.

»Wow«, entfuhr es ihr, während sie bewundernd mit den Fingern über das Möbelstück fuhr.

»Ja, ich liebe diesen Raum«, gab Céline mit einem breiten Lächeln zu.

Emma nickte nur. Ein roter Lippenstift von Chanel erregte ihre Aufmerksamkeit. Zögernd streckte sie die Hand aus und nahm das teure Stück in die Hand. Sie selbst hatte nie Geld für solchen Luxus gehabt und sich immer mit den billigsten Produkten begnügt. Neugierig schraubte sie den Deckel auf. Der Lippenstift, ein leuchtendes Korallenrot, war nagelneu.

»Probier' ihn mal!«, forderte Céline sie auf.

Mit einem unsicheren Seitenblick auf ihre Freundin führte Emma den Lippenstift an ihre Lippen und betrachtete ihr Spiegelbild. Staunend stellte sie fest, wie erwachsen und selbstbewusst der kräftige Rotton sie wirken ließ. Normalerweise trug sie nur farblosen Lipgloss.

»Die Farbe steht dir großartig!«, rief Céline begeistert.

»Findest du?«

»Ja, unbedingt! Du siehst wahnsinnig sexy aus. Weißt du was? Behalte ihn! Ich schenke ihn dir. Für meinen hellen Teint ist er sowieso zu kräftig.«

»Das kann ich nicht annehmen!«, widersprach Emma und legte den Lippenstift wieder auf die Kommode.

»Klar kannst du. Und du wirst es auch. Keine Widerrede!«

Emma warf Céline einen unsicheren Blick zu, doch die Miene ihrer Freundin spiegelte nur aufrichtige Bewunderung und Freude wider. Sie meinte es ernst.

»Na gut. Aber nur, wenn du ihn wirklich nicht tragen würdest.«

»Würde ich nicht. Jetzt nimm ihn schon!«

»Danke«, sagte Emma, leicht beschämt, und steckte den Lippenstift in die Tasche ihrer Jeans. Ein strahlendes Lächeln breitete sich auf ihrem Gesicht aus.

»Nichts zu danken.«

EMMA

Emma hob ihr Weinglas an die Lippen und nahm einen kleinen Schluck. Der würzige Geschmack des Rotweins breitete sich auf ihrem Gaumen aus und kitzelte ihre Geschmacksknospen. Ihr neuer Lippenstift hinterließ einen leuchtend roten Abdruck auf dem Glas.

»Der schmeckt wirklich hervorragend!«

Alex lächelte. »Freut mich, dass du ihn magst. Ich habe ihn extra für dich aus Niederösterreich mitgebracht. Meine Eltern haben dort ein kleines Weingut.«

Emma ließ ihren Blick über den festlich gedeckten Tisch schweifen, der nur vom warmen Kerzenschein erleuchtet wurde. »Du hättest dir wirklich nicht so viel Mühe machen müssen. Für mich hat noch nie ein Mann gekocht. Und dann gleich so aufwendig!«

»Was würdest du sagen, wenn ich gestehe, dass ich alles bei Foodora bestellt und nur hübsch angerichtet habe, bevor du kamst?« Alex lachte verlegen und hob abwehrend die Hände. »Meine Kochkünste sind nämlich – gelinde gesagt – bescheiden.«

Emma schmunzelte und nahm einen weiteren Schluck. »Das wäre fast eine Erleichterung. So habe ich keinen Druck, bei einer Gegeneinladung selbst ein Fünf-Gänge-Menü aufzufahren.«

»Immer schön, wenn ich helfen kann, dein Leben ein wenig einfacher zu machen«, entgegnete Alex mit einem Augenzwinkern. »Wann lädst du mich eigentlich mal in deine Wohnung ein? Immerhin treffen wir uns jetzt schon seit Wochen, und ich war noch nie bei dir.«

»Fürs Erste gar nicht, schätze ich. Ich bin nämlich gestern ausgezogen.«

Alex riss erstaunt die Augen auf. »So plötzlich? Und das erzählst du mir erst jetzt? Ich hätte dir doch beim Umzug helfen können.«

»Ja, es ging alles ziemlich schnell. Eine lange Geschichte.« Emma winkte ab. »Ich wollte einfach dringend aus meiner WG raus. Meine Mitbewohnerin war eine echte Nervensäge.«

»Und wo wohnst du jetzt?«

»Céline hat mich vorübergehend bei sich aufgenommen.«

Alex runzelte die Stirn. »Doch nicht etwa Céline Lauderthal?«

»Genau die«, bestätigte Emma. »Wir haben uns zu Beginn des Semesters kennengelernt und sind mittlerweile ziemlich eng befreundet. Sie hat darauf bestanden, dass ich erst mal bei ihr unterkomme, bis ich was Eigenes gefunden habe.«

»Immer wieder erstaunlich, wie klein Wien doch ist!«, rief Alex aus. »Da bewirbst du dich bei der Firma ihres Vaters und kurze Zeit später freundest du dich mit seiner Tochter an.«

Emma schwieg und lächelte nur knapp. Über diesen »Zufall« wollte sie besser nicht weiter sprechen.

»Und wie ist sie so? Bei den paar Gelegenheiten, bei denen ich sie gesehen habe, wirkte sie auf mich eher wie eine verwöhnte Göre. Ganz anders als du.«

Emma zögerte kurz. »Anfangs habe ich sie auch für oberflächlich und zickig gehalten. Aber wenn du sie erst besser kennenlernst, merkst du, dass sie das Herz am rechten Fleck hat. Sie ist vielschichtiger, als sie selbst vielleicht glaubt.«

Alex starrte nachdenklich vor sich hin und schwieg.

»Ich weiß, ich habe dich das schon einmal gefragt, aber da kannten wir uns kaum: Wie ist es eigentlich, für ihren

Vater zu arbeiten?«, fragte Emma und nippte erneut an ihrem Glas. »Nimm's mir nicht übel, aber in letzter Zeit wirkst du ziemlich gestresst. Liegt das an der Arbeit?« Alex stöhnte. »Kann man so sagen. Ich liebe meinen Job, ehrlich. Aber momentan ist wirklich die Hölle los.« »Aus einem bestimmten Grund, oder ist das nur der ganz normale Wahnsinn?«

Alex zögerte und blickte Emma lange an, als ob er abwägen würde, ob er ihr die Wahrheit sagen sollte. Schließlich beugte er sich leicht nach vorn und sprach leise, fast verschwörerisch: »Was ich dir jetzt erzähle, bleibt unter uns, okay?«

Emma nickte. »Natürlich. Du kannst mir vertrauen.«

Noch einen Moment lang schien Alex unschlüssig, dann begann er zögerlich zu sprechen: »In einem meiner Projekte gibt es ernsthafte Komplikationen. Die Baufirma, die wir mit der Sanierung und dem Ausbau einer Immobilie beauftragt hatten, ist überraschend in Konkurs gegangen. Damit hat *Lauderthal Immobilien* einen beträchtlichen Geldbetrag verloren. Und das in einer Phase, in der das Unternehmen ohnehin schon einige Rückschläge einstecken musste. Die Situation ist, gelinde gesagt, heikel. Wir brauchen dringend frisches Kapital oder einen neuen Investor. Herr Lauderthal und ich arbeiten mit Hochdruck daran, das Projekt wieder in die Spur zu bekommen.«

Emma riss die Augen auf. »Das hört sich ja katastrophal an! Habt ihr schon jemanden in Aussicht?«

Alex schüttelte den Kopf. »Herr Lauderthal hält sich in dieser Hinsicht sehr bedeckt, aber ich bin mir sicher, dass er bereits einen Plan hat. Genaue Details verrät er jedoch selbst mir nicht.«

Emma nahm einen kleinen Schluck ihres Getränks und runzelte die Stirn. »Ich habe nie ganz verstanden, wie das Geschäftsmodell von *Lauderthal Immobilien* funktioniert.

Trotz meiner Recherche für die Bewerbung damals. Die Immobilienbranche ist mir nicht besonders vertraut, und ich kann mir einfach nicht viel darunter vorstellen.«

Alex lächelte leicht. »In der Theorie ist es ziemlich einfach. Das Unternehmen kauft Immobilien, meist Bestandsobjekte, die sanierungsbedürftig sind oder deren Potenzial nicht voll ausgeschöpft wird. Dann übernehmen wir die Sanierung, renovieren die Objekte und erweitern oft die Nutzfläche, zum Beispiel durch den Ausbau des Dachbodens. Sobald das Objekt aufgewertet ist, verkaufen wir es weiter – entweder an einen einzigen Käufer oder wir teilen es in Eigentumswohnungen auf. Manchmal sind solche Vorverträge bereits abgeschlossen, bevor die Sanierung überhaupt begonnen hat.«

Er legte eine kurze Pause ein und sah Emma aufmerksam an, um zu prüfen, ob sie ihm folgen konnte.

»Das klingt zunächst simpel«, fuhr er fort, »aber wie bei den meisten Dingen liegt auch hier der Teufel im Detail. Beim Dachbodenausbau zum Beispiel ist die Statik oft ein kritisches Thema, und Wien hat in dieser Hinsicht sehr strenge Vorschriften. Ein weiteres Problem ist die Finanzierung. Die meisten Projekte werden zu einem großen Teil mit Fremdkapital finanziert, oft bis zu achtzig Prozent. Das erhöht das Risiko enorm. Im Moment haben wir das Problem, dass die Anzahlung an die in Konkurs gegangene Baufirma verloren ist. Ohne frisches Kapital können wir keinen neuen Bauunternehmer beauftragen, und das Projekt steht still.«

Emma runzelte die Stirn. »Das ist wirklich eine verzwickte Situation.«

Alex nickte ernst. »Ja. Und das Schlimmste ist: Wir sind bereits deutlich hinter dem Zeitplan. Der Käufer hat uns vertraglich gebunden, die Immobilie bis zu einem bestimmten Datum fertigzustellen. Wenn wir das nicht schaffen, drohen erhebliche Schadensersatzforderungen. Du als Juristin verstehst sicher, welche Konsequenzen das haben könnte.«

Emma hob abwehrend die Hände. »Überschätz mich mal nicht. Ich hab' gerade erst das erste Semester hinter mir.«

»Ich sage nur, was ich denke«, antwortete Alex ernst. »Du bist viel reifer, als dein Alter vermuten lässt.«

Emma strich gedankenverloren über die Lippenstiftspuren am Rand ihres Glases. »Soll ich dir etwas verraten? Manchmal beneide ich Céline. Nicht um das Geld oder den Luxus – auch, aber das ist es nicht. Ich beneide sie um ihre Unbeschwertheit. Céline ist irgendwie noch ein Kind. Sie ist in einer heilen Welt aufgewachsen, immer behütet und abgeschirmt von der Realität. Ich dagegen musste früh lernen, mein Leben selbst in die Hand zu nehmen. Sonst wäre ich untergegangen. Das zwingt einen dazu, schnell erwachsen zu werden. Man hat nur zwei Möglichkeiten: Entweder man stellt sich der Herausforderung oder man zerbricht daran.« Sie seufzte leise. »Manchmal wünschte ich, ich könnte mit ihr tauschen. Verstehst du, was ich meine?«

Alex' stechend blaue Augen nahmen einen sanften Ausdruck an. »Du hast mir nie von deiner Kindheit erzählt«, sagte er behutsam.

Emma senkte den Blick. Die Wärme in seinem Blick schnürte ihr die Kehle zu. »Ich rede nicht gern darüber. Und es gibt auch nicht viel zu sagen«, brachte sie schließlich hervor.

»Willst du mich nicht trotzdem einweihen? Vertrauen beruht auf Gegenseitigkeit«, sagte Alex sanft.

Emma seufzte innerlich. Sie hörte Fionas Stimme in ihrem Kopf. *Du musst dein Vertrauensproblem endlich in den Griff bekommen, Em!*

Sie straffte die Schultern und rang sich ein Lächeln ab. »An meine frühe Kindheit erinnere ich mich kaum, aber das, was ich weiß, war nicht schlecht. Rückblickend war die Geburt meines Bruders Julian der Wendepunkt. Ab dann haben meine Eltern zwischen uns beiden stark unterschieden. Viele Eltern haben ein Lieblingskind, aber bei uns war es extremer. Ich hatte das Gefühl, dass sie ihn viel mehr lieben als mich. Egal, was ich tat, es war nie genug. Ich hätte mir beide Arme und ein Bein ausgerissen, wenn ich dafür ihre Anerkennung bekommen hätte.« Sie seufzte tief. »Aber ich versuche, es ihnen nicht übel zu nehmen. Sie sind auch nur Menschen, oder nicht? Wie kann man jemandem böse sein, weil er einen nicht liebt?«

Alex schwieg und spielte gedankenverloren mit dem Stiel seines Weinglases.

»Was ich ihnen aber nie verzeihen werde, ist das, was mein Onkel Phil – der Bruder meines Vaters – mir angetan hat und ihre Rolle in der ganzen Geschichte.« Emma hielt inne und leerte ihr Glas mit einem Zug. Sie brauchte ein wenig flüssigen Mut, um die nächsten Worte auszusprechen. »Seit ich vierzehn war, hat er sich nachts in mein Zimmer geschlichen. Den Rest kannst du dir denken. Ich habe mich erst nicht getraut, meinen Eltern davon zu erzählen. Ich hatte Angst, sie würden mir die Schuld geben. Und ich hatte recht – genau so war es. Sie haben mir nicht geglaubt.«

Tränen traten in ihre Augen, als sie an den Moment der bitteren Erkenntnis zurückdachte. Wütend wischte sie sich über die Wangen. Seit sie mit Céline darüber gesprochen hatte, schien sich etwas in ihr gelöst zu haben. Als hätten ihre Augen sich nach all den Jahren daran erinnert, wie man weint.

»Kann ich noch ein Glas Wein haben?«

Wortlos griff Alex nach der Flasche und schenkte ihr nach.

»Ich wollte einfach nur noch weg. Egal wohin, Hauptsache, ich war endlich von dort weg. Mit sechzehn habe ich angefangen, in einer Bar zu arbeiten, um Geld für meine Flucht zu sparen. Letzten Sommer habe ich dann auch noch erfahren, dass meine Eltern gar nicht meine richtigen Eltern sind. Ich bin adoptiert.«

»Das muss ein harter Schock gewesen sein«, sagte Alex leise. »Und deine leiblichen Eltern? Weißt du, wer sie sind?«

»Ich habe einmal versucht, Kontakt aufzunehmen. Aber sie wollen nichts mit mir zu tun haben.« Ihre Stimme war kaum mehr als ein Flüstern. »Kurz danach haben mir meine Adoptiveltern gesagt, dass sie umziehen – ohne mich. Ich sollte sehen, wo ich bleibe. Da sind mir die Sicherungen durchgebrannt. Ohne nachzudenken, habe ich meinem Onkel alles Bargeld aus seinem Portemonnaie gestohlen und bin abgehauen. Und jetzt bin ich hier. In Wien. Bei dir.«

Alex streckte die Hand aus und umschloss Emmas Finger mit seinen.

»Weißt du, dass du – neben Céline – die einzige Person bist, der ich die ganze Geschichte erzählt habe?« Ihre Stimme zitterte, und erneut schimmerten Tränen in ihren Augen.

»Aber das ist doch nichts, wofür du dich schämen musst«, erwiderte Alex und suchte ihren Blick.

»Genau dieser Gesichtsausdruck ist der Grund, warum ich nicht darüber spreche!«, brach es lauter aus Emma hervor, als sie wollte. »Ich brauche kein Mitleid! Mitleid ist etwas für Schwache. Und egal, was du denkst, ich bin viel, aber schwach bin ich nicht!«

Ein sanftes Lächeln breitete sich auf Alex' Gesicht aus. »Ganz im Gegenteil. Du bist unglaublich stark. Die meisten wären an dem, was dir passiert ist, zerbrochen.

Aber du hast es geschafft, weiterzumachen.« Er drückte ihre Hand und ließ sie nicht los. »Nur weil die Menschen Anteilnahme zeigen, heißt das nicht, dass sie dich bemitleiden oder dich für schwach halten. Du musst den Leuten die Chance geben, für dich da zu sein.«

Emma nickte langsam. Fiona hatte ihr schon etwas Ähnliches gesagt. Aufgewühlt fuhr sie sich mit der Hand durch das Haar.

»Wäre es okay für dich, wenn du Herrn Lauderthal nicht erzählst, dass wir uns treffen?«, fragte sie zaghaft. »Das klingt vielleicht komisch, aber ich möchte, dass mein Privatleben auch wirklich privat bleibt. Wäre das in Ordnung?«

»Natürlich. Ich verspreche es dir.«

FERDINAND

Der würzig-scharfe Duft von Curry und Kardamom stieg Ferdinand in die Nase. »Papa, das Essen ist da!«, drang die gedämpfte Stimme seiner Tochter durch die geschlossene Bürotür. *Endlich*, dachte er und rieb sich den knurrenden Bauch. Er sperrte den Bildschirm seines Computers und erhob sich ächzend von seinem Schreibtischstuhl.

Im Esszimmer war der Tisch bereits gedeckt. Mit einem wohlwollenden Blick ließ er die vielen Schüsseln und Tabletts auf sich wirken, die mit indischen Köstlichkeiten beladen waren. *Ein Hoch auf den Lieferservice*, dachte er, denn das bewahrte ihn davor, den ungenießbaren Fraß seiner Frau essen zu müssen.

Ferdinand nahm seinen angestammten Platz am Kopfende des Tisches ein. Neben ihm saß Inés und nippte an einer Tasse Kamillentee. Céline und Camillo kamen gerade aus der Küche: sie mit Stoffservietten in der Hand, er mit einer randvollen Wasserkaraffe.

»Erwarten wir Besuch?«, fragte Ferdinand verwundert, als ihm auffiel, dass für fünf Personen gedeckt war.

»Eine Freundin von Céline wohnt vorübergehend bei uns. Hast du das etwa vergessen?«, entgegnete Inés vorwurfsvoll.

»Ach, stimmt ja«, murmelte Ferdinand zerstreut. »Wer ist es denn?«

Bevor seine Frau antworten konnte, öffnete sich die Küchentür erneut. Ein großgewachsenes Mädchen mit langem, dunklem Haar trat in den Raum. Sie trug enganliegende Jeans und eine schlichte weiße Bluse. In der Hand hielt sie eine Salatschüssel.

230

»Mama, Papa, das ist meine Freundin Emma. Emma, das sind mein Vater Ferdinand und meine Mutter Inés«, stellte Céline sie vor.

Ferdinand erhob sich, um der jungen Frau die Hand zu reichen, und erstarrte mitten in der Bewegung. *Das darf doch nicht wahr sein!* Eine Welle aus Panik und Wut schoss durch ihn hindurch.

Die Person, die er gehofft hatte, nie wiedersehen zu müssen, hob ihr Kinn leicht an und sah ihm fest in die Augen. »Freut mich, Sie kennenzulernen, Herr Lauderthal. Und vielen Dank, dass ich vorübergehend hier wohnen darf. Ich weiß Ihre Gastfreundschaft wirklich zu schätzen.«

Ihr beiläufiger Tonfall jagte ihm einen eisigen Schauer über den Rücken.

»Célines Freundinnen sind uns immer willkommen«, presste Ferdinand zwischen zusammengebissenen Zähnen hervor.

Auch Inés war aufgestanden und schloss Emma spontan in die Arme. »Schön, dich endlich persönlich kennenzulernen, Emma. Céline hat schon so viel von dir erzählt!«

Ach ja? Ferdinand ballte die Hände unter dem Tisch zu Fäusten. Und warum zum Teufel wusste er nichts davon? *Beruhige dich*, mahnte er sich selbst. *Lass dir nichts anmerken. Denk an deinen Blutdruck.*

»Willst du ein Glas Wein zum Essen, Emma?«, fragte Camillo und verschwand, ohne eine Antwort abzuwarten in die Küche, um eine Flasche zu holen.

»Gerne. Kann ich sonst noch irgendwie helfen?«, fragte Emma höflich.

»Nein, nein, Liebes. Setz dich doch schon mal«, erwiderte Inés lächelnd und wies ihr den Platz neben Céline zu.

Camillo kam zurück und goss Emma ein Glas ein. »Wein für die schöne Dame«, verkündete er mit einem übertriebenen Lächeln.

»Woher kennst du meine Tochter?«, fragte Ferdinand und bemühte sich um einen möglichst beiläufigen Ton.

»Emma ist erst vor ein paar Monaten nach Wien gezogen. Wir haben uns Anfang des Semesters an der Uni kennengelernt«, erklärte Céline an ihrer statt. »Wir haben uns auf Anhieb blendend verstanden.«

»Wie schön.« Der Zorn, der in Ferdinand kochte, war kaum zu bändigen. Wieder ballte er unwillkürlich die Hände zu Fäusten.

Konnte es noch schlimmer kommen? Ferdinand spürte, wie sich ihm der Magen umdrehte.

»Und wo wohnst du, wenn du uns nicht gerade mit deinem Besuch beehrst?«

»Emma hat in einer schrecklichen Bruchbude in der Nähe der Stadtbahnbögen gewohnt«, ergriff Céline sofort das Wort, bevor Emma etwas sagen konnte. »Dort konnte sie wirklich nicht bleiben. Und ich dachte mir, da wir so viel Platz haben, kommt es auf einen mehr oder weniger nicht an. Wir können gemeinsam zur Uni fahren und für die Prüfungen lernen. Das wird großartig! Ich habe mir immer eine Schwester gewünscht – und Emma ist in den letzten Monaten fast zu einer für mich geworden!«

Bei diesen Worten stieg Ferdinand die Galle hoch. Gerade hatte er gedacht, es könnte nicht schlimmer werden. Offensichtlich hatte er sich geirrt.

»Céline, du kannst solche Entscheidungen nicht einfach alleine treffen«, fuhr er seine Tochter unvermittelt an. »Solche Dinge müssen vorher mit mir abgesprochen werden! Wir können nicht einfach wildfremde Leute aufnehmen, nur weil du ihre Wohnsituation für unangemessen hältst.«

»Ferdinand!«, rief Inés entsetzt. »Wieso bist du nur so unhöflich? Natürlich kann Emma bei uns wohnen. Céline hat völlig recht, wir haben mehr als genug Platz.«

»Aber ich habe doch mit euch gesprochen!«, entgegnete Céline, ihre Stimme bebte leicht. »Wir haben telefoniert, als ihr Skifahren wart. Weißt du das nicht mehr?« Inés nickte. »Das stimmt. Wir haben darüber gesprochen. Es ist nicht deine Schuld, wenn dein Vater nicht zuhören kann.« Sie wandte sich an Ferdinand und fügte mit kühler Stimme hinzu: »Wenn du dich ausnahmsweise einmal für etwas anderes als die Firma interessieren würdest, hättest du es dir vielleicht auch gemerkt.«

Ferdinand fühlte, wie sich seine Wut langsam in ohnmächtige Frustration verwandelte. Er war hier auf verlorenem Posten. Entnervt stocherte er auf seinem Teller herum. Das sonst so köstliche indische Curryhuhn schmeckte plötzlich wie Pappmaschee. Der Appetit war ihm gründlich vergangen.

Die folgende Unterhaltung am Tisch nahm Ferdinand nur gedämpft wahr, als wäre er von einem dichten Nebelschleier umgeben. Emma schien sich prächtig mit Inés zu verstehen und stellte ihr viele Fragen zu ihrer ehrenamtlichen Arbeit bei den Maltesern und der österreichischen Kinder-Krebs-Hilfe. Wie Emma da an ihren Lippen hing, konnte man tatsächlich glauben, sie würde sich für das ganze Brimborium interessieren. Was für eine falsche Schlange!

Hastig schenkte sich Ferdinand ein zweites Glas Wein ein und leerte es genauso schnell wie das erste. Mit wachsendem Entsetzen beobachtete er seine Familie. Wie konnte es sein, dass nur er sah, was für ein falsches Spiel dieses Mädchen spielte? Zumindest hatte sie schauspielerisches Talent, das musste man ihr lassen.

»Hast du gar keinen Hunger, Chéri?«, riss Inés' Stimme ihn aus seinen Gedanken.

»Die haben das Huhn versalzen. Das kann doch kein Mensch essen!«, brummte Ferdinand missmutig.

233

Inés zuckte die Schultern.»Ich finde, es schmeckt wie immer.«

Kaum hatte der Letzte das Besteck beiseitegelegt, sprang Ferdinand auf und floh ins Wohnzimmer. Emma half unterdessen Céline und Camillo beim Abräumen.

Ob Céline wusste, wer ihre vermeintliche Freundin wirklich war? Dieses hinterhältige Miststück hatte sich in den letzten Monaten in das Herz seiner Tochter geschlichen, ohne dass er es rechtzeitig bemerkt hatte. Seine schlimmsten Befürchtungen waren nicht nur wahr, sondern sogar übertroffen worden. Wie konnte er diesen Parasiten wieder loswerden, bevor er endgültig die Kontrolle über seine Familie verlor?

Er hätte sich ohrfeigen können. Hätte er dem Privatdetektiv doch mehr Informationen gegeben! Vielleicht hätte er so das Schlimmste verhindern können.

In seine düsteren Gedanken vertieft, ging Ferdinand zur Bar und schenkte sich ein großzügiges Glas Scotch ein. Normalerweise trank er unter der Woche keinen harten Alkohol, aber seine Nerven lagen blank. Er musste handeln, und zwar sofort.

»Inés, Céline, kommt ihr bitte kurz?«, rief er mit strenger Stimme in Richtung Esszimmer. Als die beiden eintraten, bedeutete er ihnen, sich zu ihm auf die Couch zu setzen.

»Wir müssen reden!«, fuhr er Céline an.

Sie hob erstaunt die Brauen.»Worum geht es denn?«

»Ich mache es kurz. Deine Freundin kann nicht bleiben! Ich möchte, dass sie morgen nach dem Frühstück ihre Sachen packt und abreist.«

»Aber warum denn?«, rief Céline. Tränen stiegen ihr in die Augen. Ferdinand verdrehte genervt die Augen. Immer dieses Geflenne! Wie oft hatte er ihr gesagt, weinen sei ein Zeichen von Schwäche? Er duldete keine Schwäche, schon gar nicht bei seiner eigenen Tochter.

»Ernsthaft, Ferdinand, ich verstehe dein Problem nicht. Emma scheint ein nettes Mädchen zu sein«, mischte sich nun auch Inés ein. »Muss ich dich wirklich daran erinnern, wie gesundheitlich angeschlagen du bist? Stress ist das Letzte, was du jetzt brauchen kannst! Du kannst dich in deinem Zustand nicht auch noch um ein weiteres Kind kümmern!«

»Aber Emma ist doch kein Kind mehr. Sie ist eine Studentin, genau wie Céline. Freust du dich denn nicht, dass unsere Tochter eine Freundin hat, mit der sie lernen kann? Abgesehen davon ist Emma eine angenehme Abwechslung zu deinen sonst so einfältigen Freundinnen.« Sie zwinkerte Céline zu. »Nichts für ungut, Liebes.«

»Ein Dauergast ist zu anstrengend für dich«, beharrte Ferdinand, seine Stimme ließ keinen Widerspruch zu.

Céline weinte jetzt heftiger. »Ich verstehe das nicht, Papa. Sonst hast du doch auch nichts dagegen, wenn ich Freundinnen einlade! Warum jetzt auf einmal? Was hast du nur gegen Emma?«

Bevor Ferdinand etwas erwidern konnte, wurde die Tür aufgestoßen und Camillo trat ein.

»Ihr seid wahnsinnig unhöflich, wisst ihr das?«, schimpfte er. »Das arme Mädchen räumt im Esszimmer hinter euch auf und kann jedes Wort mithören. Du legst doch sonst so großen Wert auf gutes Benehmen, Papa! Was ist bloß los mit dir?«

»Ich kann doch wohl noch selbst bestimmen, wen ich in meinem Haus haben will und wen nicht!«, polterte Ferdinand und spürte, wie sein Gesicht ungesund heiß wurde.

»Das ist immer noch mein Haus«, fiel Inés ihm mit ruhiger Stimme ins Wort. »Und ich finde es schön, wenn Céline eine Freundin dahat. Und damit basta.«

»Aber ...«

»Und rede dich bloß nicht auf meine Krankheit heraus, Ferdinand, das ist doch die Höhe! Außerdem kann ich dich beruhigen: Emma wird uns nicht zur Last fallen. In zwei Wochen ist Ekaterina wieder da und übernimmt den Haushalt. Du siehst also – es gibt kein Problem.«

Das auch noch! Ferdinand fuhr sich verzweifelt mit beiden Händen durchs Haar. Hilfesuchend blickte er von einem zum anderen. Hörte denn niemand mehr auf ihn? Er war das Oberhaupt dieser Familie, verdammt nochmal!

»Ich habe mich entschieden, Ferdinand. Emma bleibt. Du bist ohnehin so selten zu Hause, dass du ihre Anwesenheit kaum bemerken wirst.« Inés' Stimme war ruhig, aber der Vorwurf in ihren Worten war unüberhörbar.

Ferdinand schnaubte. In einem Zug leerte er den Scotch. »Ach, macht doch alle, was ihr wollt!«, stieß er heftig hervor und sprang auf. Ohne einen Blick zurück stürmte er aus dem Zimmer und ließ die Tür zu seinem Arbeitszimmer mit einem lauten Krachen hinter sich ins Schloss fallen.

EMMA

Emma lauschte angespannt in die Stille. Aber da war nichts – kein Knarren, kein Flüstern, nicht einmal das Summen einer Glühbirne. Das gesamte Haus schien in tiefem Schlaf versunken zu sein. Kein einziges Licht war an. Sie schob die Decke zur Seite und erhob sich leise. Lautlos öffnete sie die Tür und spähte hinaus in den dunklen Flur. Alles war ruhig.

Barfuß schlich sie den kurzen Weg hinüber zum Arbeitszimmer ihres Vaters und schlüpfte hinein. Das Mondlicht fiel in schmalen Bahnen durch das Fenster und warf lange Schatten auf die Wände. Es reichte gerade aus, um die Umrisse des Schreibtisches zu erkennen. Mit zitternden Fingern knipste sie die Schreibtischlampe an. Der Raum erstrahlte in einem sanften, warmen Licht und schien für einen Augenblick seine Kälte zu verlieren. Alles sah noch genauso aus wie bei ihrem letzten heimlichen Besuch.

Diesmal nahm sie sich den Rollcontainer unter dem Schreibtisch vor. Bedächtig zog sie eine Schublade nach der anderen heraus, durchwühlte den Inhalt und versuchte, so wenig Geräusche wie möglich zu machen.

Papiere, Visitenkarten, Stifte – nichts von Belang. Rechnungen, Notizen, Baupläne. Keine Spur von dem, was sie suchte. Enttäuscht schob sie die Schubladen wieder zu und stieß den Container zurück an seinen Platz. Sie überlegte, ob sie den Computer einschalten sollte, als plötzlich Schritte vom Gang her zu hören waren.

Emma erstarrte. Jemand war da draußen! Ihr Herz begann zu rasen. Hastig knipste sie die Lampe aus und lauschte angestrengt. Doch die Schritte verstummten ebenso plötzlich, wie sie begonnen hatten. Hatte sie sich das nur eingebildet? Oder war wirklich jemand im Flur? Ihre Hände zitterten, als sie vorsichtig zur Tür schlich. Was, wenn ihr Vater sie hier erwischte? Was würde er tun? Seine Worte vom Morgen hallten in ihren Gedanken wider. Er hatte sie abgepasst, während Céline unter der Dusche stand. *Glaub ja nicht, ich hätte dich nicht durchschaut! Meine Familie magst du getäuscht haben, aber ich weiß genau, was für ein verlogenes Miststück du bist. Ich habe dich gewarnt. Du hättest dich von meiner Familie fernhalten sollen. Das wird dir noch leidtun!*

Mit angehaltenem Atem drückte Emma die Klinke hinunter. Langsam öffnete sie die Tür. Doch wie durch ein Wunder war der Flur menschenleer. Niemand war zu sehen.

Sie schloss die Tür leise hinter sich und trat den Rückzug in ihr Zimmer an.

»Hi! Emma, bist du das?«

Ihr Herz setzte aus, und sie wirbelte mit einem unterdrückten Aufschrei herum, die Hände instinktiv erhoben. Doch es war nur Camillo. Er lehnte in der Küchentür und grinste von Ohr zu Ohr.

»Mein Gott, Camillo!« Emma fuhr sich mit zittrigen Händen über das Gesicht und wischte den Schweiß von der Stirn. »Du hast mich fast zu Tode erschreckt!«

Camillo grinste entschuldigend. »Das wollte ich wirklich nicht. Aber was machst du um diese Uhrzeit im Arbeitszimmer meines Vaters?«

»Ähm …« Emma warf hektisch einen Blick über die Schulter. »Ich habe die Toilette gesucht. Irgendwie finde ich mich bei euch noch nicht zurecht, wenn es dunkel ist«, fügte sie hastig hinzu und zwang sich zu einem Lächeln.

Camillo hob skeptisch eine Augenbraue und deutete mit einem Kopfnicken auf die Tür schräg gegenüber. »Das

Badezimmer ist dort drüben. Also quasi direkt vor deiner Nase.«

»Oh … danke«, murmelte Emma und spürte, wie ihr das Blut in die Wangen schoss. Wohl oder übel musste sie jetzt wirklich zur Toilette gehen. Kaum hatte sie die Tür hinter sich geschlossen, atmete sie tief durch. Ihr Herz raste noch immer wie verrückt. Langsam zählte sie bis zehn, bevor sie die Spülung betätigte. Dann setzte sie einen möglichst neutralen Gesichtsausdruck auf und kehrte zurück in den Flur.

Camillo hatte sich nicht vom Fleck bewegt und lehnte noch immer lässig in der Tür. »Lust auf einen Tee? Ich kann nicht schlafen, und wie's aussieht, geht es dir genauso.«

Emma zuckte mit den Schultern. Schlafen würde sie nach diesem Schreck ohnehin nicht mehr können. »Warum nicht.«

Sie folgte ihm in die Küche. Schweigend warteten sie, bis der Wasserkessel zu brodeln begann und schließlich mit einem durchdringenden Pfeifen ankündigte, dass das Wasser kochte.

»Pfefferminze?« Camillo hielt eine Teepackung hoch.

Emma nickte. Camillo nahm zwei Tassen aus dem Schrank und füllte sie mit dem dampfenden Aufguss. Sie setzte sich an den Küchentisch, zog die Beine an und schlang die Arme darum. Camillo ließ sich auf den Stuhl neben ihr sinken und betrachtete sie nachdenklich.

»Tut mir leid, dass du gestern das Gespräch mit meinem Vater mit anhören musstest«, sagte er schließlich. »Das war wirklich nicht in Ordnung. Ich weiß nicht, was mit ihm los ist, aber er scheint momentan völlig neben sich zu stehen.«

Emma zuckte nur mit den Schultern und winkte ab. »Ist schon okay.«

»Nein, ist es nicht!«, widersprach Camillo und rückte ein Stück näher zu ihr. »Das war einfach nur daneben. Aber ich schwöre dir, Céline und Mama haben recht – wir haben mehr als genug Platz hier, und du bist jederzeit willkommen. Nimm dir das nicht zu Herzen. Er wird sich schon wieder einkriegen.«

Emma bezweifelte das stark, aber sie hielt den Gedanken lieber für sich. »Das ist lieb von dir. Aber ich habe es auch schon Céline gesagt: Ich will mich nicht aufdrängen. Bald habe ich eine neue Wohnung, dann seid ihr mich los.«

»Ich will aber nicht, dass du gehst!« Camillos Worte kamen so plötzlich und heftig, dass Emma erschrocken zusammenzuckte. Er drehte den Kopf zu ihr und sah sie eindringlich an. »Ernsthaft, ich mag dich. Du bist ganz anders als Célines Freundinnen. Bei denen dreht sich doch alles nur um Mode und Partys.«

Emma schnaubte leise. »Und woher willst du wissen, dass ich anders bin? Du kennst mich doch kaum.«

»Das habe ich gleich gemerkt, als ich dich zum ersten Mal gesehen habe.« Er rückte noch näher an sie heran, bis seine Knie fast ihre berührten. »Du bist nicht nur wunderschön, sondern auch klug, witzig und schlagfertig.«

Bevor Emma reagieren konnte, schob er sich weiter vor und presste seine Lippen auf ihre. Überrumpelt taumelte sie zurück, verlor das Gleichgewicht und kippte seitlich vom Stuhl. Ihre Beine prallten gegen das Tischbein, und der Küchentisch wackelte bedrohlich, sodass sich die heiße Flüssigkeit über die Tischplatte ergoss.

»Alles in Ordnung mit dir?« Camillo war aufgesprungen und kniete jetzt neben ihr. »Hast du dir wehgetan?«

Emma schüttelte benommen den Kopf. »Nein, nichts passiert«, brachte sie mühsam hervor und rieb sich die schmerzenden Stellen an Hüfte und Ellbogen.

»Warte, ich helfe dir auf.« Camillo streckte ihr die Hand entgegen, doch sie ignorierte sie und kämpfte sich selbst auf die Beine.

»Danke, nicht nötig.«

Er griff nach einem Geschirrtuch, um den verschütteten Tee aufzuwischen. »Bist du sicher, dass alles okay ist?« Schuldbewusst trat er von einem Bein aufs andere.

»Ja, wirklich. Mir geht's gut.« Emma seufzte und atmete tief durch. »Aber, Camillo, ich muss etwas klarstellen. Du bist charmant, witzig, klug. Und ja, dass du gut aussiehst, weißt du selbst. Aber zwischen uns beiden wird nichts laufen. Ich mag dich, aber deine Schwester ist eine meiner besten Freundinnen. Abgesehen davon habe ich einen festen Freund.«

Und außerdem bist du mein Halbbruder, fügte sie in Gedanken hinzu.

Sie streckte ihm versöhnlich die Hand entgegen. »Freunde?«

Camillo starrte fassungslos auf ihre ausgestreckte Hand. »Das ist jetzt nicht dein Ernst, oder?«

»Doch, genau das ist es«, erwiderte Emma mit fester Stimme.

Camillo schüttelte ungläubig den Kopf, ein schiefes Lächeln schlich sich auf seine Lippen. »Das ist mir in meinen ganzen einundzwanzig Jahren noch nie passiert. Na gut, kleine Emma. Freunde. Aber wir werden ja sehen, wie lange das so bleibt.«

Emma lächelte schief zurück. »Vertrau mir, es ist das Beste so.«

EMMA

Nach und nach trafen die Gäste ein. Emma half Céline dabei, ihnen die Mäntel abzunehmen und Aperitifs zu reichen.

»Wie viele Leute hast du denn eingeladen?«, fragte Emma ihre Halbschwester, nachdem sich bereits zehn Jugendliche im Wohnzimmer versammelt hatten.

»Jetzt fehlen nur noch Marc und Tobias, dann sind wir vollzählig«, erwiderte Céline.

Emmas Haltung verkrampfte sich. Das hatte sie befürchtet. Früher oder später musste sie Marc ja wieder unter die Augen treten. Just in dem Moment klingelte es an der Tür. Das mussten sie sein.

»Würdest du aufmachen?«, bat Céline und warf einen kurzen Blick ins Esszimmer. »Ich schaue, ob hier alles bereit ist.«

Mit einem unguten Gefühl im Bauch lief Emma in den Flur und öffnete die Tür. Marc stand davor und musterte sie mit halb geöffnetem Mund. Sein Blick wanderte bewundernd über ihren Körper. Emma straffte die Schultern. Das enge schwarze Prada-Kleid, das sie von Céline geliehen hatte, saß wie angegossen und endete eine Handbreit über dem Knie. Der lange Schlitz an der Seite ließ ihre schmalen Schenkel erahnen. Den letzten Schliff verlieh ihr der korallenrote Lippenstift, der ihre vollen Lippen betonte.

»Hereinspaziert, gebt mir eure Mäntel«, begrüßte Emma die beiden Neuankömmlinge, aber Marc schien ihre Worte nicht zu hören.

Er rührte sich nicht vom Fleck und starrte sie weiter unverhohlen an. Erst als Tobias ihn mit dem Ellbogen in die Seite stieß, löste er widerstrebend den Blick von ihr.

»Du siehst wunderschön aus«, raunte Marc ihr im Vorbeigehen zu. »Wir müssen dringend reden.«

Emma tat so, als hätte sie ihn nicht gehört, nahm die Jacken entgegen und hängte sie in die Garderobe. »Céline wartet im Salon mit den Drinks auf euch. Los, ihr seid spät dran.«

Nachdem alle Gäste mit einem Aperitif versorgt waren, gingen sie ins Esszimmer. Céline hatte keine Kosten gescheut und ein Cateringunternehmen engagiert, das die Vorspeise – Rindercarpaccio mit Steinpilzen und Parmesan – servierte. Emma hatte zwischen Stephanie und Tobias Platz genommen.

»Habe ich richtig gehört, du wohnst jetzt bei den Lauderthals?«, wandte sich Stephanie neugierig an sie, kaum dass sie sich gesetzt hatten.

»Bis auf Weiteres, ja. Ich musste dringend aus meiner alten WG raus und Céline hat mir angeboten, bei ihr zu bleiben, bis ich etwas Neues gefunden habe.«

Stephanie nickte eifrig. »Ich verstehe dich vollkommen! Wohngemeinschaften können eine echte Katastrophe sein. Überall liegen Sachen von den Mitbewohnern herum, und es gibt ständig Ärger wegen der Putzpläne. Das würde ich keine Sekunde aushalten. Du solltest dir wirklich eine eigene Wohnung suchen. Aber es ist unglaublich lieb von Céline, dich hier aufzunehmen.«

»Ja, Céline ist wirklich ein Schatz«, bestätigte Emma mit einem Lächeln und ließ ihren Blick über die Tischgesellschaft schweifen. »Aber sag mal, warum ist Sarah eigentlich nicht hier? Sie gehört doch normalerweise fest zu eurem Freundeskreis, oder?«

Stephanie beugte sich leicht zu ihr herüber und senkte verschwörerisch die Stimme. »Hat Céline dir nichts erzählt? Die beiden haben sich zerstritten. Sie reden schon seit Wochen nicht mehr miteinander.«

»Oh je«, murmelte Emma mit gespieltem Bedauern. »Davon hat Céline kein Wort erwähnt. Was ist denn passiert?«

Stephanie warf einen schnellen Blick über die Schulter, als wolle sie sicherstellen, dass niemand mithörte. »Na ja …«, begann sie leise, »um ehrlich zu sein, bist du daran nicht ganz unschuldig.«

»Ich? Aber wieso das denn?«

»Du kannst natürlich nichts dafür. Sarah war schon immer eine Dramaqueen. Als du plötzlich aufgetaucht bist und dich mit Céline angefreundet hast, wurde sie schrecklich eifersüchtig. Selbst Céline ist das wohl irgendwann zu viel geworden. Jedenfalls haben die beiden seit November keinen Kontakt mehr.

Interessant, dachte Emma und versuchte, ihre Genugtuung zu verbergen.

»Aber sag Céline lieber nichts davon«, fügte Stephanie hastig hinzu. »Sie soll dir selbst erzählen, was passiert ist, wenn sie soweit ist.«

»Keine Sorge, ich schweige wie ein Grab«, versprach Emma und zwinkerte ihr zu.

»Ich finde es toll, dass du jetzt eine von uns bist«, sagte Stephanie und musterte Emma anerkennend. »Auch wenn Sarah mit ihrer Eifersucht sicher nicht die Einzige ist.«

Emma zuckte mit den Schultern. »Ich mache niemandem etwas streitig. Aber danke, ich bin auch froh euch getroffen zu haben. Als ich nach Wien gezogen bin, kannte ich hier schließlich niemanden.«

Die Vorspeise wurde abgeräumt und der zweite Gang serviert. Der zarte Heilbutt zerging Emma praktisch auf der Zunge. Sie konnte sich nicht erinnern, jemals etwas so Köstliches gegessen zu haben.

Die Unterhaltung plätscherte dahin, und Emma staunte über sich selbst. Mittlerweile bewegte sie sich auf dem gesellschaftlichen Parkett mit einer Leichtigkeit, die sie vor ein paar Monaten noch für unmöglich gehalten hätte.

Sie erinnerte sich lebhaft an ihren ersten Abend in dieser Runde, als sie den Gesprächen über die angesagtesten Bars, die neuesten Modetrends und die teuren Spielzeuge der High Society nur atemlos folgen konnte. Wie viel sich doch in so kurzer Zeit verändert hatte! Marc saß schräg gegenüber und warf ihr immer wieder verstohlene Blicke zu. Emma spürte sie wie glühende Nadelstiche auf ihrer Haut, hielt den Kopf jedoch stur gerade und vermied es, zu ihm hinüberzusehen. Stattdessen beteiligte sie sich an dem Tratsch über die neueste Schwangerschaft im englischen Königshaus.

Nach der Nachspeise, einem herrlichen Schokoladenkuchen mit flüssigem Kern, begab sich die Gruppe zurück in den Salon. Dort wurden Gin Tonics und andere Cocktails gereicht, während die Gespräche immer lauter und lebhafter wurden.

Emma blieb im Esszimmer zurück und half den Caterern beim Aufräumen. Natürlich wusste sie, dass ihre Hilfe nicht wirklich gebraucht wurde, doch sie fühlte sich unwohl dabei, sich einfach bedienen zu lassen. Gerade als sie die letzten Teller in die Küche trug, trat Marc vor sie und hielt ihr ein Glas hin.

»Hier versteckst du dich also«, sagte er und musterte sie eindringlich.

»Ich verstecke mich nicht«, erwiderte Emma steif. »Ich habe nur beim Abräumen geholfen. Danke für den Drink. Ich komme gleich zu euch.« Sie drehte sich um, um an ihm vorbeizugehen, doch er griff nach ihrer Hand.

»Warte!«, sagte er leise, fast flehend. »Bitte, ich muss mit dir reden.«

Widerwillig blieb Emma stehen, hielt jedoch weiterhin Abstand. »Ich wüsste nicht, was wir zu besprechen hätten.«

»Emma, bitte.« Marc klang verzweifelt.»Ich merke doch, dass du mir aus dem Weg gehst.«

»Ich gehe dir nicht aus dem Weg«, sagte sie und bemühte sich, gleichgültig zu klingen.

»Doch, das tust du! Und ich verstehe es ja irgendwie, aber … es ist wichtig.« Nervös strich er über sein glatt rasiertes Kinn.»Seit dem Abend in der Bar kann ich nicht aufhören, an dich zu denken«, gestand er schließlich.

Emma ließ ihren Blick hastig durch die Küche schweifen, um sicherzugehen, dass niemand in Hörweite war. Aber die Caterer waren zu sehr mit dem Packen ihrer Sachen beschäftigt, um Notiz von ihnen zu nehmen.

»Was willst du hören, Marc?« Sie seufzte tief.»Wir hatten einen schönen Abend. Aber du bist mit Céline zusammen. Belassen wir es bitte dabei.«

»Und wenn ich es nicht dabei belassen will?« Er trat einen Schritt näher.»Du gehst mir nicht mehr aus dem Kopf, Emma! Céline und ich – das ist schon seit einer Weile nicht mehr das Wahre. Dieser Kuss damals … er hat mir die Augen geöffnet.« Betreten senkte er den Blick.

Emma schluckte schwer. Ihr Magen krampfte sich vor schlechtem Gewissen zusammen. Was hatte sie nur angerichtet?

»Dann solltest du deine Probleme mit Céline klären«, sagte sie schließlich. Sie zwang sich, ihm in die Augen zu sehen.»Ich bin nicht die Richtige, um dir Beziehungstipps zu geben. Außerdem habe ich jetzt einen Freund.«

Er wollte etwas erwidern, doch Emma kam ihm zuvor. »Es tut mir leid, Marc, aber es ist mein Ernst. Das mit uns wird nichts.«

Mit diesen Worten drängte sie sich an ihm vorbei und floh in den Salon.

FERDINAND

M öchte jemand Kaffee?«, fragte Frau Wagner höflich in die Runde. Karl und Ferdinand bestellten Espresso, Herr Kembrand entschied sich für einen Cappuccino. Die Assistentin notierte die Wünsche auf ihrem Block und verließ den Besprechungsraum.

»Kommen wir zum wichtigsten Tagesordnungspunkt: Projekt Reinprechtsdorfer Straße. Wo stehen wir?«, eröffnete Ferdinand die Sitzung.

»Wie besprochen, haben wir die *Waldheim Bau GmbH* mit der Sanierung und dem Dachbodenausbau beauftragt. Ich war gestern auf der Baustelle – sie sind bereits fleißig am Arbeiten«, berichtete Herr Kembrand.

»Die Rechtsabteilung hat die Konkursforderung gegen die Firma *Watzlaw* eingereicht. Mehr können wir an dieser Front derzeit nicht tun«, ergänzte Karl.

»Sehr gut«, lobte Ferdinand seine Mitarbeiter. »Was die Finanzierung betrifft, habe ich jemanden an der Angel. Es sind noch ein paar Details zu klären, aber es sieht so aus, als könnten wir das notwendige Kapital sichern, um den finanziellen Engpass bis zur Übergabe des Projekts zu überbrücken.« Er dachte an Natascha. Bei nächster Gelegenheit würde er ihr einen riesigen Blumenstrauß als Dankeschön zukommen lassen.

Herr Kembrand nickte anerkennend. »Dann sieht es ja tatsächlich danach aus, als würde sich alles zum Guten wenden!«

In diesem Moment öffnete sich die Tür und Frau Wagner brachte die bestellten Getränke.

»Danke«, sagte Ferdinand mit einem kurzen Lächeln, was auf dem Gesicht der jungen Frau sichtbare

Überraschung und Freude hervorrief. Ein Lob aus seinem Mund war eine Seltenheit.

»Wenn Sie noch etwas benötigen, lassen Sie es mich bitte wissen«, erwiderte sie leicht errötend und zog sich aus dem Raum zurück.

»Leider muss ich eure Begeisterung dämpfen. Es gibt schlechte Nachrichten aus meinem Bereich«, meldete sich Karl zu Wort.

Ferdinand runzelte die Stirn. Die Sparte Immobilienvermietung sorgte normalerweise nicht für größere Probleme. »Lass hören.«

»Wir werden gerade regelrecht von Mieterklagen überrollt. Am Freitag hat uns die Schlichtungsstelle mitgeteilt, dass mehr als zwanzig Anträge auf Herabsetzung der Miete auf den Richtwert eingegangen sind.«

Ferdinand schnappte hörbar nach Luft. »Wie bitte? Zwanzig Anträge?«

»Genauer gesagt sind es dreiundzwanzig«, bestätigte Karl und legte einige Unterlagen auf den Tisch.

»Das ist unmöglich. So viele Klagen hatten wir doch noch nie!« Ferdinand konnte es kaum glauben. *Lauderthal Immobilien* hatte in den vergangenen Jahrzehnten gezielt in Altbauimmobilien investiert. Aufgrund des laufenden Erhaltungsaufwands war die Rentabilität dieser Immobilien eng kalkuliert. Würde man sich strikt an die gesetzlichen Mietpreisvorgaben halten, deckten die Einnahmen kaum die Ausgaben. Deswegen hatte das Unternehmen – wie viele andere auch – die Mieten weit über dem gesetzlichen Richtwert angesetzt. Vereinzelt hatten sich Mieter darüber beklagt, doch die meisten wussten entweder nichts von ihrem Recht auf Mietminderung oder schreckten vor einem Rechtsstreit zurück.

»Warum gerade jetzt? Was ist passiert?«, stammelte Ferdinand, noch immer fassungslos.

248

Karl zuckte mit den Schultern. »Keine Ahnung. Aber die Rechtslage ist eindeutig. In den meisten Fällen stehen wir auf verlorenem Posten. Ich werde die Rechtsabteilung mit einer Untersuchung beauftragen, aber besonders bei den befristeten Verträgen haben wir schlechte Karten.« Ferdinand trank seinen Espresso mit einem Zug leer. Eben noch hatte er sich gefreut, dass eine Lösung für das Projekt in der Reinprechtsdorfer Straße in Aussicht stand – und nun das. Eine neue Krise. Wieso schien in letzter Zeit einfach gar nichts mehr rundzulaufen?

»Ich werde gleich heute Nachmittag mit der Rechtsabteilung sprechen«, fügte Karl hinzu und versuchte, einen beruhigenden Tonfall anzuschlagen.

»Ja, mach das, Karl. Halte mich auf dem Laufenden«, sagte Ferdinand und rieb sich nachdenklich das Kinn.

Große Hoffnungen setzte er allerdings nicht darauf. Sollte sich die Klagewelle herumsprechen und weitere Mieter auf den Plan rufen, könnte das die Firma in ernsthafte Schwierigkeiten bringen. Wenn die Banken davon Wind bekamen, konnte er sich auf ein Desaster gefasst machen. Und sollte Herr Iwanow wider Erwarten abspringen, stand es schlecht um das Unternehmen. Dann konnte er zusperren.

Auch Inés' Plan, ihr Vermögen in eine Privatstiftung einzubringen, bereitete Ferdinand zunehmend Kopfschmerzen. Der letzte Notartermin hatte mehr Fragen aufgeworfen als geklärt. Zwar war es ihm gelungen, durch eine Vielzahl von Anmerkungen die Angelegenheit zu verzögern, aber er wusste, dass ihm die Zeit davonlief. Sollte die Firma tatsächlich in Schwierigkeiten geraten, musste er rasch handeln. War Inés' Kapital erst einmal eingebracht, wäre es zu spät. Dann konnte er sich auf langwierige Diskussionen mit dem künftigen Stiftungsvorstand gefasst machen. Das durfte auf keinen Fall geschehen.

Neben Karl, auf dessen Loyalität er zählte, hatte Inés noch zwei weitere Freunde gefragt: Ralph, ein Investmentbanker, und Vanessa, eine Zahnärztin und Célines Taufpatin. Beide hatten keinerlei Erfahrung im Immobilienbereich und würden sich im Zweifel sicher auf Inés' Seite schlagen.

Sein Kollege nickte, griff nach seinen Unterlagen und verließ zusammen mit den anderen das Besprechungszimmer. Als Ferdinand allein war, schloss er für einen Moment die Augen. Ihm blieb nicht mehr viel Zeit, um die Wogen zu glätten. Aber so schnell gab er nicht auf. Noch war nicht alles verloren.

EKATERINA

Der große Koffer ratterte über die Kiesauffahrt der Lauderthals. Die kleinen Steine verfingen sich in den Rädern und erschwerten ihr das Vorankommen. Doch Ekaterina ließ sich nicht hetzen. Sie hielt inne, um tief Luft zu holen. Ein Hauch von Frühling lag in der Luft, und obwohl es erst Mitte Februar war, hatten die Sträucher bereits die ersten Knospen angesetzt.

Ekaterina genoss den Moment und nahm sich vor, für den Abend ein Festmahl zu zaubern. Die Kinder sollten endlich einmal wieder etwas Anständiges auf den Teller bekommen. Inés mochte viele Talente besitzen, doch in der Küche war sie eine Katastrophe. Ekaterina vermutete, dass sich die Familie in den letzten Monaten hauptsächlich von Lieferdiensten ernährt hatte – es sei denn, Céline hätte das Kochen erlernt, was sie jedoch stark bezweifelte.

Sie schloss die Eingangstür auf, und der vertraute Duft der Villa Lauderthal umfing sie. Eine Mischung aus den frischen Blumen, die wöchentlich ins Haus geliefert wurden, und Inés' bevorzugtem Raumduft von l'Occitane. Ein wohliges Gefühl von Heimkehr durchströmte sie. Mit einem leichten Seufzen hievte sie ihren Koffer die Treppe hinauf ins Obergeschoss, wo sie ihn neben ihrem Bett abstellte, ehe sie sich erschöpft auf die weiche Matratze sinken ließ.

Die Monate in Paris bei Inés' Schwester hatten sich endlos hingezogen. Man hatte sie dort wie ein Familienmitglied behandelt, dennoch war Ekaterina unendlich erleichtert, wieder zurück zu sein. Hier, wo alles vertraut war, wo jeder Winkel Geschichten erzählte, die nur sie kannte.

Sie konnte es kaum erwarten, Céline wieder in die Arme zu schließen.

EMMA

Als Emma und Céline das Haus betraten, empfing sie der verlockende Duft von italienischen Essen. Unwillkürlich lief Emma das Wasser im Mund zusammen. »Was Camillo wohl heute Leckeres bestellt hat?«, fragte sie erfreut.

»Das war nicht Camillo. Eigentlich waren wir heute mit Bestellen dran«, murmelte Céline abwesend, während sie ihren Schlüsselbund in die lederne Ablageschale im Vorzimmer fallen ließ. Ein leises Klirren ertönte, als der Bund auf einen weiteren Schlüssel traf, der bereits dort lag. An ihm baumelte ein Fotoanhänger. Emmas Blick fiel auf das Bild: Céline, Arm in Arm mit einer attraktiven Frau, die höchstens Ende dreißig sein konnte. Auch Céline hatte den Schlüssel bemerkt. Ohne ein weiteres Wort ließ sie ihren Mantel zu Boden fallen und stürmte durch den Flur.

»Ekaterina?«, rief sie laut. »Ekaterina, wo bist du?«

Emmas Herz setzte einen Schlag aus. Ekaterina war zurück! Gleich würde sie zum ersten Mal ihrer leiblichen Mutter gegenüberstehen! Mit einem flauen Gefühl im Magen folgte sie Céline in die Küche. Dort blieb sie im Türrahmen stehen.

Die Begrüßungsszene, die sich vor ihren abspielte, war rührend. Atemlos wurde sie Zeugin, wie die Frau von dem Foto Céline freudestrahlend in die Arme nahm.

»Da bist du ja endlich!«, schluchzte Céline an Ekaterinas Schulter. »Du hast mir so gefehlt! Du darfst uns nie wieder so lange alleine lassen, versprich mir das!«

»Ich verspreche es, mein Schatz«, flüsterte Ekaterina und strich ihr behutsam übers Haar. »Ich habe dich viel mehr vermisst, als du dir vorstellen kannst.«

Die beiden wirkten so vertraut, dass Emma sich wie eine Fremde fühlte, die zufällig in diesen intimen Moment hineingeplatzt war. Ihre Wangen brannten vor Scham, und in ihrer Kehle bildete sich ein Kloß. Sie konnte sich nicht erinnern, jemals von irgendjemandem auf diese Weise umarmt worden zu sein. Dabei war die Frau, die Céline da umarmte, *ihre* Mutter.

Nach einer gefühlten Ewigkeit löste sich Ekaterina widerstrebend von Céline und musterte sie mit einem liebevollen Blick.

»Kaum zu glauben, aber du wirst von Tag zu Tag schöner«, hauchte sie und strich sanft über Célines Wange.

Dann glitt ihr Blick an Céline vorbei und fiel auf Emma, die immer noch wie erstarrt im Türrahmen lehnte. Ekaterina hielt in der Bewegung inne, und ihr Gesichtsausdruck wechselte von Freude zu Verwirrung.

»Wen hast du denn da mitgebracht, Céline?«

»Ekaterina, das ist meine Freundin Emma. Sie wohnt vorübergehend bei uns. Oh Gott, du hast ja so viel verpasst! Emma, komm her! Ich möchte dir Ekaterina vorstellen!«

Emma schluckte schwer und trat zögernd auf die beiden Frauen zu. Ihr Herz klopfte wie wild. Würde Ekaterina sie erkennen? Hoffnungsvoll streckte sie ihr die Hand zur Begrüßung entgegen.

»Ich bin Ekaterina. Freut mich, dich kennenzulernen, Emma«, sagte die Frau freundlich, aber distanziert.

Enttäuschung überflutete Emma und drohte sie zu überwältigen. Natürlich würde Ekaterina nicht vor Céline in Tränen ausbrechen und sie als ihre verlorene Tochter umarmen. Trotzdem schmerzte der distanzierte Händedruck mehr, als sie erwartet hatte. In ihren Träumen hatte sie sich das Wiedersehen ganz anders ausgemalt.

»Was hast du denn Leckeres gekocht?«, fragte Céline und lenkte Ekaterinas Aufmerksamkeit wieder auf sich.

»Wir haben mittlerweile sämtliche Lieferdienste der Gegend durch. Ich kann dieses Zeug nicht mehr sehen!« Ekaterina lachte leise und schüttelte den Kopf. »Ich habe nichts anderes erwartet. Aber keine Sorge, jetzt bin ich ja wieder da. Zur Feier des Tages gibt es Lasagne. Und dazu einen frischen Salat. Ihr zwei seht aus, als könntet ihr ein paar Vitamine vertragen.« Céline klatschte begeistert in die Hände und fiel ihr erneut um den Hals. »Lasagne? Du bist die Beste!« Ekaterina grinste. »Na dann, sei so lieb und deck schon mal den Tisch. Deine Eltern sind sicher auch gleich zu Hause.« Emma beobachtete die Szene stumm. Der Gedanke, dass diese Frau, die so unendlich liebevoll mit Céline umging, ihre eigene Mutter war, erschien ihr völlig surreal. Sie hatte Ekaterina so lange gesucht, und nun, da sie hier stand, wusste sie nicht, was sie sagen oder fühlen sollte.

Zwanzig Minuten später schob sich Emma den ersten Bissen Lasagne in den Mund. Céline hatte nicht zu viel versprochen – das Essen war tatsächlich hervorragend. Kurz nach ihnen waren auch Inés und Ferdinand eingetroffen. Inés hatte Ekaterina sofort herzlich in die Arme geschlossen, während Ferdinand sich mit einem distanzierten, förmlichen Nicken begnügt hatte.

Céline plapperte während des Essens pausenlos und berichtete Ekaterina alles, was sie in ihrer Abwesenheit verpasst hatte. Auch Camillo trug mit seinen Geschichten zur Unterhaltung bei. Emma verfolgte die Gespräche jedoch nur mit halbem Ohr. Stattdessen beobachtete sie ihren Vater genau. Immer wieder wanderte sein Blick zwischen Ekaterina und ihr hin und her, als würde er verzweifelt nach irgendeinem verräterischen Detail suchen. Diebische Genugtuung stieg in ihr auf. So groß ihre Enttäuschung über

Ekaterinas Reaktion auch war – zumindest gab es eine Person am Tisch, die sich noch unwohler fühlte als sie selbst.

»Was ist eigentlich aus deiner Bewerbung als Assistentin geworden, Emma?« Célines Frage riss sie abrupt aus ihren Gedanken.

»Wie bitte?«, erwiderte Emma überrascht und sah ihre Halbschwester verständnislos an.

»Na, die Stelle beim Institut für Römisches Recht, für die du dich beworben hast. Hast du schon eine Rückmeldung bekommen?«

Ein mulmiges Gefühl überkam Emma. Siedend heiß fiel ihr der Brief an die Studienleitung wieder ein – den hatte sie völlig vergessen! Unbehagen machte sich breit.

»Ach so – das.« Sie zwang sich zu einem zerknirschten Gesichtsausdruck. »Leider habe ich den Job nicht bekommen. Sie haben sich wohl für jemanden entschieden, der im Studium schon weiter ist.«

»Das tut mir leid«, antwortete Céline mitfühlend. »Aber es werden immer wieder Stellen an der Uni frei. Vielleicht kann Papa ja ein gutes Wort für dich bei Thomas einlegen? Er ist Partner in der Kanzlei, in der ich arbeite, und könnte bestimmt was arrangieren. Oder, Papa?«

Ferdinands Augen verengten sich. »Natürlich, mein Schatz«, sagte er mit einem gezwungenen Lächeln.

Emma unterdrückte ein Grinsen. Die Chancen, dass er tatsächlich sein Netzwerk für sie aktivieren würde, gingen gegen null.

Das Abendessen verging wie im Flug. Schließlich erhob sich Ekaterina, um die Teller abzuräumen, und Céline und Emma folgten ihr in die Küche, um ihr zu helfen. Emma hoffte noch immer, dass Ekaterina sie beiseitenehmen und ein privates Gespräch suchen würde, wenn Céline nicht hinsah. Doch stattdessen gähnte ihre Mutter und streckte sich müde.

»Ich bin total erschöpft von der Reise. Ich gehe besser gleich ins Bett. Wir haben morgen noch den ganzen Tag zum Reden.« Sie lächelte Céline und Emma entschuldigend an, ehe sie sich Richtung Schlafzimmer aufmachte.

Emma blieb wie angewurzelt stehen. Enttäuschung stach in ihrer Brust wie ein kalter Dolch. Was hatte sie auch erwartet? Dass Ekaterina plötzlich alles stehen und liegen lassen und mit ihr alleine sprechen würde? Natürlich nicht.

»Möchtest du noch einen Film sehen, bevor wir schlafen gehen?«, fragte Céline und gähnte nun ebenfalls.

Emma schüttelte den Kopf. So sehr sie ihre Halbschwester auch mochte, sie brauchte jetzt Zeit für sich. »Das geht nicht, tut mir leid. Ich muss nochmal weg.«

»Ach ja? Mit wem triffst du dich denn?« Célines Stimme nahm einen neckenden Tonfall an. »Gibt es da etwa einen Kerl, von dem ich nichts weiß?«

»Nichts in der Richtung.« Emma rang sich ein Lächeln ab. »Ich muss noch bei meiner ehemaligen Mitbewohnerin Elisabeth vorbeischauen und ihr den letzten Anteil für die Miete vorbeibringen.« Es war eine Lüge, aber die einzige, die ihr in diesem Moment einfiel.

Céline zog skeptisch die Augenbrauen zusammen, sagte jedoch nichts. »Du kannst mein Auto nehmen, wenn du willst.«

»Lieb von dir, aber du weißt doch, dass ich keinen Führerschein habe.«

»Stimmt, sorry. Aber ruf dir dann bitte ein Taxi. Ich will nicht, dass du nachts alleine durch Wien irrst.«

Emma lachte und verdrehte die Augen. »Ja, Mama, keine Sorge.«

EMMA

Eine halbe Stunde später hielt das Taxi vor Alex' Haus. Obwohl er überrascht gewesen war, als Emma ihm so spät noch geschrieben hatte, wirkte er dennoch erfreut, sie zu sehen. Nach den Ereignissen des Abends war Emmas Sehnsucht nach einem vertrauten Gesicht und einer tröstenden Umarmung beinahe überwältigend. »Hi, du«, begrüßte Alex sie sanft. Er stand lässig im Türrahmen, nur mit Boxershorts und einem ausgeleierten T-Shirt bekleidet.

Ohne ein Wort zu verlieren, schlang Emma die Arme um seinen Hals und zog ihn fest an sich. Der vertraute Duft seiner Haut erfüllte ihre Sinne. Seine Nähe war genau das, wonach sie sich gesehnt hatte.

Nach einer Weile löste sich Alex aus der Umarmung und musterte sie besorgt. »Alles in Ordnung mit dir? Du siehst blass aus. Komm erst mal rein.«

Emma nickte nur und ließ sich im Wohnzimmer erschöpft auf die Couch fallen. Ihr Blick wanderte zu seinem Schreibtisch, der von Papieren und Aktenordnern überquoll. Die Tischlampe brannte noch, ihr Schein erhellte das Chaos aus Dokumenten und Unterlagen.

»Ich habe dich doch nicht bei der Arbeit gestört, oder?«, fragte sie zögernd.

Alex winkte ab. »Quatsch. Ich habe nur ein bisschen an meiner Projektkalkulation gearbeitet. Erinnerst du dich an die Finanzierungsprobleme, von denen ich dir erzählt habe? Es sieht ganz so aus, als hätten wir endlich einen Investor gefunden. Aber das hat Zeit bis morgen. Willst du etwas trinken?«

»Kannst du uns Gin Tonics machen?«

Alex hob eine Augenbraue, nickte dann aber und verschwand in die Küche. Kurz darauf kehrte er mit zwei Gläsern zurück und reichte ihr eins davon. »So schlimm?« Emma antwortete nicht, sondern nahm einen großen Schluck. Der Alkohol brannte in ihrer Kehle, und die Anspannung wich allmählich aus ihrem Körper. »Ich möchte nicht darüber reden«, murmelte sie. »Können wir einfach einen Film schauen?«

Erneut musterte Alex sie besorgt, dann zuckte er die Schultern und schaltete den Fernseher ein. Das vertraute Gesicht von Sandra Bullock leuchtete auf dem Bildschirm auf – eine romantische Komödie, leicht und heiter, genau das Richtige.

Emma kuschelte sich an Alex' und legte ihren Kopf auf seine breite Brust. Zärtlich strich sie mit den Fingern über die krausen Haare, die aus dem Ausschnitt seines T-Shirts ragten. Er brummte leise und ließ seine Hand behutsam über ihren Hals wandern, hinab bis zu den Knöpfen ihrer Bluse. Seine Berührung war zärtlich, fast vorsichtig, doch Emma spürte, wie das Verlangen in ihr aufwallte und die Enttäuschung der letzten Stunden in den Hintergrund drängte.

Ohne groß nachzudenken, reckte sie sich ihm entgegen, bis seine Fingerkuppen ihre Brustwarze berührten. Ein leises Stöhnen entfuhr ihr. Alex' Bewegungen wurden entschlossener. Seine Hand glitt über den Saum ihres Rockes und schob ihn nach oben, bis der Spitzensaum ihrer Strümpfe zum Vorschein kam. Emma schnappte nach Luft.

Behutsam strich er über die freigelegte Haut, seine Finger erkundeten jeden Zentimeter, bis er den Stoff ihres Höschens zur Seite schob. Sein Daumen kreiste sanft über ihrer empfindlichste Stelle und eine wohlige Wärme durchflutete Emmas Körper, verdrängte den Schmerz und die Einsamkeit, die sie bis zu diesem Moment nicht ganz losgelassen hatten.

Mit bebenden Händen zerrte Emma an seinem T-Shirt, bis es schließlich auf dem Boden landete. Dann machte sie sich daran, seine Shorts über die Hüften zu ziehen. Alex stöhnte auf. Sein Blick suchte den ihren und sie nickte langsam. Sie war bereit.

»Du bist unglaublich«, raunte er ihr zu und blickte ihr dabei tief in die Augen, während er sich langsam in sie hineinschob. Emma erwiderte seinen Blick. Sie fühlte sich vollkommen entblößt – nicht nur körperlich, sondern auch seelisch. Aber zum ersten Mal in ihrem Leben war es ein gutes Gefühl. Mit unendlicher Geduld bewegte er sich in ihr, ließ sie jeden Zentimeter spüren, wobei er immer wieder kurz innehielt, um sicherzugehen, dass es ihr gutging.

Emma krallte sich in die Kissen und keuchte. Mit jedem Stoß steigerte sich ihr Verlangen, bis es schließlich überkochte. Ein heftiger Orgasmus riss sie mit sich fort, löste alles in ihr auf und ließ sie erzittern. Mit einem lauten Stöhnen folgte Alex ihr.

Schwer atmend lagen sie eine Weile ineinander verschlungen da. Emma schloss die Augen und sog diesen kurzen Moment des Friedens in sich auf, wohl wissend, dass es nicht von Dauer sein würde. Aber für jetzt – nur für diesen Moment – war alles gut.

***

Stunden später wachte Emma auf. Der Drang ihrer Blase hatte sie geweckt. Vorsichtig schob sie Alex' Arm von ihrer Taille und befreite sich aus seiner Umarmung, ohne ihn zu wecken. Lautlos stand sie auf und tappte ins Badezimmer. Nachdem sie sich erleichtert hatte, kehrte sie zurück ins

Wohnzimmer. Ihre verstreuten Kleidungsstücke und der sanfte Schimmer der ersten Morgendämmerung, der den Raum in rosafarbenes Licht tauchte, boten ein ungewohnt intimes Bild.

Sie blieb stehen und betrachtete ihren schlafenden Freund. Alex hatte sich quer über die Couch ausgebreitet, ein Bein hing lässig über die Sofakante, sein Brustkorb hob und senkte sich gleichmäßig. Das leise Schnarchen war das Einzige, was die Stille im Raum durchbrach. Ein liebevolles Lächeln stahl sich auf Emmas Gesicht. Sie konnte den Blick nicht von ihm abwenden. Er sah so friedlich aus, so verletzlich. Eine Welle der Zuneigung und Dankbarkeit überflutete sie. So sehr das Zusammentreffen mit den Lauderthals auch ihre Welt ins Wanken gebracht hatte, es hatte ihr Alex geschenkt. Und allein dafür lohnte es sich, den Schmerz und die Enttäuschung durchzustehen.

Ihr Blick glitt weiter zum Schreibtisch. Zwischen den verstreuten Papieren stapelten sich Projektunterlagen und Ausdrucke diverser Excel-Tabellen. Einen Moment lang zögerte Emma, dann siegte die Neugierde.

Auf Zehenspitzen schlich sie näher heran, um die Dokumente genauer in Augenschein zu nehmen. Ein Name am oberen Rand einer Tabelle erregte ihre Aufmerksamkeit: *Wladimir Iwanow, Iwanow Investments*. Das musste der Investor sein, von dem Alex gesprochen hatte.

Emma blickte über die Schulter. Alex rührte sich nicht. Schnell zog sie ihr Handy aus der Hosentasche und fotografierte die Seite, auf der Namen und Kontaktdaten vermerkt waren. Kaum hatte sie den Auslöser gedrückt, verkrampfte sich ihr Magen.

Das kannst du nicht machen, schoss es ihr durch den Kopf. *Wenn Alex das jemals herausfindet, wird er dir das nie verzeihen!*

Sie biss sich auf die Unterlippe und kämpfte gegen das schlechte Gewissen an. *Nur für alle Fälle*, redete sie sich ein. *Wer weiß, wann das noch wichtig werden könnte.*

Mit zitternden Fingern steckte sie das Handy weg und legte die Dokumente wieder so zurecht, dass es aussah, als hätte niemand sie angerührt. Bevor sie ging, griff sie nach einem Notizzettel, der auf dem Schreibtisch lag, und schrieb eine kurze Nachricht:

Danke für gestern. Es war wunderschön. Wir sehen uns bald.

Dann zog sie sich schnell an, warf einen letzten sehnsüchtigen Blick auf Alex' schlafende Gestalt und verließ die Wohnung. Sie musste zurück zu den Lauderthals, bevor Céline aufwachte und bemerkte, wie lange sie weggewesen war. Der Gedanke ließ sie lächeln. Zum ersten Mal in ihrem Leben gab es jemanden, dem es nicht egal war, ob und wann sie nach Hause kam.

EKATERINA

Ekaterina blickte durch die gläserne Terrassentür hinaus in den Garten, der im Sonnenlicht erstrahlte. Die ungewöhnlich warmen Temperaturen hatten bereits die ersten Frühlingsblumen aus dem Winterschlaf geweckt. *Wir sollten den Gärtner dieses Jahr wohl früher kommen lassen*, dachte sie flüchtig.

Ihr Blick fiel auf den einsamen Liegestuhl, auf dem Emma saß, das Gesicht der Sonne zugewandt, die Augen geschlossen. Ein leichtes Lüftchen spielte mit ihren Haaren. Sie wirkte wunderschön und friedlich. Ekaterina schüttelte ungläubig den Kopf. Die finsteren Blicke, die Ferdinand ihr und Emma gestern Abend zugeworfen hatte, hatten ihr erst Rätsel aufgegeben. Später, als sie sich vor dem Schlafengehen in der Küche begegnet waren, hatte er ihr alles erklärt.

Seine Worte waren wie Schläge auf sie eingeprasselt. »Emma ist also meine Tochter«, hatte er ihr zornig entgegengebrüllt. Die Erkenntnis hatte Ekaterina den Boden unter den Füßen weggezogen. Noch immer zitterte sie, wenn sie an Ferdinands wutverzerrtes Gesicht dachte. Sie war sich sicher, dass das alles noch ein Nachspiel haben würde. Zum Glück war Céline, die nichtsahnend die Treppe hinuntergekommen war, gerade rechtzeitig erschienen und Ferdinand hatte das Thema gewechselt, bevor er noch etwas Unbedachtes sagen konnte.

Wie war das nur passiert? Nie im Leben hätte sie gedacht, dass Emma sie aufspüren würde. Dass sie nun als Célines »Freundin« im Haus der Lauderthals lebte, war eine Katastrophe. Wenn die Wahrheit ans Licht kam, wäre alles aus. *Das darf nicht geschehen*, schoss es Ekaterina durch den Kopf. *Ich muss sofort handeln, bevor es zu spät ist.*

Damals, vor zwanzig Jahren, hatte sie eine Entscheidung getroffen. Eine Entscheidung, die sie nie bereut hatte, obwohl ihr dabei fast das Herz gebrochen war. Sie hatte die Gelegenheit beim Schopf gepackt, die ihr das Schicksal geboten hatte und nie zurückgeblickt. Und jetzt drohte dieses Mädchen alles zu zerstören. Ekaterina seufzte tief und stieß die Terrassentür auf. Mit festen Schritten trat sie nach draußen und ließ sich auf dem Liegestuhl neben Emma nieder.

Emma öffnete die Augen und lächelte. Es war ein schönes Lächeln, voller Hoffnung und Freude. Ekaterina spürte, wie ihr das Herz schwer wurde. Ihr graute davor, was sie gleich tun würde. Aber sie hatte keine andere Wahl.

»Guten Morgen, Emma«, begann sie leise.

»Guten Morgen«, erwiderte Emma und sah sie neugierig an.

Ekaterina nahm einen tiefen Atemzug. Das Unvermeidliche hinauszuzögern, machte es nicht weniger grauenhaft. Sie musste stark bleiben. »Warum bist du wirklich hier, Emma?«, fragte sie mit sanfter Stimme.

Emma verzog den Mund zu einem schiefen Lächeln. »Ich denke, das weißt du.«

Ekaterina nickte langsam. »Ja, trotzdem muss ich zugeben, dass mich dein Auftauchen überrascht hat.«

Emma zog die Augenbrauen hoch. »Du bist überrascht? Wirklich? Was hättest du denn an meiner Stelle getan?«

Ekaterina ging nicht auf die Frage ein. Stattdessen sagte sie mit fester Stimme: »Du solltest nicht hier sein.«

Verwirrung blitzte in Emmas Augen auf. »Warum nicht? Kannst du nicht verstehen, dass ich neugierig auf meine leiblichen Eltern bin?«

»Natürlich kann ich das verstehen.« Ekaterinas Blick wurde weicher. »Aber das hier … das zerstört eine Familie, Emma. Meine Familie. Und das kann ich nicht zulassen.«

»Zerstören?«, wiederholte Emma ungläubig. Ihre Stimme klang auf einmal brüchig.

»Ich weiß nicht, wie dein Leben verlaufen ist«, fuhr Ekaterina fort, gegen ihr schlechtes Gewissen ankämpfend. »Ich habe mir immer gewünscht, dass du eine glückliche Kindheit hattest. So oft habe ich mich gefragt, wo du bist und ob es dir gut geht. Aber die Dinge sind, wie sie sind und feststeht – du kannst hier nicht bleiben.«

»Aber … warum nicht?«, flüsterte Emma. Ihre Gesichtszüge waren entgleist, alle Farbe war ihr aus dem Gesicht gewichen. Es kostete Ekaterina große Anstrengung, nicht in Tränen auszubrechen. Am liebsten hätte Emma sie in den Arm genommen und ihr gesagt, dass alles gut werden würde. Doch was sie tat, war das einzig Richtige, das wusste sie. *Bleib stark!*

»Weißt du denn nicht, dass Inés schwer krank ist?«, fragte sie leise. »Die Wahrheit würde sie nicht überleben. Das hat sie nicht verdient.«

»Ich habe ihr gegenüber doch nie etwas gesagt! Glaub mir, ich würde nie absichtlich etwas tun, das ihr schaden könnte. Ich habe nichts getan, was sie aus der Fassung bringen könnte!«

»Das mag sein. Aber wenn sie herausfindet, wer du wirklich bist, wird es sie trotzdem zerstören.« Ekaterinas Stimme war eindringlich. »Und wenn du hierbleibst, wird sie es erfahren. Willst du das wirklich, Emma? Hast du je darüber nachgedacht, ob du mit dieser Schuld leben könntest?«

Emma schnaubte. Die Enttäuschung in ihrer Miene mischte sich mit Wut, und ihre Stimme erhob sich, wurde schrill. »Das ist doch nicht dein Ernst! Ich soll dafür verantwortlich sein, eine Familie zu zerstören? Wenn überhaupt, dann ist das doch dein Werk! Ich bin schließlich nicht diejenige, die eine Affäre mit ihrem verheirateten

Arbeitgeber angefangen hat. Ich war es nicht, die mit ihrem Chef geschlafen hat, während ich mit seiner Frau unter einem Dach lebte!«

Emmas Hände zitterten, Tränen traten ihr in die Augen. Ekaterina seufzte tief.

»Ja, ich habe viele Fehler gemacht. Die Affäre mit Ferdinand war einer davon. Aber ich habe damals die Konsequenzen gezogen, um die Familie Lauderthal zu schützen. Dich zur Adoption freizugeben, war die schwerste Entscheidung meines Lebens. Und du kannst mir glauben, ich habe oft damit gehadert, ob es die richtige war. Aber ich bin diejenige, die mit dieser Schuld leben muss, nicht du. Aber alles, was jetzt passiert, geht auf deine Kappe.« Sie hielt inne, sammelte ihren Mut, bevor sie weitersprach. »Du machst den Eindruck, als wärst du ein gutes, kluges Mädchen. Dein Leben liegt noch vor dir. Ich kann dir nur raten, nichts zu tun, was du später bereuen würdest. Denn wenn du hierbleibst, wirst du es bereuen. So viel steht fest.«

Mit einem Ruck sprang Emma auf. Ihre Augen funkelten jetzt vor Zorn. »Du hast doch keine Ahnung, wie mein Leben war. Du hast nicht gesehen, wie meine Adoptiveltern mich behandelt haben. Wie sie ihren leiblichen Sohn bevorzugt und mich immer wieder zurückgewiesen haben. Wie ich um ihre Liebe gebettelt habe. Oder wie ich mich in den Schlaf geweint habe, Nacht für Nacht. Du warst nicht da, als mich mein Onkel vergewaltigt hat. Immer wieder, seit ich vierzehn war.«

Ekaterina schluckte schwer. Auch ihr waren die Tränen gekommen.

Doch Emma war noch nicht fertig. Ihr Atem ging stoßweise, ihr ganzer Körper wurde von heftigem Zittern geschüttelt. »Nein, du hast deine heile Welt mit den Lauderthals gelebt und mich im Stich gelassen! Also sag mir

265

nicht, was für ein Mensch ich bin. Du hast nämlich keine Ahnung!«

Ekaterina erstarrte. Emmas Zorn war wie ein Wirbelsturm, der über sie hinwegfegte. Doch sie konnte nichts sagen, kein Wort der Entschuldigung, keine Rechtfertigung. Alles, was sie jetzt sagen würde, würde es nur noch schlimmer machen.

»Du sagst, du hättest die richtige Entscheidung getroffen? Dabei vergisst du, dass ich diejenige bin, die den Preis dafür zahlen musste. Und jetzt versteckst du dich hinter deiner Sorge um Inés? Die du hintergangen hast? Siehst du nicht, wie scheinheilig das klingt? Mein Vater ist ein Arschloch, das wissen wir beide. Aber weißt du was? Du bist keinen Deut besser als er. Du bist nichts als eine elende Heuchlerin!«

Mit einem letzten Blick voller Verachtung wirbelte Emma herum und rannte ins Haus.

Ekaterina blieb zurück. Versteinert. Verstört. Gefangen in einem Netz aus Reue und Schuldgefühlen, das sie sich selbst geknüpft hatte.

EMMA

Emmas Augen schwammen vor Tränen. Ihr ganzes Leben lang hatte sie gelernt, Schmerz und Ablehnung zu ertragen. Aber nichts, was sie bisher erlebt hatte, war vergleichbar mit dem, was Ekaterina ihr gerade angetan hatte. Seit Monaten hatte sie sich an den Gedanken geklammert, ihre leibliche Mutter endlich kennenzulernen. Sie hatte sich unzählige Szenarien ausgemalt: wie Ekaterina sie mit einem Lächeln empfangen und fest an sich drücken würde, wie sie ihr ins Ohr flüstern würde, dass sie sie über alles liebte und nie wieder loslassen würde. Céline hatte so oft und so überschwänglich von Ekaterina geschwärmt. Emma war fest überzeugt gewesen, dass ihre Mutter ein besserer Mensch war als Ferdinand. Dass sie sich freuen würde, ihre verlorene Tochter wiedergefunden zu haben. Doch jetzt wusste sie, wie naiv diese Hoffnung gewesen war.

Offenbar waren nur Menschen wie Céline dazu bestimmt, geliebt zu werden. Menschen mit perfektem Leben, perfekter Familie. Während sie, Emma, als eine Art Fehler im System existierte. Eine Randnotiz im Leben anderer, die man schnell wieder verdrängte. War sie wirklich so ein furchtbarer Mensch, dass sie es nicht verdiente, auf dieselbe Weise geliebt zu werden?

Aber Ekaterina irrte sich, wenn sie glaubte, sie einfach so aus ihrem Leben vertreiben zu können. Emma würde das Feld nicht kampflos räumen.

Kalte Wut pulsierte durch ihre Adern und verdrängte den Schmerz. Ihr Herz hämmerte, ihre Hände zitterten, als sie ihr Handy aus der Tasche zog. Mit fahrigen Fingern rief sie das Foto auf, das sie in Alex' Wohnung aufgenommen hatte. Gegen Ekaterina konnte sie vielleicht nichts ausrichten. Nicht, ohne Inés den Betrug ihres Mannes zu offenbaren, und das wollte sie nicht. Sie war immer freundlich zu ihr gewesen und obendrein war sie krank. Nein, das hatte sie nicht verdient. Aber Ferdinand? Bei ihm war es anders. Er würde bezahlen.

Emma atmete tief durch und gab bei Google das Unternehmen *Iwanow Investments* ein. Das Büro des Investors befand sich in der Innenstadt, in einem modernen Gebäude mit Glasfassade. Sie notierte sich die Adresse. Mit den öffentlichen Verkehrsmitteln konnte sie in vierzig Minuten dort sein.

Ferdinand hatte versucht, sie mit Geld zum Schweigen zu bringen, hatte sie verspottet und gedemütigt. Heute würde sie ihm eine Lektion erteilen, die er so schnell nicht vergessen würde. Vielleicht war es nicht der klügste Schritt, und vielleicht würde sie es später bereuen – aber all das spielte im Moment keine Rolle.

FERDINAND

Ich frage dich ein letztes Mal: Wie konnte das passieren?«, fauchte Ferdinand und marschierte mit energischen Schritten in seinem Arbeitszimmer auf und ab. Seine Blicke schossen wie giftige Pfeile in Ekaterinas Richtung, die ängstlich mit verschränkten Armen auf der Couch saß und sich leicht vor- und zurückwiegte.

»Es tut mir so leid, Ferdinand! Aber dass Emma hier ist, liegt nicht an mir. Ich habe mich damals an unsere Vereinbarung gehalten, das schwöre ich!«, beteuerte sie.

Ferdinand stieß ein verächtliches Schnauben aus. »Offensichtlich nicht, oder?«

»Ich habe bereits mit ihr gesprochen, gleich am Tag nach meiner Ankunft. Ich habe ihr gesagt, dass sie gehen muss. Aber sie hört einfach nicht auf mich!«

»Und was schlägst du jetzt vor? Soll ich sie etwa grundlos vor die Tür setzen? Glaubst du, ich habe das nicht schon versucht? Aber diese Schlange gibt sich als Célines Freundin aus. Inés und Camillo hat sie längst um den Finger gewickelt. Mir sind die Hände gebunden! Kannst du dir überhaupt vorstellen, wie es ist, jeden Abend mit meiner unehelichen Tochter am Familientisch zu sitzen und ständig befürchten zu müssen, dass Inés anfängt, die falschen Fragen zu stellen?«

»Für mich ist das auch alles andere als einfach, das kannst du mir glauben!«, jammerte Ekaterina.

»Es ist mir scheißegal, wie es dir damit geht! Du bist schuld an diesem Schlamassel!« Wütend fuhr er sich durchs Haar, das ihm wild in alle Richtungen abstand.

Plötzlich durchbrach der durchdringende Klingelton seines Handys die angespannte Atmosphäre. Ferdinand zog es widerwillig aus der Tasche und warf einen Blick auf das Display: Wladimir Iwanow. *Ausgerechnet jetzt*, dachte er verbittert.

»Ich muss diesen Anruf annehmen. Aber wir sind noch nicht fertig!«, knurrte er. Ekaterina ergriff die Gelegenheit und verließ hastig das Zimmer. Ferdinand atmete tief durch und nahm den Anruf entgegen.

»Herr Iwanow, was für eine Freude, von Ihnen zu hören! Wie geht es Ihnen?«, begrüßte er den Anrufer mit künstlicher Fröhlichkeit.

»Danke, bestens, Herr Lauderthal. Und Ihnen?«, kam die kühle Antwort.

»Hervorragend, vielen Dank! Wir arbeiten gerade mit Hochdruck an den Verträgen für unser morgiges Meeting. Gibt es noch etwas, das ich für Sie tun kann? Benötigen Sie weitere Unterlagen?« Ferdinands Stimme war betont geschäftsmäßig, doch die Nervosität ließ sich nicht ganz verbergen.

»Nein, darum geht es nicht. Die Dokumente waren alle sehr informativ, danke. Aber ich fürchte, ich habe schlechte Nachrichten für Sie.« Der Mann am anderen Ende der Leitung ließ eine kurze Pause entstehen und sagte dann mit fester Stimme: »Nach reiflicher Überlegung habe ich mich entschieden, nicht in Ihr Unternehmen zu investieren.«

Die Worte hallten wie ein Schuss in Ferdinands Ohren wider. Das Blut schoss ihm in den Kopf, seine Finger umklammerten das Handy so fest, dass seine Knöchel weiß hervortraten.

»Ich … ich verstehe nicht«, stotterte er nach einem Moment der Fassungslosigkeit. »Was ist passiert? Das Gespräch letzte Woche ist doch gut gelaufen. Ich hatte den Eindruck, dass Ihnen das Projekt zusagt. Wir waren uns im Grunde einig, oder? Sie können meine Überraschung sicher nachvollziehen.«

»Das war auch mein erster Eindruck, Herr Lauderthal. Und ich entschuldige mich dafür, dass ich Sie enttäuschen muss. Es ist nur so: Ich habe Erkundigungen eingezogen. Ein routinemäßiger Backgroundcheck. Und dabei ist mir zu Ohren gekommen, dass die finanzielle Lage von *Lauderthal Immobilien* äußerst angespannt ist. Der österreichische Geschäftszweig meiner Firma ist noch jung, wir fassen gerade erst auf dem Markt Fuß. Ich kann das Risiko einfach nicht eingehen, in ein Unternehmen zu investieren, das möglicherweise bald Konkurs anmelden muss.«

»Das ist nicht wahr! Wer sagt denn so etwas? Von wem haben Sie diese Informationen?«, presste Ferdinand hervor. Die Verzweiflung ließ seine Stimme erbärmlich klingen, und er verfluchte sich innerlich dafür.

»Es tut mir leid, aber ich bin meinen Quellen zur Verschwiegenheit verpflichtet und kann Ihnen keine näheren Auskünfte geben. An meiner Entscheidung ist jedoch nichts mehr zu ändern. Ich wünsche Ihnen und Ihrem Unternehmen alles Gute. Grüßen Sie bitte Natascha von mir, falls Sie sie sehen.«

»Warten Sie! Bitte, Herr Iwanow!«, rief Ferdinand verzweifelt. Doch der Investor hatte bereits aufgelegt.

Wütend schleuderte er sein Handy in die Ecke, wo es mit einem lauten Krachen zu Boden ging. Das durfte einfach nicht wahr sein! Iwanow war seine letzte Hoffnung gewesen. Er hatte bereits Gelder aus anderen Projekten abgezogen, um die Anzahlung an den neuen Subunternehmer leisten zu können. Und jetzt? Alles umsonst!

Ferdinand schlug mit der Faust auf den Tisch und stieß einen frustrierten Wutschrei aus. Schmerz durchzuckte seine Hand, doch er empfand ihn beinahe als tröstend. Die Firma war am Rande des Ruins. Ohne frisches Kapital würden die Banken ihre Kredite vorzeitig fällig stellen. Und das bedeutete das Ende.

Sein Blick glitt rastlos durch das Arbeitszimmer, doch seine Gedanken hingen fest. Er musste sich etwas einfallen lassen. Die Gründung von Inés' Privatstiftung war bereits weit fortgeschritten. Jetzt noch Vermögen daraus abzuziehen, war ein Ding der Unmöglichkeit. Fieberhaft durchforstete er sein Hirn nach einer Lösung.

Aber was, wenn Inés stirbt, bevor die Vermögensübertragung abgeschlossen ist?, flüsterte eine vertraute Stimme in seinem Hinterkopf. *Dann greift die gesetzliche Erbfolge. Mit einem Schlag wären alle deine Probleme gelöst. Dein Anteil am Erbe würde ausreichen, um die Firma zu retten. Und nichts stünde deiner Beziehung mit Natascha mehr im Wege. Du liebst sie doch, oder nicht?*

Ich kann doch nicht meine eigene Frau umbringen!, protestierte er verzweifelt gegen den verräterischen Gedanken.

Wer spricht hier von Mord? Die Stimme klang beinahe spöttisch. *Inés ist todkrank. Ohne Spenderleber sind ihre Chancen gleich null, das weißt du genau. Du müsstest den Krankheitsverlauf nur ein wenig beschleunigen. Niemand würde Verdacht schöpfen, niemand würde ahnen, dass du dahintersteckst. Schließlich bist du nicht verantwortlich für ihre Leberzirrhose.*

Ferdinand fühlte sich, als stünde er an einem Abgrund, seine Füße bereits über den Rand hinausgestreckt. Die Stimme hatte recht. Inés' vorzeitiger Tod wäre seine Rettung. Je länger er darüber nachdachte, desto klarer wurde ihm, dass dies vielleicht seine einzige Chance war, die Firma und seine Zukunft zu sichern.

Gedankenverloren starrte er auf seine makellos gepflegten Fingernägel. Konnte er es tatsächlich so arrangieren, dass niemand Verdacht schöpfte? Er müsste lediglich dafür sorgen, dass sich Inés' Zustand schneller verschlechterte. Spenderlebern waren schließlich selten – und kurzfristig kaum zu bekommen.

Ein perfider Plan nahm langsam Gestalt in seinem Kopf an, und eine unerwartete Ruhe breitete sich in ihm aus. Ferdinand atmete tief ein und sammelte sich.

Er wusste, was er zu tun hatte.

FERDINAND

Ferdinand beugte sich behutsam zu seiner Frau hinunter und weckte sie mit einem sanften Kuss. »Guten Morgen, mein Schatz. Hast du gut geschlafen? Wie geht es dir heute?«

Er ließ sich neben ihr auf die Bettkante sinken und lächelte. Inés blinzelte ihn schläfrig an. Ungeschminkt wirkte sie noch blasser und ausgelaugter als ohnehin schon. Die Krankheit zehrte an ihr, raubte ihr jede Energie.

»Guten Morgen, mon Chéri«, flüsterte Inés. »Es geht schon. Ich bin nur so schrecklich müde. Solltest du nicht längst im Büro sein?«

»Ja, ich habe um neun Uhr ein Meeting«, erwiderte er sanft. »Aber ich wollte nicht losfahren, ohne vorher nach dir gesehen zu haben. Ich habe dir Kamillentee gemacht. Der Arzt meinte schließlich, du sollst viel trinken.«

Inés setzte sich langsam auf, sichtlich überrascht und gerührt. »Das ist lieb von dir.«

Ferdinand drückte ihr einen Kuss auf die Stirn. »Wir sind ein Team, Liebes. Wir schaffen das gemeinsam, ich verspreche es dir. Wir finden bestimmt bald einen passenden Spender. Bis dahin musst du stark bleiben, okay?«

Er richtete sich auf. »Ich habe Ekaterina gebeten, zwischendurch nach dir zu sehen. Pass auf dich auf, und ich werde zusehen, dass ich heute Abend früher nach Hause komme.«

Kurz darauf startete Ferdinand seinen Porsche und trat aufs Gas. Der Motor brüllte auf, als der Wagen mit einem Ruck loszog. Das Gespräch mit seiner Frau hatte länger gedauert als erwartet. Und die Präparation des Medikamentencocktails hatte ihm ebenfalls kostbare

Minuten gekostet. Letztlich hatte er sich für eine einfache, aber hoffentlich wirkungsvolle Methode entschieden: Er hatte Inés' Kortison und Immunsuppressiva gegen starke Schmerzmittel ausgetauscht. Paracetamol, hatte er gelesen, sei bereits in normalen Dosen gefährlich für eine vorgeschädigte Leber. Und die Menge, die er in ihren Tee gemischt hatte, würde selbst einen Elefanten ausknocken. Ein kurzer Anflug von schlechtem Gewissen regte sich in ihm, doch er schüttelte das Gefühl entschieden ab. Jetzt war nicht der richtige Zeitpunkt, um sentimental zu werden. Seine Entscheidung war gefallen.

Als er schließlich um drei Minuten vor neun die Büroräume von *Lauderthal Immobilien* betrat, war er ganz Geschäftsmann.

»Schicken Sie Herrn Kembrand sofort in mein Büro«, befahl er seiner Assistentin. Sie nickte eilig und griff zum Telefon.

Wenige Augenblicke später trat der Bereichsleiter an Ferdinands Schreibtisch. Er wirkte nervös.

»Herr Lauderthal, benötigen Sie noch etwas für das Meeting heute? Ich dachte, wir hätten bereits alles vorbereitet.«

»Setzen Sie sich«, wies Ferdinand ihn schroff an.

Verwirrt folgte Herr Kembrand der Anweisung.

»Ich werde Ihnen diese Frage nur einmal stellen. Hören Sie mir genau zu.« Ferdinand machte eine bedeutungsschwere Pause, bevor er weitersprach. »Haben Sie jemandem von den finanziellen Schwierigkeiten von *Lauderthal Immobilien* erzählt? Oder, noch wichtiger: Haben Sie gegenüber einer außenstehenden Person erwähnt, dass wir Herrn Iwanow als Investor an Bord holen wollen?«

Herrn Kembrands Gesicht nahm einen fassungslosen Ausdruck an. »Natürlich nicht! Wie kommen Sie darauf?«

»Sie haben also weder einem Familienmitglied, noch einem Freund oder einer Bekannten irgendwelche

Informationen über die prekäre Lage des Unternehmens weitergegeben?«, bohrte Ferdinand weiter.

»Nein, das habe ich nicht!« Der Bereichsleiter klang nun regelrecht empört. »Wie können Sie so etwas auch nur denken?«

»Gestern hat Herr Iwanow überraschend seine mündliche Zusage zurückgezogen«, erklärte Ferdinand kühl. »Er behauptet, er habe Erkundigungen eingeholt, wonach *Lauderthal Immobilien* kurz vor dem Bankrott steht. Dabei sind Karl, Sie und ich die einzigen, die in diese Details eingeweiht sind. Irgendjemand muss geplappert haben.«

Eine angespannte Stille legte sich über den Raum. Ferdinand beobachtete jede Regung im Gesicht seines Gegenübers, suchte nach dem kleinsten Anzeichen von Schuld. Herr Kembrand wirkte bestürzt.

»Sie … Sie glauben doch nicht ernsthaft, dass ich dahinterstecke?« Er sprach leise, als wolle er die Worte für sich selbst wiederholen, um deren Bedeutung vollständig zu erfassen.

Ferdinand zuckte die Schultern. »Es ist zumindest auffällig. Erinnern Sie sich an die schiefgegangene Umwidmung im letzten Jahr? Auch Ihr Projekt. Oder der Anschlag auf meinen Firmenwagen, die ominöse Anzeige über den Notverkauf unseres Inventars. Der *Watzlaw*-Konkurs – ebenfalls ein von Ihnen betreutes Projekt. Und jetzt auch noch der plötzliche Rückzug des Investors. Irgendjemand versucht, diese Firma zu sabotieren.«

»Und Sie denken wirklich, dass ich das bin?« Herr Kembrands Gesicht verfärbte sich rot vor Zorn. »Das kann nicht Ihr Ernst sein! Ich habe fünf Jahre lang für dieses Unternehmen geschuftet! Überstunden, unzählige Wochenenden geopfert – alles, um diese Firma voranzubringen. Und das ist der Dank?«

»Seien Sie nicht so empfindlich«, sagte Ferdinand mit gleichgültiger Stimme. »Ich musste Ihnen diese Frage stellen. Es war naheliegend.«

Der Bereichsleiter sprang auf. Seine Augen funkelten vor Wut. »Nein, das verstehe ich nicht! Das ist ungeheuerlich! Nach all den Jahren der Loyalität unterstellen Sie mir, ich würde Sie sabotieren? Sie sind doch wahnsinnig!«

»Ich muss doch sehr bitten, Herr Kembrand. Sie machen einen schweren Fehler. Sagen Sie jetzt nichts, das Sie hinterher bereuen«, warnte Ferdinand mit drohendem Unterton.

Doch sein Mitarbeiter lachte nur bitter auf. »Oh, das bezweifle ich. Sie sind derjenige, der hier einen Fehler gemacht hat. Das habe ich wirklich nicht notwendig. Ich kündige.«

Mit diesen Worten drehte er sich abrupt um und verließ das Büro, ohne auf Ferdinands wütende Rufe zu reagieren.

NATASCHA

Ein paar Minuten vor der vereinbarten Zeit erreichte Natascha das Anwesen der Lauderthals. Behutsam zupfte sie an dem bunten Seidenpapier des Blumenstraußes, den sie für Inés besorgt hatte. Der frische Duft der Frühlingsblumen stieg ihr in die Nase, doch sie konnte sich nicht an ihm erfreuen. Zu sehr wirbelten die Gedanken in ihrem Kopf.

Was mochte Inés von ihr wollen? Obwohl sie seit Jahren befreundet waren, hatten sie in den letzten Monaten kaum Zeit miteinander verbracht. Natascha war das nur recht gewesen – schließlich schlief sie mit Inés' Ehemann. Die Fassade der Freundschaft aufrechtzuerhalten und hierherzukommen, kostete sie einiges an Überwindung. Doch es war unerlässlich, dass Inés keinen Verdacht schöpfte. Es lag an Ferdinand, seine Ehe zu beenden – so schwer es ihr auch fiel, das zu akzeptieren.

Allein der Gedanke an Ferdinand ließ Nataschas Wangen erröten. Nachdem Inés sie spontan zum Tee eingeladen hatte, hatte sie ihm sofort eine Nachricht geschickt, um ihn zu warnen. Zu ihrem Leidwesen hatte er nicht geantwortet. Sie malte sich aus, was hinter dieser Einladung stecken konnte: Vielleicht war Inés ihrer Affäre auf die Schliche gekommen? Oder es gab schlechte Nachrichten von ihrem Arzt, die sie ihr persönlich mitteilen wollte? Beide Szenarien waren beunruhigend, und Natascha schämte sich dafür, dass sie insgeheim abwog, welches ihr lieber wäre.

Plötzlich schwang die Eingangstür der Villa auf und Inés erschien im Türrahmen. Nataschas Herz setzte einen Schlag aus. Ihre Freundin wirkte wie ein Schatten ihrer selbst. Die dunklen Ringe unter den Augen und die tiefen Falten um den Mund zeugten von ihrem Leid. Sie schien beträchtlich an Gewicht verloren zu haben; die einst perfekt sitzende Designerjeans und die weiße Bluse hingen formlos an ihrem schlanken Körper.

Ferdinand hatte Natascha erzählt, dass es Inés gesundheitlich nicht gut ging. Doch das tatsächliche Ausmaß der Krankheit mit eigenen Augen zu sehen, erschütterte sie zutiefst. Natascha musste sich zusammenreißen, um nicht vor Entsetzen die Hand vor den Mund zu schlagen.

»Natascha! Wie schön, dass du gekommen bist. Komm doch rein. Ekaterina hat uns schon Tee gemacht. Lass uns in den Salon gehen, ja? Du siehst übrigens umwerfend aus, wie immer«, begrüßte Inés sie mit einem schwachen Lächeln.

»Ich habe mich gefreut, dass du angerufen hast. Wir haben uns viel zu lange nicht gesehen«, log Natascha und folgte ihr ins Haus.

Ekaterina trat kurz darauf in den Raum, stellte zwei dampfende Tassen Tee und ein Tablett mit Keksen auf den Tisch, und zog sich dann diskret zurück. Nervös zupfte Natascha an einer Haarsträhne und wartete, bis Inés das Schweigen brach.

»Weißt du, eine Krankheit wie die meine bringt dich dazu, alles zu überdenken«, begann sie langsam. »Erst dann wird einem bewusst, was wirklich zählt. Die Dinnerpartys, die Golfrunden, all diese gesellschaftlichen Verpflichtungen, die mir früher so wichtig waren, erscheinen auf einmal bedeutungslos. Was wirklich zählt, sind Gesundheit, Familie und Freunde. Zeit mit den Menschen, die man liebt. Wie traurig ist es, dass einem das erst klar wird, wenn man fürchtet, all das zu verlieren.«

Natascha nickte, ohne ein Wort zu sagen. Eine eisige Kälte breitete sich in ihr aus, während sie Inés ansah.

Worauf wollte ihre Freundin hinaus?

»Ich muss dir etwas anvertrauen«, sagte Inés schließlich, ihre Hände zitterten merklich, als sie die Tasse zum Mund führte. »Etwas, das mich unglaublich belastet. Und ich brauche deinen Rat.«

Natascha hielt den Atem an, ein ungutes Gefühl kroch in ihr hoch. Ihr Blick blieb auf Inés' zittrigen Fingern haften, die sich immer wieder an die Teetasse klammerten. Was würde sie jetzt sagen?

»Mein Mann ... Ferdinand ...« Inés stockte und atmete tief durch, als ob sie sich für das Kommende erst wappnen müsste. »Er betrügt mich. Ferdinand hat eine Affäre.« Sie schüttelte leicht den Kopf. »Wenn ich es laut ausspreche, fühlt es sich erst wirklich real an.«

Natascha schloss kurz die Augen und kämpfte gegen die aufsteigende Panik an. Sie hatte es geahnt. Trotzdem traf sie die Bestätigung wie ein Schlag in den Magen.

Inés griff mit ihren kalten, schweißnassen Händen nach ihren. »Bitte, du musst das für dich behalten«, flehte sie. »Du bist meine älteste Freundin, die Einzige, der ich davon erzählt habe. Es gibt sonst niemanden, mit dem ich darüber reden kann. Aber ich bin so verzweifelt!«

Natascha schluckte hart. »Wie kommst du denn darauf, dass Ferdinand eine Affäre haben könnte?«, fragte sie mit bebender Stimme und zwang sich, ruhig zu bleiben.

»Wenn ich so zurückblicke, gab es schon seit einiger Zeit Anzeichen«, gestand Inés leise. »Wir schlafen nicht mehr im selben Bett. Er kommt zu unmöglichen Zeiten nach Hause. Und manchmal ist er einfach nicht ... da, verstehst du? Abwesend, wie in einer anderen Welt. Ich habe versucht, es zu ignorieren, in der Hoffnung, dass es sich von selbst wieder einrenkt. Aber ich weiß einfach nicht mehr weiter.«

Natascha wagte es nicht, sie direkt anzusehen.

»Weißt du, wer die andere Frau ist?« Die Frage kam ihr kaum über die Lippen.

Oh Gott!

Inés zögerte kurz, bevor sie antwortete. »Ich habe einen Verdacht«, flüsterte sie dann, und Nataschas Herz setzte einen Moment aus. »Sie ist jünger als ich. Viel jünger. Blond. Ich habe ein blondes Haar auf seinem Anzug gefunden.«

Unbewusst ließ Natascha die Haarsträhne los, mit der sie nervös gespielt hatte. Ihr war mittlerweile übel. Sollte sie jetzt die Wahrheit sagen? Inés die Last nehmen und alles gestehen? Aber das würde alles zerstören. Ihr Leben. Ferdinands Leben. Sie hatte ihm versprochen, ihm die Gelegenheit zu geben, es Inés selbst zu sagen. Doch die Zeit lief ihr davon.

»Es tut mir leid, dass ich so ein Häufchen Elend bin«, brachte Inés unter Schluchzen hervor. »Aber wie konnte ich nur so blind sein? Ich komme mir so dumm vor. Fünfundzwanzig Jahre Ehe, zwei gemeinsame Kinder … und jetzt das.«

Natascha wusste nicht, was sie sagen sollte. Also tat sie das Einzige, was ihr in den Sinn kam: Sie zog Inés vorsichtig in ihre Arme und hielt sie fest. »Du bist doch nicht dumm! So etwas könnte jeder Frau passieren. Es ist Ferdinands Fehler, nicht deiner«, murmelte sie tröstend, während sie sich insgeheim fragte, was zur Hölle sie hier eigentlich tat. Dass Inés weinte, schockierte sie zutiefst. In all den Jahren hatte sie ihre Freundin noch nie weinen sehen.

»Was soll ich denn jetzt nur tun?«, flüsterte Inés mit tränenerstickter Stimme. »Was würdest du an meiner Stelle machen? Fünfundzwanzig Jahre sind eine lange Zeit. Ferdinand weiß doch nicht mal, welche Hemdengröße er trägt. Wie sollen wir nur ohne einander klarkommen? Außerdem sind unsere beiden Kinder erwachsen. Wenn ich mich von ihm scheiden lasse, bin ich über kurz oder lang ganz alleine in dem großen Haus. Eine schreckliche Vorstellung!« Natascha schloss die Augen, spürte die Enge in ihrer Brust. *Würde ich bei einem Mann bleiben, der mich betrügt?*, fragte sie sich selbst stumm. Sie wusste es nicht. Aber es ging hier nicht nur um Inés, es ging auch um ihr eigenes Leben. *Reiß dich zusammen!*

»Du kannst doch nicht bei einem Mann bleiben, der dich betrügt«, sagte sie schließlich sanft. »Also ich könnte das nicht. Wo ist deine Selbstachtung, Inés? Du hast das nicht nötig. Niemand hat das.«

»Meinst du? Aber vielleicht ist es ja nur eine Phase! Eine Midlife-Crisis und er kommt bald von alleine drauf, was er an mir hat?«, fragte Inés schwach, als suche sie nach einem Funken Hoffnung.

»Unsinn«, widersprach Natascha.

Inés zuckte hilflos mit den Schultern. »Vielleicht hast du recht. Manchmal denke ich, dass er das absichtlich tut. Als wollte er, dass ich die Hinweise finde und damit die Drecksarbeit für ihn erledige. Die Hotelrechnungen. Die Haare. Der Parfumgeruch an seiner Kleidung. Die Abende, an denen er nicht zu Hause ist, weil er angeblich länger arbeiten muss. Und jetzt das.«

Mit einem Ruck stand sie auf und verschwand aus dem Raum. Kurz darauf kam sie zurück und warf etwas auf den Tisch. Ein winziger, leuchtend roter String Tanga lag vor Natascha. »Schau dir das an! Den habe ich in seiner Hosentasche gefunden. Keine Sorge, ich habe ihn vorher gewaschen.«

Nataschas Blick fiel auf das Stückchen Stoff. Ihr Atem stockte. Das Höschen war so winzig, dass es kaum die Bezeichnung verdiente, und bestand ausschließlich aus feiner Spitze.

Das ist nicht meins, schoss es ihr panisch durch den Kopf. Sie trug nie Rot. Niemals. Das bedeutete …

»Ferdinands neue Assistentin«, sagte Inés abfällig. »Das Mädchen hat ihn bei der letzten Weihnachtsfeier schon nicht aus den Augen gelassen. Und er hat ihre Aufmerksamkeit sichtlich genossen. Ich kann mir gut vorstellen, dass sie es ist. Dabei kann sie nicht älter als zweiundzwanzig sein! Ist das nicht einfach nur widerlich?«

In diesem Moment ließ Natascha ihre Teetasse los. Das Porzellan zerschellte laut auf dem Boden. Ihr Herz raste. Wie in Trance starrte sie auf die Trümmer.

»Alles in Ordnung?«, fragte Inés besorgt. »Lass das, Ekaterina kümmert sich darum.«

Während Ekaterina die Scherben zusammenkehrte, rang Natascha um Fassung. »Gibt es noch weitere Hinweise, die darauf hindeuten, dass sie diejenige ist?«, fragte sie heiser.

Inés presste die Lippen zusammen. »Nur seine Kreditkartenabrechnungen. Er hat zwei Blumensträuße verschicken lassen, und letzte Woche, als er angeblich auf Geschäftsreise war, hat er in einem Luxushotel in der Stadt übernachtet. Alles deutet auf sie hin.«

Als Natascha eine halbe Stunde später wie betäubt in ihren Wagen sank, wusste sie nicht, wie sie die restliche Unterhaltung mit Inés überhaupt überstanden hatte. Nach dem Geständnis ihrer Freundin war das Gespräch nur noch wie ein dumpfes Murmeln an ihr vorbeigerauscht. Sie hatte sich gefühlt, als wäre sie von einem unsichtbaren Schleier umhüllt, der alle Geräusche dämpfte und ihr jeglichen Sinn für die Realität nahm.

Das Bild vor ihrem inneren Auge, Ferdinand Arm in Arm mit einer blonden, langbeinigen Schönheit, brannte sich in ihr Bewusstsein. Inés' Worte hallten in ihr nach: *Eine Jüngere … eine Blonde …*

283

Frau Wagner, Ferdinands neue persönliche Assistentin, war ihr nur ein einziges Mal begegnet, aber schon damals hatte sie die Frische und Unbekümmertheit dieser jungen Frau als bedrohlich empfunden. Meine Güte, sie war fast noch ein Kind, kaum älter als Célines Freundinnen! Wie konnte sie, eine Frau Anfang vierzig, da noch mithalten – so gut sie sich auch gehalten haben mochte? *Er liebt dich nicht. Es ist alles nur eine große, hässliche Lüge. Hast du wirklich geglaubt, er würde Inés für dich verlassen?* Die kleine, giftige Stimme in ihrem Kopf wurde lauter. *Du bist das Klischee, die naive Mätresse, die an eine Zukunft glaubt, die es nie geben wird.*

Der beißende Spott ihrer eigenen Gedanken schnürte ihr die Kehle zu. Wie ironisch: Ausgerechnet sie, die sich immer als die jüngere, aufregendere Alternative zu Inés gesehen hatte, sollte nun durch eine noch jüngere Frau ersetzt werden? Eine Zwanzigjährige, die nicht einmal die Lebenserfahrung hatte, um die Komplexität einer solchen Affäre zu verstehen. Wie tief konnte man eigentlich sinken?

Die letzten Wochen, nein, Monate, waren zermürbend gewesen. Die Leichtigkeit und Leidenschaft, die die Affäre einst so aufregend gemacht hatten, waren längst verflogen. Was geblieben war, war ein Trugbild, das sie sich hartnäckig vorgemacht hatte: das Bild eines gemeinsamen Lebens mit Ferdinand. Eine Idee, die nun endgültig wie ein Kartenhaus in sich zusammengefallen war.

Natascha schaltete den Motor ein, doch sie blieb reglos sitzen. Sie starrte durch die Windschutzscheibe ins Nichts, während der Kloß in ihrem Hals immer größer wurde. Sie musste mit Ferdinand sprechen, das wusste sie. So konnte es nicht weitergehen. Diese Ungewissheit, diese Demütigung – sie hielt das nicht länger aus. Die Versprechen, die er ihr gemacht hatte, klangen plötzlich leer und bedeutungslos.

Sie griff nach ihrem Handy und tippte hastig eine Nachricht ein, ihre Finger zitterten vor unterdrücktem Zorn. Sie hatte die Nase gestrichen voll.

Wir müssen reden. Sofort. Ruf mich an, sobald du das hier liest.

EMMA

Mit entschlossenen Schritten betrat Emma das Kaffee-haus. Ihr Blick glitt durch das Lokal, bis sie Alex ent-deckte, der im hinteren Bereich einen Tisch ergattert hatte. Zwei dampfende Kaffeebecher standen bereits vor ihm.

»Hi, du«, begrüßte sie ihn mit einem schnellen Kuss. »Wartest du schon lange?«

»Nicht der Rede wert«, erwiderte er und winkte ab. »Hier ist dein Karamell-Macchiato.«

»Du bist ein Schatz!« Dankbar umschloss Emma den Becher und inhalierte den süßlichen Duft. »Was verschafft mir die Ehre, dich mitten am Tag zu treffen? Musst du heute gar nicht ins Büro?«

Alex' Miene verdüsterte sich. »Bitte setz dich, Emma. Ich muss etwas Wichtiges mit dir besprechen.«

Emma spürte, wie sich ein mulmiges Gefühl in ihrem Magen breit machte. Sein ernster Tonfall jagte ihr eine Gänsehaut über den Rücken. Zögernd ließ sie sich ihm gegenüber nieder. In diesem Moment vibrierte ihr Handy in der Tasche. Ohne einen Blick auf die Nachricht zu wer-fen, stellte sie es auf lautlos und steckte das Telefon zu-rück in die Tasche. Das hier hatte Vorrang.

»Was ist denn los?«, fragte sie besorgt. »Du siehst aus wie hundert Tage Regenwetter.«

Alex seufzte schwer. »Wer bist du wirklich, Emma?«

»Wie bitte?« Emma runzelte die Stirn. »Was soll diese Frage? Oder ist das so eine philosophische Anspielung?« Sie versuchte, die Anspannung mit einem Lächeln zu überspielen, doch er blieb ernst.

»Nein«, sagte er und sah sie fest an. »Okay, ich for-muliere die Frage um: Gibt es etwas, das du mir sagen möchtest? Irgendetwas, das ich wissen sollte? Denn jetzt wäre der richtige Zeitpunkt dafür.«

Kurz wallte Panik in ihr auf. Wusste er etwa von ihrem letzten Treffen mit dem Investor? Aber nein, das konnte nicht sein. Unmöglich.

»Nein, da ist nichts«, sagte Emma betont ruhig. »Aber anscheinend hast du mir etwas zu sagen. Also spann mich nicht länger auf die Folter: Warum bist du nicht bei der Arbeit? Was wolltest du so dringend mit mir besprechen?«

»Ich habe gekündigt.« Seine Worte hallten in der Stille zwischen ihnen nach. »Der Investor, von dem ich dir erzählt habe, ist abgesprungen. Ganz plötzlich. Wie es aussieht, bin ich einer von nur drei Leuten in der Firma, die überhaupt wussten, wer unser potenzieller Geldgeber war. Und aus irgendeinem Grund glaubt Herr Lauderthal, ich hätte interne Informationen weitergegeben.« Er verschränkte die Arme und lehnte sich zurück. »Die einzige Person, mit der ich über meine Arbeit gesprochen habe, bist du.«

Emma öffnete den Mund, doch Alex hob abwehrend die Hand. »Lass mich ausreden. Es geht noch weiter. Ich habe die letzten Monate genau durchdacht: Deine Bewerbung bei *Lauderthal Immobilien*. Unsere zufällige Begegnung vor der Firmengarage nur Wochen später. An dem Tag wurde der Porsche von Herrn Lauderthal beschädigt. Dann unser Treffen im November, als du über die überteuerte Miete deiner Wohnung geklagt hast und ich dir von der Möglichkeit erzählt habe, dich an die Schlichtungsstelle zu wenden. Deine Fragen über *Lauderthal Immobilien* und deren Vermietungspraktiken.« Er fixierte sie mit durchdringendem Blick. »Damals dachte ich mir nichts dabei. Aber jetzt? Jetzt ergibt alles plötzlich Sinn.«

Emmas Herzschlag beschleunigte sich. Erneut öffnete sie den Mund, aber die Worte blieben ihr im Halse stecken.

»Wusstest du, dass in letzter Zeit unzählige Klagen gegen *Lauderthal Immobilien* eingegangen sind? Über zwanzig Anträge auf Mietzinsminderung – mehr Beschwerden als je zuvor. Und dann dieser Investor, der ganz zufällig abspringt, nachdem ich dir davon erzählt habe.« Er machte eine Pause und seine Stimme wurde leiser, eindringlicher. »Also frage ich dich noch einmal: Wer bist du wirklich, Emma? Was führst du im Schilde?«

Ihre sorgsam errichtete Fassade zerbrach in tausend Scherben. »Ferdinand Lauderthal hat dich verdächtigt?«, keuchte sie fassungslos. »Hast du deswegen gekündigt?«

»Beantworte meine Frage, verdammt!« Seine Stimme schoss in die Höhe, und für einen Augenblick erhaschte Emma einen Blick auf den Schmerz und die Verzweiflung, die in ihm brodelte.

Tränen traten ihr in die Augen. »Es tut mir so leid, Alex! Das wollte ich nicht! Ich …« Verzweifelt suchte sie nach den richtigen Worten. Doch sie wusste, dass es nichts gab, womit sie das, was sie getan hatte, hätte beschönigen können.

Emma atmete tief durch und zwang sich, die Worte auszusprechen, die ihr so oft auf der Zunge gelegen, die sie aber nie laut auszusprechen gewagt hatte.

»Ich bin … Ferdinand Lauderthal ist mein biologischer Vater«, brachte sie schließlich hervor.

»Was?« Alex' Augen weiteten sich vor Entsetzen.

Sie nickte düster. »Meine Bewerbung war nur ein Vorwand. Ich hatte kurz zuvor herausgefunden, dass ich adoptiert worden bin und Ferdinand Lauderthal mein Vater ist. Seine Hausangestellte, Ekaterina, ist meine Mutter. Die beiden hatten vor zwanzig Jahren eine Affäre. Ich habe mich bei seiner Firma beworben, um ihm persönlich gegenüberzutreten und Antworten zu bekommen. Ich wollte doch nur meine Eltern kennenlernen.« Ihre Stimme zitterte.

Alex schüttelte ungläubig den Kopf. »Mein Gott, ich glaub's nicht! Und wie hat Herr Lauderthal darauf reagiert?«

Emma stieß ein freudloses Lachen aus. »Na, wie wohl? Er hat mich rausgeworfen. Schlimmer noch, er wollte mich bestechen, damit ich aus seinem Leben verschwinde und ihn nie wieder behellige.«

Alex ließ mit einem leisen Pfeifen die Luft aus seinen Wangen entweichen.

»Ekaterina übrigens auch. Sie will mich aus dem Weg haben. Das hat sie mir letzte Woche unmissverständlich klar gemacht.«

Eine längere Stille entstand. Alex starrte sie mit weit aufgerissenen Augen an, als müsse er erst verarbeiten, was sie ihm da gerade offenbart hatte. Aber Emma war noch nicht fertig. Alex verdiente die ganze Wahrheit.

Also holte sie tief Luft und begann zu erzählen. Angefangen bei ihrer ersten Begegnung in der Firma ihres Vaters, schilderte sie die Ereignisse der letzten Monate. Sie ließ nichts aus: die schwelende Wut auf ihren Vater, ihre blinde Eifersucht auf ihre Halbschwester, die das perfekte Leben zu führen schien – ein Leben, das Emma immer verwehrt gewesen war. Sie berichtete von den Rachegelüsten, die sie zu ihren Vergeltungsakten trieben, von Célines Eingreifen bei Onkel Phils Auftauchen und schließlich von ihrer Erkenntnis, dass Céline – entgegen all ihrer Vorurteile – ein wunderbarer Mensch war. Je länger sie sprach, desto leichter fühlte sie sich. Endlich konnte sie ihrem Freund reinen Wein einschenken.

Als Emma geendet hatte, schüttelte Alex fassungslos den Kopf. »Du bist also Ferdinand Lauderthals uneheliche Tochter.« Er fuhr sich gedankenverloren durch den Dreitagebart. »Wow. Ich hätte mit allem gerechnet, aber damit nicht.«

Emma sah ihm direkt in die Augen. »Es ist alles meine Schuld. Ich habe mit dem Investor gesprochen und ihm ausgeredet, in die Firma zu investieren. Ich kann sehr überzeugend sein, weißt du«, fügte sie leise hinzu und lächelte traurig. »Ich wollte dir niemals schaden, das musst du mir glauben! Das, was zwischen uns ist … ist echt.« Sie griff nach seiner Hand. »Es war eine Kurzschlussreaktion. Ich hatte nicht vor, die Informationen, die du mir anvertraut hast, zu verwenden. Aber nach dem Gespräch mit Ekaterina war ich völlig am Ende. Das hat das Fass in mir zum Überlaufen gebracht.« Sie schluckte schwer. »Ich hätte dein Vertrauen nicht missbrauchen dürfen, es tut mir so unglaublich leid. Ich bereue es zutiefst, dich in all das hineingezogen zu haben.«

Tränen brannten in ihren Augen, als sie ihn flehend ansah. Doch Alex entzog ihr schweigend seine Hand.

»Was wirst du jetzt tun? Wirst du Herrn Lauderthal alles sagen? Bitte, tu das nicht! Wenn ich dir irgendetwas bedeute, dann sprich bitte nicht mit ihm!«

Alex schüttelte den Kopf. Sein Blick war resigniert.

»Weißt du, Emma, du warst die erste Frau seit langer Zeit, mit der ich mir eine Zukunft hätte vorstellen können«, murmelte er mit belegter Stimme. »Ich war fest davon überzeugt, in dir die Person gefunden zu haben, nach der ich immer gesucht habe. Ich dachte, du wärst – trotz deines jungen Alters – erwachsen genug für eine ernsthafte Beziehung.«

War die Frau? Panik erfasste Emma. Würde er sie jetzt verlassen? Das durfte nicht passieren! Sie liebte Alex, das wurde ihr mit einem Mal klar. Sie konnte, sie *durfte* ihn nicht verlieren!

»Das bin ich doch auch!«, flüsterte sie. »Ich bin immer noch dieselbe. Es wird keine Geheimnisse mehr zwischen uns geben, ich schwöre es!«

Aber er schüttelte nur betrübt den Kopf.»Nein. Du bist nicht erwachsen. Deine Handlungen, deine sogenannte Rache, sind nichts weiter als der Schrei nach Aufmerksamkeit eines Kindes, das verzweifelt nach Liebe und Anerkennung sucht.« Er hielt kurz inne, musterte sie eindringlich.»Du hast früh lernen müssen, dass du auf dich allein gestellt bist und niemandem vertrauen kannst. Das ist nicht deine Schuld. Das Leben hat dir übel mitgespielt. Aber du musst dieses Denkschema ablegen – nicht für mich, sondern um deiner selbst willen.«

Emma konnte die Tränen nicht länger zurückhalten. Sie strömten über ihre Wangen und hinterließen schwarze Schlieren aus Mascara auf ihrer Haut. Alex' Worte trafen sie tief ins Mark, denn sie wusste, dass er recht hatte.

»Du kannst mich doch nicht einfach aufgeben!«, schluchzte sie.»Bitte, tu das nicht! Ich *liebe* dich!«

»Ich werde niemandem etwas verraten, auch nicht deinem Vater«, sagte er leise.»Aber nur unter einer Bedingung: Du hörst damit auf. Keine Vergeltungsakte mehr.«

Emma nickte hastig.»Ich verspreche es!« Hoffnung flackerte in ihren Augen. Ein weiteres Mal griff sie nach seiner Hand – und wieder entzog er sich ihr.

»Aber was uns betrifft«, fuhr Alex fort,»es ist vorbei. Ich kann nicht mehr mit dir zusammen sein. Nicht nach dem, was ich gerade erfahren habe.«

»Alex, bitte! Gib mir nur noch eine letzte Chance!« Ihre Stimme brach, als sie die Worte herauspresste.

Doch er schüttelte bedauernd den Kopf.»Wenn du mich von Anfang an ins Vertrauen gezogen, wenn du mich nicht hintergangen hättest, lägen die Dinge vielleicht anders. Aber so … es tut mir leid, Emma, aber ich kann das nicht.«

Heftige Schluchzer erschütterten ihren Körper. Schmerz und Reue legten sich wie eine eiserne Zwangsjacke um ihr Herz und nahmen ihr die Luft zum Atmen.

»Bitte…«, flüsterte sie verzweifelt.

Aber Alex hatte sich bereits erhoben. Ein letztes Mal beugte er sich zu ihr hinab und drückte ihr zum Abschied einen Kuss auf die Stirn. »Pass auf dich auf, Emma. Und lass die Vergangenheit endlich los. Du hast dein Leben noch vor dir. Zerstöre es nicht mit Rache an einer Person, die deiner nicht wert ist.«

Dann verließ er, ohne sich noch einmal umzudrehen, das Lokal.

FERDINAND

Ferdinand eilte die Treppe zu Nataschas Apartment hinauf. Die Wohnungstür stand einen Spalt offen. »Hallo, mein Schatz«, begrüßte er sie und beugte sich vor, um ihr einen Kuss auf den Mund zu geben. Doch Natascha wich aus und seine Lippen streiften nur flüchtig ihre Wange.

»Komm rein, wir müssen reden.«

Der ernste Ton in ihrer Stimme gefiel ihm gar nicht. Mit wachsender Unruhe folgte er ihr in die Küche, wo bereits eine halbleere Flasche Rotwein auf dem Tisch stand.

»Möchtest du auch ein Glas?«

»Gern.«

Natascha füllte ein zweites Glas und ließ sich an der Küchentheke nieder. »Ich war gestern bei euch zu Hause«, begann sie kühl. »Du warst nicht erreichbar.«

»Bitte entschuldige, ich saß in einem wichtigen Meeting fest. Aber jetzt bin ich ja hier.« Er setzte ein beschwichtigendes Lächeln auf, das jedoch sofort erstarb, als sie spöttisch auflachte.

»Wahrscheinlich zu beschäftigt mit deiner Assistentin, was?«

Ferdinand blinzelte verwirrt. »Frau Wagner? Was meinst du damit?«

»Inés hat herausgefunden, dass du eine Affäre hast.« Der Klang ihrer Stimme, sachlich und fast emotionslos, jagte ihm einen kalten Schauer über den Rücken.

»Was? Sie weiß von uns?« Entsetzen breitete sich auf seinem Gesicht aus. »Das kann ich mir nicht vorstellen. Wir waren doch immer so vorsichtig! Was hat sie denn genau gesagt?«

Natascha schüttelte den Kopf. »Nein, sie weiß nicht von uns. Sie weiß von deiner Affäre mit Frau Wagner.«

Ferdinand spürte, wie ihm das Herz in die Hose sank. Fieberhaft durchsuchte er seine Erinnerungen. Frau Wagner? Er hatte keine Affäre mit seiner Assistentin! »Natascha, da muss ein Missverständnis vorliegen! Ich habe nichts mit Frau Wagner!«

»Wage es nicht, es abzustreiten.« Ihre Augen funkelten zornig. »Inés hat mir den roten Slip gezeigt, den sie in deiner Hosentasche gefunden hat. Und was soll ich sagen – meiner ist es nicht.«

Ferdinand riss die Augen auf. *Der Slip? Wie zum Teufel ...?*

»Das muss ein Irrtum sein! Vielleicht ist eine von Célines oder Emmas Unterhosen versehentlich in die Wäsche geraten. Ich verspreche dir hoch und heilig, es gibt keine andere Frau. Die einzige, mit der ich schlafe – und mit der ich schlafen will – bist du. Seit wir zusammen sind, habe ich keine andere Frau auch nur angesehen!«

Natascha betrachtete ihn einen langen Moment schweigend mit zusammengekniffenen Augen. »Ich würde dir so gern glauben. Aber du machst es mir wirklich verdammt schwer.«

Sie leerte ihr Glas in einem Zug und wischte sich mit dem Handrücken über die Lippen. Wie sie da mit hängenden Schultern über ihrem Weinglas kauerte, sah sie so zerbrechlich aus, dass Ferdinand am liebsten zu ihr gegangen wäre, um sie an seine Brust zu ziehen und ihr tröstend über das Haar zu streichen. Doch ihre abweisende Körperhaltung hielt ihn auf Abstand.

»Seit Monaten sprichst du davon, deine Frau zu verlassen. Doch es sind nur leere Worte. Wie soll ich dir noch irgendetwas glauben? Wie soll ich dir nach all dem vertrauen?«

Panik stieg in ihm auf. Er durfte Natascha nicht verlieren. Nicht jetzt. Nicht so. Mit einer entschlossenen Geste griff er über den Tisch und hob ihr Kinn, bis sie gezwungen war, ihm in die Augen zu sehen. »Ich weiß, die letzte Zeit war schwer für dich. Und das tut mir unendlich leid. Gib mir noch zwei Wochen! Oder, sagen wir, sicherheitshalber drei. Ich schwöre dir, bis dahin habe ich alles geregelt. Ich weiß, du hast keinen Grund, mir zu vertrauen, aber bitte, sei vernünftig. Was sind schon ein paar Wochen im Vergleich zu unserem restlichen Leben?«, flehte er.

Natascha seufzte tief. »Du hast also wirklich keine Affäre mit deiner Angestellten? Das Höschen hat sich also zufällig in deine Hosentasche verirrt?« Ihr Misstrauen war unverkennbar, doch in ihrer Stimme schwang auch ein leiser Hauch von Hoffnung mit.

»Ich schwöre es! Beim Leben meiner Kinder!«

Lange starrte sie ihn an, bevor sie nachdenklich einen großen Schluck aus ihrem Glas nahm. »Zwei Wochen«, sagte sie schließlich. »Keinen Tag länger. Wenn du bis dahin nicht die Fronten geklärt hast, bin ich weg. Und zwar ein für alle Mal.«

Zwei Stunden später saß Ferdinand wieder hinter dem Steuer seines Wagens und brauste die Grinzinger Straße entlang. Das war knapp gewesen. Viel zu knapp. Natascha war sein Ein und Alles. Er musste tun, was nötig war, um sie zu halten.

Doch der Gedanke an Inés schnürte ihm die Kehle zu. So sehr er sich auch wünschte, seiner unglücklichen Ehe ein Ende zu setzen – zuzusehen, wie es ihr von Tag zu Tag schlechter ging, in dem Wissen, welche Rolle er dabei spielte, ging ihm an die Nieren.

Ich tue das Richtige, versicherte er sich, während er gegen die aufkeimende Reue ankämpfte.

Inés würde ohnehin sterben. Was machten da ein paar Monate mehr oder weniger für einen Unterschied? Er musste an sich selbst denken. Es ging schließlich auch um sein Leben.

Ferdinand fasste einen Entschluss. *Ich werde die Dosis ihrer Schmerztabletten erhöhen*, nahm er sich vor. Vielleicht würde er auch noch etwas Alkohol dazumischen.

Bald – sehr bald – würde alles überstanden sein, und er wäre endlich frei. Frei, um mit Natascha ein neues Leben zu beginnen.

EMMA

Emma blinzelte verschlafen. Das Gästezimmer lag im Halbdunkel, dichte Wolken hingen wie graue Schatten über der Stadt, und Regen prasselte unbarmherzig gegen die Fensterscheiben. Ein flüchtiger Blick auf den Wecker verriet ihr, dass es erst acht Uhr morgens war. Für einen Samstag eindeutig zu früh, um aufzustehen.

Sie rollte sich auf die andere Seite, zog die Daunendecke enger um ihren Körper und befahl sich, wieder einzuschlafen. Einfach nochmal einzudösen, sich eine Pause von sich selbst und diesem elenden Leben zu gönnen. Doch ihr Körper verweigerte ihr den Gehorsam.

Mit einem Schlag war alles wieder da. Die Auseinandersetzung mit Ekaterina. Die Trennung von Alex. In Dauerschleife hallten seine Worte in ihrem Kopf nach: *Deine Handlungen sind nichts weiter als der Schrei nach Aufmerksamkeit eines Kindes, das verzweifelt nach Liebe und Anerkennung sucht!*

Er war nur ein Mittel zum Zweck! Er hat dir wichtige Informationen über deinen Vater verraten, das war alles, was du wolltest!, versuchte sie sich einzureden. Doch ihr Herz wusste es besser. Alex war mehr für sie gewesen. Viel mehr.

Hast du es immer noch nicht begriffen? Man kann im Leben nicht alles haben. Du musstest dich ja unbedingt für deine Revanche und gegen die Beziehung entscheiden, höhnte ihr Unterbewusstsein.

Du wolltest doch keinen ernsthaften Schaden anrichten, aber jetzt hast du Alex um seinen Job gebracht. Bist du jetzt zufrieden? Ist es das wert gewesen?, gesellte sich Fionas vorwurfsvolle Stimme dazu.

Emma presste die Hände gegen die Ohren, als könnte sie die Stimmen in ihrem Kopf so zum Schweigen bringen. *Hört auf, lasst mich in Ruhe! Ich bin doch schon am Boden. Ich kann nicht mehr!* Und als ob das nicht genug wäre, war da auch noch Marc, der ihr mit seinen Nachrichten den letzten Nerv raubte. *Wir müssen reden. Ich muss dich einfach sehen. Sag mir, wann und wo!* Wie oft sollte sie ihm denn noch erklären, dass dieser Kuss ein Fehler gewesen war? Das schlechte Gewissen bohrte sich tiefer in ihre Brust. Das hatte sie davon, sich in diese dummen Racheaktionen zu verstricken, dachte sie voller Bitterkeit. Dabei war Céline ihr immer eine treue Freundin gewesen. Und was hatte Emma zum Dank getan? Ihre Uni-Erfolge sabotiert und ihren Freund geküsst. Sie war einfach das Allerletzte.

Mit einem Ruck schlug sie die Decke zurück und schwang die Beine aus dem Bett. Genug der Selbstzerfleischung, sagte sie sich energisch. Sie brauchte dringend einen starken Espresso. Dann würde sie eine Runde joggen gehen. Die körperliche Betätigung würde ihr helfen, die Gedanken zu ordnen und ihre nächsten Schritte zu planen.

Rasch schlüpfte sie in ihre Jogginghose und zog einen Kapuzenpullover über. Ihr Haar band sie zu einem lockeren Pferdeschwanz zusammen. Mit Handy und Kopfhörern bewaffnet verließ sie das Gästezimmer.

Leise, um niemanden zu wecken, schlich sie den Flur entlang. Die Küchentür war nur angelehnt. Gerade wollte sie sie aufstoßen, da entdeckte sie durch den Türspalt ihren Vater, der in seinem Pyjama an der Küchenzeile lehnte. Vor ihm stand eine große Tasse, daneben mehrere Medikamentenfläschchen. Emma hielt inne. Der letzte Mensch, mit dem sie jetzt reden wollte, war Ferdinand Lauderthal.

Während sie noch überlegte, ob sie auf ihren Morgenkaffee verzichten oder lieber warten sollte, bis er die Küche verlassen hatte, beobachtete sie, wie er den Müllkübel unter dem Waschbecken hervorzog und den Inhalt aus zwei der Medikamentenfläschchen hineinkippte. Atemlos sah sie zu, wie er anschließend das dritte Döschen öffnete und die Tabletten vorsichtig in die soeben geleerten Behälter umfüllte. Das leise Klackern der Pillen, die auf den Boden der Kunststoffdosen fielen, vermischte sich mit dem sanften Brodeln des Teekessels. Was zum Henker tat er da eigentlich?

Sorgfältig versenkte Ferdinand die leeren Behälter im Müll, drückte mit den Händen nach, bis sie nicht mehr zu sehen waren. Dann füllte er die Tasse mit kochendem Wasser und warf drei der Pillen hinein. Nachdem er die neu befüllten Fläschchen an ihren angestammten Platz im Küchenschrank zurückgestellt hatte, wandte er sich zum Gehen.

Wie der Blitz hechtete Emma ins nahegelegene Badezimmer und schloss die Tür hinter sich. Ihr Herz pochte wie verrückt. Sie hielt den Atem an und lauschte den Schritten ihres Vaters, die die Treppe hinaufführten. Gott sei Dank, er hatte sie nicht bemerkt.

Langsam ließ sie den Atem entweichen. Erneut trat Emma den Weg in die Küche an und schaltete die Kaffeemaschine ein. Während diese aufheizte, zog sie den Mistkübel zu sich heran und wühlte mit zittrigen Fingern darin herum. Unter ein paar Essensresten förderte sie die Pillendosen zutage. »Paracetamol, 500 Milligramm« stand auf der Verpackung.

Verwirrt runzelte Emma die Stirn. War das nicht ein Schmerzmittel? Sie wandte sich dem Schrank zu und griff nach den anderen Medikamentenbehältern. »Azathioprin« und »Prednisolon« stand in schwarzen Lettern auf den jeweiligen Schachteln. Eine Weile starrte sie wie paralysiert auf die Tabletten. Hatte sie gerade wirklich gesehen, was sie glaubte, gesehen zu haben?

Rasch verstaute sie alles so, wie sie es vorgefunden hatte, und zog ihr Handy aus der Gesäßtasche. Nacheinander tippte sie die Medikamentennamen in Verbindung mit chronischer Autoimmunhepatitis in die Internetsuchmaschine ein. Was sie las, ließ ihr das Blut in den Adern gefrieren.

Sie hatte richtig gelegen. Paracetamol war zwar ein weit verbreitetes Schmerzmittel, doch bei Leberschäden wurde von seiner Einnahme dringend abgeraten. Die beiden anderen Präparate stellten eine gängige Medikation für Autoimmunhepatitis dar.

Emmas Gedanken rasten, Übelkeit stieg in ihr hoch. Sie wusste, dass ihr Vater kein guter Mensch war – das hatte er schon mehr als einmal bewiesen. Aber hatte er gerade wirklich die lebensnotwendigen Medikamente seiner Frau gegen leberschädliche Schmerzmittel ausgetauscht?

INÉS

Danke, mein Schatz«, murmelte Inés und lächelte schwach, als Ferdinand mit ihrer Tasse Tee in der Hand am Bett auftauchte. Mühsam richtete sie sich auf und nahm das Getränk entgegen.

»Hast du gut geschlafen?«, fragte er sanft.

»Ganz okay«, erwiderte sie. Doch selbst sie konnte spüren, wie gezwungen ihr Lächeln wirken musste. In den letzten Tagen hatte sich ihr Zustand spürbar verschlechtert. Dabei hatte es anfangs so ausgesehen, als würde ihr Körper gut auf die neuen Medikamente ansprechen. Die Worte ihres Arztes hallten wie eine unheilvolle Prophezeiung in ihrem Kopf wider. *Wenn die Medikamente nicht sofort Wirkung zeigen, hilft nur noch eine Transplantation.*

Ein kalter Schauer lief ihr über den Rücken. Sie musste so schnell wie möglich einen neuen Termin vereinbaren, um herauszufinden, warum sie sich auf einmal wieder so schwach fühlte.

Ferdinand beugte sich zu ihr hinunter und drückte ihr einen sanften Kuss auf die Stirn, bevor er sie allein ließ.

Nachdenklich nahm Inés einen Schluck aus ihrer Tasse. Wenn überhaupt, dann hatte ihre Krankheit einen einzigen positiven Effekt: Ferdinand und sie schienen sich wieder näherzukommen. In letzter Zeit hatte er sich rührend um sie gekümmert. Zweimal täglich brachte er ihr Tee ans Bett, erkundigte sich fürsorglich nach ihrem Befinden. So liebevoll hatte er sich schon lange nicht mehr gezeigt, und Inés genoss diese Zuwendung wie eine Blume, die nach einem endlosen Winter die ersten warmen Sonnenstrahlen aufsaugt.

Sie vermisste ihn. Vermisste die Gespräche, die sie früher abends bei einem Glas Wein geführt hatten. Vermisste seine bewundernden Blicke, wenn sie den Raum betreten hatte. Seine Hände, die sanft über ihren Körper glitten. Sie vermisste den Mann, in den sie sich einst verliebt hatte und den sie jetzt manchmal, in seltenen Momenten, wieder in ihm erkennen konnte.

Ächzend erhob sich Inés und schleppte sich ins angrenzende Badezimmer. Sie ließ den Bademantel von ihren Schultern gleiten und blieb vor dem Spiegel stehen. Ihr eigenes Spiegelbild starrte sie aus müden, stumpfen Augen an. Sie betrachtete die tiefen Falten um ihren Mund, die grauen Strähnen, die sich immer dreister durch ihr Haar zogen, und ihren hageren, ausgezehrten Körper. *Kein Wunder, dass Ferdinand mich nicht mehr begehrt, so wie ich jetzt aussehe*, dachte sie bitter. *Zum Teufel mit dem Altwerden!*

Sie beschloss, noch heute einen Termin beim Friseur zu vereinbaren, um den grauen Haaren den Kampf anzusagen. Nur weil sie krank war, hieß das noch lange nicht, dass sie sich gehen lassen durfte. Mit dem Aussehen einer alten Hexe würde sie ihren Mann bestimmt nicht zurückgewinnen.

Vorsichtig tupfte sie Concealer auf die dunklen Ringe unter ihren Augen, tuschte ihre langen Wimpern und trug ein wenig Rouge auf ihre blassen Wangen auf. Schon viel besser. Entschlossen griff sie in die Schublade des Waschtisches und zog einen roten Spitzenslip mit passendem BH hervor. Mit zitternden Fingern streifte sie die zarte Wäsche über und musterte das Ergebnis im Spiegel. Ein leises Lächeln umspielte ihre Lippen.

Das Gespräch mit Natascha hatte sie zutiefst mitgenommen, aber sie war überzeugt, die richtige Strategie gewählt zu haben. Sie würde Ferdinand zurückerobern.

Die Affäre war vorbei – davon war sie überzeugt. Natascha war zu stolz, um weiterhin die zweite Geige für einen Mann zu spielen, der sie belog und betrog.

Inés straffte die Schultern, reckte das Kinn und zwinkerte ihrem Spiegelbild zu. *Meine liebe Freundin hat die Regeln nicht verstanden,* dachte sie mit einem bitteren Lächeln. *Die Ehefrau weiß es immer.*

EKATERINA

Nachdenklich blickte Ekaterina auf die Pillendose, die vor ihr auf der Küchenzeile stand. Neben ihr hatte sie bereits die Teetasse vorbereitet, der Beutel mit Inés' Kamillentee wartete nur darauf, aufgegossen zu werden. Sie überprüfte den Wasserkessel und stellte sicher, dass er genug Wasser enthielt, bevor sie ihn einschaltete. Mit einem leisen Lächeln dachte sie daran, wie sehr sich Ferdinand in letzter Zeit verändert hatte. Er widmete Inés deutlich mehr Aufmerksamkeit als sonst. Jeden Morgen und Abend brachte er ihr persönlich den Tee – eine Aufgabe, die eigentlich Ekaterinas gewesen wäre. Auch Blumen hatte er mitgebracht, wunderbare rosafarbene Rosen, die Ekaterina in einer Vase auf dem Nachttisch im Schlafzimmer arrangiert hatte. Ihr Duft erfüllte das gesamte Zimmer.

Ekaterina konnte sich nicht erinnern, wann Ferdinand Inés das letzte Mal so viel Beachtung geschenkt hatte. Wahrscheinlich, dachte sie mit einem leisen Seufzen, hatte er gerade wieder eine seiner Affären beendet und versuchte nun, sein schlechtes Gewissen mit kleinen Gesten zu beruhigen. Sie wusste nur zu gut, dass Inés und sie nicht die einzigen Frauen in seinem Leben gewesen waren. Der Gedanke daran ließ sie die Nase rümpfen. Was hatte sie sich damals nur dabei gedacht, mit diesem selbstverliebten Gockel ins Bett zu steigen? Doch sie war jung gewesen. Zu jung, um hinter seine glatte Fassade zu blicken und den Menschen dahinter zu erkennen. Am Ende hatte sie den Preis dafür gezahlt.

Nur Inés schien die Augen vor Ferdinands Treulosigkeit zu verschließen. Ihre Freude über seine plötzliche

Fürsorge war unübersehbar, und Ekaterina freute sich insgeheim mit ihr. Manchmal konnte die Unwissenheit tatsächlich ein Segen sein.

An diesem Morgen musste Ferdinand allerdings früh zu einem wichtigen Meeting, deshalb hatte er Ekaterina gebeten, ausnahmsweise den Morgentee zu bringen. Sie hatte gern zugestimmt. Mit ernster Miene hatte er ihr eingeschärft, gleich drei Tabletten in das Heißgetränk zu mischen und ihr den Rest zum Tee zu reichen. *Inés mag es nicht, so viele Pillen auf einmal zu schlucken*, hatte er betont.

Als Ekaterina die Tabletten betrachtete, stieg Sorge in ihr auf. Inés war sehr schwach geworden. Selbst ohne ein Wort des Klagens war deutlich zu erkennen, wie schlecht es ihr inzwischen ging. Ekaterina hoffte inständig, dass der Arzt ihr helfen konnte. Was würde aus der Familie werden, wenn Inés ihrer Krankheit erliegen würde? Céline war sensibel, sie würde Inés' Verlust gewiss nicht so leicht verkraften.

Das Klingeln an der Wohnungstür riss sie aus ihren Gedanken. Sie zuckte zusammen und verschüttete fast das frisch gebrühte Wasser. Das musste Karl sein, der Inés zum Arzt fahren wollte. Schnell eilte sie zur Tür, um den langjährigen Freund der Familie hereinzulassen.

»Guten Morgen, Ekaterina. Schön, dich wieder hier zu sehen! Das Haus ist nicht dasselbe ohne dich«, begrüßte er sie herzlich.

Ekaterina deutete einen Knicks an. »Ich freue mich auch, wieder hier zu sein.« Sie lächelte. »Wärst du so lieb und nimmst Inés den Tee mit rauf? Ich muss nur noch die Medikamente hineinrühren.«

»Natürlich, gern.«

Ekaterina ging voraus in die Küche, goss das heiße Wasser in die Tasse und öffnete die Pillendose. Sorgfältig ließ sie drei Tabletten in die Flüssigkeit fallen. Nach wenigen Augenblicken waren sie vollständig aufgelöst, und sie rührte sicherheitshalber noch einmal um. Dann reichte sie Karl die Tasse und die Pillendose.

»Hier, bitte.«

Karl runzelte leicht die Stirn, bedanke sich aber und machte sich dann mit der Teetasse und den Tabletten in der Hand auf den Weg ins Obergeschoss.

INÉS

Tee für die schöne Frau!«, ertönte Karls vertraute Stimme durch die halb geöffnete Tür. Inés lächelte unwillkürlich. Auf den Charme ihres Freundes war wie immer Verlass. »Komm ruhig rein, ich bin gleich so weit.« Noch einmal musterte sie ihr Spiegelbild kritisch. Der Concealer hatte die dunklen Augenringe einigermaßen kaschiert, und mit etwas Make-up sah sie fast wieder aus wie sie selbst – oder zumindest wie eine akzeptable Version davon.

Karl trat ein und stellte eine dampfende Tasse und ihre Tablettendosen behutsam auf dem kleinen Beistelltisch ab. »Ekaterina hat mir den Tee für dich mitgegeben.«

»Danke, Chéri.« Inés griff nach der Tasse und bedeutete ihm, sich zu ihr zu setzen. »Bleib noch einen Moment. Wir haben ja noch ein bisschen Zeit, bevor wir losmüssen.«

Seufzend nahm sie zwei heraus und spülte sie mit einem großen Schluck Tee hinunter. Sie verzog das Gesicht zu einer Grimasse. »Ich hasse dieses Zeug einfach!«

Karl warf einen prüfenden Blick auf die Tabletten. »Sind das neue Medikamente? Die sehen irgendwie anders aus als die, die du sonst genommen hast.«

»Tatsächlich?«, fragte Inés überrascht. »Du musst dich irren. Das sind immer noch dieselben – Kortison und Immunsuppressiva. Was die moderne Frau von heute eben so braucht«, fügte sie mit einem schiefen Lächeln hinzu.

»Hm, vielleicht täusche ich mich«, murmelte Karl. »Wie ich sehe, hast du dir übrigens die Haare gefärbt. Sieht toll aus.«

307

Stolz strich sich Inés durch ihren dunklen Bob.»Danke! Ich dachte mir, wenn ich schon sterben muss, dann möchte ich wenigstens als hübsche Leiche in Erinnerung bleiben.« Karl runzelte besorgt die Stirn.»Über so etwas macht man keine Witze.«

»Das nennt man Galgenhumor«, entgegnete sie mit einem kleinen Lächeln, das aber ihre Augen nicht erreichte. In diesem Moment schlug die große Pendeluhr am anderen Ende des Raumes neun Mal. Ihr gleichmäßiger, tiefer Klang erfüllte den Raum und unterstrich die Stille, die auf ihre Worte gefolgt war.

Karl seufzte.»Wir sollten wirklich los.«

»Du hast recht.« Inés erhob sich langsam und griff nach ihrer Handtasche.»Danke nochmal, dass du mich fährst.«

»Ich habe es dir schon einmal gesagt: Jederzeit, wohin auch immer du willst, was auch immer du brauchst. Außerdem liebe ich Krankenhäuser! Diese Krankenschwestern …«, versuchte er, sie mit einem Augenzwinkern aufzuheitern.

Inés grinste.»Na, dann bin ich ja beruhigt.«

Sie stellte die Tasse ab, schüttelte die letzten Reste des bitteren Geschmacks ab und griff nach Karls Arm.»Na dann los. Auf zu den hübschen Schwestern.«

EMMA

Emma spürte, wie sich die Finger um ihren Hals immer weiter zuzogen. Verzweifelt schnappte sie nach Luft.

»Bitte«, krächzte sie tonlos.

Doch der Mann lachte nur, während er mit der anderen Hand gierig ihren Körper abtastete.

»Lass mich los!«

Zappelnd versuchte Emma, ihre Hände zu befreien, aber sie schienen irgendwo über ihrem Kopf festgenagelt und wollten ihr einfach nicht gehorchen.

»Emma, wach auf!«

»Nimm deine Finger weg!«, keuchte sie und schlug wild um sich.

Ihr Körper wurde heftig durchgerüttelt. Voller Panik strampelte Emma mit den Beinen. Plötzlich traf ihr Knie auf etwas Weiches, gefolgt von einem hellen Schmerzensschrei und einem dumpfen Geräusch.

Emma schlug die Augen auf und blinzelte verwirrt. Seit wann hatte Onkel Phil denn so eine hohe Stimme?

Vor ihrem Bett lag Céline mit schmerzverzerrter Miene auf dem Boden und hielt sich den Bauch. Mit einem Schlag war Emma hellwach.

»Céline! Oh Gott, es tut mir so leid!« Emma rollte sich zur Seite und versuchte aufzustehen, doch ihr rechter Arm, auf dem sie gelegen hatte, war taub und kribbelte heftig.

»Geht es dir gut? Habe ich dich schlimm erwischt?«

Langsam erhob sich Céline, stöhnend und noch immer leicht gekrümmt. »Schon in Ordnung«, murmelte sie und rieb sich die schmerzende Stelle. »Du hast im Schlaf gesprochen und um dich geschlagen. Es hat sich angehört, als würdest du gegen jemanden kämpfen.«

Der Albtraum löste sich allmählich auf, zugleich kehrte auch das Gefühl in Emmas Arm zurück. »Ja, wieder ein Albtraum. Danke, dass du mich geweckt hast.«

»Von deinem Onkel?«, fragte Céline mitfühlend.

Emma nickte nur.

Céline setzte sich vorsichtig auf die Bettkante und legte Emma tröstend eine Hand auf den Rücken. »Oh, Emma! Du bist hier in Sicherheit. Er kann dir nichts mehr anhaben.«

»Ich weiß. Aber erklär das mal meinem Unterbewusstsein«, grummelte Emma. Sie warf einen Blick auf den Wecker auf ihrem Nachttisch. »Warum bist du überhaupt so früh auf den Beinen? Es ist doch noch nicht mal acht.«

»Ich habe eine E-Mail bekommen. Die Prüfungsergebnisse sind da. Ich dachte, du möchtest das wissen.«

Auf einmal war die Müdigkeit wie weggeblasen. »Echt? Die Ergebnisse sind raus?«

»Ja. Komm, wir schauen nach!« Céline zog das Mac-Book heran, das den Sturz auf den Boden offenbar unbeschadet überstanden hatte, und schob es zu Emma.

Mit angehaltenem Atem tippte Emma ihre Matrikelnummer und das Passwort ein. Sie rief die Website der Universität auf. Die Sekunden, die die Seite zum Laden brauchte, fühlten sich quälend lange an.

Als die Ergebnisse endlich erschienen, glaubte Emma zunächst, sie träume noch. Doch dann erkannte sie die schwarzen Buchstaben auf dem leuchtenden Bildschirm: *Befriedigend.* Eine Welle der Erleichterung durchströmte sie. Céline, die ihr über die Schulter gesehen hatte, schrie vor Freude auf und fiel ihr um den Hals.

»Du hast es geschafft! Gratuliere! Ich bin so stolz auf dich!«, jubelte sie.

Emma drehte den Laptop zu Céline. »Jetzt bist du dran.«

Céline gab ihre Daten ein, und diesmal war es Emma, die angespannt zusah. *Bitte, lass sie bestanden haben*, betete sie still. *Bitte, Gott, mach, dass meine dämliche Aktion sie nicht die Prüfung gekostet hat!*

Nach ein paar Sekunden erschienen zwei ernüchternde Wörter auf dem Bildschirm: *Nicht genügend*. Céline starrte auf den Monitor, als würde sie den Anblick nicht begreifen. Dann vergrub sie das Gesicht in ihren Händen.

»Scheiße«, flüsterte sie.

Bestürzt legte Emma eine Hand auf Célines Arm, während ihre Freundin heftig zu beben begann. »Mein Vater wird mich umbringen!«

»Es tut mir so leid«, brachte Emma mit belegter Stimme hervor.

»Ist doch nicht deine Schuld. Das habe ich mir schon selbst zuzuschreiben«, erwiderte Céline bitter. »Wäre ich bloß ein einziges Mal in meinem Leben pünktlich gewesen!«

Wenn sie wüsste, dachte Emma und hätte sich am liebsten geohrfeigt. Was hatte sie nur angerichtet?

»Mitte April ist der nächste Prüfungstermin. Wir fangen gleich morgen mit dem Lernen an! Ich prüfe dich ab, bis du den Stoff im Schlaf beherrschst. Du wirst das schaffen, Céline. Zwei Monate sind doch nichts, wenn du erst mal eine erfolgreiche Anwältin bist«, versuchte sie, ihrer Freundin Mut zuzusprechen.

»Danke«, schluchzte Céline. Dicke Tränen tropften auf Emmas Pyjamaoberteil. »Was würde ich nur ohne dich machen? Du bist die beste Freundin, die ich je hatte, weißt du das eigentlich?«

Der Klumpen in Emmas Magengrube wurde noch schwerer. »Wir schaffen das gemeinsam.«

Behutsam wiegte sie Céline in ihren Armen. Doch ihre Gedanken schweiften ab und das Gesicht ihres Vaters schob sich in ihr Bewusstsein. Mit Sicherheit würde er wütend auf Céline sein. Was für ein aufgeblasenes, selbstgefälliges Arschloch!

Dann kam ihr wieder die Szene in der Küche mit Inés' Tabletten in den Sinn. Céline hatte noch keine Ahnung von ihrem schrecklichen Verdacht. Mehrmals hatte sie in den letzten Tagen versucht, Céline davon zu erzählen, aber immer war etwas dazwischengekommen. *Blödsinn, Emma! Du warst einfach zu feige!*

Sie atmete tief durch und fasste einen Entschluss: Sie würde mit Céline reden. Sehr bald schon. Aber jetzt war definitiv nicht der richtige Zeitpunkt.

INÉS

Der Warteraum des Krankenhauses war voller hustender und schniefender Patienten. Wenigstens hatten sie es geschafft, zwei der unbequemen Plastikstühle zu ergattern. Seit Stunden schon saßen sie hier und warteten darauf, dass Doktor Mortem sie endlich zu sich rief, um die Ergebnisse der Untersuchung zu besprechen.

Karl verzog das Gesicht und lehnte sich zu Inés hinüber. »Sieh dir das an«, zischte er leise. »Ein ganzer Raum voller kranker Menschen. Die da drüben war sogar schon hier, als wir angekommen sind! Unser Gesundheitssystem ist wirklich am Ende.«

Inés stieß ihm mit dem Ellbogen sanft in die Seite. »Karl! Hör auf zu meckern und sei nicht so ungeduldig.«

»Aber es stimmt doch«, brummte er und senkte die Stimme noch ein wenig weiter. »Vor zehn Jahren hätte man nicht so lange warten müssen.«

Inés wollte gerade etwas erwidern, als der Lautsprecher ein Knacken von sich gab. Die Stimme der Empfangsdame hallte durch den Raum und rief ihren Namen auf.

»Wir sind dran«, sagte Inés leise und erhob sich langsam. Die Wartezeit hatte ihr zugesetzt, ihre Beine fühlten sich schwer an.

Doktor Mortem erwartete sie bereits vor einem der Behandlungsräume. Er winkte sie herein und deutete auf die beiden Stühle vor einem schnörkellosen weißen Tisch. »Frau Lauderthal, bitte entschuldigen Sie die lange Wartezeit«, begann er mit ruhiger Stimme. »Wir haben das Ergebnis zweimal überprüft – nur um sicherzugehen.«

Inés' Magen zog sich zusammen, als sie seine ernste Miene bemerkte. »Und?«, fragte sie leise. »Wie lautet es?«

»Ich mache es kurz, Frau Lauderthal. Ihre Leberzirrhose hat sich rasant verschlechtert. Ehrlich gesagt, wundert es mich, dass Sie überhaupt noch aufrecht stehen
können. Eigentlich müssten Sie sich vor Schmerzen krüm-
men. Nehmen Sie Schmerzmittel?«
Verwirrt schüttelte Inés den Kopf. »Nein, nur die Medikamente, die Sie mir verschrieben haben. Warten Sie,
ich glaub, ich hab sie hier irgendwo.«
Sie kramte in ihrer Handtasche, förderte schließlich die
beiden Pillendosen zutage und reichte sie dem Arzt.
Doktor Mortem schraubte die Fläschchen auf und ließ
einige der Tabletten auf seine Handfläche purzeln. Er musterte sie prüfend, dann richtete er seinen Blick wieder auf
Inés.
»Das sind nicht die Medikamente, die ich Ihnen verschrieben habe«, sagte er ruhig. »Ich weiß nicht, was Sie
hier einnehmen, aber das sind definitiv weder Azathioprin
noch Prednisolon.«
Inés starrte den Arzt fassungslos an. »Das kann nicht
sein«, brachte sie schließlich heraus. »Das muss ein Missverständnis sein! Ich habe doch immer die richtigen Medikamente genommen. Ich schwöre es!«
»In Ordnung, wir werden das prüfen«, erwiderte der
Arzt. »Aber feststeht, wir müssen Sie hierbehalten, Frau
Lauderthal. Ihre Leber ist kaum noch in der Lage, die
Giftstoffe aus Ihrem Körper zu transportieren. Es tut mir
leid, das sagen zu müssen, aber Sie benötigen dringend
ein Spenderorgan. Sie hätten viel früher wiederkommen
sollen.«
Betretene Stille breitete sich im Behandlungszimmer
aus.
Übelkeit stieg in Inés hoch und sie musste sich an der
Stuhllehne festklammern, um nicht die Besinnung zu ver-
lieren. »Aber … wie ist das möglich?«, stammelte sie.

»Das kann ich Ihnen im Moment nicht sagen«, antwortete der Arzt sanft. »Wir werden weitere Untersuchungen durchführen. Aber eines ist sicher: Sie müssen sich auf einen längeren Aufenthalt hier einstellen.«

Dann wandte er sich an Karl. »Herr Lauderthal, könnten Sie bitte einige persönliche Dinge für Ihre Frau holen? Wechselkleidung, eine Zahnbürste, ein paar Bücher vielleicht?«

»Ich bin nicht Herr Lauderthal«, stellte Karl knapp klar. »Ihr Mann ist leider verhindert. Aber ich kümmere mich natürlich um alles, was nötig ist.«

CÉLINE

Um kurz vor sieben betrat Céline mit Emma im Schlepptau die Küche. Camillo saß bereits an der Küchentheke, während Ekaterina unruhig im Raum auf und ab tigerte. Célines Anspannung wuchs mit jeder Sekunde. Sie erinnerte sich nur zu gut daran, was beim letzten »Familienrat« ihres Vaters ans Licht gekommen war. Den ganzen Nachmittag über hatten Emma und sie Strategien entwickelt, wie sie ihrem Vater ihr Versagen bei der Prüfung erklären sollte. Weitere Hiobsbotschaften konnte sie im Moment wirklich nicht gebrauchen.

»Hi, Céline. Emma«, begrüßte Camillo die beiden.

»Hi. Sag mal, weißt du, worum es hier eigentlich geht?« Céline warf ihrem Bruder einen besorgten Blick zu. »Und wo ist Mama?«

Camillo zuckte mit den Schultern. »Keine Ahnung. Ich glaube, Karl hat sie heute Morgen zum Arzt gebracht. Vielleicht sind sie noch nicht zurück.«

In diesem Moment öffnete sich die Tür und ihr Vater trat ein. Er trug noch immer Anzug und Krawatte – offensichtlich war er direkt aus dem Büro gekommen.

»Eure Mutter kommt nicht«, erklärte er ohne Umschweife, als hätte er ihre Gedanken erraten. »Deshalb muss ich auch mit euch sprechen.« Er wandte sich an Emma. »Ich muss dich bitten, zu gehen. Wie ich Céline bereits gesagt habe, ist das eine familieninterne Angelegenheit. Und du gehörst nicht zur Familie.«

»Das ist doch nicht dein Ernst!«, rief Céline empört und setzte zum Protest an, doch Emma kam ihr zuvor.

»Schon gut«, sagte sie leise. »Ich gehe. Wir reden später, ja? Ich bin im Gästezimmer, wenn du mich brauchst.«

Nur widerstrebend ließ Céline sie ziehen. Ihre Freundin schien immer genau zu wissen, was zu sagen oder zu tun war. In ihrer Gegenwart fühlte sie sich sicher, als würde ein Teil von Emmas Selbstvertrauen auf sie abfärben. Erst als die Tür hinter Emma ins Schloss gefallen war, ergriff ihr Vater erneut das Wort.

»Wie ihr wisst, hatte eure Mutter heute einen wichtigen Arzttermin«, begann er. »Ich mache es kurz – es gibt schlechte Nachrichten. Ihre Leberzirrhose hat sich rapide verschlechtert. Der Arzt hat sie sofort dabehalten und weitere Untersuchungen angeordnet. So wie es aussieht, braucht sie dringend eine Spenderleber. Ansonsten …« Er verstummte und senkte betreten den Kopf.

Céline schlug sich entsetzt die Hand vor den Mund, während Ekaterina neben ihr scharf die Luft einsog.

»Aber wie kann das sein?«, rief Camillo fassungslos. »Es sah doch so aus, als würden die Medikamente helfen!«

»Ich bin kein Arzt und kann das nicht beurteilen«, entgegnete ihr Vater. »Aber ich hatte eben ein langes Gespräch mit Doktor Mortem. Es sieht nicht gut aus.«

Eisiges Schweigen breitete sich im Raum aus. Céline hatte das Gefühl, als würde ihre Welt in sich zusammenstürzen. Tränen liefen über ihre Wangen.

»Gibt es irgendwas, das wir tun können?«, fragte sie mit erstickter Stimme. »Können wir nicht spenden?«

Ihr Vater sah ernst in die Runde. »Das will eure Mutter nicht. Und ich möchte, dass ihr ihren Wunsch respektiert.«

»Scheiß drauf, was sie will!«, brach es aus Camillo heraus.

»Camillo! Achte auf deine Wortwahl!«

»Mir egal, was Mama sagt, Papa. Ich werde mich trotzdem testen lassen. Soll sie doch wütend auf mich sein – Hauptsache, sie bleibt am Leben! Céline, bist du dabei?«

»Natürlich, ich mach mit!«, entgegnete Céline sofort und wischte sich die Tränen aus dem Gesicht.

Ihr Vater warf beiden einen zornigen Blick zu. »Ich verbiete es euch!«

»Du kannst uns gar nichts verbieten. Wir sind volljährig. Und wenn auch nur die geringste Chance besteht, dass wir Mama retten können, dann werden wir es tun«, beharrte Camillo.

Die beiden Männer lieferten sich ein stummes Blickduell. Schließlich knirschte ihr Vater mit den Zähnen und sprach in gedämpftem Ton weiter.

»Ihr wisst, dass die Wahrscheinlichkeit, dass einer von euch als Spender infrage kommt, gering ist, oder?«, stieß er gepresst hervor.

»Ferdinand, bitte …«, versuchte Ekaterina beschwichtigend einzulenken.

»Du hast hier überhaupt nichts zu sagen!«, fauchte er sie an.

»Lass Ekaterina in Ruhe!«, schoss Céline dazwischen und funkelte ihren Vater an. »Wir machen das. Und nichts, was du sagst, kann uns davon abhalten!«

Sie sah ihn fest an. Um keinen Preis der Welt würde sie sich von diesem Vorhaben abbringen lassen. Es ging schließlich um das Leben ihrer Mutter!

Nachdem die Familienversammlung beendet war und ihr Vater wutschnaubend das Zimmer verlassen hatte, ließ Céline erschöpft den Kopf hängen und vergrub das Gesicht in den Händen. Ihre Mutter könnte sterben. Dieser Gedanke war einfach zu schrecklich, um ihn zuzulassen. Wie konnte das nur passieren? Noch vor kurzem hatte es doch geheißen, die Therapie würde anschlagen. Und jetzt das.

Nur am Rande registrierte Céline, wie sich Ekaterina neben ihr auf einen Stuhl setzte und ihr sanft über den Arm strich.

»Wie geht es dir? Bitte, sag doch was«, sagte sie leise.
Céline hob ruckartig den Kopf. »Wie soll es mir schon
gehen? Meine Mutter ist todkrank. Und wenn sie nicht
bald eine neue Leber bekommt …« Ihre Stimme brach,
und ein heftiger Weinkrampf schüttelte ihren Körper. Sie
fühlte sich, als würde sie von innen heraus zersplittern.

»Es wird schon alles gut werden«, murmelte Ekaterina
tröstend und strich ihr über den Rücken.

»Wie? Hast du nicht gehört, was Papa gesagt hat?«,
entgegnete Céline lauter als beabsichtigt.

»Wir werden einen Spender finden. Du musst nur fest
daran glauben. Alles wird gut, du wirst schon sehen.«

Céline schnaufte abfällig.

Ekaterina zögerte einen Moment, dann sprach sie vorsichtig weiter. »Da ist noch etwas, das ich mit dir besprechen wollte. Ich weiß, das ist jetzt wirklich nicht der beste
Zeitpunkt, aber es geht nicht anders.«

Céline blickte sie an. Trotz ihrer Tränen konnte sie
erkennen, wie unsicher Ekaterina auf einmal wirkte. Sie
hatte die Finger um eine Haarsträhne gewickelt und ver-
heddterte sich beinahe darin – ein sicheres Zeichen, dass
sie nervös war.

»Es geht um deine Freundin Emma«, fuhr sie schließlich fort, als Céline nichts erwiderte.

»Was ist mit ihr?«

Ekaterina seufzte tief und rieb sich die Schläfen.
»Emma kann nicht bleiben, Céline. Dein Vater und ich
haben darüber gesprochen. Und wir sind uns einig.«

»Nicht du auch noch!«, rief Céline aufgebracht und
sprang vom Stuhl auf. »Was habt ihr nur alle gegen sie?«

Ekaterina zögerte und wählte ihre Worte mit Bedacht.
»Ich will doch nur das Beste für dich, mein Schatz. Ich
beobachte euch beide jetzt schon eine ganze Weile. Seit
Emma in dein Leben getreten ist, hast du dich verändert.

Du legst dich mit deinem Vater an, ziehst dich von deinem alten Freundeskreis zurück. Alles dreht sich nur noch Emma. Emma sagt dies, Emma denkt das, Emma findet jenes. Sie mag ja ein nettes Mädchen sein, aber du hast doch so viele andere Freundinnen. Was ist denn mit Sarah? Wann hast du zuletzt mit ihr gesprochen? Ihr wart früher so eng befreundet. Diese Emma ist einfach nicht der richtige Umgang für dich.« Sie seufzte tief. »Deine Mutter braucht dich jetzt. Und Emma ist nur eine Belastung – für dich, für Inés, für dein ganzes Umfeld. Du musst an deine Familie denken.«

Célines Trauer und Verzweiflung verwandelten sich schlagartig in Entrüstung. »Was bildest du dir eigentlich ein?«, zischte sie. »Mama kämpft gerade ums Überleben, und du hast nichts Besseres zu tun, als zu verlangen, dass ich meine Freundin rauswerfe? Hast du auch nur eine Sekunde darüber nachgedacht, wo Emma hinsoll, wenn ich sie vor die Tür setze?«

Ekaterina rang nach Worten. »Aber Emma ist doch kein Hund aus dem Tierheim, den man aus Mitleid aufnimmt. Sie ist eine erwachsene Frau, die mit beiden Beinen im Leben steht. Es liegt nicht an dir, darüber zu urteilen, ob dieses Leben gut genug für sie ist.«

»Ausgerechnet du willst mir etwas von verschiedenen Welten erzählen?«, rief Céline verächtlich. »Was warst du denn, bevor meine Eltern dich eingestellt haben? Ein mittelloses rumänisches Mädchen ohne Familie, ohne Freunde. Neu in der Stadt, ohne Aufenthaltstitel. Und jetzt willst du mir Ratschläge geben, mit wem ich Umgang haben soll? Das ist doch lächerlich!«

»Céline, bitte ...«

»Nein! Jetzt rede ich!«, unterbrach sie Ekaterina scharf. Ihre Wut hatte sie vollends im Griff, und sie konnte – und wollte – sie nicht länger unterdrücken.

»Emma stammt vielleicht nicht aus einer *standesgemä-ßen* Familie, wie Papa sagen würde, aber sie ist die beste Freundin, die ich je hatte! Hast du eine Ahnung, wie oberflächlich meine bisherigen Freundschaften waren? Sarah und die anderen scheren sich einen Dreck um meine familiären Probleme. Für sie zählen nur Partys und Männer. Emma hingegen interessiert sich für *mich*, sie ist wie die Schwester, die ich nie hatte. Und das lasse ich mir von niemandem nehmen! Sie kann vielleicht nicht für immer bleiben, aber im Moment bleibt sie, wo sie ist. Und nichts, was du oder Papa sagt, wird daran etwas ändern!«

Ekaterina starrte sie mit offenem Mund an. Sie war sichtlich gekränkt. So einen Streit hatte es zwischen ihnen noch nie gegeben. Bislang waren sie immer respektvoll und liebevoll miteinander umgegangen. Und wenn Ekaterina ihr einen Rat gegeben hatte, war Céline ihm ohne zu zögern gefolgt. Doch es war an der Zeit, für das einzustehen, was ihr wirklich wichtig war. Das bedeutete doch, erwachsen zu werden, oder nicht?

Und als ob das nicht schon genug gewesen wäre, setzte Céline noch einen drauf. »Führ dich nicht auf, als wärst du meine Mutter! Denn das bist du nicht. Ich habe bereits eine Mutter! Eine Mutter, die gerade im Krankenhaus liegt und um ihr Leben kämpft, während du versuchst, mir die erste echte Freundin zu nehmen, die ich je hatte.«

Getroffen ließ Ekaterina den Kopf hängen. In ihren Augen schimmerten Tränen. Céline spürte einen kurzen Anflug von Schuldgefühlen, aber sie war immer noch viel zu aufgebracht, um echte Reue zu empfinden.

Ohne ein weiteres Wort stürmte sie aus der Küche und ließ Ekaterina allein zurück – aufgelöst und mit bebenden Schultern.

EMMA

Emma lief durch die engen Gassen der Wiener Innenstadt, den Blick fest auf Google Maps gerichtet. Kurz darauf tauchte es auch schon vor ihr auf: das Gebäude, in dem Marcs Wohnung lag. Sie betätigte den Klingelknopf und wurde sofort eingelassen.

Gedankenverloren strich sie sich die Bluse glatt und zog ihren Lippenstift nach. Die Erkenntnisse des gestrigen Abends hallten noch in ihr nach. Céline hatte einmal mehr zu ihr gehalten. Die Entschlossenheit, mit der sie Emma verteidigt hatte, war bewundernswert. Sie konnte sich nicht erinnern, dass sich jemals jemand so für sie eingesetzt hatte. Es wurde höchste Zeit, dass auch sie Farbe bekannte.

Die Wohnungstür öffnete sich und Marc erschien im Türrahmen.

»Emma!«, rief er aus.»Ich freue mich ja so, dich zu sehen!«

»Hallo Marc, danke, dass du dir Zeit genommen hast«, sagte sie höflich.

»Für dich immer! Ich dachte schon, du willst nichts mehr von mir wissen. Ich habe dir so viele Nachrichten geschrieben! Wie geht es dir? Möchtest du einen Gin Tonic?«

»Es ist drei Uhr nachmittags!«, erwiderte Emma trocken. Dann überlegte sie es sich anders. Warum eigentlich nicht? Sie konnte etwas Entspannung gut gebrauchen.

»Na gut, gerne. Aber bitte nicht zu stark. Und nur, wenn du auch einen trinkst.«

»Klar«, erwiderte Marc grinsend und lief in die Küche, um die Drinks zu mixen.

Wenig später saßen sie mit Gin Tonics am Küchentisch. Emma nahm einen tiefen Schluck. Entgegen ihrer Bitte schien der Cocktail fast nur aus Gin zu bestehen. Der scharfe Alkohol brannte in ihrer Kehle, aber er beruhigte ihre angespannten Nerven. Marc hatte sich neben ihr niedergelassen, seine Knie berührten die ihren. Instinktiv rückte Emma ein paar Zentimeter von ihm ab.

»Marc … ich bin hier, weil ich persönlich mit dir sprechen wollte. Du musst aufhören, mir zu schreiben. Du bist mit Céline zusammen. Und damit es keine Missverständnisse gibt: Ich will, dass das auch so bleibt. Oder trenn dich von ihr, wenn du das für richtig hältst, aber nicht meinetwegen. Céline ist mir wichtig. Unser Kuss war ein Fehler und wird sich nicht wiederholen. Wir hätten das nie zulassen dürfen.«

Marc sog scharf die Luft ein. »Emma, ich …«

»Nein, Marc, ich meine es ernst.«

»Emma bitte! Ich habe mich in dich verliebt! Glaub mir, ich wollte das selbst nicht. Aber es ist so. Du gehst mir einfach nicht mehr aus dem Kopf. Du bist so schön. So klug und witzig. Ich … ach, ich weiß auch nicht«, stammelte er und sah betreten zu Boden. »Habe ich denn wirklich keine Chance bei dir?«

Emmas Tonfall wurde sanfter. »Ich fühle mich geschmeichelt, aber du kennst mich im Grunde doch gar nicht. Du hast keine Ahnung, wie ich wirklich bin. Ich bin nicht das Mädchen, für das du mich hältst.«

»Aber das können wir ändern! Wir könnten uns einfach besser kennenlernen, Zeit miteinander verbringen und sehen, was daraus wird«, schlug Marc hoffnungsvoll vor.

»Nein, Marc. Ich mag dich, aber nicht auf diese Weise. Bitte respektier das.«

Marc sackte in sich zusammen. Sein Blick wanderte traurig zu seinem leeren Glas.

Emma hatte Mitleid mit ihm. Und wie so oft in letzter Zeit schweiften ihre Gedanken zu Alex. Wieso konnte er nur nicht so hartnäckig sein wie Marc?

Emma hatte ihren Stolz überwunden und sich ihm geöffnet. Doch er hatte sie einfach verlassen und seither nicht einmal auf ihre Nachrichten reagiert.

Sie wünschte, sie könnte die Zeit zurückdrehen, nur um ein letztes Mal in Alex' Armen zu liegen und seinen Atem an ihrem Nacken zu spüren. Zu akzeptieren, dass es wirklich vorbei sein sollte, tat weh. Früher hätte sie Frauen ausgelacht, die einem Mann nachtrauerten. Jetzt konnte sie an keinem Starbucks mehr vorbeigehen, ohne dass ihr die Tränen in die Augen stiegen.

Entschlossen verdrängte sie den Kloß in ihrem Hals, leerte das Glas in einem Zug und spürte, wie der Alkohol sie in eine angenehme Taubheit hüllte. Wenigstens eine Sache hatte sie in Ordnung gebracht. Besser spät als nie, oder?

Sie legte Marc zum Abschied freundschaftlich die Hand auf die Schulter. »Pass auf dich auf, ja?«

CÉLINE

Schnellen Schrittes eilte Céline zu ihrem Wagen, hinter dessen Windschutzscheibe ein Strafzettel klemmte. Leise fluchend zog sie den Zettel heraus und steckte ihn genervt in ihre Handtasche, bevor sie sich hinters Steuer setzte.

Die Untersuchung im Krankenhaus hatte viel mehr Zeit in Anspruch genommen, als sie erwartet hatte. Ihr rechter Arm war übersät von Einstichstellen und sah aus, als gehöre er einer Heroinabhängigen. Stundenlang hatte man ihr Fragen über ihre Gesundheit gestellt, und das Gespräch mit dem Psychologen hatte sich schier endlos hingezogen. Immer wieder hatte er wissen wollen, ob ihre Mutter ihr Vorwürfe machen würde, sollte sie sich doch gegen die Organspende entscheiden. Céline schüttelte den Kopf. *So ein Unsinn.*

Jetzt hieß es abwarten. Céline konnte nur hoffen, dass sie als Spenderin infrage kam.

Mit einem gehetzten Blick auf die Uhr am Armaturenbrett trat sie das Gaspedal durch und der Audi schoss mit einem kräftigen Ruck nach vorne. Nur noch zwanzig Minuten bis zu ihrem Termin bei der Studienleitung.

Nach all dem Pech im letzten Jahr hätte sie ahnen müssen, dass die Angelegenheit mit der angeblichen Schummelei noch Konsequenzen haben würde. Dennoch war sie überrascht gewesen, dass man sie erst Monate später zu einem Gespräch geladen hatte. Natürlich hätte sie den Termin auch absagen können – der kritische Gesundheitszustand ihrer Mutter wäre sicher eine nachvollziehbare Begründung gewesen. Aber sie wollte dieses leidige Thema endlich hinter sich lassen.

Dank zweier orangener Ampelphasen erreichte sie das Juridicum in Rekordzeit. Geschickt manövrierte sie den Audi in eine enge Parklücke und sprang aus dem Wagen. Noch vier Minuten bis zum Termin. So schnell sie konnte, hastete sie die Treppen hinauf in den zweiten Stock. Oben angekommen, blieb sie keuchend stehen und versuchte, ihren rasenden Atem zu beruhigen. *Ich sollte wirklich mehr Sport machen*, dachte sie flüchtig. Ihre Kondition ließ wirklich zu wünschen übrig. Mit fahrigen Händen strich sie den Saum ihres schwarzen Kleides glatt und straffte die Schultern. *Du hast nichts falsch gemacht*, erinnerte sie sich und hob entschlossen das Kinn – genau so, wie sie es tausendmal bei Emma beobachtet hatte. Dann drückte sie auf die Klingel des Büros von Frau Professor Aichmann.

Ein Summen ertönte, und die Tür ließ sich öffnen.

Das Büro war geräumig, aber die dunkle Holzvertäfelung verlieh ihm eine düstere, beinahe bedrückende Atmosphäre. Am Fenster stand ein massiver Holztisch, hinter dem zwei Frauen mittleren Alters saßen. Céline erkannte sofort die Studienleiterin, Professor Aichmann. Die andere Frau hingegen war ihr fremd. Sie hatte ein rundes Gesicht, das von unordentlichen grauen Strähnen umrahmt war.

Mit einem bemüht gelassenen Lächeln trat Céline auf die beiden zu.»Céline Lauderthal. Sie wollten mich sprechen?«

»Guten Tag, Frau Lauderthal. Setzen Sie sich doch bitte«, sagte Professor Aichmann und deutete auf einen unbequemen Holzstuhl auf der anderen Seite des Schreibtischs.»Ich bin Dr. Aichmann, und das ist meine Stellvertreterin, Frau Magistra Werner.«

Céline nickte höflich und nahm Platz. Erwartungsvoll glitt ihr Blick zwischen den beiden Frauen hin und her.

»Frau Lauderthal, wir haben Sie hierhergebeten, um eine ernsthafte Angelegenheit zu klären«, eröffnete Frau Aichmann förmlich.

Céline nickte nur.

»Herr Kerchner hat uns darüber informiert, dass Sie in einer seiner Prüfungen beim Schummeln erwischt wurden«, kam die Studienleiterin ohne Umschweife zur Sache. »Möchten Sie sich zu diesem Vorwurf äußern?«

Céline senkte den Blick. Rasch wog sie ihre Möglichkeiten ab. Sie hätte die Situation natürlich als Missverständnis darstellen können, so wie sie es schon gegenüber Professor Kerchner getan hatte. Aber was würde das bringen? Wenn er ihr nicht geglaubt hatte, warum sollten diese beiden Frauen ihr dann Gehör schenken? Trotzdem musste sie es zumindest versuchen.

»Ich habe das bereits mit Herrn Kerchner besprochen«, sagte sie ruhig. »Wie ich ihm schon erklärt habe, gehört der angebliche Spickzettel nicht mir. Ich weiß nicht, wie er in meine Prüfung gelangt ist. Natürlich verstehe ich, dass ich das schwer beweisen kann. Aber der Professor war so freundlich, mir die Teilnahme an der zweiten Prüfung zu erlauben, die ich mit einer guten Note bestanden habe.«

Frau Aichmann nickte. »Ja, das ist uns bekannt. Wir haben den Fall damals intern besprochen und – insbesondere aufgrund der Fürsprache von Herrn Kerchner – beschlossen, in diesem speziellen Fall ein Auge zuzudrücken.«

Céline spürte, wie sich Erleichterung in ihr ausbreitete. *Na also, gar nicht so schlimm*, dachte sie und warf einen sehnsüchtigen Blick aus dem Fenster. Am liebsten hätte sie sich auf der Stelle aus dem Staub gemacht.

»Es gibt jedoch neue Erkenntnisse, die uns dazu veranlasst haben, unsere Entscheidung noch einmal zu überdenken«, fuhr Frau Werner mit strenger Miene fort.

Céline erstarrte. *Neue Erkenntnisse?* Ein ungutes Gefühl machte sich in ihrer Magengegend breit.

»Was für neue Erkenntnisse?«, fragte sie mit zitternder Stimme.

»Uns sind Gerüchte zu Ohren gekommen, dass Sie eine Affäre mit Professor Kerchner haben, Frau Lauderthal. Möchten Sie dazu Stellung nehmen?«

Célines Blick schnellte hoch, ihre Augen weiteten sich vor Entsetzen. Das konnte nicht wahr sein. Eine Affäre? Mit Professor Kerchner? Wer würde denn so eine absurde Lüge in die Welt setzen?

»Wie bitte?«, stieß sie keuchend hervor.

»Sie leugnen es also?«, hakte Frau Aichmann ein und warf ihrer Kollegin einen bedeutungsschweren Blick zu.

»Natürlich leugne ich das! Es ist eine glatte Lüge! Ich habe und hatte nie eine Affäre mit Professor Kerchner. Wie kommen Sie überhaupt auf diese absurde Idee?«

Frau Aichmann seufzte schwer und zog einen Briefumschlag aus der Schublade ihres Schreibtisches. »Ach ja? Und was sagen Sie dazu?«

Sie zog ein Foto heraus und schob es langsam über den Tisch. Céline beugte sich vor und starrte auf das Bild. Ihr Herz setzte einen Schlag aus. Das konnte nicht wahr sein!

Unverkennbar war sie darauf zu sehen, wie sie sich neben Professor Kerchner am Pult anlehnte. Sie erkannte das Outfit wieder. Das Foto musste an dem Tag entstanden sein, als sie ihre Klausur zurückbekommen hatte. Der Professor stand dicht neben ihr, seine Hand lag auf ihrer Schulter, sein warmer Blick ruhte auf ihren Lippen. Es sah es aus, als würde er sie jeden Moment küssen.

»Aber … da war nichts zwischen uns!«, stammelte Céline und sah flehend von der einen Frau zur anderen, in der Hoffnung, in einem der Gesichter so etwas wie Verständnis zu finden.

»Sparen Sie sich die Ausreden, Frau Lauderthal«, schnitt Frau Werner ihr das Wort ab. »Ihnen ist doch sicher klar, wie das für uns aussieht. Das Foto, dazu noch dieser anonyme Hinweis – Sie müssen verstehen, dass wir das nicht ignorieren können.«

»Da war wirklich nichts«, brachte Céline weinerlich hervor. »Ich war völlig fertig mit den Nerven, weil der Schummelzettel in meinem Klausurbogen gefunden wurde, das stimmt. Aber Herr Kerchner hat nichts falsch gemacht. Er hat mich nur getröstet. Ich verstehe ja, was für einen Eindruck das Foto auf Sie machen muss. Aber so ist es nicht gewesen, ich schwöre es!«

Frau Aichmann senkte den Kopf. »Es tut mir leid, Frau Lauderthal. Aber angesichts der Umstände haben wir keine andere Wahl: Sie sind für das Sommersemester suspendiert.«

Céline fühlte sich, als hätte man ihr den Boden unter den Füßen weggezogen. Das durfte nicht wahr sein! Ihre Gedanken rasten, verzweifelt suchte sie nach einer Erklärung, einem Ausweg aus diesem Albtraum. Sie hatte doch nichts falsch gemacht! Warum glaubte ihr niemand? Und wer hatte dieses Foto überhaupt aufgenommen? Wer könnte ein Interesse daran haben, ihr so zu schaden?

Ihr Blick blieb an dem Briefumschlag hängen, der halb von Professor Aichmanns Unterarm verdeckt war. War das ein gelblicher Glasabdruck auf dem Papier? Céline beugte sich unmerklich vor, um genauer hinzusehen. Und dann erkannte sie es. Die feine, geschwungene Handschrift auf dem Adressfeld.

Wie vom Blitz getroffen, erinnerte sie sich an den Abend bei Emma. An das Kuvert für deren angebliche Bewerbung.

Jetzt brauchst du aber ein neues Kuvert, so sieht das schlampig aus, hatte sie zu Emma gesagt. Ihre eigenen

Worte hallten in ihrem Kopf wider, als würde sie die Szene noch einmal durchleben.

Emma ... Nein, das konnte nicht sein. Sie weigerte sich, diese Schlussfolgerung zu akzeptieren. Verzweifelt zermarterte sie ihr Hirn nach einer anderen logischen Erklärung. Aber es gab keine. Das Kuvert, die Handschrift, das Foto – all das deutete nur auf eine Person hin.

»Frau Lauderthal?« Die Stimme der Studienleiterin drang nur gedämpft an ihr Ohr. »Sie können jetzt gehen.«

CÉLINE

Ohne zu wissen, wohin sie eigentlich wollte oder was sie tun sollte, verließ Céline das Universitätsgebäude. Sie konnte jetzt nicht nach Hause. Dort warteten Ekaterina, mit der sie gestern den schlimmsten Streit ihres Lebens gehabt hatte, ihr Vater, der sie bestimmt nach den Prüfungsergebnissen fragen würde – und natürlich Emma. Emma ... Aber warum? Warum hatte ihre Freundin ihr das angetan?

Céline musste dringend mit jemandem sprechen. Aber mit wem? Ihre Freundinnen waren nicht die Richtigen für ernste Gespräche. Camillo war wahrscheinlich noch im Krankenhaus. An wen konnte sie sich wenden? Dann fiel es ihr ein. Warum hatte sie nicht gleich daran gedacht? Marc. Sie würde zu Marc gehen. Wofür sonst hatte man einen festen Freund? Außerdem wohnte er nur zehn Minuten Fußweg von der Uni entfernt. Céline hoffte inständig, dass er zu Hause war.

Entschlossen machte sie sich auf den Weg zu seiner Wohnung und drückte auf den Klingelknopf. Es dauerte eine Weile, bis das Knacken der Gegensprechanlage erklang. *Gott sei Dank, er ist da.*

»Ich bin's, Céline.«

Der Türsummer ertönte, und sie betrat das kühle Treppenhaus. Als sie aus dem Lift stieg, lehnte Marc bereits lässig an der Wohnungstür.

»Céline, das ist ja eine Überraschung. Ich habe dich gar nicht erwartet«, nuschelte er. Seine Stimme klang merkwürdig gedämpft.

»Hast du getrunken?«, fragte sie und schob sich an ihm vorbei in die Wohnung.

Ihr Freund lächelte verlegen. Bei näherem Hinsehen erkannte sie, dass er schwankte. Der beißende Geruch von Alkohol schlug ihr entgegen.

»Was zum Teufel ist los mit dir? Es ist fünf Uhr nachmittags!«

Marc zuckte nur mit den Schultern. »Na und? Willst du auch was? Ein schneller Drink?«

Céline wollte schon entrüstet ablehnen, besann sich dann jedoch anders. Wenn es je einen Tag gab, an dem sie sich einen Cocktail verdient hatte, dann heute.

Sie folgte ihm in die Küche, wo eine fast leere Flasche Gin und einige Beigetränke auf dem Tisch standen. Schwer atmend ließ sie sich auf einem Hocker nieder und vergrub ihr Gesicht in den Händen.

»Alles in Ordnung mit dir?«, fragte Marc. Sogar er, der normalerweise nicht der Sensibelste war, schien zu bemerken, dass etwas nicht stimmte.

»Ich hatte einen verdammt miesen Tag«, stöhnte Céline. Ihre Hand wanderte zur Flasche, hielt jedoch mitten in der Bewegung inne.

Auf dem Tisch standen zwei Gläser. Das eine gehörte unverkennbar Marc – so wie er es umklammerte, als hinge sein Leben davon ab. Doch das andere … Céline blinzelte ungläubig. Korallenrote Lippenstiftspuren zierten den Rand des Glases. Die Farbe der aktuellen Chanel-Kollektion. Sie kannte nur eine Person, die diesen auffälligen Farbton trug.

»Was ist?«, nuschelte Marc. »Willst du keinen Gin? Ich hab auch noch Wodka irgendwo, wenn dir das lieber ist.«

Céline zwang sich zur Ruhe. »Wer war bei dir, Marc? Wem gehört dieses Glas?«

»Hm?« Verständnislos blickte er sie aus glasigen Augen an, bis die Erkenntnis langsam zu ihm durchsickerte.

»Ach das …« Er zuckte unbeholfen mit den Schultern.
»Eine Studienkollegin. Niemand Besonderes.«
Marc war noch nie ein guter Lügner gewesen, und der
Alkohol tat sein Übriges. Mit einem Ruck sprang Céline
auf, als hätte sie sich an der Tischplatte verbrannt.
»Wie konntest du nur!«, zischte sie.
»Hey, was soll das? Ich hab nichts gemacht!«, vertei-
digte er sich träge. »Setz dich wieder und zick nicht rum.«
»Du und Emma?«, keuchte sie ungläubig.
Marc wich ihrem Blick aus. »Es war nichts«, murmelte
er lahm.
»Lüg mich doch nicht an!« Céline schrie jetzt. Die Fas-
sade aus Beherrschung, die sie den ganzen Tag mühsam
aufrechterhalten hatte, brach zusammen. »Triffst du dich
hinter meinem Rücken mit meiner besten Freundin? Ant-
worte gefälligst!«
Marc schwieg, unfähig, ihr in die Augen zu sehen.
Aber sein Schweigen war Antwort genug.
»Du verdammtes Schwein!«, kreischte sie. Mit einem
Satz war sie bei ihm und ging mit den Fäusten auf ihn los.
Sie war nicht besonders stark, aber die Wut verlieh ihr un-
geahnte Kräfte. Mit der rechten Faust traf sie sein Kinn.
Marc taumelte überrascht zurück.
»Hey! Sag mal, spinnst du?«, rief er und hob die Arme,
um sich zu schützen.
»Du dreckiges Schwein! Arschloch! Scheißkerl!«,
brüllte sie und schlug blindlings weiter auf ihn ein. Die
Tränen strömten jetzt in Sturzbächen über ihre Wangen.
»Wie konntest du nur!«
Die Wut wich langsam einem tiefen Schmerz, der ihr
jegliche Kraft raubte. Sie sank bitterlich weinend zu Bo-
den und schlang die Arme um den Körper.
»Céline, ich … es tut mir leid. Es war nur ein Kuss«,
setzte Marc zögernd an, doch Céline fuhr dazwischen.

»Wag es nicht, mich anzusprechen! Wie konntest du mich nur so hintergehen! Mich mit meiner besten Freundin zu betrügen! Zwischen uns ist es aus, hörst du? Es ist vorbei. Endgültig!«

Mit dem letzten Rest Selbstbeherrschung stürmte sie aus der Wohnung.

EMMA

Emma starrte gedankenverloren in den Garten. Die Sonne versank langsam am Horizont und tauchte den Himmel in ein warmes, rotoranges Licht. Melancholie lag in der Luft. Eigentlich wollte sie es sich in der Bibliothek mit einem Buch gemütlich machen, aber die Worte verschwammen vor ihren Augen. Ihre Gedanken drifteten ständig ab.

Die Ereignisse der letzten Wochen hatten an Emmas Kräften gezehrt, und die bedrückte Stimmung der Lauderthals machte es nicht leichter. Inés' schlechte Verfassung lag wie ein Schatten über allem. Doch das war nicht alles, was Emma beschäftigte. Der Verdacht, Ferdinand könnte etwas mit Inés Gesundheitszustand zu tun haben, lag ihr wie ein Klotz im Magen. Sie hatte sich noch immer nicht getraut, Céline einzuweihen. Nach der Nachricht von gestern, dass Inés stationär im Krankenhaus bleiben musste, war kaum der richtige Moment gewesen. Und heute Morgen war Céline sofort aufgebrochen, um sich den Tests für eine mögliche Organspende zu unterziehen.

Neben ihr auf der Couch saß Camillo, eine Zeitschrift auf dem Schoß. Doch Emma bezweifelte, dass er wirklich las. Seit gut zehn Minuten starrte er, ohne umzublättern, auf dieselbe Seite. Auch ihn mussten die Untersuchungen ziemlich mitgenommen haben. Auf ihre vorsichtigen Fragen zu den Ereignissen im Krankenhaus hatte Camillo nur knapp geantwortet. Sie respektierte seine Zurückhaltung. Seit seinem missglückten Annäherungsversuch nach ihrem Einzug war ihr Verhältnis entspannt, beinahe freundschaftlich. Anscheinend hatte er die Zurückweisung gut weggesteckt.

Emma warf einen Blick auf die große Pendeluhr an der Wand. Schon nach sechs. Céline müsste längst zurück sein. Warum dauerte das überhaupt so lange? Emma hoffte inständig, dass im Krankenhaus alles gut gelaufen war.

Wie aufs Stichwort knallte die Eingangstür. Das musste sie sein.

»Wir sind in der Bibliothek!«, rief Emma laut. Schwere Schritte hallten die Treppe hinauf und wenige Augenblicke später stand Céline in der Tür.

»Wie war die Untersuchung? Du warst so lange weg. Ist alles in Ordnung?« Erst jetzt bemerkte Emma die dunklen Tränenspuren auf Célines Wangen. Ihr Magen krampte sich zusammen. *Oh nein.* »Céline, was ist passiert? Geht es dir gut?«

Céline trat einen Schritt näher. Ihr Gesicht war eine Maske aus Schmerz und Wut, die Lippen fest zusammengepresst. »Du hinterhältige Schlampe!«, zischte sie. »Heuchle hier bloß kein Interesse an mir!«

Emma riss erschrocken die Augen auf. »Céline, um Himmels willen! Was ist los? Warum bist du so aufgebracht?«

»Das willst du wissen, ja? Ich hatte gerade ein sehr interessantes Gespräch mit der Fakultätsleitung. Na, dämmert es dir?«

»Wirklich? Davon hast du mir gar nichts erzählt«, stammelte Emma und spürte, wie ihr das Blut aus dem Gesicht wich. *Verdammt. Der Brief an die Studienleitung.* In all dem Chaos hatte sie ihn völlig verdrängt. »Warum … ich meine, was wollte Professor Aichmann denn von dir?«

»Ach, spar dir das Unschuldsgetue.« Céline spuckte die Worte förmlich aus. »Ich habe mich in meinem ganzen Leben noch nie so sehr in jemandem getäuscht. Ich komme mir so unglaublich dumm vor. Bin deiner Masche voll auf den Leim gegangen, was? Wie konnte ich nur ernsthaft glauben, wir wären Freundinnen?«

Célines Gesicht war vor Zorn gerötet. Mit fahrigen Bewegungen strich sie sich das Haar aus dem Gesicht. Die sonst so sorgfältig geglätteten Strähnen standen wirr ab, und wie sie so dastand, tränenverschmiert und zitternd vor Wut, wirkte sie, als würde sie sich jeden Moment auf Emma stürzen.

»Aber so ist es doch auch! Wir sind Freundinnen, Céline, bitte!« Emma versuchte, die aufkommende Panik in ihrer Stimme zu unterdrücken. »Jetzt sag endlich, was ...«

»Lüg mich nicht an!« Céline schrie die Worte so laut, dass Emma zusammenzuckte. »Bevor wir uns kennengelernt haben, warst du ein Niemand! Keine Freunde, keine Familie, kein richtiges Zuhause, keine finanzielle Sicherheit. Ich habe dich meinen Freunden vorgestellt, meiner Familie! Habe dich verteidigt, wann immer jemand etwas gegen dich gesagt hat. Und glaub mir, es waren viele, die mich vor dir gewarnt haben. Aber ich, die naive Idiotin, wollte es nicht glauben. Ich dachte, ich wüsste es besser. Ich habe dich in unser Haus geholt und dich wie eine Schwester behandelt. Und wie dankst du es mir? Du verführst meinen Freund und sorgst dafür, dass ich von der Uni fliege!«

»Sie hat was? Du wurdest von der Uni verwiesen?« Camillo hatte sich aufgerichtet und starrte fassungslos von Céline zu Emma und wieder zurück.

Doch Céline ignorierte ihn. »Der Schummelzettel in meiner Klausur – das warst auch du, stimmt's?«

»Du hast bei einer Prüfung geschummelt?« Camillo klang entsetzt.

»Halt die Klappe, Camillo! Das geht nur mich und sie etwas an«, fuhr Céline ihn an. Camillo zog gekränkt den Kopf ein und verstummte.

»Céline, bitte!« Emma kämpfte darum, die Fassung zu bewahren. »Lass mich das erklären …«

Doch Céline schüttelte nur den Kopf. »Das kannst du dir sparen. Von dir will ich nichts mehr hören.« Sie machte eine abfällige Handbewegung, als wolle sie ein lästiges Insekt verscheuchen. »Weißt du was? Ich hatte sogar Mitleid mit dir. Arme kleine Emma, die nie eine richtige Familie hatte. Aber nach dem, was ich heute erfahren habe, wundert mich das auch nicht mehr. Das Einzige, was du kannst, ist, alles und jeden um dich herum zu zerstören! Kein Wunder, dass deine Adoptiveltern nichts mehr mit dir zu tun haben wollen. Und ich Idiotin habe mich von dir täuschen lassen. Aber damit ist jetzt Schluss! Ich bin fertig mit dir!«

Schwer atmend stand Céline vor ihr, die Arme vor der Brust verschränkt, die blauen Augen kalt auf Emma gerichtet. Augen, die so sehr an die ihres Vaters erinnerten. In diesem Augenblick bestand keinen Zweifel daran, wessen Tochter sie war.

»Aber eines interessiert mich doch: Was in Gottes Namen habe ich dir eigentlich getan? Oder bist du einfach von Natur aus so? Erträgst du es nicht, dass andere es besser haben als du? Das ist so erbärmlich. Du bist einfach nur ein ekelhafter Parasit, der jeden betrügt und hintergeht, selbst wenn er es nur gut mit dir meint.«

Nun war auch Emmas Geduld am Ende. Sie spürte, wie die Wut in ihr aufwallte. Was sie getan hatte, war falsch, ja, aber das gab Céline noch lange nicht das Recht, so mit ihr umzugehen. Wie konnte sie es wagen, solche Dinge zu ihr zu sagen?

Emma hob das Kinn und sah ihrer Halbschwester direkt in die Augen. »Du willst wissen, warum ich so geworden bin? Warum ich es nicht ertrage, dass du es besser hast als ich?« Ihre Stimme wurde lauter, energischer. »Dann will ich es dir sagen: *Ich* sollte an deiner Stelle sein! Du lebst mein Leben! Hast du dich auch nur einmal gefragt, ob du das alles überhaupt verdient hast? Das tolle Haus, das schicke Auto, Geschenke im Überfluss und eine Familie, die hinter dir steht, egal was passiert?«

Céline blinzelte, als wäre sie von der plötzlichen Heftigkeit der Antwort überrumpelt. Dann verzogen sich ihre Lippen zu einem harten Lächeln.»Ach so, dann ist es jetzt auf einmal meine Schuld, dass du eine beschissene Kindheit hattest? Miese Adoptiveltern? Einen widerlichen Onkel?«

»Vielleicht ist es nicht deine Schuld. Aber es ist die Schuld deiner Familie!« Emma konnte sich nicht mehr zurückhalten. Alles, was sie monatelang in sich aufgestaut hatte, brach nun aus ihr hervor. Ihre Stimme zitterte vor unterdrückter Wut und einer Art verzweifelter Erleichterung. Jetzt, wo es ohnehin kein Zurück mehr gab, war alles egal.»Hätte dein Mistkerl von Vater mich nach meiner Geburt nicht zur Adoption freigegeben, dann wäre das hier«, sie machte eine weit ausholende Geste, die die ganze Bibliothek umfasste,»wahrscheinlich mein Zimmer!«

Die Worte hallten in der Stille des Raumes wider. Für einen Moment schien die Zeit stillzustehen. Céline und Camillo standen da wie erstarrt, mit weit aufgerissenen Augen und ungläubiger Miene.

»Wie bitte?«, keuchte Céline schließlich.»Was redest du da?«

Emma hob spöttisch eine Augenbraue.»Na, Schwesterherz? Hat es dir die Sprache verschlagen? Arme naive Céline! Wie wohlbehütet du doch aufgewachsen bist, völlig abgeschottet in deiner heilen Seifenblase. Du hast keine Ahnung, wie es draußen in der echten Welt zugeht. Du weißt nicht, wie es ist, wenn man allein klarkommen muss, ohne dass Daddys Kreditkarte immer alles wieder ins Lot bringt. Aber ich sag dir was: Deine heilige Familie ist lange nicht so perfekt, wie du denkst!«

»Du willst unsere Schwester sein? Was für ein ausgemachter Blödsinn!« Camillo war aufgestanden und hatte sich neben Céline gestellt. Seine Stimme klang fassungslos, doch sein Blick war kalt und schneidend. »Warum sollten unsere Eltern ein Kind weggeben? Und außerdem – Céline, korrigiere mich, wenn ich falsch liege – seid ihr nicht im selben Jahr geboren? Deine Theorie ergibt doch hinten und vorne keinen Sinn!«

Emma verzog das Gesicht zu einem freudlosen Grinsen. »Ach ja, beinahe hätte ich das kleine Detail vergessen: Euer geschätzter Vater hatte vor zwanzig Jahren nämlich eine Affäre. Mit Ekaterina. Was glaubt ihr, warum die beiden so vehement dagegen waren, dass ich bei euch lebe? Sie wollen nicht, dass ihr oder eure Mutter jemals erfährt, was damals wirklich passiert ist.«

Atemlose Stille legte sich über den Raum. Selbst Célines trockene Schluchzer verstummten. Das Schweigen war so dicht, dass es fast greifbar schien.

»Du lügst«, brachte Céline nach einer kurzen Pause hervor, ihre Stimme war kaum mehr als ein heiseres Flüstern. »Papa würde Mama nie betrügen.«

Emma blickte ihr fest in die Augen. »Nein? Dann bin ich wohl nur eine besonders hartnäckige Halluzination, was?« Sie schüttelte den Kopf. »Ich habe eurem Vater sogar angeboten, einen DNA-Test zu machen. Aber komischerweise wollte er das nicht. Stattdessen hat er versucht, mich zu bestechen, damit ich mich von euch fernhalte.« Sie zuckte die Schultern, als wäre das alles nicht weiter bemerkenswert. »Doch der Test war gar nicht nötig. Auf meiner Abstammungsurkunde ist Ekaterina als meine leibliche Mutter angeführt. Es hat nur ein bisschen Nachforschung gebraucht, um eins und eins zusammenzuzählen.«

Céline starrte sie an, als könne sie die Worte nicht begreifen. Dann sackte sie auf die Couch, als hätte jemand ihr die Kraft aus dem Körper gesaugt. Ihr Gesicht war aschfahl, die Augen leer und glasig.

Aber Emma war noch nicht fertig. Zu lange hatte sie geschwiegen, zu lange alles in sich hineingefressen. Jetzt musste alles raus. »Wenn wir schon bei der Wahrheit sind: Ich bin mir übrigens ziemlich sicher, dass euer Vater das Fortschreiten von Inés' Krankheit beschleunigt hat. Ich habe gesehen, wie er ihre Medikamente weggeworfen und gegen Schmerzmittel vertauscht hat. Seitdem zerbreche ich mir den Kopf, wie ich dir das beibringen soll, Céline. Nun, jetzt weißt du es. Deine perfekte Familie ist nichts als eine Lüge!«

Célines Kopf ruckte hoch. »Verschwinde!«, zischte sie. »Raus aus unserem Haus! Du ekelst mich an! Und komm mir bloß nie wieder unter die Augen!«

Die Geschwister wirkten zutiefst erschüttert. Camillo setzte sich zu Céline auf die Couch und streichelte ihr beruhigend über den Rücken, während sie wie erstarrt dasaß und ins Leere blickte.

Eine Woge des schlechten Gewissens überkam Emma und sie ließ die Schultern sinken. So hatte sie sich das nicht vorgestellt. Eigentlich hatte sie sich bei Céline für all die Dinge entschuldigen wollen, die sie getan hatte! Aber ihr Temperament und die Wut hatten alles nur schlimmer gemacht. Zögernd trat sie einen Schritt auf die beiden zu.

»Bleib weg!«, fauchte Camillo und funkelte sie an.

Emma seufzte. Ihre Wut war so schnell verflogen, wie sie gekommen war, und hatte tiefer Reue Platz gemacht. Was hatte sie nur angerichtet? In einem letzten, verzweifelten Versuch, die Wogen zu glätten, ergriff sie erneut das Wort.

»Hör mal, Céline: Es tut mir leid. Als ich dich kennengelernt habe, hielt ich dich für ein verzogenes, verwöhntes Kind. Ich dachte, du wärst wie dein Vater und hättest es nicht anders verdient. Erst später habe ich erkannt, was für ein wunderbarer Mensch du wirklich bist. Ich habe das Foto von dir und dem Professor aufgenommen, das ist wahr. Und ich war es auch, die dir den Schummelzettel untergejubelt hat. Aber ich wollte den Brief an die Studienleitung niemals abschicken. Als du mich vor meinem Onkel beschützt hast, war mir auf einmal klar, wie sehr ich mich in dir getäuscht hatte. Du bist schließlich nicht verantwortlich für die Taten unseres Vaters. Doch dann ging alles so schnell, und meine Mitbewohnerin hat den Umschlag ohne mein Wissen zur Post gebracht. Ich habe gehofft, dass die Studienleitung den Brief einfach wegwirft. Ich wollte dir nie ernsthaft schaden. Bitte, glaub mir das.«

Célines Blick war hart und kalt wie Eis. »Morgen früh bist du weg«, flüsterte sie tonlos. »Ich bin fertig mit dir. Und jetzt – verschwinde.«

CÉLINE

Céline nahm einen tiefen Schluck aus ihrem Glas. Der scharfe Alkohol brannte auf der Zunge und in ihrer Kehle, aber sie verzog nur leicht das Gesicht. Sie genoss dieses Gefühl – wie eine Betäubung, die sie von dem viel größeren Schmerz in ihrem Herzen ablenkte.

»Sicher, dass du kein Beigetränk möchtest?«, fragte der Kellner und warf einen skeptischen Blick auf Célines Tequila.

Céline schüttelte den Kopf. Ohne ein Wort starrte sie weiter auf den Boden ihres Glases. Die Bar war fast leer, abgesehen von einem Pärchen, das sich in einer dunklen Ecke flüsternd unterhielt. Ihr war das nur recht. Sie wollte jetzt lieber allein sein.

Vor einem Jahr hätte sie sich nie träumen lassen, dass sie jemals allein in einer Bar sitzen und Tequila trinken würde. Damals waren ihre größten Sorgen gewesen, welche Partys sie besuchen, welche Designer-Handtasche sie kaufen und welches Kleid sie zu ihrem Geburtstag tragen würde. Ihre Mutter war gesund gewesen, und Marc hatte sie mit Aufmerksamkeit und Komplimenten überschüttet. Ihre Welt war in Ordnung gewesen. Ganz einfach. Ganz perfekt.

Tja – wie schnell sich doch alles ändern konnte!

Jetzt war nichts mehr in Ordnung. Ihre Mutter lag todkrank im Krankenhaus, während sie von der Uni geflogen war und keine Ahnung hatte, wie sie das ihrem Vater beibringen sollte. Ihrem Vater, der nicht nur ihre Mutter betrogen, sondern sie alle belogen hatte. Ein uneheliches Kind – Emma – war das Resultat dieser Lügen. Und dann noch Ekaterina. Die Frau, die immer wie eine zweite

Mutter für Céline gewesen war, hatte sie ebenso getäuscht. War Mitwisserin und vielleicht sogar Komplizin dieser ganzen elenden Geschichte.

Wie konnte ich nur so blind sein?, dachte Céline bitter, während sie dem Kellner ein Zeichen gab, ihr noch einen Tequila zu bringen.

Wortlos schenkte er nach.

Ihre Finger zitterten leicht, als sie das frische Glas zum Mund führte. Sie wünschte, der Alkohol könnte alles auslöschen – die Enttäuschung, die Wut, die Leere, die sich in ihr ausbreitete. Doch stattdessen loderte die Bitterkeit in ihr nur stärker auf.

Das ist alles nur Emmas Schuld, schoss ihr durch den Kopf. Emma, die plötzlich aufgetaucht war und mit einem einzigen Schlag ihre ganze heile Welt zertrümmert hatte. Mit einem Mal wünschte Céline sich nichts sehnlicher, als einfach dorthin zurückkehren zu können. In die Welt, in der sie sich um nichts Sorgen machen musste, in der alles einfach und überschaubar war. Aber die Seifenblase, in der sie gelebt hatte, war geplatzt, und es gab kein Zurück mehr.

EKATERINA

Die Morgensonne erhellte die Weinberge und tauchte sie in ein sanftes, rotgoldenes Licht. Eine dünne Reifschicht bedeckte die Wiesen, und jedes Ausatmen ließ kleine weiße Wölkchen vor ihrem Mund entstehen. Ein leichter Wind spielte mit ihren Haaren. Ekaterina beschleunigte ihren Schritt, die gleichmäßigen Geräusche ihrer Sportschuhe auf dem Boden trugen sie voran.

Tap, tap, tap.

Die morgendlichen Joggingrunden waren unverzichtbar für Ekaterina. Jeden Tag, immer dieselbe Strecke: neun Kilometer in fünfundfünfzig Minuten. Erst durch die Straßen Grinzings, dann eine große Runde durch den weitläufigen Garten der Lauderthals. Diese Zeit gehörte ihr allein. Es war die einzige Zeit des Tages, in der sie nicht für andere da sein musste, in der sie einfach nur sie selbst sein konnte. »Quality selftime«, wie Camillo es nannte.

Ekaterina zog ihren alten iPod aus der Tasche und drückte auf Play. *Where The Streets Have No Name* von U2 dröhnte in ihren Ohren, und sie ließ sich von der Musik treiben.

Ihre Gedanken wanderten zu der hässlichen Auseinandersetzung mit Céline. Ihre Worte hatten sie tief getroffen. Sie und Céline hatten immer ein enges Verhältnis gehabt. Niemals zuvor hatte sie eine derartige Wut bei ihr erlebt – und schon gar nicht, dass diese Wut sich gegen sie, Ekaterina, richtete.

Zum Teufel mit Emma!, dachte sie bitter. *Warum musste sie unbedingt auftauchen und alles zerstören?*

Du bist nicht meine Mutter. Célines Worte hallten in Ekaterinas Kopf wider, verdrängten sogar den kraftvollen

345

Gesang von Bono. Ekaterina schnaubte. *Wenn du nur wüsstest, Kleines!*

Ekaterina sah die Szene im Krankenhaus vor sich, als wäre es gestern gewesen. Der Brutkasten mit den Babys, das sanfte Licht der Neugeborenenstation. Die Namensbändchen. Emma und Céline. Inés hatte nur einen Tag vor ihr entbunden, auch eine Frühgeburt, genau wie bei ihr. Ferdinand drängte darauf, die Adoption durchzuziehen. Inés wusste nicht, wer der Vater von Ekaterinas Baby war – und Ferdinand wollte, dass das auch so blieb.

Ekaterina hatte sich mit Händen und Füßen gegen eine Abtreibung gewehrt – für eine gläubige Katholikin war das schlicht undenkbar. Aber auch die Adoption hatte ihr das Herz zerrissen. Trotzdem hatte sie zugestimmt, wenn auch mit dem stillen Vorhaben, mit den Adoptiveltern Kontakt zu halten. Doch als sie die Kleine zum ersten Mal im Arm gehalten und in ihre großen blauen Augen geschaut hatte, hatte sie gespürt, dass sie dieses Kind nicht weggeben konnte. Sie wollte ihre Tochter aufwachsen sehen, egal was es kostete.

Ein Moment auf der Babystation hatte ausgereicht. Ein Moment der Unachtsamkeit – und sie hatte ihre Chance ergriffen.

Ekaterina passierte das schmiedeeiserne Tor des Anwesens und lief mühelos am Haus vorbei, dann links auf den Schotterweg, der am Swimmingpool entlangführte. Die hohen Kastanienbäume trugen bereits erste zarte Knospen, ein leises Versprechen auf den nahenden Frühling.

Sie warf einen Blick auf die Uhr. Zweiundvierzig Minuten waren vergangen. Zeit für den Endspurt. Sie erhöhte das Tempo, und endlich setzte das ersehnte Hochgefühl ein – ein Rausch aus Adrenalin und Endorphinen.

Ekaterina war so in ihre Gedanken und die Musik vertieft, dass sie nicht bemerkte, wie sich ein Läufer hinter ihr näherte. Auch den schmalen Schatten des Golfschlägers, der sich über ihr erhob, bemerkte sie nicht.

Dann traf der Kopf des Schlägers mit brutaler Wucht ihren Hinterkopf. Ein messerscharfer Schmerz schoss durch ihren Schädel, und sie spürte, wie etwas Warmes, Klebriges ihren Nacken hinablief. Blut.

Ekaterina taumelte, fiel auf die Knie. Ihr Blick verschwamm, und sie spürte das feuchte Gras an ihrer Wange. *Warum?*, schoss es ihr durch den Kopf. *Warum ich? Warum jetzt?*

Célines Gesicht tauchte vor ihrem inneren Auge auf. *Es tut mir so leid, mein Baby*, dachte sie noch.

Dann sauste der Schläger erneut auf sie herab und alles um sie herum wurde schlagartig finster.

FERDINAND

Ferdinand lümmelte auf der Sitzgruppe im Wohnzimmer, eine heiße Tasse Kaffee vor sich, die Zeitung auf den Knien ausgebreitet. Gelangweilt ließ er den Blick über die Schlagzeilen des Wirtschaftsteils schweifen. Überall nur schlechte Nachrichten. Seufzend legte er die Zeitung beiseite. Nach den Ereignissen der letzten Monate hatte er genug von Katastrophenmeldungen.

Wo war eigentlich Ekaterina? Normalerweise war sie um diese Zeit längst in der Küche, um das Frühstück vorzubereiten. Es wurde Zeit, dass sie auftauchte. Er musste dringend mit ihr sprechen, bevor er ins Büro fuhr. Sie musste Céline und Camillo ins Gewissen reden und ihnen diese absurde Idee mit der Organspende ausreden. Ekaterina hatte schon immer einen besonderen Draht zu den beiden, besonders zu Céline. Und genau diesen Vorteil wollte er nutzen.

Ferdinands Gedanken wanderten weiter zu Inés. Bald würde alles vorbei sein. Ihr Zustand verschlechterte sich täglich, und wenn die Ärzte keinen passenden Spender fanden, war es nur noch eine Frage der Zeit, bis sie ihrer Krankheit erlag. Ferdinand stellte sich schon vor, wie er mit Natascha Hand in Hand durch die Straßen schritt. Mit seinem Anteil des Erbes würde er die Firma endlich aus den roten Zahlen holen – noch war die Eintragung der Stiftung nicht im Firmenbuch vermerkt. Er konnte es kaum erwarten, dieses Kapitel endlich hinter sich zu lassen.

Ferdinand schüttelte den Kopf, überrascht von seiner eigenen Gefühllosigkeit. Mit welcher Kälte und Distanz er inzwischen über Inés' Tod nachdachte. Sein Blick fiel auf einen Bilderrahmen auf dem Beistelltisch. Darin war ein

348

Foto, das kurz nach Camillos Geburt entstanden war. Inés trug ein ärmelloses Leinenkleid, ihre dunklen Haare umrahmten ihr Gesicht und fielen ihr bis über die Brust. Sie sah hinreißend aus. Keine Spur von der ausgemergelten Gestalt, die die Leberzirrhose aus ihr gemacht hatte. Sein Arm lag auf ihrer Schulter, und beide lächelten glücklich in die Kamera. Wie jung und sorglos sie damals gewesen waren. Wer hätte gedacht, dass es einmal so enden würde? Ferdinand seufzte. Diese Erinnerungen wirkten, als gehörten sie zu einem anderen Leben.

Die Pendeluhr schlug acht Mal und holte ihn in die Gegenwart zurück. Ungeduldig rutschte Ferdinand auf dem Sofa hin und her. Wo blieb Ekaterina nur? Langsam wurde die Zeit knapp. Missmutig erhob er sich und ging in die Küche, um nach ihr zu suchen. Aber auch hier keine Spur von ihr. Die Villa lag ruhig und verlassen da, nichts regte sich.

»Ekaterina?«, rief er in die Stille.

Keine Antwort.

Stirnrunzelnd trat er auf die Terrasse hinaus, wobei er den Morgenmantel enger um sich zog. Trotz frühlingshafter Temperaturen am Tag war es morgens noch bitterkalt.

»Ekaterina?«

Wieder nichts. Wo konnte sie nur sein? Vielleicht im hinteren Teil des Gartens? Er erinnerte sich dunkel, dass der Gärtner diese Woche kommen sollte. Wahrscheinlich zeigte sie ihm gerade, welche Bäume gestutzt werden mussten. Ja, das musste es sein. Rasch schlüpfte er in seine Pantoffeln und lief die Terrassenstufen hinunter auf die Wiese.

Sofort sanken seine Füße im schlammigen Boden ein. Verärgert betrachtete Ferdinand den Dreck an seinen Pantoffeln. Er hätte besser daran getan, richtiges Schuhwerk anzuziehen. Vorsichtig stapfte er über den feuchten Rasen und erreichte schließlich den Kiesweg. Die Steine knirschten unter seinen Schritten. Er folgte dem Pfad in den hinteren Teil des Gartens.

Plötzlich hielt er inne. Hinter der nächsten Biegung erkannte er eine reglose Gestalt auf dem Boden.

»Scheiße«, fluchte er leise und eilte auf die Gestalt zu. Beim Näherkommen erkannte er die schlanke Silhouette. Es war Ekaterina.

Mit einem Satz war Ferdinand bei ihr. Ihr Gesicht war zur Seite gedreht, die Augen geschlossen. Auf den ersten Blick hätte man denken können, sie schliefe einfach nur. Doch dann bemerkte er das viele Blut, das sich um ihren Kopf im Gras ausgebreitet hatte. Eine tiefe Wunde klaffte an Ekaterinas Hinterkopf. Ferdinand keuchte entsetzt auf und fuhr zurück.

Er atmete tief durch, dann griff er mit zitternden Fingern nach ihrem Handgelenk und suchte verzweifelt nach einem Puls.

Bitte, flehte er stumm. *Bitte, lass sie noch leben!*

Ekaterinas sonst so warmen Hände waren eiskalt und schlaff. Doch dann – ganz schwach – spürte er es: ein kaum merkliches, unregelmäßiges Pochen.

EMMA

Emma riss die Schranktür im Gästezimmer mit einem Ruck auf. Ein Kleid nach dem anderen zog sie von den Bügeln und warf sie auf den wachsenden Haufen in der Mitte des Raums. Ihre Schminksachen und Badezimmerutensilien hatte sie bereits verstaut.

Hastig zog sie die abgenutzte Reisetasche unter dem Bett hervor und begann, ihre Habseligkeiten hineinzustopfen. Keine Minute länger als nötig wollte sie in diesem Haus bleiben. Sie war hier nicht mehr willkommen. Sie flog raus – *schon wieder*. Und das Schlimmste war: Diesmal konnte sie niemand anderem die Schuld geben. Sie war selbst verantwortlich.

In der letzten Nacht hatte Emma kein Auge zugemacht. Seit dem Gespräch mit Camillo und Céline kreisten ihre Gedanken um die Frage, wohin sie jetzt sollte. Zurück nach Deutschland? Unvorstellbar. Ihre ehemalige Mitbewohnerin um Asyl bitten? Ebenfalls keine verlockende Vorstellung. In ein Motel ziehen? Dafür reichte ihr Geld nicht. Aber was dann? Sie wusste es nicht. Alles, was sie wusste, war, dass sie nicht bleiben konnte. Camillo und Céline hatten es ihr deutlich genug gesagt. Am Ende hatten Ferdinand und Ekaterina also doch noch gewonnen. Zum Teufel mit den beiden!

Das Einzige, was du kannst, ist, alles und jeden um dich herum zu zerstören!, hallte Célines Stimme in ihrem Kopf wider. *Im Grunde bist du nur ein Kind, das verzweifelt nach Liebe und Anerkennung sucht!*, fügte Alex hinzu. Und sie hatten verdammt noch mal recht. Sie war ein einziges Desaster. Céline und Alex hatten etwas Besseres verdient.

Endlich war alles eingepackt. Emma wuchtete die schwere Tasche über die Schulter und sah sich bedauernd um. Sie hatte sich in diesem gemütlichen kleinen Zimmer in letzter Zeit so heimisch und geborgen gefühlt – und dann hatte sie es vermasselt. *Wieder einmal.* Nun stand sie da: allein, heimatlos und ohne Perspektive. Ob das ihr Schicksal war?

»Hör auf, dich zu bemitleiden«, sagte sie laut zu sich selbst. Dann richtete sie sich auf, schob die Schultern zurück und hob das Kinn, bevor sie mit einem tiefen Seufzer den Raum verließ.

Emma war froh, dass sie auf dem Weg zur Haustür niemandem begegnete. Célines und Camillos anklagende Blicke oder das süffisante Grinsen ihres Vaters hätte sie nicht ertragen. Entschlossen riss sie die Haustür auf – und erstarrte.

Überrascht musterte sie die beiden uniformierten Polizisten, die soeben die Treppe zur Eingangstür hinaufkamen. Der Mann war wohl Ende fünfzig, sein halbes Gesicht wurde von einem gewaltigen Schnurrbart verdeckt. Die Frau neben ihm hatte ihr blondes Haar zu einem strengen Zopf gebunden und konnte kaum älter als dreißig sein. Hinter ihnen folgten mehrere Rettungssanitäter.

»Kriminalpolizei. Bergmann mein Name, das ist meine Kollegin Frau Fichler. Wir ermitteln wegen des tätlichen Angriffs«, stellte sich der Schnurrbartmann vor.

Emma riss die Augen noch weiter auf. Das musste ein schlechter Scherz sein. Ein tätlicher Angriff? Aber die beiden Beamten sahen nicht so aus, als wären sie zum Scherzen aufgelegt. Wortlos trat sie zur Seite und ließ sie eintreten.

Die Schritte der Polizisten hallten laut durch den Eingangsbereich. Ihr Vater erschien wie aus dem Nichts und eilte auf die Einsatzkräfte zu, ohne Emma auch nur eines Blickes zu würdigen. Überrascht bemerkte Emma, wie mitgenommen er aussah. Sein Hemd war falsch geknöpft und hing lose über den Hosenbund, sein Gesicht war bleich und mit roten Flecken übersäht.

»Gott sei Dank, Sie sind endlich hier! Und die Rettungssanitäter auch? Kommen Sie! Schnell! Sie liegt im Garten«, rief Ferdinand hektisch und stürmte voraus.

Die Polizisten folgten ihm, während Emma verwirrt im Flur zurückblieb. Sollte sie einfach gehen? Aber um was für einen Angriff ging es hier eigentlich? Was war passiert? Schließlich siegte die Neugierde über ihren Fluchtinstinkt.

Mit einigem Abstand folgte sie der kleinen Gruppe in den Garten. Was sie dort sah, verschlug ihr den Atem. Am Rand des Kieswegs, im Schatten der Kastanienbäume, lag eine reglose Gestalt im Gras. Die Rettungssanitäter beugten sich über sie und versperrten die Sicht. Zögernd trat Emma näher, unsicher, ob sie wirklich wissen wollte, was dort geschehen war.

»Sie haben sie doch nicht etwa bewegt?«, fragte ein junger Arzt und kniete sich neben den Körper, um ihn genauer zu untersuchen. Ferdinand schüttelte heftig den Kopf. »Nur das Handgelenk, um zu fühlen, ob sie noch lebt.«

»Die Trage, schnell!«, rief einer der Sanitäter. »Wir müssen sie sofort ins Krankenhaus bringen. Die Kopfwunde ist tief, und sie hat viel Blut verloren. Zu viel.«

»Frau Fichler, rufen Sie die Spurensicherung«, befahl der Schnauzbartträger seiner Kollegin.

Mit sicherem Abstand umrundete Emma die Gruppe. Der Anblick, der sich ihr bot, brannte sich für immer in ihre Netzhaut ein.

Die friedlich geschlossenen Augen und die wie ein Heiligenschein ausgebreiteten Haare standen im scharfen Kontrast zu der klaffenden Wunde am Hinterkopf. Überall war Blut. Ein blutverschmierter Golfschläger lag unweit des Körpers im Gras. Dunkle Haarsträhnen und Hautfetzen klebten daran. Oh Gott, Ekaterina! Mit einem Keuchen sackte Emma zu Boden. Ihre Knie gaben nach, und Übelkeit stieg in ihr auf. Sie konnte nichts dagegen tun. Ihr Magen rebellierte und sie übergab sich ins Gras, bis nur noch bittere Magensäure hochkam. Emma schloss die Augen, spürte die kühle Erde unter ihren Knien. Noch nie hatte sie sich so hilflos gefühlt. So verloren. Ekaterina, ihre biologische Mutter – niedergeschlagen. Vor weniger als einer Stunde hatte Emma geschworen, diese Frau nie wiedersehen zu wollen. Doch jetzt, wo ihr diese Möglichkeit vielleicht für immer genommen war, wünschte sie sich nichts sehnlicher, als ihr ein letztes Mal gegenüberzustehen. Ihr all die Fragen zu stellen, die ihr auf der Seele brannten. Fragen, die niemals beantwortet worden waren. Vielleicht hätten sie eines Tages Frieden schließen können. Vielleicht hätte sie ihrer Mutter irgendwann sogar verzeihen können. Doch nun war es womöglich zu spät.

***

Bald darauf wimmelte es im ganzen Haus von Polizisten. Die Spurensicherung war eingetroffen und durchkämmte den Garten akribisch nach Hinweisen. Die Familie Lauderthal hatte sich ins Wohnzimmer zurückgezogen. Emma fühlte sich in dem Trubel wie ein Fremdkörper. Ihr Vater wurde von Kommissar Bergmann befragt, während Céline und Camillo sie beharrlich ignorierten.

Céline weinte unablässig leise vor sich hin. Sie sah schlimm aus – die Haare zerzaust, die Augen von dunklen Ringen umgeben. Ein beißender Alkoholgeruch hing an ihr und vervollständigte ihre mitleiderregende Erscheinung.

Emma hätte sie gerne in den Arm genommen, doch abgesehen davon, dass Céline das niemals zugelassen hätte, wusste sie auch nicht, was sie hätte sagen sollen. Ekaterina war wie eine zweite Mutter für Céline gewesen. Wenn sie selbst schon dermaßen erschüttert von dem Angriff war, wie musste es dann erst Céline gehen? Soweit Emma wusste, hatten sich die beiden nach ihrem letzten Streit noch nicht einmal versöhnt.

Plötzlich spürte Emma eine Hand auf ihrer Schulter. Erschrocken drehte sie sich um. Es war Frau Fichler, die junge Polizistin, die ihr stumm bedeutete, ihr zur Befragung ins Nebenzimmer zu folgen.

»Mein aufrichtiges Beileid. Frau Moldova in diesem Zustand zu sehen, muss ein schwerer Schock für Sie gewesen sein«, begann die Polizistin behutsam, nachdem Emma sich gesetzt hatte. Ihre Stimme war warm und melodisch, und Emma fand sie auf Anhieb sympathisch. »Darf ich fragen, wie Sie heißen und in welcher Beziehung Sie zu der Familie stehen?«

»Mein Name ist Emma Schneider. Ich wohne seit Ende Januar bei den Lauderthals. Ich bin …« Sie zögerte. Was sollte sie sagen? Wie viel konnte, wie viel durfte sie verraten? »… eine Freundin von Céline«, schloss sie schließlich.

»Kannten Sie Frau Moldova näher?«

Emma schluckte und suchte nach den richtigen Worten. »Das ist kompliziert.«

»Nehmen Sie sich ruhig Zeit«, sagte Frau Fichler sanft.

Emma rang mit sich. Es machte keinen Sinn, die Polizei anzulügen. Sie war es leid, ständig etwas verbergen zu müssen.

»Können Sie ein Geheimnis bewahren?«, fragte sie schließlich leise.

»Das kommt ganz darauf an, wie relevant das, was Sie mir erzählen, für die Ermittlungen ist. Aber ich werde

Ihre Informationen natürlich so vertraulich wie möglich behandeln.«

Emma atmete tief durch. Was hatte sie jetzt noch zu verlieren?

»Ekaterina ist meine biologische Mutter«, murmelte sie nach einer kurzen Pause. »Und Ferdinand Lauderthal ist mein Vater. Seine Frau Inés weiß nicht, wer ich wirklich bin. Sie hält mich für eine Freundin von Céline.« Emma sah Frau Fichler flehend an. »Die Arme ist todkrank und liegt im Krankenhaus. Ich möchte nicht, dass sie in ihrem aktuellen Zustand davon erfährt, verstehen Sie?«

Die Polizistin nickte langsam, verzog aber keine Miene. »Ja natürlich, das verstehe ich. Weiß der Rest der Familie, wer Sie wirklich sind?«

Emma schloss kurz die Augen, und die Erinnerung an den gestrigen Streit blitzte vor ihrem inneren Auge auf. *Ich bin fertig mit dir. Und jetzt verschwinde!*

»Ich habe es gestern Abend Camillo und Céline gesagt. Es gab ... heftige Reaktionen. Herr Lauderthal und Ekaterina wussten es natürlich schon.«

Frau Fichler notierte etwas in ihrem Notizbuch.

»Aber ich schwöre, ich hatte nichts mit dem Angriff auf Ekaterina zu tun«, fügte Emma hastig hinzu. »Ich würde doch nicht meine eigene Mutter umbringen!«

»Davon gehen wir im Moment auch nicht aus«, beruhigte sie die Polizistin. »Wir versuchen nur, uns ein umfassendes Bild der Situation zu machen.«

Emma nickte.

»Wo waren Sie heute Morgen zwischen sieben und acht Uhr dreißig?«

»Im Gästezimmer. Ich habe geschlafen.«

»Kann das jemand bestätigen?«

Emma schüttelte den Kopf und lächelte schwach. »Wer denn? Ich schlafe alleine.«

Frau Fichler nickte und kritzelte weiter.

»Haben Sie eine Ahnung, wer das getan haben könnte?«, fragte Emma leise. »Haben Sie irgendwelche Hinweise oder Fingerabdrücke gefunden?«

»Dazu kann ich Ihnen leider keine Auskunft geben. Solange wir nichts Konkretes haben, bleiben die Ermittlungsergebnisse vertraulich. Aber machen Sie sich keine Sorgen, wir werden den Täter schon finden.«

»Wird sie es überleben?« Emma brachte die Frage kaum über die Lippen. Ihr Hals war wie zugeschnürt. »Ekaterina, meine ... Mutter?«

»Das kann ich nicht sagen«, erwiderte Frau Fichler mit einem leisen Seufzer. »Frau Moldova wurde ins Krankenhaus gebracht. Die Ärzte tun alles, um ihr Leben zu retten. Der Schlag auf den Kopf war schwer, mehr weiß ich im Moment leider nicht.«

Emma senkte den Blick und ballte die Hände zu Fäusten.

Die Polizistin klappte ihr Notizbuch zu. »Danke für Ihre Kooperation und Ehrlichkeit. Werden Sie noch eine Weile hierbleiben? Im Haus der Familie Lauderthal?«

Emma lachte trocken. »Eigentlich wollte ich gerade abreisen, als Sie gekommen sind. Nach dem Streit gestern ...«

»Wo wollten Sie hin? Haben Sie eine Adresse, unter der wir Sie erreichen können? Sie verlassen doch nicht das Land, oder?«

»Ich weiß es nicht. Ich weiß einfach nicht, wohin ich soll«, murmelte Emma und sah dabei zu Boden.

»Nun, fürs Erste müssen Sie in der Nähe bleiben.« Die Stimme der Polizistin war sanft. »Es wäre das Beste, wenn Sie weiterhin hier wohnen, bis wir den Täter gefasst haben. Wir brauchen Sie für mögliche Rückfragen. Das werde ich auch Herrn Lauderthal erklären.«

Emma nickte schwach. »Ich bezweifle, dass die Familie damit einverstanden sein wird.«

»Machen Sie sich darüber keine Sorgen. Das klären wir. Ach – und noch eine letzte Sache: Bitte sprechen Sie mit niemandem über das, was Sie gesehen haben. Insbesondere nicht über den Golfschläger. Wir gehen davon aus, dass er die Tatwaffe ist, aber das muss noch forensisch überprüft werden. Diese Information darf auf keinen Fall nach außen dringen. Verstanden?«

»Ja, in Ordnung.«

»Vielen Dank.« Die Polizistin reichte ihr eine Karte. »Wenn Ihnen noch etwas einfällt, egal wie unwichtig es Ihnen erscheinen mag, rufen Sie mich bitte an.«

CÉLINE

Was machst du denn noch hier? Habe ich dir nicht gesagt, du sollst verschwinden?«, fuhr Céline Emma an, als sie sie am nächsten Morgen zusammengesunken an der Küchentheke vorfand.

»Möchtest du auch eine Tasse Tee? Ich habe Wasser heiß gemacht«, entgegnete Emma leise, ohne den Blick zu heben.

»Bietest du mir gerade ernsthaft in meinem eigenen Haus etwas zu trinken an? Habe ich mich nicht klar genug ausgedrückt? Ich will dich hier nicht mehr sehen!«

Emma seufzte. »Glaub mir, ich wäre lieber irgendwo anders als in einem Haus, in dem mich keiner haben will. Aber die Polizei hat angeordnet, dass ich hierbleiben muss. Sie wollen mich für weitere Befragungen in der Nähe haben.«

»Na toll. Einmal Parasit, immer Parasit, was?«

»Sobald das alles vorbei ist, bin ich weg. Ich verspreche es dir.« Emma trank einen kleinen Schluck aus ihrer Teetasse und fügte dann leise hinzu: »Es tut mir leid, was mit Ekaterina passiert ist. Ich hoffe, sie wird wieder gesund. Das alles muss sehr schwer für dich sein.«

»Du hast keine Ahnung, wie ich mich fühle!«, blaffte sie zurück.

»Ich weiß, wie wichtig sie dir ist. Und vergiss nicht, auch wenn ich sie kaum gekannt habe – Ekaterina ist meine leibliche Mutter. Ich mache mir genauso Sorgen.«

Überrascht bemerkte Céline, dass Emma, die sonst so unerschütterlich wirkte, Tränen in den Augen hatte.

»Du verstehst überhaupt nichts!«, zischte Céline und sah Emma wütend an. »Und jetzt hau ab!«

Aber Emma machte keine Anstalten zu gehen. Zähneknirschend ließ sich Céline auf dem Barhocker ihr gegenüber nieder. Sie würde sich doch nicht aus ihrer eigenen Küche vertreiben lassen!

Ohne ein weiteres Wort nahm Emma eine frische Tasse, legte einen Teebeutel hinein und goss heißes Wasser darüber.

»Hier.« Sie schob die Tasse über den Tresen.

Céline bedachte sie mit einem düsteren Blick, nahm den Tee jedoch entgegen und umklammerte die Tasse fest mit beiden Händen.

Nach einer Weile brach Emma erneut das Schweigen. »Gibt es eigentlich schon Neuigkeiten aus dem Krankenhaus? Wie geht es Ekaterina?«

»Ich war den ganzen Nachmittag dort, aber sie haben mich nicht zu ihr gelassen«, antwortete Céline resigniert. »Sie sagen, sie hat ein schweres Schädel-Hirn-Trauma und wurde in den künstlichen Tiefschlaf versetzt. Nur Gott weiß, ob sie jemals wieder aufwacht.«

Schweigen senkte sich über die beiden. Jede hing ihren eigenen Gedanken nach, die Augen stur auf die Tasse gerichtet, um dem Blick der anderen auszuweichen.

In Célines Kopf tobte ein Sturm. Emmas Verrat hatte sie in ihren Grundfesten erschüttert. War jemals irgendetwas von dem, was sie miteinander geteilt hatten, echt gewesen? Doch jetzt, wo sie Emma so verloren und voller Reue vor sich sitzen sah, wurde ihr schmerzlich bewusst, wie sehr sie ihre Freundin trotz allem vermisste.

»Ich kann nicht glauben, dass Ekaterina vielleicht nie wieder aufwacht«, brach es plötzlich aus Céline heraus.

»Ich weiß. Ich kann es auch nicht fassen. Es ist schrecklich.«

»Und ich kann einfach nicht aufhören, an unser letztes Gespräch zu denken. Ich habe ihr ins Gesicht gesagt, dass sie nicht meine Mutter ist. Dabei wollte sie mich doch nur vor dir beschützen! Ich war so gemein! Immer wenn ich die Augen schließe, sehe ich diesen verletzten Ausdruck in ihrem Gesicht.«

Wütend wischte Céline sich die Tränen von den Wangen. Warum sprach sie überhaupt mit Emma darüber? Emma war der letzte Mensch, dem sie sich anvertrauen wollte. Diese Frau hatte ihr nicht nur die Uni-Karriere und ihre Beziehung zerstört, sondern war auch der Grund, warum sie sich mit Ekaterina überhaupt erst gestritten hatte! Trotzdem konnte sie nicht anders. Wahrscheinlich war sie es mittlerweile einfach zu sehr gewohnt, Emma ihre Sorgen anzuvertrauen. So etwas ließ sich nicht von einem Tag auf den anderen abstellen.

»Sie liebt dich«, sagte Emma. »Mehr als alles andere auf der Welt.«

»Ich hasse es, dass ich sie womöglich nie wiedersehe«, schluchzte Céline. Sie konnte die Tränen nun nicht länger zurückhalten. »Ich hasse es, dass ich ihr vielleicht nie wieder ins Gesicht sehen, sie nie wieder umarmen kann. Nie mehr die Gelegenheit habe, ihr zu sagen, wie leid mir all das tut. Und vor allem, wie sehr ich sie liebe!« Ihre Stimme brach und wurde dann zornig. »Und ich hasse es, dass ich ständig weine! Seit Monaten mache ich nichts anderes, als zu heulen! Man könnte meinen, ich hätte irgendwann keine Tränen mehr übrig. Aber immer, wenn ich glaube, meinen Tiefpunkt erreicht zu haben, kommt es noch schlimmer!«

Emma senkte den Blick. »Ich kann dir gar nicht sagen, wie leid es mir tut, dass ich dein Leben so durcheinandergebracht habe. Es tut mir wirklich wahnsinnig leid.«

Céline blickte auf ihre Hände und schwieg.

»Ich erwarte nicht, dass du mir verzeihst«, fuhr Emma fort. »Ich kann mir ja nicht mal selbst verzeihen. Aber du sollst wissen, dass nicht alles gelogen war. Unsere Freundschaft war echt.« Die Stimme ihrer Halbschwester zitterte. »Zugegeben, als ich dich das erste Mal getroffen habe, hielt ich dich für eine verwöhnte Göre. Aber je mehr Zeit wir zusammen verbracht haben, desto klarer wurde mir, dass ich mich geirrt hatte. Du bist so viel mehr als ich dachte, Céline: herzlich, loyal und unglaublich liebenswürdig. Ich habe meine Meinung über dich grundlegend revidiert – und glaub mir, das ist mir nicht leichtgefallen! Ich habe dich so um dein scheinbar perfektes Leben beneidet. Für die Unbeschwertheit, die ich selbst nie hatte.« Emma hielt kurz inne, bevor sie fortfuhr: »Der Brief an die Studienleitung hätte nie abgeschickt werden dürfen. Und der Kuss mit Marc war ein riesiger Fehler. Ich war gestern nur bei ihm, um ihm klarzumachen, dass ich kein Interesse an ihm habe und er mich in Ruhe lassen soll. Das ist eine lausige Entschuldigung, das ist mir klar. Was ich getan habe, ist unverzeihlich. Aber du sollst wissen, dass unsere Verbindung nicht gespielt war. Und dass ich alles tun werde, um dir das zu beweisen.«

Céline betrachtete ihre Halbschwester nachdenklich. Ihre Schultern hingen herab, der Mund war zu einem traurigen Lächeln verzogen und in ihren Augenwinkeln glitzerten Tränen. Keine Spur mehr von der selbstbewussten, unerschütterlichen Person, die Céline so gut zu kennen glaubte.

Céline rang mit sich selbst. Ein Teil von ihr wollte Emma umarmen, ihr sagen, dass alles wieder gut würde, dass sie ihr verzieh. Aber sie konnte es einfach nicht.

»Du hast recht«, flüsterte sie schließlich tonlos. »Ich kann dir niemals verzeihen, was du getan hast.«

Mit diesen Worten verließ sie die Küche und ließ Emma mit ihrer Verzweiflung und der Last ihrer Schuld allein zurück.

Zielstrebig durchquerte sie das Esszimmer, auf der Suche nach ihrem Vater. Sicher hatte er bereits mit dem Krankenhaus telefoniert und konnte ihr sagen, ob es Neuigkeiten gab.

»Papa?«, rief sie.

Gedämpft drang seine Stimme durch die angelehnte Wohnzimmertür. Céline trat näher, um zu verstehen, mit wem er sprach. Vielleicht war es das Krankenhaus, und sie konnte aus erster Hand erfahren, wie es ihrer Mutter und Ekaterina ging.

»Nein, ich habe nicht mit Inés gesprochen«, hörte sie ihn sagen. Also sprach er nicht mit ihrer Mutter. Gerade als Céline sich abwenden wollte, drangen seine nächsten Worte zu ihr durch. Neugierig hielt sie inne, um zu lauschen.

»Natascha, bitte! Wie stellst du dir das vor? Sie liegt im Krankenhaus. Ihre Autoimmunerkrankung hat einen kritischen Punkt erreicht. Die Ärzte sagen, wenn nicht bald ein Wunder geschieht, wird sie die Woche nicht überleben.«

Eine längere Pause folgte. Die Person am anderen Ende der Leitung schien unaufhörlich auf ihren Vater einzureden. *Diese Woche nicht überleben?* Angst griff nach Célines Herz und sie rang nach Luft. Vorsichtig schob sie die Wohnzimmertür ein Stück weiter auf, um besser hören zu können, was ihr Vater als Nächstes sagte.

»Ich weiß, wir hatten von zwei Wochen gesprochen. Aber ich kann meine Frau nicht verlassen, während sie im Sterben liegt! Das musst du doch verstehen! Ich liebe dich, daran hat sich nichts geändert. Und ja, es klingt schrecklich makaber, aber wenn Inés stirbt … Ja, ich weiß, Baby. Bitte, hab noch etwas Geduld. Bald werden wir zusammen sein – so oder so.«

Ihr Vater legte auf, warf das Telefon wütend aufs Sofa und begann unruhig durchs Wohnzimmer zu tigern. Céline zog sich rasch von der Tür zurück. Ihr Herz pochte so laut, dass sie befürchtete, er könnte sie hören. Sie konnte nicht fassen, was sie da gerade gehört hatte. Hatte ihr Vater tatsächlich gerade Natascha – einer der besten Freundinnen ihrer Mutter – gesagt, dass er sie liebte?

Fieberhaft suchte sie nach einer Erklärung, die nicht bedeutete, dass ihr Vater eine Affäre hatte. Ausgerechnet mit Natascha! Unmöglich. Sie musste das falsch verstanden haben. So etwas würde er Mama niemals antun.

Ach ja?, flüsterte eine hässliche Stimme in ihrem Hinterkopf. *Du hast auch nie geglaubt, dass dein Vater ein uneheliches Kind haben könnte. Er hat dich und den Rest der Familie euer Leben lang belogen. Warum sollte Ekaterina die Einzige sein, mit der er deine Mutter betrogen hat?*

Céline presste die Hände auf die Ohren, als könnte sie damit die Stimme zum Schweigen bringen. Doch sie blieb hartnäckig.

Vielleicht hat Emma recht mit ihrem Verdacht. Vielleicht hat dein Vater tatsächlich dafür gesorgt, dass sich der Krankheitsverlauf deiner Mutter beschleunigt. Vielleicht ...

Aber warum sollte er so etwas tun? Sicher, die Ehe ihrer Eltern war schon lange nicht mehr glücklich. Aber die Tabletten vertauschen? Das war doch absurd!

Weil er deine Mutter dann nicht verlassen muss. Durch ihr Erbe wäre er finanziell abgesichert. Niemand wird ihm Vorwürfe machen, wenn er sich nach ihrem Tod mit einer anderen Frau tröstet. Bist du wirklich so naiv? Hat dich die Geschichte mit Emma denn gar nichts gelehrt? Wann wirst du endlich einsehen, dass er nicht der Mann ist, für den du ihn hältst?

CÉLINE

Céline hasste Krankenhäuser. Den Geruch nach Desinfektionsmittel, Krankheit und Tod, dazu dieses grelle Neonlicht überall, das selbst ihr, mit neunzehn Jahren, Falten ins Gesicht malte. Ungeduldig rutschte sie auf dem unbequemen Sessel im Wartebereich hin und her. Wie lange konnte so eine Leberdialyse denn noch dauern? »Ich hole Kaffee. Möchtest du auch einen?«, ertönte eine Stimme zu ihrer Linken.

»Nein. Wie oft soll ich dir noch sagen, dass ich dich nicht um mich haben will? Verschwinde! Ich brauche dich hier nicht«, fauchte sie Emma an.

»Und ich habe dir gesagt, dass ich dich jetzt unter keinen Umständen alleine lasse. Es steht dir frei, mich aus nächster Nähe zu hassen. Also: Kaffee?«

»Von mir aus«, brummte Céline und warf Emma einen finsteren Blick zu. Seit zwei Tagen schon klebte Emma wie eine Klette an ihr. Egal, welch grässliche Dinge Céline ihr auch an den Kopf warf – Emma ertrug alles mit stoischer Ruhe und ließ sich nicht abschütteln.

Emma stand auf und verschwand Richtung Kaffeeautomat. *Endlich Ruhe.* Céline atmete erleichtert aus und versuchte, sich auf die Zeitschrift auf ihrem Schoß zu konzentrieren. Aber die Wörter verschwammen vor ihren Augen, und als sie merkte, dass sie denselben Absatz fünfmal gelesen hatte, ohne den Inhalt zu erfassen, gab sie es schließlich auf.

Vor ihrem inneren Auge tauchte stattdessen das Bild von Ekaterina auf: blass, fast wächsern wirkte ihre Haut, kaum abgehoben von den weißen Laken des Krankenhausbetts. Sobald sie die Augen schloss, sah sie das Beatmungsgerät, das aus Ekaterinas Mund ragte, und spürte die Kälte, die von ihrem leblosen Körper ausging. Sie erschauderte. Heute Morgen hatten die Ärzte sie endlich zu ihr gelassen. Sie hatten erklärt, dass Ekaterina ein schweres Schädel-Hirn-Trauma erlitten hatte. Offenbar waren die Sanitäter gerade noch rechtzeitig eingetroffen, um das Schlimmste zu verhindern. Im Krankenhaus hatte man Ekaterina dann in einen künstlichen Tiefschlaf versetzt, um ihren Körper zu entlasten und die Heilung zu unterstützen. Die Kühldecke und die Eisbeutel sollten ihre Körpertemperatur um einige Grad senken, um die Gefahr einer tödlichen Hirnschwellung zu senken.

Céline hatte sich neben sie gesetzt, behutsam Ekaterinas Hand genommen und auf sie eingeredet. Sie hatte irgendwo gelesen, dass Patienten selbst im künstlichen Koma Berührungen oder vertraute Stimmen wahrnehmen konnten.

»Es tut mir so leid«, flüsterte sie immer wieder. »Alles, was ich gesagt habe. Bitte verzeih mir.«

Ekaterina zeigte keine Reaktion, zuckte nicht einmal mit der Wimper. Nur das monotone Piepen der medizinischen Geräte erfüllte den Raum.

»Du bist wie eine zweite Mutter für mich«, fuhr Céline leise fort. »Ich hätte nie diese schrecklichen Dinge zu dir sagen dürfen. Das war unfair. Du wolltest mich nur beschützen, das weiß ich jetzt.«

Sie griff nach Ekaterinas kalter, schlaffer Hand und hielt sie fest.

»Du hättest mir sagen sollen, wer Emma wirklich ist. Ich bin stark, weißt du? Und das ist vor allem dein Verdienst. Ich wünschte, du hättest mir einfach die Wahrheit gesagt.«

Céline schluckte schwer. Sie sehnte sich danach, dass Ekaterina endlich die Augen öffnete und sie in die Arme schloss. Doch nichts dergleichen geschah. Nichts deutete darauf hin, dass Ekaterina überhaupt bemerkte, dass sie da war.

Bitte, du musst wieder gesund werden, flehte Céline stumm. *Ich brauche dich. Es gibt so viel, das ich dir noch sagen möchte, so viel, das ich noch mit dir erleben will. Ich liebe dich so sehr!*

Plötzlich spürte sie eine Hand auf ihrer Schulter. Mit einem leisen Schrei fuhr sie herum und stellte erleichtert fest, dass es Karl war, der sich neben ihr auf einem der unbequemen Plastikstühle niedergelassen hatte.

»Hallo Hübsche!«, begrüßte er sie sanft. »Tut mir leid, ich wollte dich nicht erschrecken.«

»Schon gut«, murmelte sie. »Ich bin froh, dass du da bist.«

»Ist deine Mutter noch bei der Dialyse?«

Céline nickte missmutig. »Ich sitze seit Stunden hier und warte darauf, dass ich endlich zu ihr darf.«

Karl gab einen mitfühlenden Laut von sich und verdrehte die Augen. »Sind eure Testergebnisse denn schon da?«

»Camillo hat gestern erfahren, dass er als Organspender nicht infrage kommt. Anscheinend passen seine Gewebeproben nicht. Keine Ahnung, warum das bei mir so lange dauert. Dabei haben sie mich doch vor ihm untersucht.«

»Wahrscheinlich machen sie nur noch ein paar zusätzliche Tests«, versuchte Karl sie zu beruhigen. »Das ist bestimmt ein gutes Zeichen.«

»Hoffentlich.«

In diesem Moment tauchte Emma mit zwei Plastikbechern in den Händen auf und hielt Céline einen davon hin. Wortlos nahm sie ihn entgegen.

»Karl, das ist Emma. Emma – Karl«, stellte sie die beiden widerwillig vor.

Karl musterte ihre Halbschwester von oben bis unten. »Wir haben uns doch schon mal gesehen, oder? Hast du dich nicht im Sommer bei *Lauderthal Immobilien* beworben?« »Wie bitte?« Céline warf Emma einen zornigen Blick zu. »Du hast *was*?«

»Ja, aber daraus wurde nichts. Nicht der Rede wert«, antwortete Emma, ohne sich aus der Ruhe bringen zu lassen.

Karl sah Emma nachdenklich an. Céline konnte sehen, wie es in seinem Kopf rumorte. »Und was machst du hier?«

»Ich bin als Célines moralische Unterstützung hier.«

Céline verdrehte die Augen. »Moralische Unterstützung ... klar.«

»Na ja, Unterstützung können wir allemal gebrauchen«, erwiderte Karl und schenkte Emma ein flüchtiges Lächeln.

Céline rutschte unruhig auf ihrem Platz hin und her. »Karl ... darf ich dich etwas fragen?«

Seit sie das Gespräch zwischen Natascha und ihrem Vater belauscht hatte, ging ihr die Sache nicht mehr aus dem Kopf. Und wer könnte besser über die Geheimnisse ihres Vaters Bescheid wissen als sein Freund und Geschäftspartner? Vielleicht gab es eine simple Erklärung für das, was sie gehört hatte, und das Ganze war nur ein Missverständnis.

»Alles, was du willst, meine Liebe.«

Céline holte tief Luft und entschied sich, nicht lange um den heißen Brei herumzureden. »Karl, weißt du, ob mein Vater eine Affäre hat?«

Emma riss die Augen auf, blieb aber stumm. Gespannt sah sie zwischen den beiden hin und her.

»Dein Vater – eine Affäre?« Karl warf Emma einen schnellen Seitenblick zu.

Céline entging das nicht. »Ich rede nicht von der Geschichte mit Ekaterina damals.«

Karl zuckte merklich zusammen. »Du weißt davon?«

»Noch nicht lange«, gab Céline zu. »Aber darum geht es nicht. Ich möchte wissen, ob Papa *jetzt gerade* eine Affäre hat. Trifft er sich heimlich mit einer anderen?«

Karl schwieg eine Weile und zog gedankenverloren am Kragen seines Hemds. »Nicht, dass ich wüsste«, sagte er schließlich. »Wie kommst du denn auf diese Idee?«

Céline zuckte mit den Schultern. »Ich habe vor ein paar Tagen zufällig mitgehört, wie Papa mit Natascha telefoniert hat. Es hörte sich an, als wäre sie seine Geliebte. Er sagte, er würde Mama verlassen, sobald es ihr besser geht. Und wenn nicht …« Sie brach ab, als ihr die Kehle eng wurde. Der Gedanke, dass ihre Mutter sterben könnte, war unerträglich.

»Das hast du mir ja gar nicht erzählt«, warf Emma ein und sah Céline vorwurfsvoll an.

»Ich bin dir keine Rechenschaft schuldig«, blaffte Céline zurück. »Wenn du schon darauf bestehst, mir ständig auf die Pelle zu rücken, dann halt wenigstens die Klappe, während ich mich unterhalte.«

Dann wandte sie sich wieder an Karl. »Also? Jetzt sag schon: Weißt du irgendwas darüber?«

»Mir gegenüber hat Ferdinand jedenfalls nichts erwähnt«, sagte Karl langsam. »Aber das muss nichts heißen. Dein Vater weiß genau, wem im Zweifel meine Loyalität gilt und wie ich zum Thema Treue stehe.«

»Glaubst du mir jetzt endlich, dass dein Vater etwas mit den vertauschten Tabletten zu tun hat?«, rief Emma dazwischen.

»Wie bitte?« Karl sah überrascht auf.

»Ich habe dir gesagt, du sollst still sein!«, schimpfte Céline. »Misch dich nicht in Dinge ein, die dich nichts angehen. Außerdem ist das doch völliger Blödsinn!«

Trotzdem spürte sie, wie sich ein Zweifel in ihrem Inneren regte. War an Emmas Verdacht vielleicht doch etwas dran? Sie selbst hatte ähnliche Gedanken gehabt, auch wenn sie das Emma gegenüber niemals zugeben würde. Karl sah Emma stirnrunzelnd an. »Warum glaubst du, dass Ferdinand etwas damit zu tun haben könnte?« Emma warf einen flüchtigen Blick zu Céline, bevor sie zögerlich antwortete. »Das war vor einer Weile, ein paar Tage, bevor Inés ins Krankenhaus kam. Ich wollte morgens joggen gehen und mir vorher nur schnell einen Kaffee aus der Küche holen. Da habe ich durch den Spalt der Küchentür gesehen, wie er Inés Immunsuppressiva weggeworfen und gegen Paracetamol ausgetauscht hat. Aber vielleicht habe ich mir das auch nur eingebildet«, fügte sie schnell und wenig überzeugend hinzu.

»Ja, das hast du dir *sicher* nur eingebildet«, fiel Céline ihr ins Wort. »Nur weil mein Vater dich nicht als sein eigenes Kind anerkennt, heißt das noch lange nicht, dass er ein schlechter Mensch ist. So etwas würde er nie tun! Verschone uns also bitte mit deinen absurden Verschwörungstheorien.«

»Ja«, erwiderte Karl gedehnt. Dann wandte er sich wieder an Céline: »Aber ich dachte, Ekaterina war diejenige, die für die Medikation deiner Mutter verantwortlich war?«

Céline schüttelte den Kopf. »Nein. Papa wollte das lieber selbst machen. In den letzten Wochen hat er sich rührend um Mama gekümmert, ihr jeden Morgen und Abend Tee mit den Medikamenten ans Bett gebracht. Das ließ er sich nicht nehmen. Ekaterina ist nur dann eingesprungen, wenn Papa früh aus dem Haus musste. Gerade deswegen kommt mir die Sache mit Natascha auch so seltsam vor. Warum sollte er sich so um Mama bemühen, wenn er ohnehin vorhatte, sie zu verlassen? Das ergibt doch keinen Sinn!«

Bevor einer von ihnen antworten konnte, trat eine Krankenschwester in ihr Sichtfeld.

»Frau Lauderthal?«

Céline zuckte zusammen und setzte sich kerzengerade auf. »Ja? Können wir jetzt zu meiner Mutter? Wie geht es ihr?«

Die blonde Frau schüttelte bedauernd den Kopf. »Nein, leider wird es noch eine Weile dauern, bis die Dialyse abgeschlossen ist. Aber Ihre Testergebnisse sind da. Wenn Sie bitte mit mir kommen würden?«

Hastig sprang Céline auf und folgte der Schwester in einen angrenzenden Raum, in dem bereits zwei Männer mittleren Alters in weißen Kitteln auf sie warteten.

»Ah, Frau Lauderthal. Bitte, setzen Sie sich. Wir haben Ihre Untersuchungsergebnisse vorliegen und würden diese gerne mit Ihnen besprechen«, begrüßte sie einer der Ärzte.

»Und? Kann ich spenden?«, fragte Céline ohne Umschweife und trat nervös von einem Bein aufs andere. *Bitte, bitte, bitte,* flehte sie lautlos.

»Ich glaube, es ist besser, wenn Sie sich setzen«, erwiderte der Arzt mit ernster Miene.

Oh je. Das klang gar nicht gut. Mit pochendem Herzen ließ Céline sich auf den angebotenen Stuhl sinken und starrte die Ärzte erwartungsvoll an.

»Um es kurz zu machen – nein, Sie kommen leider nicht als Organspenderin infrage. Es ist jedoch der Grund dafür, der uns zu weiteren Untersuchungen veranlasst hat. Ihre Blutgruppe ist nämlich nicht kompatibel.«

»Das verstehe ich nicht«, sagte Céline verwirrt. »Ich dachte, die Kompatibilität der Blutgruppen wurde vorab überprüft? Dann hätte ich mir das ganze Prozedere doch sparen können!«

»Das stimmt«, bestätigte der Arzt. »Sie haben uns gegenüber angegeben, Blutgruppe A rhesusnegativ zu haben. Da Ihre Mutter dieselbe Blutgruppe hat, wären das gute Voraussetzungen gewesen.«

»Und was ist dann das Problem?«, fragte Céline ungeduldig.

»Das Problem ist, Frau Lauderthal, dass Ihre Blutgruppe tatsächlich eine ganz andere ist.«

»Aber … das kann doch nicht sein!«, stammelte Céline und blickte zwischen den beiden Ärzten hin und her. »Ich kenne doch meine Blutgruppe!«

»Genau deswegen haben wir das Ergebnis auch mehrfach überprüft«, fügte der zweite Arzt hinzu. »Aber Fakt ist: Sie haben Blutgruppe 0 rhesuspositiv.«

»Okay …«, sagte Céline langsam. Sie begriff immer noch nicht. Worauf wollte er hinaus?

»Noch bemerkenswerter ist«, fuhr der andere Arzt fort, »dass Ihre Blutgruppe nicht nur nicht die ist, die Sie uns genannt haben – das könnte ja ein Irrtum gewesen sein – sondern dass Ihre Blutgruppe auch nicht mit der Ihrer Mutter übereinstimmt. Ihre Mutter hat Blutgruppe AA. In der Genetik bedeutet das: Inés Lauderthal kann unmöglich Ihre biologische Mutter sein.«

Céline glaubte, sich verhört zu haben. »Wie bitte?«, keuchte sie. »Soll das ein Scherz sein?«

Der Arzt seufzte schwer. »Leider nein. Lassen Sie es mich erklären: Das Gen, das die Blutgruppe bestimmt, besteht aus zwei Teilen, sogenannten Allelen. Eines wird von der Mutter, das andere vom Vater vererbt. Es gibt drei mögliche Allele: A, B und 0. Die Kombination der vererbten Allele ergibt die Blutgruppe des Kindes. A und B sind dominant gegenüber dem 0-Allel. Das bedeutet: Nur wenn sowohl Mutter als auch Vater das 0-Allel vererben, entsteht die Blutgruppe 0. Ihre Mutter hat jedoch Blutgruppe AA, also zwei dominante A-Allele. Das heißt, Sie könnten, abhängig von den Genen Ihres Vaters, nur

Blutgruppe A oder AB haben. Aber niemals 0. Das ist genetisch schlicht unmöglich.«

Fassungslos starrte Céline den Arzt an. Sie war wie erstarrt, unfähig, auch nur einen Ton herauszubringen.

»Das muss ein Schock für Sie sein, das ist uns bewusst. Aber ... kann es sein, dass Sie adoptiert wurden?«

»Nein!«, widersprach Céline schrill. »Nein, ganz bestimmt nicht! Was soll die blöde Frage?«

»Beruhigen Sie sich bitte, Frau Lauderthal.«

»Ich soll mich beruhigen? Sie haben mir gerade eröffnet, dass ich nicht die Tochter meiner eigenen Mutter sein soll, während sie im Sterben liegt und dringend eine lebensrettende Organspende braucht! Wie ruhig wären Sie denn an meiner Stelle?«

»Ich verstehe Sie ja, Frau Lauderthal. Wirklich. Wir kommen hier nur unserer Aufklärungspflicht nach. Aber seien Sie versichert: Wir werden weiterhin mit Hochdruck nach einem passenden Spender für Ihre Mutter suchen.«

EMMA

Du bist also wirklich Ferdinands uneheliche Tochter«, stellte Karl fest, nachdem Céline gegangen war.
»So ist es«, bestätigte Emma ruhig.
»Unglaublich.« Karl schüttelte fassungslos den Kopf. »Wobei ich das nach deinem Auftritt in der Firma schon vermutet habe, obwohl Ferdinand es natürlich vehement abgestritten hat. Er meinte, du seiest nur auf Geld aus gewesen.«
»Wie bitte?«, empörte sich Emma. »Was für eine dreiste Lüge! Im Gegenteil! Er wollte mich bestechen, damit ich ein für alle Mal aus seinem Leben verschwinde. Aber ich habe abgelehnt. Darum ging es mir nie.«
Karl nickte nachdenklich. »Ich hatte ohnehin Zweifel an seiner Geschichte. Sie war einfach nicht plausibel. Warum solltest du ihn mit einer Vaterschaft konfrontieren, wenn nichts dahinter ist? Die Wahrheit wäre doch leicht überprüfbar gewesen. Seine Erklärung ergab für mich schlichtweg keinen Sinn.« Nach einer kurzen Pause fragte er leise: »Weiß Inés davon?«
»Nein, natürlich nicht. Ich wollte meine biologischen Eltern kennenlernen, nicht eine Ehe zerstören.« Ihre Mundwinkel zuckten traurig. »Aber das wäre ohnehin nicht möglich gewesen. Man kann nichts zerstören, das längst kaputt ist.«
Karl sah sie lange an, ehe er leise sagte: »Und jetzt liegt deine leibliche Mutter im Koma und wird vielleicht nie wieder aufwachen. Mein aufrichtiges Beileid.«
»Wie gewonnen, so zerronnen«, erwiderte Emma düster. »Aber danke.«
»Weiß man schon Näheres zum Täter?«

Emma schüttelte den Kopf.»Nicht, dass ich wüsste. Aber ich wäre wohl auch nicht die Erste, die von der Polizei informiert werden würde, schätze ich.«

»Tja, wenn er oder sie Handschuhe getragen hat, wird es wohl auch keine DNA-Spuren auf dem Schläger geben«, dachte Karl laut. »Bislang wissen wir jedenfalls nichts Genaueres.« Schweigend senkte Emma den Blick. Dann hob sie ihn wieder und sagte zögerlich:»Karl?«

»Ja?«

»Bitte erzähl Inés nicht, wer ich wirklich bin. Sie war immer so nett zu mir. Sie soll nicht darunter leiden, dass ihr Mann ein Arschloch ist. Das hat sie nicht verdient.« Sie hielt kurz inne, als ihr bewusst wurde, dass sie mit Ferdinands Freund sprach.»Entschuldige. Ich habe fast vergessen, dass ihr euch nahesteht.«

»Schon in Ordnung.« Karl winkte ab.»Wir sind Freunde und Geschäftspartner, ja. Aber wie ich schon sagte: Ich weiß, wem meine Loyalität gilt. Ich kenne Inés seit über zwanzig Jahren. Sie ist meine beste Freundin und ich würde alles für sie tun. Mach dir keine Sorgen, ich werde nicht zulassen, dass ihr etwas zustößt.«

»Danke«, flüsterte Emma leise.

»Ich muss jetzt langsam los«, sagte Karl mit einem Blick auf seine Armbanduhr.»Ferdinand und ich treffen uns bei ihm zu Hause, um ein paar geschäftliche Dinge zu besprechen. Wie du vielleicht weißt, steht es um die Firma gerade nicht zum Besten.« Er seufzte.»Eigentlich wollte ich Inés besuchen, aber wer weiß, wie lange die Dialyse noch dauert, und ihr seid ja ohnehin hier. Sag Céline alles Gute und richte ihr aus, dass sie Inés von mir grüßen soll, ja?«

»Wird gemacht. Und danke nochmal.«

Gerade als Karl sich erheben wollte, öffnete sich die

Tür zum Ärztezimmer und Céline stürmte auf sie zu. Emma bemerkte sofort, dass etwas nicht stimmte. Ihr Gesicht war kreidebleich, ihre Hände zitterten, und es sah aus, als würde sie jeden Moment zusammenbrechen.

»Wie war es? Was haben sie gesagt?«, fragte Emma besorgt.

»Welche Blutgruppe hast du?«, keuchte Céline, ohne auf die Frage einzugehen.

»Was? Meine Blutgruppe?« Emma runzelte die Stirn. »Ähm, A, glaube ich. Aber warum ist das wichtig?«

Wortlos ließ sich Céline auf den Stuhl neben ihnen sinken, vergrub das Gesicht in den Händen und begann heftig zu weinen.

»Céline, bitte! Was ist denn los? Wir finden bestimmt einen anderen Spender, wenn du nicht kompatibel bist. Das wird schon!« Emma streckte zaghaft die Hand aus, um sie zu trösten. Doch Céline zuckte zurück, als hätte Emma eine ansteckende Krankheit.

»Lass die Finger von mir!«, fauchte sie.

»Um Himmels willen, Céline! Was haben die Ärzte denn nun gesagt?«, mischte sich nun auch Karl ein.

Langsam hob Céline den Blick. Ihre Augen waren rot und blutunterlaufen. »Meine Blutgruppe ist nicht kompatibel«, stieß sie tonlos hervor.

»Ach Céline, Kopf hoch!«, sagte Karl mit beruhigendem Tonfall. »Wir finden schon jemanden anderen. Noch ist Zeit!«, versuchte Karl, sie zu beruhigen.

Doch Céline schüttelte nur den Kopf. »Nein, ihr versteht nicht. Ich habe die falsche Blutgruppe. Ich komme nicht nur nicht für die Organspende in Frage, meine Blutgruppe passt *überhaupt nicht* zu der von Mama. Genetisch gesehen kann ich nicht ihre Tochter sein.«

Emma und Karl tauschten verwirrte Blicke. War sie jetzt endgültig durchgedreht? Mühsam versuchte Emma, zu begreifen, was Céline gemeint hatte, aber ihre Worte ergaben einfach keinen Sinn.

»Was soll das heißen, Inés ist nicht deine Mutter?«, sagte Karl stirnrunzelnd. »Natürlich ist sie das!«

»Nein!«, schrie Céline plötzlich so laut auf, dass Emma erschrocken zusammenzuckte. »Du bist es, Emma. Du bist ihre leibliche Tochter, nicht ich.«

»*Ich?*«, fragte Emma fassungslos. »Was redest du da?« Céline sprang auf und begann aufgeregt vor den beiden auf und ab zu laufen. »Denk doch mal nach! Wir haben fast am selben Tag Geburtstag. Wir haben denselben Vater. Meine Blutgruppe passt nicht zu der von Mama, aber deine schon. Sie hat Blutgruppe A, genau wie du. Ich wette, Mama und Ekaterina haben im selben Krankenhaus entbunden. Sie müssen uns als Babys vertauscht haben!«

»Das ist doch Blödsinn«, widersprach Emma heftig. »Es muss eine andere Erklärung geben.«

»Nein, das *ist* die einzige Erklärung!«, rief Céline, außer sich vor Wut und Verzweiflung.

Karl sah zwischen den beiden hin und her, als könnte er kaum glauben, was er da hörte. »Nun mal langsam, Céline. Das, was du da sagst, klingt ziemlich weit hergeholt.«

Doch Céline schien ihn gar nicht zu hören. »Der Zufall wäre einfach zu groß. Mach einen DNA-Test, Emma! Jetzt sofort!«

Emma schwirrte der Kopf. Vertauschte Babys? So etwas gab es doch nur in Filmen. War das wirklich möglich?

»Céline, ich …«, begann sie, doch Céline unterbrach sie unwirsch.

»Mach den Test! Du hast gesagt, unsere Freundschaft wäre dir wichtig. Wenn dir wirklich etwas an mir liegt, dann machst du diesen verdammten Test – für mich! Und wenn ich recht habe und du Mamas biologische Tochter und kompatibel bist, dann stimmst du der Organtransplantation zu. Dann sind wir quitt!«

Schwer atmend blieb Céline vor ihr stehen und fixierte sie mit einem durchdringenden Blick. Blaue Augen trafen auf braune. Céline war es wirklich ernst damit, das stand außer Zweifel.

»Céline, das ist doch absurd«, sagte Emma behutsam. »Was soll ich den Ärzten denn sagen? Ups, wenn Céline hier nicht die Tochter von Inés Lauderthal ist, dann versuche ich mal mein Glück? Die werden uns auslachen!«

»Das ist mir egal. Tu es! Ich kann nicht verhindern, dass ich Ekaterina vielleicht verliere. Aber ich werde nicht auch noch Mama verlieren. Nicht, wenn es auch nur die geringste Chance gibt, sie zu retten!«

Karl erhob sich. »Ich muss jetzt wirklich los. Ferdinand wartet bestimmt schon. Céline, richte Inés bitte aus, dass ich hier war. Und haltet mich auf dem Laufenden.«

KARL

Karl trat das Gaspedal durch. Mit quietschenden Reifen zog er rechts an einem anderen Fahrzeug vorbei. Ein wütendes Hupen ertönte hinter ihm, doch er nahm es kaum wahr. In seinem Kopf drehte sich alles nur um eine Person: Ferdinand.

Das würde Ferdinand büßen. Er hatte Inés auf schändlichste Weise betrogen, ein uneheliches Kind gezeugt und alle, wirklich alle, über Jahrzehnte hinweg belogen. Und nun sollte er auch noch eine weitere Affäre haben? Ungläubig schüttelte Karl den Kopf. Wie hatte Ferdinand das Inés nur antun können? Der loyalen, warmherzigen Inés, die stets nur das Beste für ihn und die Familie gewollt hatte! Nicht nur, dass er sie hintergangen und gedemütigt hatte, jetzt schien es sogar, als trachte er ihr nach dem Leben.

Jetzt, wo er darüber nachdachte, fielen ihm die vielen Mittagstermine ein, von denen sein Freund immer blendend gelaunt und frisch nach Parfum duftend zurückgekehrt war. Ja, Ferdinand war ein berechnender Egomane, der nur seinen eigenen Vorteil im Sinn hatte. Der äußere Schein war alles, was für ihn zählte. Und wenn er tatsächlich plante, Inés für eine andere Frau zu verlassen, musste ihre Krankheit für ihn wie ein Wink des Schicksals gewirkt haben. Ein Wink, den er schamlos ausnutzte.

Es musste ein Leichtes für ihn gewesen sein, die Medikamente zu vertauschen. Und am Ende hätte er sich die Hände in Unschuld gewaschen, als trauernder Witwer, dem niemand etwas vorwerfen konnte.

Karl spürte, wie der Zorn in ihm kochte. Er hatte sich geirrt, als er Ekaterina angegriffen hatte. Nicht, dass diese einfältige Schlampe es nicht verdient hatte.

Schließlich war sie ihrem Chef ins Bett gegangen, während dessen Frau nur ein paar Zimmer weiter schlief. Auch sie hatte Inés hintergangen – die Frau, die sie fast wie eine Tochter aufgenommen und sich wie eine Löwin für ihren Aufenthaltstitel eingesetzt hatte, damit sie in Europa bleiben durfte. Und so dankte sie es ihr! Ekaterina war eine niederträchtige Person. Aber die vertauschten Medikamente? Nein, das ging nicht auf ihr Konto. Da hatte er sich getäuscht.

Karl streckte die Hand aus und griff ins Handschuhfach. Er fühlte das kalte Metall seiner Glock. Zufrieden schloss er das Fach wieder und konzentrierte sich auf die Straße vor ihm. Das Auto beschleunigte weiter und raste die Grinzinger Straße entlang.

Ferdinand würde büßen, dafür würde Karl schon sorgen. Er hatte ihn mehr als einmal gewarnt, Inés nicht zu verletzen. Aber Ferdinand hatte ja nicht hören wollen.

EMMA

Emma wandte den Blick ab, als die dünne Nadel ihre Vene in der Armbeuge traf. *Was für ein hirnverbrannter Unsinn*, dachte sie. Sie und Inés Lauderthals Tochter? Unmöglich! Aber wenn es Céline so viel bedeutete, Gewissheit zu haben, dann sollte es eben so sein.

Während die Krankenschwester die erste Ampulle in den Behälter legte und ein weiteres Röhrchen an die Kanüle setzte, ging Emma in Gedanken immer wieder das Gespräch mit Céline und Karl durch. Etwas an Karls Worten hatte ihre Alarmglocken schrillen lassen. Aber was nur? Alles war überlagert von Célines Nervenzusammenbruch und der absurden Vermutung, Emma sei in Wahrheit Inés' biologische Tochter.

Emma zwang sich, ruhig zu bleiben, und ließ ihren Blick auf den Händen der Krankenschwester ruhen. Die dünnen Einweghandschuhe zogen ihre Aufmerksamkeit auf sich. In diesem Moment wusste sie, was sie an dem Gespräch so gestört hatte: Die Handschuhe! Der Golfschläger! Karl hatte erwähnt, dass Ekaterinas Angreifer Handschuhe getragen habe und es keine Fingerabdrücke auf dem Schläger geben würde. Aber hatte die Kriminalbeamtin ihr nicht ausdrücklich gesagt, dass keine Informationen über die Tatwaffe bekanntgegeben würden? Die Polizei hatte sie sogar gebeten, mit niemandem darüber zu sprechen! Woher also wusste Karl davon? Es sei denn …

Ihre Gedanken überschlugen sich. *Ich würde alles für Inés tun* – hatte er das nicht gesagt? Wirklich *alles*? Sogar die Mutter des unehelichen Kindes seines Freundes – Ferdinands ehemalige Geliebte – töten?

Emmas Herz begann zu rasen. Sie erinnerte sich an Karls entsetzten Gesichtsausdruck, als sie ihren Verdacht äußerte, Ferdinand habe Inés' Medikamente manipuliert. Vorhin hatte sie seine Reaktion so interpretiert, dass er seinem Freund so etwas nicht zutrauen würde. Aber jetzt, wo sie länger darüber nachdachte ... Vielleicht war er überhaupt nicht überrascht gewesen, dass jemand die Medikation vertauscht hatte. Vielleicht war er vielmehr deswegen überrascht, dass Emma Ferdinand dafür verantwortlich machte. Was, wenn Karl geglaubt hatte, Ekaterina sei diejenige gewesen, die Inés' Medikamente manipuliert hatte?

Ein Schauer lief ihr über den Rücken. Was, wenn Karl derjenige war, der Ekaterina angegriffen hatte?

Unvermittelt setzte sie sich kerzengerade auf.

»Vorsicht, meine Liebe«, mahnte die Schwester, »Sie ziehen sich sonst selbst die Nadel aus dem Arm.«

Doch Emma hörte nicht auf sie. Noch etwas war ihr eingefallen. Karl hatte gesagt, er wolle zu Ferdinand nach Hause fahren, um mit ihm zu sprechen. Was, wenn er vorhatte, auch ihn anzugreifen? Und sie dumme Kuh hatte ihm soeben ihren Verdacht offenbart, dass Ferdinand schuld daran sei, dass es Inés zunehmend schlechter ging. Von der Affäre ganz zu schweigen. Würde Karl wirklich so weit gehen und seinen eigenen Freund töten?

Ich weiß, wem meine Loyalität gilt.

Wer einmal einen Mordversuch unternommen hatte, würde nicht vor einem zweiten zurückschrecken – oder?

Emma traf eine Entscheidung. Sie musste sofort zum Haus der Lauderthals fahren. Vielleicht konnte sie noch das Schlimmste verhindern.

»Ich muss jetzt gehen«, sagte sie abrupt zu der Schwester.

»Jetzt? Aber wir sind doch noch nicht fertig!«

»Haben Sie nicht schon genug Blut für den DNA-Test? Ich muss wirklich los. Es ist wichtig! Ich verspreche, ich komme heute noch zurück.«

Die Schwester sah widerwillig auf die Uhr. »Für die ersten Tests sollte es reichen. Aber vergessen Sie nicht, die Zeit ist knapp. Sie haben zwei Stunden.«

»In Ordnung.«

So schnell sie konnte, verließ Emma das Zimmer und blickte sich hastig nach Céline um. Doch von ihr war keine Spur zu sehen. Wahrscheinlich war sie bei Inés, jetzt, wo die Dialyse abgeschlossen war.

Kurz überlegte Emma, die Polizei zu rufen. Sie wühlte in ihrer Tasche nach der Visitenkarte von Frau Fichler von der Kriminalpolizei. Mist. Sie musste die Karte zu Hause auf dem Nachttisch liegen gelassen haben. Und außerdem – was sollte sie der Polizei sagen? Dass sie vermutete, Karl Winkler, Ferdinands bester Freund und Geschäftspartner, habe Ekaterina angegriffen und plane jetzt, ihren Vater umzubringen? Man würde sie auslachen. Außerdem hatte sie keine Beweise.

Also keine Polizei.

Mit zitternden Fingern rief sie ein Taxi und wartete ungeduldig vor dem Krankenhaus, bis das gelbe Fahrzeug endlich vor dem Eingang hielt.

»Oberer Schreiberweg 112a, 1190 Wien. So schnell Sie können!«, wies sie den Fahrer an und ließ sich auf die Rückbank fallen.

Zum Glück war wenig Verkehr. Der Mercedes raste durch die Straßen, und sie erreichten das Haus der Lauderthals in Rekordzeit.

Emma drückte dem Fahrer ein paar Scheine in die Hand und sprang aus dem Taxi.

»Hey! Ihr Wechselgeld!«, rief er ihr nach, doch Emma achtete nicht auf ihn. Stattdessen rannte sie los.

In der Auffahrt standen zwei Fahrzeuge. Der Porsche mit dem unverkennbaren Kennzeichen »IMMO 1« und ein zweiter Wagen, den sie nicht kannte. Das musste Karls Auto sein. Hoffentlich kam sie nicht zu spät!

Mit zitternden Fingern schloss sie die Haustür auf. Ihre Schuhe ließ sie sicherheitshalber vor der Tür stehen, um möglichst keine Geräusche zu machen.

Hektisch blickte sie sich um. Wo konnten die beiden nur sein?

Aus dem Obergeschoss drangen gedämpfte Stimmen. Leise schlich sie die Treppe hinauf, die Stimmen führten sie in den Schlaftrakt ihres Vaters.

Sie bog nach rechts ab, passierte den geräumigen Vorraum und blieb vor der Schlafzimmertür stehen.

Die Tür war nur angelehnt.

CÉLINE

Wie geht es dir, Mama?«
Ihre Mutter bemühte sich um ein Lächeln, verzog jedoch sofort schmerzhaft das Gesicht.»Es geht schon, Chérie.«

»Lügnerin«, flüsterte Céline heiser.

»Mach dir keine Sorgen, mein Schatz. Ich werde wieder gesund.«

»Camillo und ich haben uns testen lassen. Wir kommen nicht als Organspender infrage. Es tut mir so leid, Mama. Ich hatte so sehr gehofft, dass wir dir helfen können!«

»Ach, Céline. Das hättet ihr doch nicht tun müssen. Ich hätte euch niemals darum gebeten. Ich liebe dich über alles, das weißt du, oder?«

Obwohl Céline sich fest vorgenommen hatte, nicht zu weinen, liefen ihr Tränen über die Wangen.»Ich liebe dich auch«, schluchzte sie.»Du darfst mich nicht verlassen! Wage es nicht, einfach zu sterben! Ich brauche dich doch!«

Inés streckte die Hand aus und griff nach Célines. Ihre Finger fühlten sich erschreckend kalt an.

»Ich hätte mich mehr um dich kümmern müssen. Ich hätte an deiner Seite sein müssen, dich ins Krankenhaus fahren und an deinem Bett wachen! Stattdessen war ich so egoistisch. Ich habe dich enttäuscht. Bitte verzeih mir, Mama!«

Ihre Mutter strich ihr sanft übers Haar.»Du bist die beste Tochter, die ich mir wünschen konnte, Céline. Hör auf zu weinen. Es gibt nichts, wofür du dich entschuldigen müsstest, und nichts, das ich dir verzeihen müsste. Camillo und du, ihr seid mein Ein und Alles. Vergiss das bitte nie.

Ihr beide seid das Beste, was ich in meinem Leben hervorgebracht habe. Mehr hätte ich mir nicht erträumen können. Und ich werde nie aufhören, euch zu lieben.«

Schmerz und Angst schnürten Céline die Kehle zu. Die Worte ihrer Mutter klangen nach Abschied. Doch sie war noch nicht bereit, sie gehen zu lassen. Es war zu früh, viel zu früh!

Hemmungslos schluchzend vergrub sie das Gesicht im Schoß ihrer Mutter. Denn auch wenn Inés vielleicht nicht ihre leibliche Mutter war – in ihrem Herzen und in ihren Gedanken würde sie immer ihre Mama bleiben.

Ein leises Klopfen ertönte. Camillo war im Türrahmen erschienen.

»Hallo, Mama«, sagte er leise.

»Camillo, mein Schatz! Wie war deine Prüfung?«

Er zuckte mit den Schultern. »War ganz okay. Aber das ist jetzt nicht wichtig. Wichtig ist, dass ich hier bin. Bei dir. Céline und ich werden nicht mehr von deiner Seite weichen. Das versprechen wir.«

EMMA

»Mach keinen Mist, Karl. Nimm die Waffe runter!«, drang die Stimme ihres Vaters an Emmas Ohr. Er klang angespannt, aber auch wütend. *Er hat eine Waffe!* Ein kalter Schauer lief Emma über den Rücken.

»Wie konntest du nur«, zischte Karl. Seine sonst so ruhige Stimme war jetzt hart und voller Abscheu.

»Wovon zum Teufel sprichst du?«, fragte Ferdinand, doch seine Stimme klang nicht mehr so fest wie zuvor.

»Hör auf, dich dumm zu stellen. Ich weiß, was du getan hast!«

»Karl, mein Freund. Leg die verdammte Waffe weg. Du machst mich nervös. Lass uns wie Erwachsene miteinander reden, ja?«

Emma schob die Tür vorsichtig ein Stück weiter auf, um einen Blick ins Innere des Raumes zu werfen. Was sie sah, verschlug ihr den Atem. Ihr Vater stand mit dem Rücken zum Fenster im hinteren Bereich des Schlafzimmers. Nur wenige Meter von ihm entfernt, hielt Karl eine Pistole auf seine Brust gerichtet. Keine der beiden Männer schien zu bemerken, dass sie nicht länger allein waren.

»Ich will wissen, warum du Inés das angetan hast!«, brüllte Karl und schwenkte bedrohlich die Waffe.

»Um Himmels willen! Was ist nur in dich gefahren? Behandelt man so einen alten Freund?«

Der arrogante Ton ihres Vaters widerte Emma an. *Selbstgefälliges Arschloch.* Das schien auch Karl zu denken, denn er machte einen drohenden Schritt auf Ferdinand zu, wie ein Raubtier, das seine Beute umkreist.

»Inés war das Beste, das dir in deinem armseligen Leben passiert ist. Bevor du sie hattest, warst du ein Niemand! Ein fader Abklatsch deines Bruders, ein Schmarotzer, ein Taugenichts! Alles, was du vorzuweisen hattest, war dein hübsches Gesicht und ein netter Nachname. Wie du sie je um den Finger wickeln konntest, ist mir ein Rätsel!«

»Jetzt hör aber auf! Was bildest du dir eigentlich ein, so mit mir zu reden?«, fuhr Ferdinand ihn an. »So dankst du es mir also, dass ich dich in die Firma geholt habe?«

»Dass *du* mich in die Firma geholt hast? Das ist doch lächerlich. Vergiss nicht, dass die Firma Inés gehört. Du magst bei *Lauderthal Immobilien* den stolzen Gockel spielen, aber sie ist es, die im Hintergrund die Strippen zieht. Ohne sie wärst du gar nichts! Sie hat dir alles ermöglicht. Und wie dankst du es ihr? Indem du sie nach Strich und Faden betrügst!«

»Redest du von Ekaterina? Das ist doch Schnee von gestern. Komm schon, Karl, das war vor zwanzig Jahren! Ich habe einen Fehler gemacht. Was kann ich denn dafür, dass Emma auf einmal hier aufgetaucht ist? Inés sollte nie etwas davon erfahren, und das wird sie auch nicht. Ich regle das, mach dir da mal keine Gedanken.«

»Ach, jetzt gibst du also endlich zu, dass sie deine Tochter ist?«, höhnte Karl. »Aber nein, ich spreche nicht von Emma. Auch wenn du mich, was sie betrifft, in jedem einzelnen Punkt belogen hast. Ich habe mit ihr geredet, weißt du? Und ich sage dir noch etwas: Ich glaube ihr jedes Wort. Sie war nicht auf Geld aus, wie du mir weismachen wolltest. Im Gegenteil, sie wollte nur ihre leiblichen Eltern kennenlernen. Das arme Mädchen! Muss ein ziemlicher Schock für sie gewesen sein, herauszufinden, dass ihr Vater ein widerlicher Mistkerl ist, der seinen Schwanz nicht in der Hose behalten kann.« Er lachte bitter. »Aber nein, es geht nicht um Ekaterina und auch nicht um Emma. Ich rede von deiner Affäre mit Natascha. Scheiße, Ferdinand, Sie ist eine von Inés' ältesten Freundinnen! Wie konntest du nur, verdammt nochmal?«

»Dieses intrigante Miststück«, stieß Ferdinand hervor. »Jetzt hat Emma dich also auch noch auf ihre Seite gezogen. Ich bitte dich, Karl, du darfst ihr kein Wort glauben. Das Mädchen lügt doch schon, wenn sie nur den Mund aufmacht!«

Wie gebannt verfolgte Emma den Schlagabtausch. Natürlich schob ihr Vater ihr die Schuld in die Schuhe. *Elender Mistkerl.* Für einen Moment spielte sie mit dem Gedanken, einfach wieder zu gehen. Sollten die Herren das doch unter sich ausmachen. Hatte sie sich nicht gewünscht, dass Ferdinand endlich seine gerechte Strafe erhielt? Hatte sie nicht von Rache geträumt? Schließlich war sie deswegen überhaupt erst in dieses Schlamassel geraten.

Karl hatte völlig recht: Ihr Vater war ein schrecklicher Mensch. Ein verabscheuungswürdiger Egomane, der seine Frau betrog und sie am Ende noch ins Grab bringen würde. Sein Verhalten ihr gegenüber sprach ohnehin für sich. Warum sollte sie also eingreifen? Ferdinand Lauderthal verdiente das hier. Und wenn Karl ihn tatsächlich tötete – sei's drum. Die Welt wäre ohne ihn ein besserer Ort.

Gerade als sie sich abwenden wollte, tauchte Célines Gesicht vor ihrem inneren Auge auf. Sie hielt inne. Céline würde vielleicht Ekaterina verlieren. Inés lag im Sterben, und niemand wusste, ob sie überleben würde. Konnte sie wirklich zulassen, dass Céline jetzt auch noch ihren Vater verlor? Selbst wenn es sich dabei um einen egoistischen Mistkerl wie Ferdinand Lauderthal handelte – ein Kind brauchte seinen Vater, egal wie schlecht er war. War es nicht genau dieser Gedanke gewesen, der sie ursprünglich nach Wien geführt hatte?

Alex' Worte kamen ihr in den Sinn. *Deine Handlungen sind nichts weiter als der Schrei nach Aufmerksamkeit eines Kindes, das verzweifelt nach Liebe und Anerkennung sucht!*

Aber sie war nicht mehr dieses Kind. Sie hatte ihre Lektion gelernt. Sie war ein besserer Mensch als ihr Vater. Entschlossen wandte sie sich wieder dem Geschehen im Inneren des Schlafzimmers zu.

»Lassen wir Emma aus dem Spiel. Was ist mit Natascha?«, sagte Karl gerade. »Und wage es ja nicht, mich anzulügen. Ich warne dich!«

Ferdinand stieß einen tiefen Seufzer aus und fuhr sich frustriert durchs Haar. Selbst auf die Entfernung konnte Emma sehen, dass seine Hände zitterten. Schließlich schien er zu dem Schluss gekommen zu sein, dass leugnen zwecklos war.

»Ich habe das nicht geplant«, brach es widerwillig aus ihm hervor. »Ich wollte das nicht ... aber ich habe mich in sie verliebt.«

»Hört, hört! Er hat sich verliebt!«, höhnte Karl. »Wie rührend! Und was jetzt? Bringst du deine Frau um, weil es einfacher ist? Im Ernst, Ferdinand? So tief bist du gesunken?«

»Ich habe Inés nichts getan!«, brüllte Ferdinand. »Sie leidet an einer Autoimmunerkrankung, verdammt nochmal!«

»Ach, hör auf! Ich weiß von den vertauschten Pillen! Hast du wirklich geglaubt, ich würde es nicht herausfinden und einfach tatenlos zusehen, wie du sie umbringst? Da hast du dich geschnitten, mein Freund.«

»Herzerwärmend«, spottete Ferdinand. »Stets der edle Ritter in schimmernder Rüstung, was? Bist du etwa immer noch eifersüchtig, dass ich derjenige war, der Inés geheiratet hat? Nach all den Jahren?«

»Sie hat das nicht verdient! Sie ist zu gut für dich! Ich werde nicht zulassen, dass du ihr etwas antust!«, schrie Karl außer sich vor Wut. Mit einem klickenden Geräusch entsicherte er die Waffe.

Ferdinand wich zurück. Jetzt stand er direkt mit dem Rücken zum Fenster. Abwehrend hob er die Hände, die Augen fest auf die Waffe in Karls ausgestreckter Hand gerichtet.

»Hör endlich auf mit dem Scheiß, Karl, ich flehe dich an! Du willst mit Inés zusammen sein? Weißt du was? Du kannst sie haben. Sie gehört dir. Aber sei gewarnt: Du hast keine Ahnung, was es bedeutet, mit dieser Frau verheiratet zu sein.«

Emma überlegte fieberhaft, was sie tun sollte. Sollte sie sich bemerkbar machen? Doch wenn sie das tat, könnte Karl schießen. Irgendwie musste sie es schaffen, näher heranzukommen. Viel Zeit blieb ihr nicht mehr, das spürte sie. Hatte ihr Vater denn noch nie etwas von Konfliktmanagement gehört? Jedes Wort, das er von sich gab, schien Karls Zorn nur weiter anzufachen.

Rasch vergewisserte sie sich, dass die Männer sie nicht bemerkt hatten. Doch sie waren so in ihr Schreiduell vertieft, dass sie gar keine Notiz von ihr nahmen. Lautlos schlüpfte Emma ins Zimmer und ging hinter der nahegelegenen Kommode in Deckung.

»Inés ist nicht dein Eigentum, das du einfach wegwerfen kannst, jetzt, wo du genug von ihr hast! Hörst du eigentlich, was du da sagst? Wie kann man nur so ein Arschloch sein?«, schrie Karl.

Emma spähte vorsichtig hinter der Kommode hervor und ließ ihren Blick hektisch durch den Raum schweifen, auf der Suche nach einem Gegenstand, den sie als Waffe benutzen konnte. *Zum Teufel mit diesem spartanischen Einrichtungsstil*, fluchte sie stumm.

Ferdinand musterte Karl, als versuchte er abzuschätzen, ob er tatsächlich schießen würde. Dann, als ob er ihre Anwesenheit gespürt hätte, glitt sein Blick an Karls Hüfte vorbei und traf auf Emma. Überrascht schossen seine Augenbrauen nach oben, doch er fing sich sofort wieder. Emma legte einen Finger an die Lippen. Ihr Vater schien die Botschaft verstanden zu haben, denn er wandte sich wieder Karl zu.

»Wir werden uns scheiden lassen, so oder so. Sobald es Inés besser geht, werde ich mit ihr ein ernstes Gespräch führen«, beteuerte er.

Emmas Blick fiel auf die Messinglampe auf dem Nachttisch. Vom Bett trennten sie nur wenige Meter. Vielleicht konnte sie dorthin robben, ohne dass Karl es bemerkte. Gerade wollte sie sich in Bewegung setzen, als sie in ihrer hinteren Hosentasche etwas vibrieren spürte. *Mein Handy!* Wieso hatte sie es nicht ausgeschaltet? Verzweifelt versuchte sie, die Mute-Taste zu drücken, doch da erklang bereits der vertraute Klingelton in voller Lautstärke. Ihr Herz setzte aus.

Das war's.

Karl wirbelte herum, hektisch suchten seine Augen den Raum nach der Quelle des Geräuschs ab. Ferdinand zögerte keinen Moment. Mit einem Hechtsprung war er bei Karl und riss ihn zu Boden. Ein Schuss löste sich aus der Waffe und krachte mit ohrenbetäubendem Lärm ins Bettgestell.

Die beiden Männer wälzten sich auf dem Parkett, und die Waffe glitt aus Karls ausgestreckter Hand. Das war ihre Chance! Emma sprang hinter der Kommode hervor und stürzte sich auf die Glock. Das kühle Metall fühlte sich seltsam fremd in ihrer Hand an. Mit zitternden Fingern packte sie die Pistole und schaffte es, ein paar Meter Abstand zwischen sich und die beiden Männer zu bringen. Karl hatte ihren Vater unterdessen in den Schwitzkasten genommen.

»Auseinander!«, schrie Emma.

Karl riss entsetzt die Augen auf, als er die Waffe in Emmas Hand bemerkte. Widerwillig ließ er von Ferdinand ab.

»Emma, meine Liebe«, japste er, sein Gesicht verzerrt zu einem Ausdruck, der wohl ein Lächeln darstellen sollte. »Gib mir die Waffe zurück. Du kannst mit dem Ding doch gar nicht umgehen. Du wirst noch jemanden verletzen.«

»Gib sie ihm nicht!«, brüllte Ferdinand.

Emma stand zitternd da und starrte die beiden an. Nichts in ihrem Leben hatte sie auf diesen Moment vorbereitet. Doch sie wusste instinktiv, was zu tun war.

Ohne die Männer aus den Augen zu lassen, tastete sie nach ihrem Handy, das mittlerweile verstummt war. Es dauerte quälend lange Sekunden, bis ihre schweißnassen Finger es endlich zu fassen bekamen. Ein Anruf in Abwesenheit. Céline. Mit einem hektischen Fingertippen drückte sie auf »Rückruf« und betete, dass Céline abheben würde.

»Emma, wo zum Teufel steckst du? Die Schwester hat gesagt, du bist gegangen! Du kannst doch nicht einfach abhauen! Du musst die Untersuchung abschließen!«

»Halt die Klappe, Céline, und hör mir zu. Du musst die Polizei rufen. Sofort. Schick sie zu euch nach Hause! Es ist Karl! Bitte, beeil dich!«

»Emma, was …«

»Keine Zeit für Erklärungen. Es geht um Leben und Tod!«, schrie Emma in den Hörer. Die Worte klangen abgedroschen, wie aus einem schlechten Krimi.

Aber zu ihrer Erleichterung stellte Céline keine weiteren Fragen. »In Ordnung. Halte durch!«, keuchte sie, dann wurde die Verbindung unterbrochen.

Emma wandte sich wieder den Männern zu. »Keiner von euch bewegt sich! Ich warne euch!«

EMMA

Emma saß zusammengekauert auf dem Sofa im Wohnzimmer. Auf dem Couchtisch stand ein unberührter Teller mit Keksen. Der frisch zubereitete Kräutertee vor ihr verströmte ein süßliches Aroma, doch sie bemerkte es kaum. Sie konnte immer noch nicht fassen, was gerade geschehen war. Alles war so unglaublich schnell gegangen. Keine zwanzig Minuten nach ihrem Anruf bei Céline war die Polizei eingetroffen und hatte Karl verhaftet. Die anschließende Vernehmung hatte eine schiere Ewigkeit gedauert. Erst als ihr Vater sich durch ein Räuspern bemerkbar machte, bemerkte Emma, dass sie nicht länger allein war. Sie vermied es, ihm in die Augen zu sehen. Sie hatte einfach keine Kraft mehr für eine weitere Konfrontation.

»Nun, ich schätze, ich muss mich bei dir bedanken«, ergriff Ferdinand schließlich das Wort, als ihm klar wurde, dass Emma nichts sagen würde. »Natürlich hätte ich die Situation auch selbst in den Griff bekommen. Aber dein Eingreifen war hilfreich, das muss ich dir lassen.«

»Er hätte dich umgebracht«, flüsterte Emma tonlos.

Ferdinands Miene blieb reglos. »Du hast jedenfalls das Richtige getan. Ich muss zugeben, damit habe ich nicht gerechnet. Aber gute Gene setzen sich eben durch, nicht wahr?«

Sein selbstgefälliger Tonfall ließ Emma die Nackenhaare zu Berge stehen.

»Du gibst also endlich zu, dass du mein Vater bist?«

Sie konnte die Bitterkeit in ihrer Stimme nicht unterdrücken, aber das war ihr egal. Sollte Ferdinand doch denken, was er wollte.

394

»Nun, ich kann nicht leugnen, dass deine Einmischung in mein Leben mehr als unerfreulich war. Aber letzten Endes hast du dich doch als nützlich erwiesen.« Er zögerte kurz, als würde er nach den richtigen Worten suchen. »Um meiner Dankbarkeit Ausdruck zu verleihen, möchte ich nochmal auf meinen Vorschlag von letztem Sommer zurückkommen. Dir ist bestimmt klar, dass du nicht dauerhaft hier wohnen bleiben kannst. Du passt einfach nicht in unser Leben, nichts für ungut. Was hältst du von 50.000 Euro? Das ist ein mehr als großzügiges Angebot. Damit kannst du dir irgendwo ein schönes Leben aufbauen, weit weg von Wien. Na, was sagst du? Sind wir uns einig?«

Emma starrte ihn entgeistert an. »Du versuchst, mich zu bestechen? Nach allem, was passiert ist? Hast du denn immer noch nicht verstanden, dass es mir nie ums Geld ging?«

Die Entrüstung verdrängte ihre Erschöpfung. Kalte Wut machte sich in ihr breit. Auf einmal war sie wieder hellwach.

»Ich habe dir das Leben gerettet, und alles, woran du denken kannst, ist Geld?«, zischte sie. »Was Karl Ekaterina angetan hat, ist furchtbar, und ein Mordversuch ist durch nichts zu rechtfertigen. Aber in einem Punkt hatte er recht: Du bist ein schrecklicher Mensch. Ein berechnender, eingebildeter alter Mann, der immer nur an seinen eigenen Vorteil denkt. Deine Frau verdient etwas Besseres. Deine Kinder verdienen etwas Besseres. Und um auf deinen Vorschlag von letztem Jahr zurückzukommen: Du willst vielleicht nicht mein Vater sein, aber ich habe auch kein Interesse mehr daran, deine Tochter zu sein. Du widerst mich an.« Emma erhob sich, richtete sich zu ihrer vollen Größe auf und reckte herausfordernd das Kinn. Der Zorn verlieh ihr die nötige Kraft. »Und damit eines klar ist: Ich habe das nicht für dich getan. Von mir aus hätte

Karl dich erschießen können. Ich hätte dir keine Träne nachgeweint. Aber aus irgendeinem, mir unerfindlichen Grund lieben deine Kinder dich. Sie machen sich schon schreckliche Sorgen um Ekaterina, vielleicht verlieren sie sogar ihre Mutter. Sie sollen nicht auch noch ihren Vater betrauern müssen – auch wenn ich nicht verstehe, was es an dir zu betrauern gibt.«

Ferdinand beugte sich bedrohlich vor und funkelte sie an.»Was bildest du dir eigentlich ein, so mit mir zu sprechen? Maße dir nicht an, über mich zu urteilen!« Er atmete schwer und fuhr dann fort.»Du weißt gar nichts über mich und mein Leben. Meine Ehe ist eine Farce. Meine Frau ist todkrank. Mein Unternehmen steht kurz vor dem Bankrott. Die Dinge sind nicht immer bloß schwarz oder weiß. Mein Leben ist alles andere als einfach!«

Emma lachte freudlos auf.»Armer Daddy. Deine Firma hat Probleme? Wie schrecklich!«, höhnte sie.»Wolltest du Inés deswegen aus dem Weg räumen? Um deine sogenannten Probleme zu lösen? Du hast doch keine Ahnung, was echte Probleme sind! Ein Investor springt ab, und schon wirfst du das Handtuch? Aber vielleicht waren dir die letzten Monate ja eine Lehre. Hast du endlich begriffen, wie es ist, wenn dir nicht alles in den Schoß fällt und nicht alle Menschen nach deiner Pfeife tanzen?«

Ferdinand starrte sie an, als hätte sie ihn geohrfeigt. Seine Augen weiteten sich, und Emma konnte sehen, wie ihm langsam ein Licht aufging.

»Du warst das«, stieß er ungläubig hervor.»Die aufgeschlitzten Reifen, die Notverkaufsanzeige, der plötzliche Rückzug des Investors … das warst alles du! Ist es nicht so?«

Das Gesicht ihres Vaters war hochrot angelaufen, seine Hände bebten vor Wut. Er sah aus als würde er jeden Moment auf sie losgehen.

»Ich habe keine Ahnung, wovon du sprichst«, erwiderte sie und verzog das Gesicht zu einem süffisanten Lächeln.

»Du hinterhältiges Miststück!«

Mit einem Satz war er bei ihr. Mit einem wütenden Schrei holte er aus und verpasste ihr eine heftige Ohrfeige. Emmas Kopf flog nach hinten, der metallische Geschmack von Blut erfüllte ihren Mund.

»Papa!«, ertönte plötzlich eine laute Stimme von der Wohnzimmertür. Es war Camillo. Er stürmte auf sie zu und riss Ferdinand von ihr weg, gerade als dieser zum nächsten Schlag ausholen wollte.

»Was ist nur in dich gefahren? Lass sie in Ruhe!«

Emma betastete ihre schmerzende Lippe und beobachtete das stumme Blickduell zwischen Vater und Sohn. Camillo hatte sich zu seiner vollen Größe aufgerichtet und überragte Ferdinand um mehrere Zentimeter.

Noch bevor Ferdinand reagieren konnte, sauste Camillos Faust auf ihn nieder und traf ihn mit voller Wucht am Kinn. Ein hässliches Knacken erfüllte den Raum, und Ferdinand taumelte rückwärts.

»Was zum …«, stöhnte er benommen.

»Das ist für Mama!«, brüllte Camillo und packte ihn am Kragen.

»Camillo, lass ihn«, sagte Emma leise. »Er ist es nicht wert.«

Diese Worte schienen ihren Bruder zur Besinnung zu bringen. Keuchend ließ er von Ferdinand ab und drehte sich zu Emma um.

»Ich soll dich ins Krankenhaus bringen. Es sieht so aus, als hätte Céline mit ihrer Vermutung recht gehabt. Kommst du?«

Mit einem letzten wütenden Blick auf ihren Vater wirbelte er herum und verließ das Zimmer. Emma folgte ihm langsam. Im Türrahmen hielt sie noch einmal inne und drehte sich zu Ferdinand um, der sich immer noch das schmerzende Kinn rieb.

»Ach ja, bevor ich es vergesse: Ich weiß nicht, ob du es schon gehört hast, aber wie es aussieht, bin ich – nicht Céline – Inés' leibliche Tochter. Vor zwanzig Jahren ist euch da wohl ein kleiner Fehler unterlaufen.«

»Was?!«, brüllte Ferdinand außer sich. »Bleib sofort stehen! Das kann nicht sein! Antworte mir gefälligst!«

Doch Emma ignorierte ihn und ging einfach weiter. Mit ihrem Vater war sie fertig. Ein für alle Mal.

CÉLINE

Wie geht es dir?«, flüsterte Céline zaghaft und spielte nervös mit der Bettdecke.

»Es geht schon«, antwortete Emma mit einem schiefen Lächeln. »Die Ärzte kümmern sich gut um mich. Und die Schmerzmittel, die ich bekomme, sind auch nicht von schlechten Eltern. Daran könnte ich mich glatt gewöhnen.«

»Kann ich dir irgendetwas bringen? Etwas zu lesen? Rouge? Du siehst schrecklich aus!«

Emma grinste. »Danke auch.«

»So habe ich das doch nicht gemeint!«

»Schon gut.« Emma deutete in Richtung Fenster, wo ihre Sachen lagen. »Aber du könntest mir mein Handy bringen. Es müsste in meiner Tasche sein. Und hol bitte den Briefumschlag aus der linken Seitentasche.«

Céline stand auf und brachte ihr die Sachen. Emma murmelte einen Dank, nahm das Smartphone entgegen und tippte eine Weile darauf herum, bevor sie es ihr reichte.

»Hier.«

Zögernd griff Céline nach dem Handy. Auf dem Display erkannte sie das Foto von ihr und dem Professor – das Bild, das Emma an die Studienleitung geschickt hatte. Ihr stockte der Atem. Verwirrt blickte sie auf Emma herab.

»Was soll ich damit?«

»Ich möchte, dass du das Foto ausdruckst, und den Brief zur Studienleitung bringst. Ich habe darin genau beschrieben, was ich getan habe. Ich würde ja selbst gehen«, fügte sie hinzu und verzog kurz das Gesicht, »aber im Moment bin ich nicht wirklich mobil.« Emmas blasses Gesicht spiegelte ehrliche Reue wider. »Es tut mir so leid, was ich dir angetan habe. Ich will alles wieder gutmachen.

Bitte nimm das Foto und den Brief. Wenn du dich beeilst, kannst du den Prüfungstermin im April noch wahrnehmen. Bitte, Céline, ich meine es ernst!«

Céline lächelte sanft und legte das Telefon auf den Nachttisch.

»Nein.«

»Was soll das heißen – nein? Du musst dein Studium fortsetzen! Du hast nichts Falsches getan! Ich bin für das ganze Chaos verantwortlich. Und ich will die Verantwortung dafür übernehmen. Bitte, Céline, mach das für mich. Sonst kann ich nie wieder in den Spiegel sehen.«

Céline schwieg eine Weile und begann dann leise zu sprechen: »Ich weiß das Angebot wirklich zu schätzen, aber ich werde nicht zur Studienleitung gehen. Aus einem einfachen Grund: Ich will nicht weiter Jura studieren. Eigentlich wollte ich das nie. Papa hat mich überredet, erinnerst du dich? Aber ich hasse dieses trockene Juristenzeug. Es macht mir keinen Spaß. Ich bin schlecht darin. Diese elenden Paragrafen und ich werden einfach keine Freunde.« Sie seufzte tief. »So wütend ich auf dich war, im Grunde hast du mir einen Gefallen getan. Ich werde mich für Psychologie inskribieren, wie ich das von Anfang an vorhatte. Ich gehe nicht zurück ans Juridicum.«

Emma ließ enttäuscht den Kopf hängen. Behutsam strich Céline ihr eine Strähne aus der Stirn.

»Außerdem muss ich mich bei dir entschuldigen. Ich habe dir Unrecht getan. Ich hätte nicht so gemeine Dinge zu dir sagen dürfen.«

Emma versuchte, sich im Bett aufzusetzen, doch ihre Arme versagten ihr den Dienst. Sie war einfach zu schwach. »Wage es nicht, dich bei mir zu entschuldigen! Ich war eine schreckliche Freundin. Du hast etwas Besseres verdient. Aber ich werde es wieder gutmachen, das schwöre ich dir!«

»Emma, Süße. Du hast gerade nicht nur meinem Vater das Leben gerettet, sondern auch meiner Mutter. Ohne die Organspende in letzter Minute wäre sie jetzt tot. Wir sind mehr als quitt. Du schuldest mir gar nichts. Wenn überhaupt, stehe ich in deiner Schuld.« Emma senkte den Blick. »Wie geht es Inés denn? War die Transplantation erfolgreich?«

»Das kann man noch nicht sagen. Aber es sieht so aus, als würde ihr Körper das fremde Gewebe annehmen. Die Operation kam wirklich in letzter Sekunde. Und was unsere Freundschaft betrifft – du warst die beste Freundin, die ich jemals hatte. Trotz allem.« Emma lachte kurz auf. »Das ist traurig, Céline. Wirklich traurig.«

Céline schüttelte den Kopf. »Nein, ist es nicht. Ja, du hast mein Studienjahr und meine Beziehung ruiniert. Das war echt eine Scheißaktion von dir.« Sie grinste schief und fuhr dann unbeirrt fort: »Aber mal ehrlich: Ohne Marc bin ich besser dran. Das mit uns hätte sowieso nicht funktioniert. Und abgesehen davon, warst du die erste Person, die die Céline hinter der Fassade gesehen hat. Du warst für mich da, als ich dich brauchte. Du hast mir den Spiegel vorgehalten und gezeigt, was für ein naives, verwöhntes Kind ich war. Du hast mir gezeigt, worauf es wirklich im Leben ankommt.«

»Danke«, flüsterte Emma. »Das Kompliment kann ich nur zurückgeben. Als ich dich kennengelernt habe, hätte ich nie gedacht, dass ich dich tatsächlich mögen könnte. Ich war eifersüchtig und voller Vorurteile. Aber ich habe dich völlig unterschätzt. Du bist eine der großartigsten Menschen, die ich kenne.«

»Tja, erinnerst du dich, als du gesagt hast, ich würde das Leben führen, das dir zusteht? Vielleicht hattest du recht.« Sie schüttelte den Kopf. »Mein Gott, ich kann es

401

immer noch nicht glauben, dass wir als Babys wirklich vertauscht worden sein sollen. Absurde Vorstellung.«

Emma senkte den Kopf. »Es tut mir leid, dass ich so etwas gesagt habe. Das war nicht fair.«

»Schon gut«, sagte Céline sanft. »Wie gesagt, ganz unrecht hattest du damit ja nicht. Wir sollten das hinter uns lassen und nach vorne schauen.«

»Und wie geht es Ekaterina?«, fragte Emma leise.

Céline blickte zur Seite. »Sie ist noch nicht aus dem Koma erwacht. Die Ärzte wollen keine Prognose abgeben. Wir müssen wohl einfach abwarten.«

Emma schwieg betroffen.

»Übrigens: Ich möchte, dass du wieder bei uns einziehst. Nicht als Übergangslösung, sondern auf Dauer – wenn du das willst. Ich habe mit Mama gesprochen, und sie ist einverstanden.«

Emmas Mundwinkel zuckten. »Ich glaube nicht, dass dein Vater besonders begeistert davon sein wird.«

»Mama hat sich von ihm getrennt. Camillo und ich haben ihr alles erzählt. Sie weiß jetzt, wer du wirklich bist. Sie war außer sich vor Wut und will die Scheidung. Papa wird nicht länger bei uns wohnen.«

»Es tut mir leid, Céline«, sagte Emma leise und sah sie mitfühlend an. »Das wollte ich nicht.«

»Es hat schon alles seine Richtigkeit. Keiner von uns kann ihm verzeihen, was er getan hat. Die Affären, die Lügen, die vertauschten Medikamente. Auch wenn man ihm den Mordversuch vermutlich nicht nachweisen kann und er wohl damit durchkommen wird. Glaub mir, es ist besser so.«

Emma schluckte. »Das Letzte, was ich wollte, war, deine Familie auseinanderzureißen.«

»Meine Familie war schon lange kaputt, ich wusste es nur nicht. Aber eines Gutes hatte es: Ich habe endlich meine Schwester gefunden. Ob du willst oder nicht, du bist jetzt Teil dieser Familie.«

»Meine Güte – geht's noch dramatischer?«, erklang plötzlich eine Stimme hinter ihnen.

Emma und Céline drehten sich um und entdeckten Camillo, der im Türrahmen lehnte.

»Wie lange stehst du schon da?«, fragte Céline verlegen.

»Lange genug.« Er grinste. »Aber ich muss dir recht geben, Céline. Emma ist ein Hauptgewinn. Und ich bin so froh, dass ich nichts mit dir angefangen habe«, fügte er an Emma gewandt hinzu. »Das wäre wirklich eklig gewesen!«

Emma und Céline brachen in Gelächter aus.

»Ja, das wäre es wohl.«

Céline erhob sich und strich ihr Kleid glatt. »Ich muss jetzt ohnehin los. Ich habe einen Termin auf der Uni. Ich will mich über die Aufnahmetests für Psychologie informieren.«

Sie drückte Emma zum Abschied einen liebevollen Kuss auf die Stirn, dann wandte sie sich zum Gehen.

Ein zufriedenes Lächeln umspielte Célines Lippen. Ihre Familie war zwar nicht perfekt, und sie machte sich immer noch schreckliche Sorgen um Ekaterina. Aber sie war bereit, ein neues Kapitel in ihrem Leben aufzuschlagen. Gemeinsam mit ihrer Schwester.

Sechs Wochen später

EMMA

Lautlos rollte der neue Koffer hinter Emma her. Immer wieder sah sie sich um, ob er noch da war – so leicht ließ er sich ziehen.

Vor dem Check-in-Bereich blieb sie stehen und drehte sich zu ihrer Schwester um.

»Also dann ...«

»Du wirst mir schrecklich fehlen!«, schluchzte Céline.

»Es sind doch nur zwei Wochen. Und ich bin mir ziemlich sicher, dass es auch in Portugal WLAN gibt. Wir schreiben uns.«

»Mag sein. Trotzdem. Und versprich mir bitte, dass du dich meldest, sobald du gut angekommen bist!«

»Ja, Mama«, erwiderte Emma grinsend, was ihr prompt einen Stoß in die Rippen einbrachte.

Nach einer letzten, festen Umarmung ließ sie Céline hinter der Absperrung zurück und passierte die Bordkartenkontrolle. Als sie an einem Duty-Free-Laden vorbeikam, lächelte ihr Spiegelbild in der Schaufensterscheibe zurück. Emma konnte immer noch nicht glauben, dass die schicke Person wirklich sie selbst sein sollte. Ihre Beine steckten in Designerjeans, an ihrem Arm baumelte eine nagelneuen Prada-Tasche – beides Geschenke von Inés, die sie mit offenen Armen in der Familie aufgenommen hatte. Sie war jetzt offiziell eine Lauderthal.

Emma schüttelte ungläubig den Kopf. Sie konnte ihr Glück immer noch kaum fassen. Vor nicht einmal neun Monaten hatte sie vor den Trümmern ihres Lebens gestanden. Und jetzt? Einfach alles hatte sich verändert.

Nach einem kurzen Spaziergang erreichte sie das Gate. Bis zum Boarding war noch eine Menge Zeit, trotzdem war sie schrecklich aufgeregt. Sie war noch nie geflogen! Außerdem konnte sie es kaum erwarten, Fiona wiederzusehen. Inés hatte ihr großzügig einen zweiwöchigen Aufenthalt in einem der Hotels von Fionas Tante spendiert.

Emma blieb an der Glasfront des Wiener Flughafens stehen und ließ ihren Blick über das Rollfeld schweifen. Die untergehende Sonne tauchte die Flugzeuge und das Rollfeld in ein warmes, goldenes Licht.

Zum Glück hatte sich Inés von der Operation gut erholt, und auch bei Emma waren keine Komplikationen aufgetreten. Die Ärzte hatten gesagt, dass ihre Leber schon bald wieder ihre ursprüngliche Größe erreichen würde. Faszinierend, was die moderne Medizin möglich machte!

Ferdinand hatte sie seit ihrem letzten Streit nicht mehr gesehen. Er war noch vor ihrer Entlassung aus dem Krankenhaus ausgezogen. Céline hatte ihr erzählt, dass das Scheidungsverfahren bereits in vollem Gange sei. Inés hatte ihn als Geschäftsführer von *Lauderthal Immobilien* abgesetzt und das Unternehmen mit einer kräftigen Finanzspritze aus den roten Zahlen geholt. Nun führte sie die Firma selbst und blühte regelrecht in ihrer neuen Rolle auf.

Ekaterina war inzwischen aus dem Koma erwacht. Sie, Céline und Inés hatten viel aufzuarbeiten, doch Emma war überzeugt, dass sich alles zum Guten wenden würde.

Nur eine Sache nagte an ihr: Alex. Sie vermisste ihn immer noch schrecklich. Seit ihrer Entlassung aus dem Krankenhaus hatte sie mehrfach versucht, Kontakt zu ihm aufzunehmen, doch er hatte ihr unmissverständlich zu verstehen gegeben, dass er nichts mehr von ihr wissen wollte. Sie seufzte leise. Sie wusste, dass sie selbst dafür verantwortlich war. Sie hatte den Preis für ihre Rache bezahlt.

Gleich weiterlesen?

Das Schweigen der Geliebten

Thriller

Ein neuer Partner. Eine neue Familie. Eine alte Schuld.

Karolin steht vor den Trümmern ihrer Ehe. Dass Rolf jetzt in einem idyllisch gelegenen Haus im Wald mit ihren Kindern und seiner neuen Freundin Mischa Urlaub macht, besiegelt ihre persönliche Katastrophe. Als sie selbst durch eine unheilvolle Fügung ebenfalls in dem Ferienhaus landet, ist die Stimmung der Frauen zum Zerreißen gespannt.

Mischa ist überglücklich mit Rolf. Sie will alles dafür tun, damit diese Beziehung funktioniert, sich selbst mit Karolin arrangieren – bloß eines will sie nicht: Rolf eine alte Schuld beichten, die sie zunehmend mit dunklen Vorahnungen erfüllt. Ihre Angst bewahrheitet sich, als sie erkennt, dass die Dämonen ihrer Vergangenheit lebendiger sind als je zuvor und nicht nur ihr eigenes Leben bedrohen ...

Unter Schwestern

Thriller

Ihr dunkles Geheimnis wird dein Albtraum …

»Nur ein paar Tage lang, bitte.« Franziska zögert nicht
lange, als ihre Zwillingsschwester Amelie bei ihr auftaucht
und sie anfleht, mit ihr die Rollen zu tauschen. Schließlich
haben sie beide das ihr ganzes Leben lang getan – in der
Schule, selbst in ihren Beziehungen mit Männern –, und
niemand ist ihnen jemals auf die Schliche gekommen. Warum soll sie Amelie, die offenbar Probleme in ihrer Ehe
hat und eine Auszeit braucht, also nicht diesen Gefallen
tun?

Doch als eine gemeinsame Jugendfreundin der Schwestern ermordet aufgefunden wird, beschleicht Franziska der
Verdacht, dass diesmal mehr hinter dem Identitätstausch
steckt. Und dann verschwindet auch noch Amelie ...

Der Schweigepakt

Thriller

**Vier Freundinnen. Eine gemeinsame Vergangenheit.
Ein tödliches Geheimnis.**

Bea, Miriam, Sarah und Clara waren unzertrennlich – bis
Clara eines Tages verschwand. Alles deutete darauf hin,
dass sie fortgelaufen ist, und damit endeten die Ermittlungen der Polizei.

Doch vierzehn Jahre später werden Claras Überreste im
Wald gefunden, und eine unheilvolle Reise in die Vergan-
genheit beginnt. Gut gehütete Geheimnisse drängen ans
Tageslicht und schon bald wird den Mädchen klar – der
Tag der Abrechnung rückt näher ...

Gefängnis einer Ehe

Thriller

Als Rebecca ihr Sommerpraktikum bei einem führenden Pharmaunternehmen antritt und dort auf Raphael trifft, ist sie entsetzt. Ihre Jugendliebe hat sich nämlich nicht nur zum dortigen Geschäftsführer hochgearbeitet, sondern ist inzwischen auch noch verheiratet. Trotzdem lässt sie sich auf eine Affäre mit ihm ein.

Alles läuft gut, bis Rebecca erfährt, dass seine Frau ausgerechnet Anette ist, ihre Tutorin, der sie den begehrten Praktikumsplatz verdankt und die sie sehr bewundert. Raphaels Beteuerungen, wie unglücklich er in seiner Ehe ist, dass seine Heirat ein Fehler war und Anette an psychischen Problemen leidet, kommen Rebecca zunehmend merkwürdig vor. Doch irgendwas stimmt mit dieser Ehe ganz gewaltig nicht. Und schon bald muss Rebecca sich fragen, auf was für ein gefährliches Spiel sie sich da eingelassen hat ...

Im Schatten deiner Schuld

Thriller

Als Lexi hört, dass ihre Jugendliebe Charlie nach Altenhofen zurückgekehrt ist, ist sie entsetzt. Zehn Jahre sind vergangen, seit er sie verlassen hat, zehn Jahre seit dem tragischen Feuertod ihrer Schwester Alice. Lexi ist fest entschlossen, die Vergangenheit hinter sich zu lassen, und in ihrer Zukunft gibt es für Charlie keinen Platz mehr. Doch die Auseinandersetzungen mit ihrem Verlobten häufen sich, und als Lexi ein Foto von Alice eingeklemmt hinter ihrer Windschutzscheibe findet, gerät ihr Leben gehörig aus den Fugen. Immer mehr merkwürdige Dinge geschehen, und obwohl alles mit Charlies Rückkehr zusammenzuhängen scheint, ist er der Einzige, der ihr zur Seite steht.

Aber Charlie hat Geheimnisse. Kann sie ihm wirklich vertrauen? Wer hat es auf Lexi abgesehen? Und was hat es mit Lexis neuer Patientin auf sich, deren Lebensgeschichte ihr so unter die Haut geht?

Komm *nicht* zurück

Roman

Als Lea nach einem schweren Autounfall im Krankenhaus zu sich kommt, findet sie sich in einem wahrgewordenen Albtraum wieder. Ihre Erinnerungen an die letzten dreizehn Jahre sind verschwunden. Mit Entsetzen erkennt sie, was aus ihrem Leben geworden ist: Christopher, Leas Ehemann und Vater ihrer neunjährigen Tochter, will nichts mehr von ihr wissen, denn sie hat die beiden vor Jahren verlassen und ihrer Heimatstadt Wien den Rücken gekehrt. Voller Reue ist Lea fest entschlossen, um ihre Familie zu kämpfen.

Anna hingegen ist endlich mit dem Mann ihrer Träume zusammen. Alles, was zu ihrem vollkommenen Glück noch fehlt, ist ein eigenes Kind. Das Leben ihrer Träume scheint zum Greifen nah. Doch all das verändert sich schlagartig, als Lea, Christophers verschollene und bildschöne Ehefrau, unvermutet wieder auftaucht.

Die Autorin

Sophie Edenberg hat sich mit ihren spannenden Roman mit Schauplatz Österreich einen Namen gemacht. Der erste Roman der gebürtigen Wienerin erschien im Jahr 2020. Seitdem begeistert sie ihre Leserinnen und Leser mit vielschichten Figuren und überraschenden Wendungen. Im Jahr 2023 wurde sie für »Unter Schwestern« mit dem Kindle Storyteller Award ausgezeichnet.

Weitere Informationen über die Autorin finden Sie hier: